重庆市"十三五"省级重点学科资金资助
重庆三峡学院高层次人才引进资金资助
四川大学博士后资金资助
绵阳师范学院2017年度学术著作出版基金资助

| 中国当代研学丛书 |

文化

南朝彭城刘氏文学研究

邹建雄 | 著

图书在版编目（CIP）数据

南朝彭城刘氏文学研究/邹建雄著.—北京：
中央编译出版社，2020.3
ISBN 978-7-5117-3857-8

Ⅰ.①南…
Ⅱ.①邹…
Ⅲ.①刘裕（363-422）—家族—关系—中国文学—古代文学史—文学史研究—南朝时代
Ⅳ.① I209.391

中国版本图书馆 CIP 数据核字（2020）第 012552 号

南朝彭城刘氏文学研究

出 版 人	葛海彦
责任编辑	杜永明
执行编辑	周　毅
责任印制	刘　慧
出版发行	中央编译出版社
地　　址	北京西城区车公庄大街乙 5 号鸿儒大厦 B 座（100044）
电　　话	（010）52612345（总编室）　　（010）52612339（编辑室） （010）52612316（发行部）　　（010）52612346（馆配部）
传　　真	（010）66515838
经　　销	全国新华书店
印　　刷	三河市华东印刷有限公司
开　　本	710 毫米×1000 毫米　1/16
字　　数	229 千字
印　　张	15.5
版　　次	2020 年 3 月第 1 版
印　　次	2020 年 3 月第 1 次印刷
定　　价	93.00 元

网　　址：www.cctphome.com　　　　邮　　箱：cctp@cctphome.com
新浪微博：@中央编译出版社　　　　微　　信：中央编译出版社（ID: cctphome）
淘宝店铺：中央编译出版社直销店（http://shop108367160.taobao.com）（010）55626985

本社常年法律顾问：北京市吴栾赵阎律师事务所律师　闫军　梁勤
凡有印装质量问题，本社负责调换，电话：（010）55626985

目 录

绪 论 ·· 1
  一、国内外研究现状和发展趋势 ·· 1
  二、本书的研究意义 ·· 8

第一章 彭城地域与彭城刘氏 ·· 10
  第一节 彭城地域地形及民风民俗 ··· 10
    一、彭城地域地形及在历史上的战略地位 ································· 10
    二、彭城地域的民风民俗 ·· 14
  第二节 刘氏溯源及彭城刘氏 ··· 16
  第三节 南朝彭城刘氏中刘裕一支的发展轨迹 ······························ 19
    一、刘裕的家世 ·· 19
    二、刘裕家族成员 ··· 27
    三、刘裕成功的原因 ·· 32
    四、刘宋政权的覆灭 ·· 39
  第四节 南朝彭城刘氏中刘孝绰一支的发展轨迹 ··························· 46
    一、刘勔在家族发展史上的奠基作用 ····································· 46
    二、刘悛、刘绘等对家族地位的稳固和提升 ···························· 49

三、刘孝绰家族在梁陈的发展轨迹 ………………………………… 51
第五节　南朝彭城刘氏的整体文化特征：从俚俗到文雅 ……………… 54
　　一、彭城刘氏的俚俗风格 …………………………………………… 54
　　二、彭城刘氏由俚俗向文雅的转变 ………………………………… 60

第二章　南朝彭城刘氏文学创作 …………………………………… 65
第一节　乐府诗创作 …………………………………………………… 65
　　一、女性题材乐府诗 ………………………………………………… 65
　　二、边塞题材乐府诗 ………………………………………………… 70
　　三、其他题材乐府诗 ………………………………………………… 74
　　四、彭城刘氏乐府的创新 …………………………………………… 78
第二节　咏物诗创作 …………………………………………………… 84
　　一、咏物诗范围的界定及咏物诗在南朝的兴起 …………………… 84
　　二、南朝彭城刘氏诗人咏物诗的创作 ……………………………… 89
第三节　集宴诗创作 …………………………………………………… 102
　　一、集宴诗的界定及南朝彭城刘氏与集宴诗的关系 ……………… 102
　　二、南朝彭城刘氏集宴诗的创作 …………………………………… 107
第四节　文章创作 ……………………………………………………… 115
　　一、诏表文 …………………………………………………………… 117
　　二、书牍文 …………………………………………………………… 122
　　三、碑祭文 …………………………………………………………… 128

第三章　南朝彭城刘氏文学风格和文学思想 ……………………… 133
第一节　刘宋帝室文学风格 …………………………………………… 133
第二节　刘孝绰家族文学风格 ………………………………………… 142
第三节　南朝彭城刘氏文学思想 ……………………………………… 152

第四章 南朝彭城刘氏对文学发展的影响 161

第一节 刘宋皇室爱文风尚及影响 161
一、自身喜好并创作诗文 161
二、文学独立成科 166
三、集会赋诗 169

第二节 刘孝绰一支与齐梁诗歌格律化走向 177
一、诗歌格律化的缘起 177
二、彭城刘氏家族诗人群与王、谢家族诗人新体诗数据比较 179
三、彭城刘氏家族诗人群与萧氏皇族诗人新体诗数据比较 183

第三节 刘宋皇室崇佛及对文学的影响 187
一、刘宋皇室崇佛及原因 187
二、刘宋皇室崇佛对文学的影响 199

第四节 刘义庆《世说新语》的影响 210
一、《世说新语》研者如云,仿作众多 211
二、《世说新语》成为后世文学典故和文学创作的重要来源之一 216

第五节 《文选》对文学的影响 221
一、从另一个角度看刘孝绰与《文选》的编撰 221
二、《文选》对文学发展的影响 225

结　语 232

参考文献 234

绪 论

一、国内外研究现状和发展趋势

笔者查阅相关资料发现，对于南朝彭城刘氏文学的研究，尚无研究专著及博士论文，硕士论文中仅有复旦大学的王婷婷于2010年4月完成的《南朝彭城刘氏家族与文学》，且仅涉及彭城刘氏中刘孝绰家族，而彭城刘氏中最重要的刘宋皇室则未能加以关注。当然，也有其他专著及单篇论文涉及本论题，但均未能深入和系统化，现将相关研究成果述列如下。

对于彭城刘氏家族的发展轨迹，特别是刘宋皇族的统治，有诸多前贤的论述可以参考。在万绳楠整理的《陈寅恪魏晋南北朝史讲演录》中，陈寅恪先生认为，楚与东晋及宋、齐政权的转移直接相关，继而认为六朝地方上的大家族，都是由豪族逐渐进入文化士族。吕思勉先生在《两晋南北朝史》第七章"东晋末叶形势"、第八章"宋初南北情势"、第九章"宋齐兴亡"中，详述刘宋从军功起家到建国再到覆灭的过程。王仲荦先生在《魏晋南北朝史》第五章第三节"孙恩卢循的起义与东晋王朝的崩溃"、第六章"南朝的政治与经济"中，亦叙述了刘氏的崛起与灭亡，有较多参考意义。杨恩玉发表了好几篇有关刘宋皇族统治的论文，其立论点多指出刘氏政治的阙失，如他在《刘裕的猜忌心理与用人政策探析》中认为，刘裕为了排除竞争对手和根除后患，对功臣和异己势力大肆杀戮，这成为关中得而复失和以后刘宋在南北战争中屡战屡败的重要原因之一，刘裕首开南朝杀害禅位皇帝的先例，使其子孙自食其果，重用刘宋宗室的政治策略成为宗室叛乱和骨肉相残的根源,这些因素都加速了刘宋王朝的衰败和灭亡。① 他在《宋文帝的猜忌心理及其政治影响》中认为,宋文帝虽被列为中国古代明君之一,但其猜忌心太重,这主要表现在杀戮功臣名将、重用宗室而又猜忌宗室三个方面。宋文帝的猜忌和杀戮,导致刘宋在南北战争中的多次败北、在职官员碌碌无为、有识之士退隐归田和他本人被儿子所弑,刘宋王朝的衰败和灭亡亦与此紧密相关。② 他在《宋文帝与"元嘉之治"重估》中更是认为,对宋文帝及其"元嘉之治"不宜评价过高,宋文帝大肆杀戮功臣名将,重用宗室、旧部与姻戚,给当时的刘宋政局造成了消极影响;宋文帝"穷兵黩武",对劳动人民的反抗一味武力镇压,大规模发动的三次北伐,给国家与人民带来了沉重灾难;他对权贵阶层的纵容和对百姓施加的繁重税赋役,导致了国家经济力量薄弱。③ 他在《宋孝武帝改制与"元嘉之治"局面的衰败》中认为,孝武帝刘骏对文帝元嘉时期制度颇多改革,在官制方面加强皇宫力量、设立御史中丞专道制度、取消郡县官入仕年限等;在政区方面分割荆州和扬州,又立南兖州、兖州和南豫州等;在统治政策方面,摒抑宗室成员、大肆起用近臣等;在经济方面,推行土断、抑制封山占林、改铸钱币等。但这些改制,积极作用较小而消极作用较大,导致了文帝"元嘉之治"之后的衰败,加速了刘宋的灭亡。④

刘玉山、刘伟航在《刘裕的忠孝观念及其驭人策略试释》中认为,宋武帝刘裕格外看重大臣是否具有忠孝观念,这是刘裕驭人策略的重要组成部分,从而影响到刘裕"造宋"过程以及刘宋建立后的人事格局。⑤ 王永平在《庐陵王刘义真之死与刘宋初期之政局》中认为,刘裕安排的顾命大臣在其

---

① 杨恩玉:《刘裕的猜忌心理与用人政策探析》,载《南京晓庄学院学报》,2008 年第 5 期。
② 杨恩玉:《宋文帝的猜忌心理及其政治影响》,载《许昌学院学报》,2006 年第 6 期。
③ 杨恩玉:《宋文帝与"元嘉之治"重估》,载《山东大学学报》,2009 年第 4 期。
④ 杨恩玉:《宋孝武帝改制与"元嘉之治"局面的衰败》,载《东岳论丛》,2007 年第 6 期。
⑤ 刘玉山、刘伟航:《刘裕的忠孝观念及其驭人策略试释》,载《南京航空航天大学学报》(社会科学版),2006 年第 3 期。

死后废杀刘义真和刘义符,造成刘宋初年政局的动荡。这是因为徐羡之、傅亮、檀道济等次等士族位高权重,为士族社会所不满,高门世族中的谢灵运等借助与其文义相交的刘义真的夺嫡之势,形成了一个对抗顾命大臣的政治集团,这才是刘义真之死的根本原因。① 徐芬在《论刘宋景平年间中枢权力斗争》中认为,刘义符与刘裕顾命大臣徐羡之、傅亮等人争夺执政权,这是统治阶级内部的权力之争,是少主所代表的皇权与前朝勋臣之间权力的有无、多少之争,和整个社会阶层变革,即门阀地主和庶族地主之间的升降没有太大的关系。② 王丽敏讨论了刘裕和刘毅之争,她在《试论晋末刘裕与刘毅之争》中认为,晋末京口举义的成功使刘裕与刘毅的矛盾斗争日益显露,刘毅居荆州要地且不甘居下,故深为刘裕所忌,且此时他已无利用价值。出身、经历乃至性格相近的刘裕与刘毅,结果却大相径庭。③ 孙中旺则探讨了吴姓对刘宋建国的作用,他在《吴姓士族与刘宋建国》中认为,东晋末年,出身寒微的刘裕与吴姓士族结成了同盟关系,吴姓士族对刘裕忠心耿耿,参与了刘宋建国前几乎所有的重大军事政治行动,为刘宋建国立下了汗马功劳,也得到了刘裕的器重和信任。④ 张金龙在《刘宋孝武帝朝政治与禁卫军权》认为,孝武帝刘骏即位之后,任命其故府僚佐担任领军及左、右卫将军,这反映了孝武帝在控制禁卫军权方面所做的努力。孝武帝临终时分别把军政大权交给江夏王刘义恭和尚书令柳元景、尚书左仆射颜师伯、南兖州刺史沈庆之、领军将军王玄谟,其中王玄谟负责禁卫军权,未安排亲王进入顾命大臣班子,这反映了孝武帝对宗室仍然颇有顾虑。⑤ 宁稼雨在《刘义庆的身世境遇与〈世说新语〉的编纂动因》中讨论了宋文帝的猜忌对刘义庆的影响并促成其《世说新语》的编纂,他认为,宋文帝刘义隆对宗室的猜忌和抑制使刘义庆感到本能的畏惧,政治上日益消沉;另一方面,刘义庆的文人气

---

① 王永平:《庐陵王刘义真之死与刘宋初期之政局——从一个侧面透视晋宋之际士族与寒门的斗争》,载《江苏社会科学》,2009年第4期。
② 徐芬:《论刘宋景平年间中枢权力斗争》,载《南都学坛》,2009年第6期。
③ 王丽敏:《试论晋末刘裕与刘毅之争》,载《运城学院学报》,2005年第S1期。
④ 孙中旺:《吴姓士族与刘宋建国》,载《苏州大学学报》,2000年第3期。
⑤ 张金龙:《刘宋孝武帝朝政治与禁卫军权》,载《浙江学刊》,2003年第4期。

质与修养使他对魏晋名士风流情有独钟,不惜工本地组织人力编纂《世说新语》一书。① 李文才在《宋明帝安排辅政格局及其破坏》中认为,宋明帝在临终前为保证刘氏江山的稳固,精心为后主安排了一个辅政格局,这个辅政格局由外藩荆州、郢州,朝中顾命大臣及恩幸等三种政治势力构成,其特点是朝臣居中无为而外藩互相牵制,从而保证幼主的安全。但是,这一局面很快就因为恩幸专权及宗室亲王起兵反叛而遭到破坏,萧道成利用政局的混乱,形成了专决朝政的局面,为最终易宋建齐奠定了基础。② 陈冬冬在《檀道济之死与北府兵集团的衰落》中探讨了宋文帝的猜忌与檀道济之死的关系。他认为,檀道济以自己出色的军事才能为刘宋王朝的建立和巩固立下了汗马功劳,成为刘宋政权的支撑力量。但是,由于宋文帝对北府兵集团的疑忌及檀道济本人在政治斗争中的摇摆不定,导致他最终被无罪冤杀。③ 鲁力在《孝武帝诛竟陵王事与刘宋宗王镇边问题》中认为,宋孝武帝与竟陵王刘诞曾先后出镇雍州,与雍州地方势力有着密切的联系。孝武帝依靠雍州势力上台后,竟陵王对孝武帝的统治构成了威胁,所以孝武帝必欲诛之而后快,此后对方镇格局进行了调整。但是,这一措施却在一定程度上导致了异姓力量的崛起和刘宋政权的灭亡。④ 唐春生在《宋文帝与父皇刘裕的顾命大臣》中认为,刘义隆任用心腹近臣,迫使徐羡之、傅亮归政皇权;又采取分化策略,将王弘和檀道济争取到自己手下。此后,宋文帝分割相权,多设宰臣,使他们互相牵制,尽力避免悲剧的重演。⑤ 谭书龙在《宋文帝遣使与元嘉之治》中认为,南朝宋文帝元嘉时期的遣使巡行、遣使案狱、遣使慰问和遣使交聘,达到了宋文帝了解国情、澄清吏治、赈恤灾荒、稳定社会、繁荣文

---

① 宁稼雨:《刘义庆的身世境遇与〈世说新语〉的编纂动因》,载《湖北大学学报》,2000 年第 1 期。
② 李文才:《宋明帝安排辅政格局及其破坏》,载《济宁师专学报》,2000 年第 2 期。
③ 陈冬冬:《檀道济之死与北府兵集团的衰落》,载《郑州航空工业管理学院学报》(社会科学版),2008 年第 2 期。
④ 鲁力:《孝武帝诛竟陵王事与刘宋宗王镇边问题》,载《武汉大学学报》,2000 年第 5 期。
⑤ 唐春生:《宋文帝与父皇刘裕的顾命大臣》,载《华中科技大学学报》(社会科学版),2001 年第 4 期。

化、发展外交的目的，促成了盛名于史的元嘉之治。①

在刘勔家族的发展走向方面，周淑舫在《南朝家族文化探微》一书第六章"才华横溢的社稷功臣"，论述了彭城刘勔家族的发展轨迹，其第一节为"军功政绩于一身，方能官显位尊于朝堂"讨论了刘勔、刘悛、刘绘的历史情况，认为其家族是一个由军功起家，又勤于政绩，直至文学鼎盛的家族。荣丹在《刘孝绰及其诗歌研究》② 第一章"刘孝绰其人"中也略述其家族的变迁，他认为刘勔家族的发展可以分为三个阶段，经历了由武力强宗向吏治政才继而文学世家的转型。王婷婷在《南朝彭城刘氏家族文学》③ 中第一章"彭城刘氏家族概况"亦把刘勔家庭分为三个阶段，即"武力强宗的宋齐时期""吏治政才的南齐时期"和"文学昌茂的梁陈时期"，典型地体现了这个家族由武力强宗向文学世家的转换。

在刘氏文学与文化方面，王永平在《东晋南朝家族文化史论丛》一书中有几章与本论题具有相关性，可资参考，包括宋武帝刘裕之文化素养及其文化倾向、刘裕与佛教高僧之交往及其对佛法之奖挹、宋武帝刘裕之倡导节俭及其影响与原因、刘宋皇族之"本无术学"及其行为粗鄙之表现、刘宋文帝一门文化素养之提升及其表现考论。周淑舫在《南朝家族文化探微》第六章"才华横溢的社稷功臣"的第二节"光彩夺目的文学创作成就"，分析了刘孝绰、刘孝威和刘孝仪的历史情况，但基本以论述历史变迁为中心，而较少论述其文学创作、文学现象和文学影响。王婷婷在《南朝彭城刘氏家族与文学》第二章论述彭城刘氏家族文学与齐梁文坛，分析齐梁文坛之时代背景与刘氏家族文学思想、彭城刘氏家族诗歌创作研究及文章研究、彭城刘氏家族与皇家文学集团；第三章为彭城刘氏家族个案文学研究，着重分析了刘孝绰、刘孝威及刘孝仪的文学创作情况。但其彭城刘氏仅涉及彭城刘孝绰家族，其他如开南朝一代风气的刘宋皇室及入北魏的刘芳家族均未能纳入其考

---

① 谭书龙：《宋文帝遣使与元嘉之治》，载《西华师范大学学报》（哲学社会科学版），2005年第5期。
② 荣丹：《刘孝绰及其诗歌研究》，湖南大学硕士论文，2007年。
③ 王婷婷：《南朝彭城刘氏家族文学》，复旦大学硕士论文，2010年。

察范围，且彭城刘氏文学的特征与对当代及后代文学的影响亦未能涉及。荣丹的《刘孝绰及其诗歌研究》，论述了刘孝绰的家族、交游、仕途、性格特征、刘孝绰诗歌的题材内容及其诗歌的艺术形式，认为刘孝绰的仕途并不顺利，其诗歌题材和内容没有突出的特色，内容狭窄、细碎、平浅，在艺术上呈现出典雅的特点，其名重当世而后世声名大跌受南朝贵族文学在文学史上的地位影响较大。张静的《刘孝绰、刘孝仪、刘孝威的诗歌比较研究》①，以刘孝绰、刘孝仪和刘孝威三人的诗歌作品为研究对象，对作品进行了分类和比较，并对三者与当时著名诗人的同类同题作品也进行了比较论述。曹冬栋的《刘孝绰集校注》②，在严可均、逯钦立等前人成果的基础上，参考多种本子，按不同文体，对刘孝绰诗文进行重新辑录、认真校勘和翔实注释，文末附有《刘孝绰年表》《历代评论资料汇编》。田宇星的《刘孝绰集校注》③ 亦对刘孝绰的行年进行了考证，对其作品进行编年，略述刘孝绰与《文选》的关系，将严可均和逯钦立先生所收诗文重新校勘，并进行注释。沈意《梁代诗人刘孝绰简论》认为，刘孝绰一生的仕途大致分为四个时期，每个时期都有一些优秀的诗歌作品，这些作品真实而深刻地反映了刘孝绰的精神世界，并在御用文人和宫体诗人的表象下，揭示出他抒情诗人的一面。④秦跃宇有几篇关于刘孝绰的研究论文，他在《刘孝绰与宫体文学》中认为，刘孝绰与萧纲、萧绎兄弟均关系密切，他的宫体创作受萧氏兄弟影响，虽有轻艳肤浅之病，但又具"永明体"清新明丽的特征。⑤ 他在《刘孝绰与永明文学研究》中认为，刘孝绰诗文深受永明文学影响，他的五言诗讲求声韵齐整、明丽流畅，与谢朓有着较为相近的风格，他的咏物诗集中体现了永明文学的影响。⑥ 他的《刘孝绰与梁代中期文学》中认为，刘孝绰作为昭明太子"东宫十学士"之首，对梁代中期的诗文创作具有重要影响。刘孝绰身上反

---

① 张静：《刘孝绰、刘孝仪、刘孝威的诗歌比较研究》，河北大学硕士论文，2006年。
② 曹冬栋：《刘孝绰集校注》，东北师范大学硕士论文，2006年。
③ 田宇星：《刘孝绰集校注》，四川大学硕士论文，2006年。
④ 沈意：《梁代诗人刘孝绰简论》，载《天中学刊》，2009年第4期。
⑤ 秦跃宇：《刘孝绰与宫体文学》，载《贵州社会科学》，2004年第2期。
⑥ 秦跃宇：《刘孝绰与永明文学研究》，载《广西师院学报》，2002年第4期。

映了梁代士族文人对皇权政治的依附和功利目的,这种依附和功利目的是造成其文学思想与创作实践形成脱节的重要原因之一。① 周唯一在《彭城刘氏诗群在齐梁诗坛之创作与影响》中以刘孝绰家族诗人群体为主要研究对象,探讨了这个群体的崛起、文学理论主张、诗歌概况及其对当时诗坛的影响。②

对于彭城刘氏对文学的影响方面,陈桥生《刘宋诗歌研究》第四章"以博学相尚的元嘉诗风"从出身寒微的刘宋王室与旧士族进行文化较量这一视点,探寻了刘宋时代崇尚博学的根源;其第五章"雅俗沿革之际的大明、泰始诗风"认为,由于出镇藩王对吴声西曲的喜爱,特别是宋孝武帝把南朝民歌带进刘宋朝廷,吴声西曲在统治阶层中完全确立了其地位,士人创作民歌遂成为一时风尚。苏瑞隆《鲍照诗文研究》第七章"刘宋诸王对鲍照诗歌创作的影响"认为,刘宋皇廷中的颂歌竟然采取当时流行歌曲的绝句形式,是极其不平常的现象,这很可能是这一时期文学趣味发生变化的一个有力证据,而且在刘宋诸王喜好的影响下,鲍照用优雅的措辞和高超的技巧来抒写原本流行于民间而风格粗俗的流行乐曲,以吸引刘宋皇室成员的注意,同时也能够吸引朝廷上有较高文学素养的读者群。沈玲在《从刘宋朝帝王政策看鲍照乐府诗创作》中认为,由于刘宋皇室的大力提倡,刘宋朝乐府文学兴盛,鲍照的乐府创作与刘宋乐府发展潮流契合,由宋文帝时期的模拟为主,到孝武帝时期吸收吴声、西曲的浓烈色彩而呈现出更为绚丽的风格。③ 吴怀东在《民歌升降与刘宋后期诗风》中认为,在两晋时期颇不受重视的南方民歌,在刘宋立国之后地位逐渐上升。刘宋中后期,南方民歌首先在出镇诸王和权贵府第中风行,孝武帝刘骏将此风带进中央宫廷。汤惠休、鲍照是接受南方民歌影响的领先人物。民歌流行促进了诗歌观念革新,形成了抒情、平

---

① 秦跃宇:《刘孝绰与梁代中期文学》,载《四川师范学院学报》(哲学社会科学版),2002年第4期。
② 周唯一:《彭城刘氏诗群在齐梁诗坛之创作与影响》,载《中国文学研究》,2001年第2期。
③ 沈玲:《从刘宋朝帝王政策看鲍照乐府诗创作》,载《贵州社会科学》,2004年第4期。

易的诗风。颜、鲍攻讦正是两种诗风冲突的体现。① 田采仙在《江南箫管地，妙响发孙枝》中认为，南朝咏乐诗主要盛行于梁代，齐代王融、谢朓，梁代沈约、刘孝绰、刘孝仪等咏乐诗有明显的特点，具有既体物又抒情的双重价值。② 萧虹在《世说新语整体研究》中认为，《世说新语》对后世的影响主要表现在以下几个方面：其一，《世说新语》树立了东方审美观；《世说新语》的面世，促成了"世说体"的产生，后世仿效《世说新语》的著作层出不穷；《世说新语》中的人物成为唐传奇中短篇小说的原型，并深度影响了后世长篇小说如《三国演义》人物的塑造；《世说新语》影响了唐宋以来散文恬适淡雅的意境；《世说新语》影响了中国语言，其中许多已变成固定的成语或词；《世说新语》的影响甚至渗透至海外，朝鲜、韩国和日本均有《世说新语》的各种注本。穆克宏《昭明文选研究》认为，由于《文选》保存了丰富的文学资料，选录了众多的诗文佳作和名篇名作，体现了先秦到南朝梁代的文学发展轨迹，故历代文人对《文选》不但推崇备至，而且于其中汲取文学养分，可以说，《文选》的出现培育了一代又一代的文学家。

总的来说，对于南朝彭城刘氏的研究，在刘裕家族方面多以史学为着眼点，对其文学创作及其对文学的影响多有忽略，而在刘勔家族方面则以个人研究为多，均较少涉及整体性研究，深度也不够，同时也缺乏对南朝彭城刘氏的文学风格、文学思想的研究，故此，对南朝彭城刘氏文学的研究尚有深入的余地和必要。

二、本书的研究意义

彭城，即当今江苏省的徐州市。徐州在古代称彭城，有着独特的地理位置，它东临黄海，西控中原，北障齐鲁，南扼江淮，有着"五省通衢"的美称。西汉于此设有彭城郡，东汉则设有彭城国，后改为楚国，彭城皆为其都城。刘氏在中国是个大姓，而彭城刘氏是刘氏中的佼佼者。彭城刘氏在东晋

---

① 吴怀东：《民歌升降与刘宋后期诗风》，载《宁夏大学学报》，2000年第1期。
② 田采仙：《江南箫管地，妙响发孙枝——南朝咏乐诗及其价值解读》，载《名作欣赏》，2011年第14期。

南北朝时期有着重要的影响：宋武帝刘裕作为起自下层北府兵后进将领的杰出代表，在东晋后期交错纷繁的政治和军事斗争中，平孙恩卢循之乱，伐篡晋建楚之桓玄，北伐平南燕、定后秦，逼晋帝逊位，建立刘宋王朝，开魏晋南北朝一大新的政治与文化局面；宋文帝立儒玄文史四科，宋明帝建总明观分儒道文史阴阳五部学，把文学从经学中分离开来，大力倡导学文风尚；临川王刘义庆主持编纂《世说新语》，不但对后世的文体发生重大影响，其故事内容也深刻影响后世小说戏曲，语言上形成"世说新语"体；刘孝绰是昭明太子萧统东宫十学士之首，参与编选著名的《文选》，对后世文学产生了深远的影响，并形成专门的"文选学"，而其"兄弟及群从子侄，当时有七十人，并能属文，近古之未有也"，其对当时文坛的影响不可谓不大。

鉴于彭城刘氏以上对中国政治、历史、文化、文学的重要影响，因此，本书从史料中爬梳出南朝彭城刘氏的血脉渊源，展示其在南朝的运行轨迹和整体文化特征，全面而具体地展露南朝彭城刘氏诗歌、文章的创作情况，揭示其文学风格和文学思想，展现南朝彭城刘氏对后世文学发展的深度影响，重估其在中国文学史上的价值。

本书正文分四章：第一章首先论述了彭城的地域地形及在历史上的战略地位，接着探讨刘氏的溯源及彭城刘氏的基本情况，然后着重讨论南朝彭城刘氏中刘裕一支和刘孝绰一支在南朝的发展轨迹，指出南朝彭城刘氏从俚俗到文雅的整体文化特征；第二章全面、具体、深刻地对南朝彭城刘氏的文学创作进行分析和讨论，主要包括南朝彭城刘氏的乐府诗创作、咏物诗创作、集宴诗创作和文章创作；第三章主要论述南朝彭城刘氏的文学风格和文学思想，首先在分析刘宋帝室和刘孝绰家族文学风格的前提下，指出其文学风格存在着继承和变异的两方面，然后对南朝彭城刘氏文学思想进行了讨论；第四章研讨南朝彭城刘氏对文学发展的影响，指出了刘宋皇室爱文风尚诸方面的表现及对南朝文学产生的重要影响，探究了刘孝绰一支与齐梁诗歌格律化的走向密切相关，讨论了刘宋皇室的崇佛及对文学的发展具有重要意义，论述了刘义庆所撰《世说新语》对文学的影响，从家族的角度分析刘孝绰与《文选》的编撰，并探究了《文选》对文学发展的影响。

第一章

彭城地域与彭城刘氏

第一节 彭城地域地形及民风民俗

一、彭城地域地形及在历史上的战略地位

据《太平寰宇记·河南道·徐州》载,"彭城县,古之大彭国地。楚怀王自盱眙徙都于此。后项羽徙怀王于郴,自都之。汉为县,属楚国,寻立徐州焉,有铁官。今为彭城县。按《彭门记》云:殷之贤臣彭祖,颛顼之玄孙,至殷末,寿及七百六十七岁。今墓犹存,故邑号大彭焉"①。《资治通鉴》卷八《秦记三》亦有相似记载,"彭门记:彭祖,颛顼之玄孙,至商末寿及七百六十七岁,今莫犹存,故邑号彭城"②。《读史方舆纪要·南直十一》亦曰:"徐州,禹贡徐州之域,古大彭氏国也。春秋、战国属宋,后属楚。秦属泗水郡,项羽自立为西楚霸王,都此。汉为楚国,地节元年改为彭城郡,寻复故。后汉亦为楚国,章帝改为彭城国。晋因之,仍立徐州以为重

---

① [宋]乐史撰:《太平寰宇记》卷之十五,王文楚等点校,中华书局2007年版,第297页。
② [宋]司马光编著:《资治通鉴》卷八,[元]胡三省音注,中华书局1956年版,第282页。

镇。"① 通过以上三段内容上大致相似的记载，我们可以窥出以下三点：其一，大彭亦即彭城；其二，彭祖寿年有七百六十七岁虽有虚诞之嫌，但可证明的是殷商之时即有华夏先民在彭城生息繁衍，其历史之悠远自不待言；其三，楚怀王及西楚霸王项羽之楚国都曾定都于彭城，其地理位置亦非一般郡县可比。

彭城位于古代大河冲积平原前缘偏南处的苏北丘陵地带，四周多山头。城东三里处有鸡鸣山，亦名子房山，是汉张良使计"四面楚歌"败项羽之处，鸡鸣山往东又有定国山；城东南四里处有奎山，与泗水相对的骆驼山是出入徐州东南的重要通道；城南二里处有蜿蜒盘曲的云龙山，在此处可以一览徐州城全景；城西南有丁塘山，距城二十五里左右，是汉高祖刘邦拔剑之所在；著名的赭土山，亦即楚王山，位于城西北二十五里处，传为古贡五色土所出之处；楚汉相争的主战场九嶷山又名九里山，位于城北五里处，九嶷山东西有宝峰山和团山，西北又有看花山和孤山并肩而立；距城东北六十里、八十五里有彭城山和茱萸山。彭城西部较为平坦，其地正如苏轼所说："三面被山，独其西平川数百里，西走梁、宋，使楚人开关而延敌，材官驺发，突骑云纵，真若屋上建瓴水也。"②

彭城东、北、南三面环山，而东、北、西又三面阻河，其河流是泗水和汴水。泗水是淮水的一大支流，其水源出自山东卞县故城东南，会洙水、洸水、荷水，流至沛县境内，东侧又有南梁和漷河两条支流汇入，西侧则有泡水汇入，然后在城东北与汴水合流并穿彭城东面而过，南下经泗阳县至淮阴县北入淮河。除泗水外，与彭城相关的另一条重要的河流是汴水。汴水亦称汳水、丹水，出阴沟于浚仪县北，经商丘后又名获水，后经陈留到达彭城西南，转而向北经彭城西北角，又东流至彭城东北角与泗水汇合。因此，彭城西面和北面有汴水相阻，而东面是融汇汴水之泗水流经，形成了一个水流

---

① [清]顾祖禹撰：《读史方舆纪要》卷二十九，贺次君、施和金点校，中华书局2005年版，第1387页。
② [宋]苏轼撰：《苏轼文集》卷二十六《徐州上皇帝书》，孔凡礼点校，中华书局1986年版，第758页。

东、北、西三方包绕、唯南面可走车马的特殊地形。

彭城地处于中原、江淮、齐鲁的交接之处,到中国各地有多条陆路:往西经砀山、睢阳可至洛阳、长安等地;西北经山阳,通往定陶;北上经蕃、薛,能至鲁国、济南;向东北行,至于琅邪;过淮阴沿邗沟往南可到广陵;如缘临淮、阴陵南走,从丹阳渡江,则达江东各郡;过淮水向西南,便至寿春与九江。彭城又是泗水、汴水的交汇之处。自从春秋时期邗沟与菏水的开凿连通了江淮之水、泗济之流,直接贯通了中原与长江下游地区,而彭城便成了东南西北水陆交通的重要枢纽,《尚书·禹贡》曰:"海岱及淮惟徐州,……浮于淮泗,达于河。"① 秦至西汉,彭城是当时从西往东或由东向西的重要交通关口,秦始皇东巡皆以彭城为中转地,然后向南或向北。顾祖禹《读史方舆纪要》言:"(徐)州冈峦环合,汴、泗交流,北走齐、鲁,西通梁、宋,自昔要害地也。……及晋人南渡,彭城之得失辄关南北之盛衰。……经营天下,岂可以彭城为后图哉!"②

彭城重要的战略地位从春秋时期即得以体现。《左传·鲁成公十八年》载:"夏六月,郑伯侵宋,及曹门外。遂会楚子伐宋,取朝郏。楚子辛、郑皇辰侵城郜,取幽丘。同伐彭城,纳宋鱼石、向为人、鳞朱、向带、鱼府焉,以三百乘戍之而还。"③ "同伐彭城",可见彭城易守难攻,"三百乘"计兵士约两万两千五百余人,可见对彭城之重视。《史记·宋微子世家》亦载:"平公三年,楚共王拔宋之彭城,以封宋左师鱼石。四年,诸侯共诛鱼石,而归彭城于宋。"④ 楚共王拔彭城,正值晋楚争霸时期,彭城的得与失影响着各国以后的发展前景,楚欲羁控彭城的目的是占据彭城要道以绝中原强晋与东南之交通,而晋则冀以之为缓冲并以之通东南诸地,固不可使彭城落入

---

① [汉]孔安国传,[唐]孔颖达疏:《尚书正义》卷六,见[清]阮元校:《十三经注疏》,中华书局2009年版,第311—312页。
② [清]顾祖禹撰:《读史方舆纪要》卷二十九,贺次君、施和金点校,中华书局2005年版,第1388—1389页。
③ 杨伯峻编著:《春秋左传注》(修订本),中华书局2009年第三版,第911页。
④ [汉]司马迁撰:《史记》卷三十八《宋微子世家》,[唐]张守节正义,中华书局1959年版,第1630页。

楚手,因此晋楚双方以及各自亲近势力在彭城展开拉锯战,彭城成为晋楚双方必争之势力范围乃其必然。正如钱穆先生所言,"盖宋都商丘,其地四望平坦,无险可守。彭城俗劲悍,又当南北之冲。自楚拔彭城以封鱼石,晋悼围之,重以畀宋,而彭城乃为形胜所必争"①。

秦汉之际,项羽挥兵入咸阳,为群雄之首,自号西楚霸王,但最终却定都彭城,这虽然受其浓重的乡土观念所影响,但"另一方面,也说明了先秦以来,彭城战略地位的重要,并确立了彭城为区域政治中心的地位"②。北宋苏轼《徐州上皇帝书》评曰:"及移守徐州,览观山川之形势,察其风俗之所上,而考之于载籍,然后又知徐州为南北之襟要,而京东诸郡安危所寄也。昔项羽入关,既烧咸阳,而东归则都彭城。夫以羽之雄略,舍咸阳而取彭城,则彭城之险固形便,足以得志于诸侯者可知矣。"③汉魏之际,彭城更是诸多军团极力夺取的四战要地,在此必争之地,诸侯常置重兵。控制了彭城,就是控制了东西方的交通枢纽,失去了彭城,往往意味着更大的失败甚至整体性的溃败和毁灭。比如陶谦,在失掉彭城之后昏乱而忧死。又如吕布,彭城落入曹操手后,失去了战略上的强藩劲屏,以致曹军长驱而入彻底覆灭。曹魏之后,彭城转而成为与孙吴作战的重要战略后方而受到统治阶级的格外垂青,魏文帝有多次对彭城进行巡视勘察、赦免罪犯及问民疾苦。南朝刘宋时期,宋大将王玄谟对此深有所感,"彭城南届大淮,左右清汴,表里京甸,捍接边境,城隍峻整,襟卫周固。又自淮以西,襄阳以北,经途三千,达于济岱。六州之人,三十万户,常得安全,实由此镇"④。

---

① 钱穆:《先秦诸子系年》卷三《宋偃称王为周显王四十一年非慎靓王三年辨·附宋王偃即徐偃王说》,商务印书馆2005年版,第370页。
② 肖爱玲:《试论徐州建都之地理基础》,见《中国古都研究》(第十七辑),三秦出版社2001年版,第100—101页。
③ [宋]苏轼撰:《苏轼文集》卷二十六《徐州上皇帝书》,孔凡礼点校,中华书局1986年版,第758页。
④ [唐]杜佑撰:《通典》卷第一百八十《州郡·古徐州》,王文锦等点校,中华书局1988年版,第4779页。

二、彭城地域的民风民俗

彭城所在地域，为古徐州，其地东襟黄海，西接中原，南屏江淮，北扼齐鲁，属四战之地，故彭城的民风民俗，如《隋书·地理志》所言，"其（徐州）在列国，则楚、宋及鲁之交。考其旧俗，人颇劲悍轻剽，其士子则挟任节气，好尚宾游，此盖楚之风焉。大抵徐、兖同俗，故其余诸郡，皆得齐鲁之所尚。莫不贱商贾，务稼穑，尊儒慕学，得洙泗之俗焉"①。的确，徐州至两汉时颇有兴儒尊教之遗风，其典型者如汉代楚元王刘交，是汉高祖刘邦兄弟当中最有文化的一个，《汉书·楚元王传》载："（刘交）好书，多材艺。少时尝与鲁穆生、白生、申公俱受《诗》于浮丘伯。……元王既至楚，以穆生、白生、申公为中大夫。"②刘交在《诗经》方面有着深厚的造诣，且在蒐罗各家的基础上撰写了一部有关《诗经》的专著，史称"元王诗"。刘交不但自己文化水平较高，而且也注重提高子嗣的文化素养，其子刘郢客被派往长安向昔日老师浮丘伯学习《诗经》，因此刘郢客亦饱读诗书，博学多才。在楚王尊贤下士、倡导文化的影响下，当时楚国的确成为西汉学术氛围最为浓厚的地区之一。刘交子孙中最具文名的是刘向和刘歆，父子俩都是汉代最著名的经学家、目录学家和文学家。但《隋书·地理志》载"大抵徐、兖同俗"而"尊儒慕学，得洙泗之俗"，其实是不甚确切的，杜佑《通典·州郡十》曰："徐方邹鲁旧国，汉兴犹有儒风。自五胡乱华，天下分裂，分居二境，尤被伤残。"③其意是，随着汉末至两晋大规模的兵燹之祸，士人们辗转流离、朝不保夕，大多无暇顾及文化的传承与宗源，徐州尚文尊儒的风习至魏晋之时已略无遗余。

徐州处四战之地，从春秋时期始即饱经战争的磨砺，其民风剽悍、尚武

---

① ［唐］魏征等撰：《隋书》卷三十一《地理志下》，中华书局1973年版，第872—873页。
② ［汉］班固撰：《汉书》卷三十六《楚元王刘交传》，［唐］颜师古注，中华书局1962年版，第1921—1922页。
③ ［唐］杜佑撰：《通典》卷第一百八十，王文锦等点校，中华书局1988年版，第4785页。

任气，苏轼所谓"其民皆长大，胆力绝人，喜为剽掠，小不适意，则有飞扬跋扈之心，非止为盗而已"①。推翻暴虐秦朝的刘邦、项羽之故地沛和宿迁与彭城皆近在徐州数百里间。自此之后，徐州"其人以此自负，凶桀之气，积以成俗"②。

汉末的黄巾起义，徐州地域亦是最早响应之地域。徐州的黄巾军，《后汉书·皇甫嵩传》载，汉灵帝中平元年（184年）张角黄巾起义时，"自青、徐、幽、冀、荆、杨、兖、豫八州之人，莫不毕应"③，《后汉书·灵帝纪》中平五年（188年），"冬十月，青、徐黄巾复起，寇郡县"④，《后汉书·公孙瓒传》载："初平二年（191年），青、徐黄巾三十万众入渤海界，欲与黑山合。"⑤ 由以上三条记载，我们约略可以觇见，黄巾起义初始暴发之时，徐州地区民众已应声而动，而在黄巾军主力被各路军阀残酷镇压之后，徐州地区尚有黄巾余部活动，并且有扩大和发展的趋势，在曹操于寿张东界战黄巾军的前一年，青、徐黄巾军更是沟通一气，且有同冀州黑山黄巾军偶合的趋势。

徐州的黄巾军之所以退而又起，难以骤灭，就是因为徐州民风剽悍，而又能抱团守义，《三国志·陶谦传》注引《吴书》曰："臣前初以黄巾乱治，受策长驱，匪遑启处。虽宪章敕戒，奉宣威灵，敬行天诛，每伐辄克，然妖寇类众，殊不畏死，父兄歼殪，子弟群起，治屯连兵，至今为患。若承命解甲，弱国自虚，释武备以资乱，损官威以益寇，今日兵罢，明日难必至，上

---

① ［宋］苏轼撰：《苏轼文集》卷二十六《徐州上皇帝书》，孔凡礼点校，中华书局1980年版，第758—759页。
② ［宋］苏轼撰：《苏轼文集》卷二十六《徐州上皇帝书》，孔凡礼点校，中华书局1980年版，第759页。
③ ［南朝·宋］范晔撰：《后汉书》卷七十一《皇甫嵩传》，［唐］李贤等注，中华书局1965年版，第2299页。
④ ［南朝·宋］范晔撰：《后汉书》卷八《孝灵帝纪》，［唐］李贤等注，中华书局1965年版，第356页。
⑤ ［南朝·宋］范晔撰：《后汉书》卷七十三《公孙瓒传》，［唐］李贤等注，中华书局1965年版，第2359页。

忝朝廷宠授之本,下令群凶日月滋蔓,非所以强干弱枝遏恶止乱之务也。"①可见徐州黄巾兵虽被攻击,但势力依然较为强悍,有父子聚众为兵和坚持长期战斗的传统。徐州黄巾军后被臧霸所收编,《臧霸传》曰:"(徐州)黄巾起,霸从陶谦击破之,……遂收兵于徐州,与孙观、吴敦、尹礼等聚众,霸为帅,屯于开阳。"②臧霸所收编的应当就是被其击破的徐州黄巾军,这与曹操收编青州兵相类似,此类兵众在被击败溃散之后有归田从良者,亦有不得归田者,且不得归田者人数众多。但即使如此,徐州兵与其他军队亦有所不同,其自成体系,往往不受别的将领所调度和任用。建安二十五年(220年)正月,"会太祖崩,霸所部及青州兵,以为天下将乱,皆鸣鼓擅去"③,由此可见,徐州兵与青州兵相埒,即使在被曹操收编之后,也没有改变其将属关系而是自成体系。

第二节　刘氏溯源及彭城刘氏

刘姓是中国最古老而又最有影响的著名大姓,《元和姓纂》卷五"刘"姓载:"帝尧,陶唐之后,受封于刘。裔孙刘累,事夏后孔甲,在夏为御龙氏,在商为豕韦氏,在周为唐杜氏。杜伯子隰叔奔晋,为士氏;孙士会,适秦,后归晋,其处者为刘氏。又周大夫食采于刘,亦为刘氏。康公、献公其后也。士会之后,周末家于魏,又徙丰、沛。至丰公生煓,字执嘉,生汉高祖。至光祖至献帝逮王莽十八帝,年计四百二十五年。"④ 又,郑樵《通

---

① [晋] 陈寿撰:《三国志·魏书》卷八《陶谦传》,[南朝·宋] 裴松之注,中华书局1982年第2版,第250页。
② [晋] 陈寿撰:《三国志·魏书》卷十八《臧霸传》,[南朝·宋] 裴松之注,中华书局1982年第2版,第537页。
③ [晋] 陈寿撰:《三国志·魏书》卷十八《臧霸传》,[南朝·宋] 裴松之注,中华书局1982年第2版,第538页。
④ [唐] 林宝撰:《元和姓纂》卷五(附四校记),岑仲勉注,中华书局1994年版,第662页。

志·氏族二》：载"尧之后分为六，唐氏、杜氏、范氏、刘氏、韦氏、祁氏，皆为著姓，岂尧泽之不泯欤？"①据此看来，"刘"姓有两个源头，其最早者源出于尧帝陶唐氏，尧之后裔分为六，其中一支受封于刘者为刘氏，后又有周之大夫食邑为刘者亦为刘氏。刘氏子孙之居住地，有彭城、沛县、萧县、弘农、河间、中山、梁郡、南阳、高平、广平、东莞、高唐、东平、广陵、临淮、琅琊、东海、南郡、高密、竟陵、范阳、东莱、丹阳、兰陵、杼秋、宣城、陈留、武功、濮阳、尉氏、济阴、京兆、庐陵、南康、谯郡、东郡、河南、雕阴、东阳等地，其范围之广，可谓遍布天下。在如此众多的刘氏分居地中，彭城刘氏是其中的佼佼者。

彭城刘氏最早者可追溯至汉高祖刘邦同父异母弟楚元王刘交，刘交死后传位给儿子刘郢客，其孙刘戊继刘郢客位后因谋反兵败自杀，刘交另一子刘礼得以嗣楚王位，其后刘礼子孙刘道、刘襄、刘纯与刘延寿相继嗣立为楚王，刘延寿亦因谋反而自杀，汉宣帝乘机废除了楚元王子孙世代承袭的楚国。除了楚元王刘交之外，两汉尚有三支刘姓皇室相继在彭城被封为王：其一是汉宣帝于甘露三年（前55年）封其子刘嚣为楚孝王，其后刘嚣子孙刘文、刘衍和刘纡先后继楚王位，至王莽篡汉时国除；其二是东汉光武帝刘秀于建武十五年（39年）封其子刘英为楚公，后晋升为楚王，至明帝永平十三年（70年）以谋反罪除国；其三是汉和帝以章帝遗诏改楚国为彭城国，以六安王刘恭为彭城王，此后刘恭子孙刘道、刘定、刘和、刘祗相继为彭城王，至魏受禅乃除国。

这四支受封彭城的刘姓诸侯王，或因谋逆反叛而除国，或以改朝换代而免王，但因为同受封于彭城而举家皆藩居于此，其子孙亦于彭城不断繁衍壮大，并寖以形成以彭城为其地望的刘姓大家族。这四支刘姓彭城诸侯王中，其子孙后裔的发展又并非整齐划一，而是互有轩轾，其中对后世影响最大的是楚元王刘交和楚孝王刘嚣的后裔。

---

① [宋]郑樵撰：《通志二十略·氏族略第二》，王树民点校，中华书局1995年版，第38页。

据《宋书·刘延孙传》载,"延孙与(刘宋)帝室虽同是彭城人,别属吕县。刘氏居彭城县者,又分为三里,帝室居绥舆里,左将军刘怀肃居安上里,豫州刺史刘怀武居丛亭里,及吕县凡四刘。虽同出楚元王,由来不序昭穆"①。意即彭城刘氏四支皆楚元王刘交之后,《魏书·刘芳传》及《晋书·刘隗传》亦作如是观。但唐代著名史家刘知几著《刘氏家史》及《谱考》,却认为彭城丛亭里刘氏出自汉楚孝王刘嚣,《旧唐书·刘子玄传》曰:"彭城丛亭里诸刘,出自宣帝子楚孝王嚣曾孙司徒居巢侯刘恺之后,不承楚元王交。皆按据明白,正前代所误。"②丛亭里刘氏一支在晋时知名者有刘讷,西晋时任司隶校尉,史载其有人伦鉴识,其评名士曰:"王夷甫太鲜明,乐彦辅我所敬,张茂先我所不解,周弘武巧于用短,杜方叔拙于用长。"③刘讷子刘畴字王乔,"少有美誉,善谈名理"④,得司空蔡谟及王导评为三公之美选。刘讷侄刘隗,"少有文翰,……雅习文史,善求人主意"⑤,深得人主之器遇,在任丞相司直期间不惧强权,先后弹劾护军将军戴若思、世子文学王籍之、东阁祭酒颜合、庐江太守梁龛、丞相行参军宋挺、南中郎将王含等。刘讷四世孙刘该任北青州刺史,后因东晋桓玄当政不得不降于魏,是北魏入主中原后南方降魏的第一批重要将领,其孙刘芳为北魏著名经学家,号为刘石经,被目之为儒宗,颇受当局器重,曾两次代表北魏朝廷出使徐州,其家族显贵于北朝。另外,彭城丛亭里刘氏成员中尚有《宋书·刘延孙传》中的豫州刺史刘怀武、《隋书·刘子翊传》中的刘子翊,前者应是将家,而后者"少好学,颇解属文……有吏干"⑥,是吏治与能文的兼备者。

两晋彭城刘氏中多将家,声名最为显赫者为刘牢之一支和宋武帝刘裕一

---

① [南朝·梁]沈约撰:《宋书》卷七十八《刘延孙传》,中华书局1974年版,第2019—2010页。
② [后晋]刘昫等撰:《旧唐书》卷一百二《刘子玄传》,中华书局1975年版,第3171页。
③ [唐]房玄龄等撰:《晋书》卷六十九《刘讷传》,中华书局1974年版,第1841页。
④ [唐]房玄龄等撰:《晋书》卷六十九《刘畴传》,中华书局1974年版,第1841页。
⑤ [唐]房玄龄等撰:《晋书》卷六十九《刘隗传》,中华书局1974年版,第1835页。
⑥ [唐]魏徵等撰:《隋书》卷七十一《刘子翊传》,中华书局1973年版,第1651页。

支，刘裕一支另有专论，此处仅谈刘牢之一支。刘牢之一支在晋时"世以将显"①，可见已是世代将门，曾祖刘羲历任北地、雁门太守，以其善射为武帝所知，其父刘建，史载有武干，除征虏将军。刘牢之是东晋时著名北府将领，太元四年（379 年）随谢玄在盱眙一带击败前秦军队的进攻，太元八年（383 年）率精兵五千夜袭驻洛涧的五万前秦军，取得空前胜利，对整个淝水战役的发展起着甚为重要的作用，刘牢之也因功封为龙骧将军、彭城内史。刘牢之所率北府兵英勇善战，无论对外还是对内，都是一支可以左右时局的重要军事力量。事实上，刘牢之先在王恭与司马元显的较量中反王恭而司马元显胜，后又在司马元显和桓玄的对抗中反司马元显而桓玄胜。可惜的是，刘牢之并未能抓住历史给予的机遇，审时度势，乘机进取，获得更大的成功，反而被桓玄剥夺兵权，最终被逼自缢而亡。但刘牢之的遭际并非全无价值，他的成功与失败为其后来者——同是彭城的刘裕——以莫大的启迪与借鉴，终使晋帝禅代，造宋成功。

第三节 南朝彭城刘氏中刘裕一支的发展轨迹

一、刘裕的家世

1. 刘裕出身的时代背景

门阀制度的渊源可以追溯至两汉地方大姓势力，从汉末起即已开始滋长，曹丕即位后实施的九品中正制又更加巩固和加强了这一趋势。但即使如此，品第在魏时也并非一味着重于家世。迄于西晋，"台阁选举，涂塞耳目，九品访人，唯问中正。故据上品者，非公侯之子孙，则当涂之昆弟也"②，其议论品第基本侧重于世族独占上品这一点，以致造成"上品无寒人，下品无

---

① ［南朝·宋］刘义庆撰：《世说新语笺疏》，［南朝·梁］刘孝标注、余嘉锡笺疏，卷上之下刘孝标注引《续晋阳秋》，中华书局 2007 年版，第 329 页。
② ［唐］房玄龄等撰：《晋书》卷四十八《段灼传》，中华书局 1974 年版，第 1347 页。

士族"① 的局面。

"八王之乱"后，晋室东渡，琅邪王氏诸兄弟尽心辅佐元帝司马睿，积极笼络当地土著，巧妙协调南北各阶级——主要是侨姓士族和吴姓士族在南方的利益，形成"王与马，共天下"② "禄去王室，朝权国命，递归台辅。君道虽存，主威久谢"③ "皇帝垂拱，士族当权，流民出力"④ 的局面，以致韦华对姚兴说："晋主虽有南面之尊，无总御之实。宰辅执政，政出多门，权去公家，遂成习俗。"⑤ 东晋门阀制度遂得以达到其顶峰形态——门阀政治。东晋政权既是在高门大族支持下得以建立和巩固的，那么高门大族的各项特权自是比西晋有过之而无不及，这一点，只要考查一下东晋各时期的宰辅人选即可得知。从琅邪王氏、颍川庾氏、谯国桓氏、陈郡谢氏到太原王氏，都是世族大姓。⑥

2. 从《宋书》《魏书》《南史》等看刘裕的家世

魏晋时期，中国社会的阶级结构较为复杂，高敏先生的《魏晋南北朝经济史》将其分为两大营垒、四个等级和八个阶层，祝总斌先生简化为高门、次门与役门、兵户和吏家，汪征鲁先生则分自由民以上为高级士族、一般士族与寒门。南朝刘宋开国皇帝刘裕，因其出生于门阀士族，极其注重门第与地望，最终奋起于行伍成为南朝刘宋开国皇帝，引导南朝近两百年的历史潮流，其家世出身受到世人的关注亦是自不待言。

《宋书》本纪载曰："高祖武皇帝讳裕，字德舆，小名寄奴，彭城县绥舆里人，汉高帝弟楚元王交之后也。交生红懿侯富，富生宗正辟强，辟强生阳城缪侯德，德生阳城节侯安民，安民生阳城釐侯庆忌，庆忌生阳城肃侯岑，

---

① ［唐］房玄龄等撰：《晋书》卷四十五《刘毅传》，中华书局1974年版，第1274页。
② ［唐］房玄龄等撰：《晋书》卷九十八《王敦传》，中华书局1974年版，第2554页。
③ ［南朝·梁］沈约撰：《宋书》卷三《武帝纪下》，中华书局1974年版，第60页。
④ 田余庆：《东晋门阀政治》，北京大学出版社2012年版，第333页。
⑤ ［唐］房玄龄等撰：《晋书》卷一百十七《姚兴传上》，中华书局1974年版，第2980页。
⑥ 关于桓温的家世，参见田余庆：《东晋门阀政治》第四章"桓温的先世和桓温北伐问题"，北京大学出版社2012年版。

岑生宗正平，平生东武城令某，某生东莱太守景，景生明经洽，洽生博士弘，弘生琅邪都尉悝，悝生魏定襄太守某，某生邪城令亮，亮生晋北平太守膺，膺生相国掾熙，熙生开封令旭孙。旭孙生混，始过江，居晋陵郡丹徒县之京口里，官至武原令。混生东安太守靖，靖生郡功曹翘，是为皇考。"① 从这个详细的家世传承谱看来，《宋书》的作者认定刘裕的祖先可以追溯至汉的建立者汉高祖刘邦同父异母之亲弟楚元王刘交。

但是，这个谱系的真假，早就有人怀疑过。由于刘裕家族过江之前史实中没有发现其家世的佐证材料，所以魏收的《魏书》竟认为，"刘裕……其先不知所出，自云本彭城人，或云本姓项，改为刘氏，然亦莫可寻也，故其与丛亭、安上诸刘了无宗次"②。清代王鸣盛《十七史商榷》也认为，"武帝世贫贱，崩后犹藏微时耕具，以示子孙。《宋书》历叙先世名位，皆未必可信"③。未必可信的理由大概有以下几条：其一，《宋书》虽是沈约所作，其定稿"当在齐萧鸾称帝以后，甚至在梁武帝即位以后"④，但其所本则是刘宋何承天、山谦之、裴松之、苏宝生，特别是徐爰奉命修的刘宋《国史》，而作为刘宋臣子的徐爰等人修刘宋史，完全有可能抬高刘裕身价而进行编造；其二，《宋书》的作者沈约之祖辈沈田子和沈林子为宋武亲信，且沈约修《宋书》的时间又较短，"古来修史之速未有若此者"⑤，故沈约因袭徐爰的著作而不改动武帝的出身可能性较大。

我们先从第二点来看，似乎有点站不住脚。沈约祖辈固是武帝亲信，但其父沈璞则因奉迎之晚而为孝武所杀，以致约"十三而遭家难，潜窜……流寓孤贫"⑥，其苦辛艰难自不待言。以己颠沛流离、孤苦潜窜、痛彻心扉的年

---

① [南朝·梁] 沈约撰：《宋书》卷一《武帝纪上》，中华书局1974年版，第1页。
② [北朝·齐] 魏收撰：《魏书》卷九十七《岛夷刘裕传》，中华书局1974年版，第2129页。
③ [清] 王鸣盛著，黄曙辉点校：《十七史商榷》卷五十四，上海书店出版社2005年版，第393页。
④ [南朝·梁] 沈约撰：《宋书》，中华书局1974年版，"出版说明"，第2页。
⑤ [清] 赵翼著，王树民校证：《廿二史劄记校证》（订补本）卷九，中华书局1984年版，第179页。
⑥ [唐] 李延寿撰：《南史》卷五十七《沈约传》，中华书局1975年版，第1410页。

少经历，而隐匿杀父仇人的家世出身，恐非一般人所能为之。至于沈约修《宋书》时间较短的确是事实，但我们无可否认的是，沈约修史的时间不会短到连开国之君的家世出身都无法顾及。如果徐爰本《国史》对刘裕的家世有所隐匿，沈约一定会加以修正。正因为沈约没有褒誉刘裕家世之可能和必要，所以刘裕的家世如现行《宋书》所载有两种可能：其一，徐爰本《国史》即是如此而沈约认可；其二，徐爰本《国史》本非如此而沈约加以修正成如此。

再来看北朝魏收所修《魏书》，初稿完成于554年，后因被评为"秽史"而责令加以修改①，其时正是南北对峙之际，南朝诸位君主均被魏收称之为"岛夷"，其鄙薄南人之心可谓昭然。且魏收所修刘裕之身世，亦无其他史实材料以资旁证。但萧子显《南齐书·刘悛传》载："彭城刘同出楚元王，分为三里，以别宋氏帝族。"② 其中观点同于《宋书》。唐人李延寿所修《南史》也不以《魏书》为本而以《宋书》为本。所以再退一步说，如果沈约修《宋书》因时间仓促对徐爰等的旧本不曾仔细甄别而一仍其旧为宋武家世隐讳的话，那么萧子显修《南齐书》已在萧梁时期，刘宋帝室的政治影响早已白云苍狗，《南齐书》中对刘宋帝室的家世就不可能再有所遮蔽。而且，作为唐人的李延寿来说，处于南北大一统的盛世唐朝，早已不存在厚南薄北或厚北薄南的思想，其取法《宋书》当然是李延寿本就认为《宋书》述刘裕之身世更有说服力。但较《宋书》而言，《南史》所记刘裕身世更为简练，"宋高祖武皇帝讳裕，字德舆，小字寄奴，彭城县绥舆里人，姓刘氏，汉楚元王交之二十一世孙也。彭城楚都，故苗裔家焉。晋氏东迁，刘氏移居晋陵丹徒之京口里。皇祖靖，晋东安太守。皇考翘，字显宗，郡功曹"③。亦可看出，《南史》的记载简洁而耐人寻味。首先，《南史》明确肯定刘裕为汉楚元王之后，且是二十一世孙，而且特别指出，彭城是原楚国的都城，所以楚元

---

① ［北朝·齐］魏收撰：《魏书》，中华书局1974年版，"出版说明"，第2页。
② ［南朝·梁］萧子显撰：《南齐书》卷三十七《刘悛传》，中华书局1972年版，第649页。
③ ［唐］李延寿撰：《南史》卷一《武帝纪》，中华书局1975年版，第1页。

王的子孙就居住于此。其次，刘裕的家世谱系从楚元王一直简省，至刘裕祖父靖才加以记载，刘裕之父加其字以补之。楚元王至刘裕曾祖刘混的世系被减省，是出于遵守《南史》从简的原则，抑或是因其世系史无旁证而混沌不明，甚或是两者兼而有之，我们已无以寻绎个中原委。但李延寿确定刘裕出于楚元王之后，这一点是毋庸置疑的。另外，同样是唐代的林宝所撰《元和姓纂》于"刘"姓"彭城"条亦言："汉高弟楚元王交，生休侯富。富生辟强。辟强生阳城侯德。德生向。向生歆。子孙居彭城，分居三里，丛亭、绥舆、安上里。……绥舆里。宋武帝所承，生文帝；生孝武帝、明帝，宋四代八帝六十年，为齐所灭。"①《元和姓纂》之谱系中，分居丛亭、绥舆和安上里的诸刘皆为刘向、刘歆之后裔，与《宋书·武帝纪》所载不符，而刘宋帝室出于绥舆里且为楚元王刘交之后则毫无疑义。著名学者陈寅恪先生对刘裕的家世则大体依照《宋书·刘延孙传》的观点："刘氏居彭城县者，又分为三里，帝室居绥舆里，左将军刘怀肃居安上里，豫州刺史刘怀武居丛亭里，及吕县凡四刘。虽同出楚元王，由来不序昭穆。"② 陈先生认为，"刘延孙出于吕县刘，为雍州刺史刘道产之子，绥舆刘较之于吕县刘，豪霸性格更浓，但门第并不低贱"③，"（刘裕）雅道风流虽然无闻，要知不是庶人，而为一未进入文化士族之林的豪族（楚子）"④。可见，陈先生也是认同《宋书》中所描述的刘裕之家世的。

但是，刘裕家本贫穷应该是不争的事实，这可以从其发迹前的生存状况得以窥见。《宋书·刘怀肃传》载："初，高祖产而皇妣殂，孝皇帝贫薄，无

---

① ［唐］林宝撰，岑仲勉注：《元和姓纂》卷五（附四校记），中华书局1994年版，第663—675页。
② ［南朝·梁］沈约撰：《宋书》卷七十八《刘延孙传》，中华书局1974年版，第2019—2010页。
③ 万绳楠整理：《陈寅恪魏晋南北朝史讲演录》，贵州人民出版社2011年版，第155页。
④ 万绳楠整理：《陈寅恪魏晋南北朝史讲演录》，贵州人民出版社2011年版，第156页。

由得乳人,议欲不举高祖。高祖从母生怀敬,未期,乃断怀敬乳,而自养高祖。"① 亲母死而无人抚养,可见家世之贫困。刘裕稍长则"恒以卖履为业"②,又因"贫陋过甚,尝自往新洲伐荻,有纳布衫袄等衣,皆敬皇后手自作"③,更有甚者,刘裕"尝负刁逵社钱三万,经时无以还。逵执录甚严,王谧造逵见之,密以钱代还,由是得释"④。刘裕发迹前种种生存状况表明,刘裕家道的确贫穷,故"盛流皆不与相知"⑤。但是贫穷却并不代表其出身庶族,如颜之推《颜氏家训·涉务》所说,"因晋中兴,南渡江,卒为羁旅,至今八九世,未有力田,悉资俸禄而食"⑥ 的"江南朝士",如果因为种种特殊的原因,比如降官、失官和早死可以导致资俸禄而食者陷入暂时的贫困。这种情况在魏晋南朝时期并不乏其人。比如"以家贫亲老,求为小邑"⑦ 的孙盛出自太原高门孙氏,"以贫,求剡县"⑧ 的李充出自高门江夏李氏,"诸父并贵盛,惟父独守贫约"⑨ 而"躬亲稼穑,以给供养,……岁大饥,藜羹不糁"⑩ 的颍川庾衮,"家贫,织芒屩以为养,虽荜门陋巷,晏如也"⑪ 的沛国刘惔,甚至如"兄弟并少,家贫,母患,须羊以解,无由得

---

① [南朝·梁]沈约撰:《宋书》卷四十七《刘怀肃传》,中华书局1974年版,第1404页。
② [北朝·齐]魏收撰:《魏书》卷九十七《岛夷刘裕传》,中华书局1974年版,第2128页。
③ [南朝·梁]沈约撰:《宋书》卷七十一《徐湛之传》,中华书局1974年版,第1844页。
④ [南朝·梁]沈约撰:《宋书》卷一《武帝纪上》,中华书局1974年版,第10页。
⑤ [南朝·梁]沈约撰:《宋书》卷一《武帝纪上》,中华书局1974年版,第10页。
⑥ [北朝·齐]颜之推撰,王利器集解:《颜氏家训集解》卷第四(增补本),中华书局1993年版,第324页。
⑦ [唐]房玄龄等撰:《晋书》卷八十二《孙盛传》,中华书局1974年版,第2147页。
⑧ [南朝·宋]刘义庆撰:《世说新语笺疏》卷上之上刘孝标注引《中兴书》,[南朝·梁]刘孝标注,余嘉锡笺疏,中华书局2007年第2版,第163页。
⑨ [唐]房玄龄等撰:《晋书》卷八十八《庾衮传》,中华书局1974年版,第2281页。
⑩ [唐]房玄龄等撰:《晋书》卷八十八《庾衮传》,中华书局1974年版,第2281页。
⑪ [唐]房玄龄等撰:《晋书》卷七十五《刘惔传》,中华书局1974年版,第1990页。

之"① 乃以其弟桓冲为质的谯国桓温,"家贫好学,尝三日绝粮"② 的一流高门琅邪王韶之,"清贫,居宇穿漏"③ 的王延之及"少孤贫"④ 的王弘之等,皆是如此。

因此,魏晋时期一个人的出身是士族还是庶族,并不能仅仅以其是否贫寒为主要依据,而应该以其家族整体仕宦情况为核心坐标。据《宋书》载,刘裕为汉高祖刘邦弟楚元王刘交的二十一世孙,曾祖刘混为武原令,祖父刘靖为晋东安太守,父刘翘为郡功曹,刘裕族弟刘遵考曾祖刘淳为正员郎,祖父刘岩为海西令,父刘涓子为彭城内史。其中县令、太守、内史等为地方官,如果"冒于货贿,唯富是图,肆情恣欲,无止无足"⑤,则剥削收入极为丰厚,所以很多一流世家子弟都担任过此类职务。郡功曹的主要职务是掌管选举,在曹魏时期多是著姓士族担任,而在晋时一般高门世家子弟不再任此职,但门望稍差的士族子弟还是以此为起点走入仕途。正员郎就是正员散骑侍郎,与员外散骑侍郎、通直散骑侍郎相对而又略高,许多高门士族子弟都曾任过此职。这几类官职,寒门庶族一般是无法染指的,虽然偶一可能会有个别例外情况,但如果一个家族中有多名成员担任此类官品,那我们就基本可以认定此家族非寒门庶族。

除家族整体仕宦情况外,婚姻亦是考察家族门第的重要线索。以刘裕一家来说,我们当然不能考察其当权及即帝位之后刘裕子孙的婚姻状况,而应考察刘裕当权之前及其祖辈的婚姻情况。据史书所载,刘裕之父刘翘先后有二妻,即赵皇后和萧皇后。赵皇后祖赵彪为治书侍御史,父赵裔为平原太守。萧皇后祖萧亮为侍御史,父萧卓为洮阳令。刘裕之妻臧皇后,其祖臧汪为尚书郎,父臧俊为郡功曹。刘裕另有张夫人和胡婕妤,其家族史无记载。

---

① [唐] 房玄龄等撰:《晋书》卷七十四《桓冲传》,中华书局1974年版,第1948页。
② [唐] 李延寿撰:《南史》卷二十四《王韶之传》,中华书局1975年版,第661页。
③ [唐] 李延寿撰:《南史》卷二十四《王延之传》,中华书局1975年版,第652页。
④ [唐] 李延寿撰:《南史》卷二十四《王弘之传》,中华书局1975年版,第655页。
⑤ [晋] 葛洪撰,杨明照校笺:《抱朴子外篇校笺·下》百里卷二十八,中华书局1991年版,第52页。

一般而言，东晋南朝门户较高的女子不适门户较低的男子①，而门户较低的女子可能因为才貌等原因嫁入门户较高的男子之家，我们有理由相信，刘裕家族的门第与赵皇后、萧皇后及臧皇后家族不相上下甚至可能略高，至少"可证绥舆刘非贱族"②。

另一种考察途径是其发迹前所交往的人物。正所谓"物以类聚，人以群分"，在门阀制度形成后的东晋更是如此。具体到刘裕，我们可以参考与其并同举义的同谋者，有何无忌、魏咏之等二十七人，从者百余人③，同起义者多为刘裕亲戚和熟人，如刘裕弟刘道怜，刘裕为刘牢之参军时即与其有交情的何无忌，在京口与其建立友谊的魏咏之及其弟魏欣之、魏顺之，与刘裕有"州间之旧"④的檀凭之及其从子檀韶、檀道济等六人。这些人当中，镇北将军刘牢之甥何无忌官广武将军，魏咏之任兖州主簿，刘毅为州从事、中兵参军属，诸葛长民为参军平西军事，檀凭之领东莞太守加宁远将军。这些官职虽然有高有低且多属武职，但多为门望较低的士族担任。其同行者既然如此，那刘裕似也应归入门望较低的士族之列。

综上所述，刘裕的远祖应可上溯至汉高祖刘邦之亲弟楚元王刘交，其家世盛衰的衍化过程，因史无旁证，材料无由考订，但刘裕曾祖过江之后家道似已渐衰，至刘裕辈时经济状况恶化，以至陷入相当贫困的境地。但以当时的标准而言，刘裕固然不是高门世家，但其父祖辈及家族成员大多担任一般只有士族才能担任的官职，其交往者亦多居武职。所以刘裕应是陈寅恪先生所说的"次等士族"，或是祝总斌先生所说的"低级士族"。不论是"次等士族"抑或是"低级士族"，均在士族之列而非庶族之列，应该是比较确定的。

---

① 最典型的是王述坚拒桓温的求婚和沈约弹奏王源以女适满璋之子。
② 万绳楠整理：《陈寅恪魏晋南北朝史讲演录》，贵州人民出版社2011年版，第178页。
③ [南朝·梁] 沈约撰：《宋书》卷一《武帝纪上》，中华书局1974年版，第5页。
④ [唐] 房玄龄等撰：《晋书》卷八十五《桓凭之传》，中华书局1974年版，第2217页。

二、刘裕家族成员

1. 刘裕子孙

武帝刘裕有七子：少帝刘义符、庐陵王刘义真、文帝刘义隆、彭城王刘义康、江夏王刘义恭、南郡王刘义宣、衡阳王刘义季。

少帝刘义符为武帝长子，"有膂力，善骑射，解音律"①，永初三年（422年）即皇帝位，景平二年（424年）被废杀，时年十九。无子，江夏王刘义恭长子刘朗嗣，为元凶所杀。后以宗室刘祗长子刘歆继之，祗伏诛后歆还本，又以宗室刘韫第二子刘铣继之，与韫俱死，再以宗室刘琨子刘绩继之，为萧道成所杀。

庐陵王刘义真，"美仪貌，神情秀彻"②，"聪明爱文义"③，景平二年（424年）废少帝前被杀，时年十八。无子，文帝以第五子刘绍为义真嗣，"少而宽雅"④，因病薨。无子，以南平王刘铄第三子刘敬先为嗣，为前废帝所杀。无子，以世祖第二十一子刘子舆为嗣，为太宗所杀。后以桂阳王刘休范第二子刘德嗣刘绍，与刘休范俱伏诛。又以临澧忠侯刘袭第三子刘昺继绍，为萧道成所杀，国除。

彭城王刘义康，"少而聪察，及居方任，职事修理"⑤，元嘉二十四年（447年）被文帝赐死。义康有六子：允、肱、珣、昭、方、昙辩。昭与方早夭，余为元凶杀之。

---

① ［南朝·梁］沈约撰：《宋书》卷四《少帝纪》，中华书局1974年版，第63页。
② ［南朝·梁］沈约撰：《宋书》卷六十一《刘义真传》，中华书局1974年版，第1633页。
③ ［南朝·梁］沈约撰：《宋书》卷六十一《刘义真传》，中华书局1974年版，第1635页。
④ ［南朝·梁］沈约撰：《宋书》卷六十一《刘绍传》，中华书局1974年版，第1639页。
⑤ ［南朝·梁］沈约撰：《宋书》卷六十八《刘义康传》，中华书局1974年版，第1789页。

江夏王刘义恭,"幼而明颖,姿颜美丽,高祖特所钟爱,诸子莫及"①,"善骑马,解音律"②,撰《要记》五卷,起前汉迄晋太元。永光元年(465年),被前废帝于第杀之。先有十二子,为元凶所杀,后有四子,为前废帝所杀。

南郡王刘义宣,"生而舌短,涩于言论"③,"白皙,美须眉,长七尺五寸"④,因谋反被朱修之所杀。义宣有子十八人,二人早卒,四人赐死,十二人因谋反被杀,其子刘恢有子刘善藏,亦与恢同死。

衡阳王刘义季,"幼而夷简,无鄙近之累"⑤,嗜酒,因病薨。义季有二子:刘巇,大明七年薨;刘伯道,为萧道成所杀。

宋文帝刘义隆,有十九子:劭、濬、孝武帝骏、南平王铄、庐陵王绍、竟陵王诞、建平王宏、东海王祎、晋熙王昶、武昌王浑、明帝彧、建安王休仁、晋平王休祐、海陵王休茂、鄱阳王休业、临庆王休倩、新野王夷父、桂阳王休范、巴陵王休若。

元凶刘劭,"好读史传,尤爱弓马,及长,美须眉,大眼方口,长七尺四寸"⑥,弑文帝即伪位,后与四子同被杀。

刘濬,"少好文籍,姿质端妍"⑦,与元凶同逆,后与三子同被杀。

南平王刘铄,颇有文采,为孝武帝毒杀,时年二十三。铄有三子敬猷、

---

① [南朝·梁]沈约撰:《宋书》卷六十一《刘义恭传》,中华书局1974年版,第1640页。
② [南朝·梁]沈约撰:《宋书》卷六十一《刘义恭传》,中华书局1974年版,第1651页。
③ [南朝·梁]沈约撰:《宋书》卷六十八《刘义宣传》,中华书局1974年版,第1798页。
④ [南朝·梁]沈约撰:《宋书》卷六十八《刘义宣传》,中华书局1974年版,第1799页。
⑤ [南朝·梁]沈约撰:《宋书》卷六十一《刘义季传》,中华书局1974年版,第1653页。
⑥ [南朝·梁]沈约撰:《宋书》卷九十九《刘劭传》,中华书局1974年版,第2421页。
⑦ [南朝·梁]沈约撰:《宋书》卷九十九《刘濬传》,中华书局1974年版,第2436页。

敬渊、敬先，为前废帝所杀。

庐陵王绍出继刘义真，病薨，无子。

竟陵王刘诞，为孝武帝所杀，时年二十七，无子。

建平王刘宏，"少而闲素，笃好文籍"①，少而多病，大明二年薨，年二十五。宏子景素，"少爱文义，有父风"②，"好文章书籍，招集才义之士，倾身礼接"③，因反前废帝与其三子皆被杀。

庐江王刘祎，人才尤凡劣，明帝逼令自杀，子充明，善终，无子。

晋熙王刘昶，被前废帝所逼奔魏，二子早卒。

武昌王刘浑，为孝武所杀，时年十七，无子。

始安王刘休仁，"与太宗邻亚，俱好文籍，素相爱友"④，然太宗为身后计赐休仁死。二子伯融、伯猷，后废帝时赐死。

晋平王刘休祐，为太宗所杀，有十三子，长子早卒，余十二子为萧道成所杀。

海陵王刘休茂，谋反，被杀，时年十七。

鄱阳王刘休业，孝建三年薨，年十二。

临庆王刘休倩，孝建元年薨，年九岁。

新野王刘夷父，元嘉二十九年薨，时年六岁。

桂阳王刘休范，"素凡讷，少知解，不为诸兄弟所齿遇"⑤，与二子德宣、德嗣、青牛、智藏同为萧道成所杀。

巴陵王刘休若，为太宗赐死。有子冲始，寻卒。

---

① [南朝·梁]沈约撰：《宋书》卷七十二《刘宏传》，中华书局1974年版，第1858页。
② [南朝·梁]沈约撰：《宋书》卷七十二《刘景素传》，中华书局1974年版，第1860页。
③ [南朝·梁]沈约撰：《宋书》卷七十二《刘景素传》，中华书局1974年版，第1861页。
④ [南朝·梁]沈约撰：《宋书》卷七十二《刘休仁传》，中华书局1974年版，第1872页。
⑤ [南朝·梁]沈约撰：《宋书》卷七十九《刘休范传》，中华书局1974年版，第2046页。

孝武帝刘骏有二十八子，其中夭殇者有十，为前废帝所杀者有二，为明帝所杀者十六。

明帝刘彧有十二子，皆非亲子，其中夭折和早卒者有五，后废帝、顺帝等七人为萧道成所杀。

2. 刘裕亲兄弟子孙

刘裕有二弟：刘道怜、刘道规。

刘道怜有六子：义欣、义庆、义融、义宗、义宾和义綦。

刘义欣有十子：刘瑾，官至太子屯骑校尉；刘祗，为太宗所诛；刘楷，秘书郎，为元凶所杀；刘瞻，晋安太守，为太宗所诛；刘韫，步兵校尉、宣城太守；刘弼，武昌太守，为太宗所诛；刘鉴，早卒；刘飔，侍中、吴兴太守；刘颢，侍中、左卫将军；刘述，东阳太守、黄门郎，谋逆伏诛。

刘义融历侍中、左卫将军等职，善于用短楯，有五子：刘觊，为元凶所杀；刘袭，卒于中护军；刘彪、刘实，皆早卒；刘爽，海陵太守。刘袭又有三子刘旻、刘晃、刘曷，升明二年伏诛。

刘义宗"爱士乐施，兼好文籍"①，有四子，刘玠，为元凶所杀；刘秉，"少自砥束，甚得朝野之誉"②，为萧道成所杀；刘谟，奉朝请；刘遐，为萧道成所杀。刘秉又有二子刘承、刘俣，为萧道成所杀。

刘义宾位至辅国将军、徐州刺史，有二子刘综、刘琨，刘综有子刘宪。

刘义綦历右卫将军、湘州刺史，其子刘长猷，官至步兵校尉。

刘裕少弟刘道规，"少倜傥有大志"③，颇有武功，以平桓谦功进封南郡公，因无子以刘道怜第二子刘义庆为嗣。刘义庆是刘宋宗室中最有文名者，

---

① [南朝·梁] 沈约撰：《宋书》卷五十一《刘义宗传》，中华书局1974年版，第1468页。
② [南朝·梁] 沈约撰：《宋书》卷五十一《刘秉传》，中华书局1974年版，第1468页。
③ [南朝·梁] 沈约撰：《宋书》卷五十一《刘道规传》，中华书局1974年版，第1470页。

幼即为刘裕所知,被称之为"我家丰城"①。刘义庆有五子:刘烨,为元凶所杀;刘衍,太子舍人;刘镜,宣城太守;刘颖,前将军;刘倩,南新蔡太守。刘烨又有二子:刘绰,为萧道成所杀;刘绰弟刘绾,早卒。

3. 刘裕同族子孙

刘怀肃,宋高祖从母兄,"高世贫窭,而躬耕好学"②,官至辅国将军、淮南历阳二郡太守,追赠左将军。怀肃无子,以弟怀慎子刘蔚祖为嗣。蔚祖子道存为刘义恭太宰从事中郎,前废帝景和中,以义恭党与下狱死。

刘怀肃弟怀慎,"少谨慎质直"③,官至五兵尚书,加散骑常侍、光禄大夫、平北将军。刘怀慎有三子:刘德愿,永光中为廷尉,因与柳元景交厚,下狱诛;刘荣祖,"少好骑射,为高祖所知"④,官至右军将军;刘兴祖,官至青州刺史。

刘怀肃次弟怀敬,"涩讷无才能"⑤,官至会稽太守。其子刘真道,"断割金银诸杂宝货,又藏(杨)难当善马,下狱死"⑥。

刘怀默,冠军将军、江夏内史,太中大夫。有三子:刘道球,巴东、建平二郡太守;刘孙登,武陵内史;刘道隆,左卫将军、中护军,为太宗赐死。刘孙登子刘亮,为巴陵王休若镇东中兵参军,以功封顺阳县侯,后服道丹而亡。

宋高祖族弟刘遵考、刘思考兄弟,其曾祖淳为刘裕曾祖刘混之弟,官至正员郎,祖岩,为海西令,父涓子,为彭城内史。刘遵考有二子:刘澄之,

---

① [南朝·梁]沈约撰:《宋书》卷五十一《刘义庆传》,中华书局1974年版,第1475页。
② [南朝·梁]沈约撰:《宋书》卷四十七《刘怀肃传》,中华书局1974年版,第1403页。
③ [南朝·梁]沈约撰:《宋书》卷四十五《刘怀慎传》,中华书局1974年版,第1375页。
④ [南朝·梁]沈约撰:《宋书》卷四十五《刘荣祖传》,中华书局1974年版,第1376页。
⑤ [南朝·梁]沈约撰:《宋书》卷四十七《刘怀敬传》,中华书局1974年版,第1404页。
⑥ [南朝·梁]沈约撰:《宋书》卷四十七《刘真道传》,中华书局1974年版,第1406页。

升明末贵达；刘琨之，为刘诞所杀。

三、刘裕成功的原因

刘裕一介武夫，最终成功代晋建立刘宋政权，结束东晋门阀政治，使皇纲重振，无疑有着主客两方面的因素。

就其客观原因而言，主要体现在以下两个方面：

第一，东晋末年的政局淆乱造成了大规模的农民起义。司马元显当政后，为了对付荆州上游桓玄集团的威胁，以及逐渐显露难以控制苗头的北府兵，"发东土诸郡免奴客者，号曰'乐属'，移置京师，以充兵役"①。在"东土嚣然，人不堪命，天下苦之"②的背景下，农民起义军首领孙恩乘机发难，"畿内诸县处处蜂起"③，起义军"旬日之中，众数十万"④。轰轰烈烈的起义军给腐朽的东晋朝廷以沉重打击。乱世出英雄，这种情形给在世家大族压迫下出身寒微的士人——包括刘裕等人——以向上攀升、改变自己命运的绝佳机会。

第二，掌权的世家大族人才凋零，特别是武将，自谢琰、桓玄之后，无复有统军之大将。兵士在魏晋时期，社会身份相当低下，"兵驺之名，至与奴婢并列，谪兵、补兵又是世代相袭，真是一成兵士，辱及累世"⑤。到东晋，不但兵士为人所鄙夷，甚至连具有领导权力的武职也遭到世家大族的鄙薄。王恬是东晋一流高门琅邪王氏代表人物王导之子，"多才艺，善隶书，与济阳江彬以善弈闻"⑥，大有绝代之风华，但是因为"疾学尚武，不为导

---

① [唐] 房玄龄等撰：《晋书》卷六十四《司马元显传》，中华书局1974年版，第1737页。
② [唐] 房玄龄等撰：《晋书》卷六十四《司马元显传》，中华书局1974年版，第1737页。
③ [唐] 房玄龄等撰：《晋书》卷一百《孙恩传》，中华书局1974年版，第2633页。
④ [唐] 房玄龄等撰：《晋书》卷一百《孙恩传》，中华书局1974年版，第2632页。
⑤ 王仲荦：《魏晋南北朝史》，中华书局2007年版，第359页。
⑥ [南朝·宋] 刘义庆撰，[南朝·梁] 刘孝标注、余嘉锡笺疏：《世说新语笺疏》卷上之上刘孝标注引《文字志》，中华书局2007年版，第37页。

所重"①，由此可见时人对武职的鄙薄。又如《晋书·王述传》："桓（温）为儿求王（坦之）女。王许咨蓝田。……蓝田大怒，排文度下膝，曰：'恶见文度已复痴，畏桓温面？兵，那可嫁女与之！'"② 执掌朝廷大权的桓温，在王述眼里都只是兵家，其他武将那就更毋庸提及了。正是因为世风普遍鄙夷兵士、武职，高门世族子弟多重文轻武，具有领军作战才能的世家子弟日益凋零，而具有实际作战经验、能攻城守垒的下层将领逐渐成为军队骨干，越来越多地掌握军队实权。"地非桓、文，众无一旅"③ 的刘裕正是在这样的背景下横空出世，改变自己的命运，成功代晋建立了刘宋王朝。

政局动荡引起的大规模农民起义以及世家大族人才的凋零等客观原因，只是给予了刘裕一个千载难逢的改变时局的时机，但究竟是谁抓住了机遇，如何把握了时机，则主要在于刘裕个人的主观原因。

首先，刘裕英勇善战，往往能以少胜多。而刘裕的英勇善战又体现在两个方面，其一是身先士卒、以身作则的领头精神，其二是高超的战争指挥才能。

我们先来看第一个方面。刘裕家非高门，身世贫困，不能如世家大族一样"平流进取，坐至公卿"④，因此要想有所成就，自当于战争中以身作则，奋勇向前，以求军功。这一点在刘裕尚为北府军下级军官时尤为明显。史书载，刘裕于刘牢之麾下参府军事时多次与孙恩所率农民军颉颃较量，刘裕于战中皆英勇奋发、身先士卒，往往以寡胜众。如，刘牢之命刘裕与数十人打探孙恩军队之远近，"会遇贼至，从数千人，高祖便进与战。所将人多死，而战意方厉，手奋长刀，所杀伤甚众"⑤；在城池卑小、战士仅数百人的句章

---

① ［南朝·宋］刘义庆撰，［南朝·梁］刘孝标注、余嘉锡笺疏：《世说新语笺疏》卷上之上刘孝标注引《文字志》，中华书局2007年版，第37页。
② ［南朝·宋］刘义庆撰，［南朝·梁］刘孝标注、余嘉锡笺疏：《世说新语笺疏》卷中之上，中华书局2007年版，第394页。
③ ［南朝·梁］沈约撰：《宋书》卷三《武帝纪下》，中华书局1974年版，第61页。
④ ［南朝·梁］萧子显撰：《南齐书》卷二十三《褚渊王俭传》论，中华书局1972年版，第438页。
⑤ ［南朝·梁］沈约撰：《宋书》卷一《武帝纪上》，中华书局1974年版，第2页。

城，刘裕"常被坚执锐，为士卒先，每战辄摧锋陷阵"①；刘裕筑城于海盐，"贼日来攻城，城内兵少，高祖乃选敢死之士击走之"②；刘裕支援被孙恩率众十余万进攻的丹徒，"于时众力既寡，加以步远疲劳，而丹徒守军莫有斗志"③的情形之下，刘裕"率所领奔击，大破之"④。这是刘裕位卑望弱时的情形。及其位望升高，亦常常如是：如桓玄篡晋时，刘裕任反玄盟主，在江乘遇桓玄骁将吴甫之，刘裕"躬执长刀，大呼，即斩甫之"⑤；又如在覆舟山与配有精卒利器的桓玄将领桓谦的大决战中，刘裕"躬先士卒以奔之，将士皆殊死战，无不一当百，呼声动天地。……谦等诸军，一时土崩"⑥；至义熙八年败刘毅，刘裕独掌朝政，即便如此，义熙十一年（415年）征司马休之，在彭城内史徐逵之、参军王允之战败被杀时，刘裕怒气冲天，"将自被甲登岸，诸将谏，不从，怒愈甚"⑦。因此，不论其位卑或望高，刘裕都有着身先士卒、迎难而上、以身作则的领头精神，故能得将士之死力，在战争中往往能逢凶化吉、以少胜多。

作为军队的领袖人物，刘裕不仅有着身先士卒、以身作则的领头精神，更重要的是其有着高超的战争指挥才能。这首先表现在卓越的军事判断能力，且集中体现在平定卢循、徐道覆的反叛战争中。卢循与徐道覆趁刘裕北伐慕容超之时反叛朝廷，自广州攻至寻阳，大家都认为应该分兵把守各个重要关卡，而刘裕则因为"北师始还，多创痍疾病。京师战士，不盈数千"⑧的情况下认为，不应该分兵把守，"贼众我寡，若分兵则人测虚实，一处失利，则沮三军之心，若聚众石头，则众力不分"⑨。当敌方大军来临时，刘裕

---

① ［南朝·梁］沈约撰：《宋书》卷一《武帝纪上》，中华书局1974年版，第2页。
② ［唐］李延寿撰：《南史》卷一《宋武帝纪》，中华书局1975年版，第2页。
③ ［南朝·梁］沈约撰：《宋书》卷一《武帝纪上》，中华书局1974年版，第3页。
④ ［南朝·梁］沈约撰：《宋书》卷一《武帝纪上》，中华书局1974年版，第3页。
⑤ ［唐］李延寿撰：《南史》卷一《宋武帝纪》，中华书局1975年版，第6页。
⑥ ［南朝·梁］沈约撰：《宋书》卷一《武帝纪上》，中华书局1974年版，第9页。
⑦ ［南朝·梁］沈约撰：《宋书》卷四十四《谢晦传》，中华书局1974年版，第1347页。
⑧ ［南朝·梁］沈约撰：《宋书》卷一《武帝纪上》，中华书局1974年版，第19页。
⑨ ［唐］李延寿撰：《南史》卷一《宋武帝纪》，中华书局1975年版，第11页。

推测,"贼若于新亭直进,其锋不可当,宜且回避,胜负之事,未可量也。若回泊西岸,此成擒耳"①。的确,如刘裕所言,卢循没有听取徐道覆的意见,不乘胜直击而是回泊蔡洲,这给了刘裕召集众旅、修葺城池、充分应战的时间。论战争的经验与智慧,卢循当然不是沙场老将刘裕的对手。

除了具有高超的军事判断能力,刘裕在战争中还善于运用各种兵法。如在海盐城与孙恩的较量中,刘裕先以诱敌深入之计使孙恩率军大上,而刘裕"乘其懈怠,奋击,大破之"②,后又在不利的局面中以疑兵之计"多设奇兵,兼置旗鼓"③,在敌强我弱的情况下诱敌使其以为有埋伏,成功保全了自身,保全了实力。又如在讨伐慕容超的战役中,刘裕运用了破釜沉舟、置之死地而后生的兵法,有人提出疑议,刘裕答曰:"鲜卑贪,不及远计,……谓我孤军远入,不能持久,……我一得入岘,则人无退心,驱必死之众,向怀贰之虏,何忧不克。"④ 事果如刘裕所言,后刘裕屠广固,生擒慕容超,送建康斩首。

刘裕的英勇善战,不论是友是敌尽皆钦服。早在刘裕"为冠军孙无终司马"时,前将军刘牢之"请高祖参府军事"⑤,当是见刘裕颇善征战,军事才能突出,能帮助其在战争中有所斩获。刘裕果然不负其所望,在平定孙恩起义的战争中多次胜出。桓玄将要篡位时,亦有人劝桓玄要早对刘裕下手,桓玄说:"我方平荡中原,非裕莫可,待关、陇平定,然后议之。"⑥ 又如徐道覆在刘裕北伐之时对卢循言:"本住岭外,岂以理极于此?正以刘公难与为敌故也。……若刘公自率众至豫章,遣锐师过岭,虽复将军神武,恐必不能当也。今日之机,万不可失。即克都邑,倾其根本,刘公虽还,无能为

---

① [南朝·梁] 沈约撰:《宋书》卷一《武帝纪上》,中华书局1974年版,第19页。
② [南朝·梁] 沈约撰:《宋书》卷一《武帝纪上》,中华书局1974年版,第2页。
③ [唐] 李延寿撰:《南史》卷一《宋武帝纪》,中华书局1975年版,第3页。
④ [南朝·梁] 沈约撰:《宋书》卷一《武帝纪上》,中华书局1974年版,第15页。
⑤ [南朝·梁] 沈约撰:《宋书》卷一《武帝纪上》,中华书局1974年版,第2页。
⑥ [唐] 李延寿撰:《南史》卷一《宋武帝纪》,中华书局1975年版,第4页。

也。"① 桓玄想以刘裕付予大事，而徐道覆则认为只有刘裕外出，卢循才有可乘之机，一旦刘裕归朝，则卢循必败无疑。

英勇善战是将军本色，但仅此还不足以使刘裕成功代晋建宋，但刘裕还有着一般将军所缺乏的杰出的政治才能，这与同是北府兵高级将领的刘牢之有着鲜明的对比。

刘裕杰出的政治才能首先表现在灵敏的政治嗅觉，这让他在非常关键的转折关头能把握住机遇，在两条甚至多条不同的道路面前能不失时机地选择正确的前进方向。如在桓玄率荆楚大众讨伐司马元显的过程中，刘牢之要投降桓玄，而刘裕坚决反对。刘裕苦劝无果后，刘牢之降桓玄被任用为会稽内史，刘牢之甚为怖惧，请教刘裕："便宜夺我兵，祸其至矣。今当北就高雅于广陵举事，卿能从我去乎？"② 刘裕回答："人情去矣，广陵亦岂可得之？"③ 刘裕本是刘牢之手下，其不随刘牢之北走高雅而返京口，其理由是"今方是（桓）玄矫情任算之日，必将用我辈"④。后刘牢之自缢而死，刘裕则任桓玄从兄桓修中兵参军，后升任彭城内史。

刘裕杰出的政治才能还表现在其善于稳定人心。如卢循、徐道覆反叛朝廷连连攻下南康、庐陵、豫章，杀镇南将军何无忌，败抚军将军刘毅，孟昶、诸葛长民希望拥天子过江而走，刘裕则认为，"今重镇外倾，强寇内逼，人情危骇，莫有固志。若一旦迁动，便自瓦解土崩，江北亦岂可得至！设令得至，不过延日月耳。今兵士虽少，自足以一战。若其克济，则臣主同休；苟厄运必至，我当以死卫社稷，横尸庙门，遂其由来以身许国之志，不能远窜于草间求活也"⑤。其言辞发自内腑，衷心恳切，而又事理俱实，很快就安稳了汹扰的人心。又如在与卢循、徐道覆的大决战时，刘裕的麾竿折断，幡旗沉入水底，众将士都因为兆头不好而有些不知所措，而刘裕则"欢笑曰：

---

① [南朝·梁]沈约撰：《宋书》卷一《武帝纪上》，中华书局1974年版，第17—18页。
② [南朝·梁]沈约撰：《宋书》卷一《武帝纪上》，中华书局1974年版，第4页。
③ [唐]李延寿撰：《南史》卷一《宋武帝纪》，中华书局1975年版，第3页。
④ [南朝·梁]沈约撰：《宋书》卷一《武帝纪上》，中华书局1974年版，第4页。
⑤ [南朝·梁]沈约撰：《宋书》卷一《武帝纪上》，中华书局1974年版，第19页。

'昔覆舟之役亦如此,今必胜矣。'"① 这样,刘裕就把本是一个坏兆头的事件奇迹般地、不动声色地转化成了一个好兆头的事件,不但没有因为折竿事件扰乱军心,而且使之成为提振军心的契机。

刘裕更为重要的政治才能表现在其法令严整,赏罚分明,处事坚毅果敢,不惧强豪。如在平定孙恩的战争中,"于时东伐诸帅,御军无律,士卒暴掠,甚为百姓所苦。唯高祖(刘裕)法令明整,所至莫不亲赖"②。又如土断,在刘裕掌权之前东晋政府已实行过三次土断,但效果都不是很明显。而在刘裕当国的义熙七年(411年)至义熙九年(413年),实行了第四次土断,会稽余姚的世族大地主虞亮"藏匿亡命千余人"③,被刘裕处以死刑,并免了会稽内史司马休之的官。所以史家评曰:"晋自中兴以来,治纲大驰,权门并兼,强弱相凌,百姓流离,不得保其产业精于勤。桓玄颇欲釐改,竟不能行。公既作辅,大示轨则,豪强肃然,远近知禁。"④

东晋时期,世族高门轮流当权,出身不高的刘裕自然受到他们的鄙薄与轻视。刘裕当政最大的难题之一就是如何处理与世族高门人物的关系。如果尽用寒门人物,则得不到世族大地主的支持;如果尽用高门人物,则又有可能导致权力被侵夺的危险。刘裕在这方面也成功地显示了其杰出的政治才能。刘裕的用人策略是重用出身不高但有能力之人,而对世家大族则是采取又打击又拉拢的策略。在刘裕掌权的前期,他最为看重的是出身同样不高的刘穆之,"诸大处分,……并穆之所建也。遂委以腹心之任,动止咨焉"⑤。刘裕西伐司马休之时,"事无大小,一决穆之"⑥,北伐时,"转刘穆之左仆射,领监军、中军二府军司,将军、尹、领选如故。甲仗五十人,入殿。入

---

① [唐]李延寿撰:《南史》卷一《宋武帝纪》,中华书局1975年版,第12页。
② [南朝·梁]沈约撰:《宋书》卷一《武帝纪上》,中华书局1974年版,第2页。
③ [唐]李延寿撰:《南史》卷一《宋武帝纪》,中华书局1975年版,第12页。
④ [南朝·梁]沈约撰:《宋书》卷一《武帝纪上》,中华书局1974年版,第27页。
⑤ [南朝·梁]沈约撰:《宋书》卷四十二《刘穆之传》,中华书局1974年版,第1304页。
⑥ [南朝·梁]沈约撰:《宋书》卷四十二《刘穆之传》,中华书局1974年版,第1306页。

居东城"①,"内总朝政,外供军旅"②,可见,刘裕对刘穆之之重视。刘穆之死后,得重用者亦是非世家大族出身的徐羡之与傅亮。刘裕在刘穆之亡后命"羡之为吏部尚书、建威将军、丹阳尹,总知留任,甲仗二十人出入。转尚书仆射,将军、尹如故"③,刘宋建国后徐羡之"进号镇军将军,加散骑常侍"④,"迁尚书令、扬州刺史,加散骑常侍。进位司空、录尚书事,常侍、刺史如故"⑤,而且刘裕在临终前命徐羡之为顾命大臣。傅亮从刘裕征关、洛,返还后任"侍中,领世子中庶子。徙中书令,领中庶子如故"⑥,刘宋建国后,"迁太子詹事,中书令如帮。以佐命功,封建城县公,食邑二千户。入直中书省,专典诏命。以亮任总国权,听于省见客"⑦,刘裕死前亦以傅亮为顾命大臣。

这是刘裕对待出身不高且有才能之人的情况,对待世家大族则是另一番光景。对待与其为敌的世家大族,刘裕对其大加杀戮。义熙三年(407年),刘裕诛杀江左冠族尚书左仆射王愉、荆州刺史王绥父子,义熙八年(412年),刘裕处死勾结刘毅与其为敌的世家大族领袖人物谢混和郗僧施,上面提到的被处以死刑的虞亮亦属于世家大地主。对待反对自己的世家大族,刘裕采取的是打击、杀伐的手段,而对待有恩于己、支持自己的高门,刘裕则委以高官重禄。如王谧,为东晋著名宰相王导之后,曾代刘裕偿还刁逵三万

---

① [南朝·梁]沈约撰:《宋书》卷四十二《刘穆之传》,中华书局1974年版,第1306页。
② [南朝·梁]沈约撰:《宋书》卷四十二《刘穆之传》,中华书局1974年版,第1306页。
③ [南朝·梁]沈约撰:《宋书》卷四十三《徐羡之传》,中华书局1974年版,第1330页。
④ [南朝·梁]沈约撰:《宋书》卷四十三《徐羡之传》,中华书局1974年版,第1330页。
⑤ [南朝·梁]沈约撰:《宋书》卷四十三《徐羡之传》,中华书局1974年版,第1331页。
⑥ [南朝·梁]沈约撰:《宋书》卷四十三《傅亮传》,中华书局1974年版,第1336页。
⑦ [南朝·梁]沈约撰:《宋书》卷四十三《傅亮传》,中华书局1974年版,第1337页。

社钱，且交结当时"名微位薄，盛流皆不与相知"①的刘裕。对此，刘裕不但多次保全王谧，而且授以王谧司徒高官的职位。又如王弘，亦是王导之后，不但从刘裕北征，在平定洛阳之后，"衔使还京师，讽旨朝廷"②以加刘裕九锡，而且盛赞刘裕登基是"此所谓天命，求之不可得，推之不可去"③，极尽谄媚阿谀之能事。刘裕因此亦报之以高官重禄，先是封侯，后是封公，进号卫将军、开府仪同三司。又如谢晦，出自东晋一流高门陈郡谢氏，因其名言"天下可无晦，不可无公（刘裕），晦死何有"④，深得刘裕奖掖，甚至被刘裕任命为顾命大臣。

另外，为了获得世家大族最大的支持，刘裕于永初元年（420年）下诏曰："降始兴公封始兴县公，庐陵公封柴桑县公，各千户；始安公封荔浦县侯，长沙公封醴陵县侯，康乐公可即封县侯，各五百户；以奉晋故丞相王导、太傅谢安、大将军温峤、大司马陶侃、车骑将军谢玄之祀。"⑤晋宋禅代，刘裕完全有理由亦完全有能力做出免爵的处分，但只是将其稍降等级处之。刘裕此举，以甚少的国库收入及公、侯的空头名号，向世家大族们表明自己的立场，以赢得他们对新政权的最大支持和拥护。

综上所述，东晋末年由政治腐败引起的大规模农民起义和世家大族人才缺乏给了刘牢之、刘裕等人建功立业的客观机遇，而刘裕本人所具备的英勇善战及杰出的政治才能正是其建立功勋、成功代晋建宋的主观原因。

四、刘宋政权的覆灭

刘宋政权从420年武帝代晋建宋，到479年萧道成废杀顺帝刘准，共计

---

① ［南朝·梁］沈约撰：《宋书》卷一《武帝纪上》，中华书局1974年版，第10页。
② ［南朝·梁］沈约撰：《宋书》卷四十二《王弘传》，中华书局1974年版，第1312页。
③ ［南朝·梁］沈约撰：《宋书》卷四十二《王弘传》，中华书局1974年版，第1313页。
④ ［南朝·梁］沈约撰：《宋书》卷四十四《谢晦传》，中华书局1974年版，第1347页。
⑤ ［南朝·梁］沈约撰：《宋书》卷三《武帝纪下》，中华书局1974年版，第53页。

60年，在中国历史上算是皇祚较短的了。后世学者探究其原因，大多认为是"宗戚之祸"，即刘氏皇族"亲近谗慝，剪落皇枝，宋氏之业，自此衰矣"①，其相互屠戮致"本根无庇，幼主孤立，神器以势弱倾移，灵命随乐推回改"②，最后被外姓萧道成篡位成功。

刘裕弑杀晋帝，古来多有诟病者，甚至有人将刘宋覆灭之因归之于此，如王应麟《困学纪闻》云："魏之篡汉，晋之篡魏，山阳、陈留犹获考终，乱贼之心犹未肆也。宋之篡晋，逾年而弑零陵，不知天道报施，还自及也。齐、梁以后，皆袭其迹，自刘裕始。"③ 这就将刘宋覆灭的原因完全归之于刘裕弑晋帝。但一个王朝覆灭之因不可能只是单一的，于是又有清代赵翼的评论："当其勃焉兴也，子孙繁衍，为帝为王，荣贵富盛，极一世之福；及其败也，如风之卷箨，一扫而空之，横尸喋血，斩艾无噍类，欲求为匹夫之传家保世而不可得。斯固南北分裂时劫运使然，抑亦宋武以猜忌起家，肆虐晋室，戾气所结，流祸于后嗣。孝武、明帝又继以凶忍惨毒，诛夷骨肉，惟恐不尽。兄弟子姓悉草薙而禽狝之，皆诸帝之自为屠戮，非假手于他族也。卒至宗支尽，而己之子孙转为他族所屠，岂非天道好还之明验哉？"④ 赵翼在这段话中，分析了刘宋政权覆灭的原因有三：其一，是南北分裂的时局造成的劫运使刘宋宗室"一扫而空之"；其二，宋武帝刘裕以猜忌起家，弑杀晋帝所结的戾气流祸于子孙；其三，孝武帝刘骏、明帝刘彧屠戮宗室，诛夷骨肉，以致宋宗室衰微、皇根不保。

赵翼说的第一条原因，显然与刘宋政权的覆灭无直接相关，倒与宋武帝之所以"肆虐晋室"有关，清代王夫之就认为，"宋武之篡也，年已耄，不三载而殂，自顾其子皆庸劣之才，谢晦、傅亮之流抑诡险而无定情，司马楚之兄弟方挟拓跋氏以临淮甸，前此者桓玄不忍于安帝，而二刘、何、孟挟之

---

① ［南朝·梁］沈约撰：《宋书》卷八《明帝纪》，中华书局1974年版，第170页。
② ［南朝·梁］沈约撰：《宋书》卷八《明帝纪》，中华书局1974年版，第171页。
③ ［宋］王应麟：《困学纪闻》卷十三，上海古籍出版社2008年版，第1561页。
④ ［清］赵翼著，王树民校证：《廿二史劄记校证》卷十一，中华书局1984年版，第241页。

以兴,故欲为子孙计巩固而弥天下之谋以决出于此"①。"其子皆庸劣"非如是,如文帝刘义隆即得到大多数史家的好评,但南北分裂、司马氏仍有力量而"为子孙计巩固"却是刘裕弑晋帝以绝民望的不得已之处。周一良先生通过对比也认为,"曹氏代汉与司马氏族代晋,皆长时期'作家门'进行经营,政治经济军事以及人事安排,早已妥帖,取代之基础早已巩固。而曹丕即位时年三十四,司马炎代魏时年才二十九岁,对于新政权之统治具有信心,无自己死后前朝复辟之虞,故山阳陈留得以幸免耳"②。言下之意与王夫之同,即刘裕即位时刘宋政权尚未完全巩固,有诸多因素影响其执政基础,为子孙计而弑晋帝。至于戾气流祸子孙的问题,从当今的观点来看,恐只能认为是赵翼囿于时代之所限而产生的因果报应论。而赵翼所认为的刘裕猜忌之心甚重,吕思勉先生亦多所认同,"(宋武帝)猜忌亦特甚。同时并起诸贤,几无不遭翦灭者"③。但平心而论,刘裕的起家,首先应当归于刘裕的军功,正如王夫之所说,"宋武兴,东灭慕容超,西灭姚泓,拓拔嗣、赫连勃勃敛迹而穴处。自刘渊称乱以来,祖逖、庾翼、桓温、谢安经营百年而无能及此。后乎此者,二萧、陈氏无尺土之展,而浸以削亡。然则永嘉以降,仅延中国生人之气者,唯刘氏耳"④。刘裕起自军功,当大权在握之后,要想进一步称帝,翦除异己势力是势所必然,恐也不能太算是猜忌。

刘宋灭亡的第三点,赵翼归之为孝武帝、明帝诛戮宋室骨肉。的确,正如其在《廿二史劄记》之"宋子孙屠戮之惨"条中所说,"文帝十九子,惟孝武及明帝嗣位,绍及宏善终,昶奔魏,休业、休倩、夷父早卒,其余皆不得死,且亦无后也。孝武帝二十八子,夭殇者十,为前废帝所杀者二,为明帝所杀者十六。……宋武九子,四十余孙,六七十曾孙,死于非命者十之七八,且无一有后于世者"⑤。事实确如赵翼所说,但翦灭宗室以致亡国的观

---

① [清]王夫之:《读通鉴论》卷十五,中华书局1975年版,第413页。
② 周一良:《魏晋南北朝史札记》,中华书局2007年版,第453页。
③ 吕思勉:《两晋南北朝史》,上海古籍出版社2005年版,第273页。
④ [清]王夫之:《读通鉴论》卷十五,中华书局1975年版,第412页。
⑤ [清]赵翼著,王树民校证:《廿二史劄记校证》卷十一,中华书局1984年版,第240—241页。

点却不是赵翼首倡，最早提出此观点的其实应当追溯至篡夺皇位的萧道成，其在临终前告诫子孙："宋氏若非骨肉相残，他族岂得乘其弊？汝深诫之！"① 不过，有一点须注意，即刘宋宗戚之灾，不是始于孝武、明帝，而是始自文帝杀彭城王刘义康与文帝太子刘劭弑父，吕思勉先生即认为，"宋世宗戚之祸，实始于义康之谋夺宗，而发于元凶之弑逆"②。虽然"素无术学，暗于大体"③的刘义康在文帝生病期间以相权代替皇权处理朝廷政务，"（刘义康）既专总朝权，事决自己，生杀大事，以录命断之。凡所陈奏，入无不可，方伯以下，并委义康授用，由是朝野辐辏，势倾天下"④，导致其相权不断发展和膨胀，在高门士族"构煽朝廷"的怂恿之下，最终形成主相之争的局面，对文帝的皇权构成深重的威胁，但文帝杀刘义康、违背其与会稽长公主的誓言却是不争的事实。文帝在主相之争后明白高门士族并非真心实意拥戴自己，对宗室诸弟的猜忌使其不断加强太子东宫的力量，使刘劭有了弑父篡位的可能。⑤ 因此，吕思勉先生更进一步认为，"（文帝）北伐未几，身死逆子之手，兵端既启，骨肉相屠，卒授异姓以篡夺之隙"⑥。可见，吕思勉先生亦是赞同，正是刘宋诸帝屠戮自家宗室，才造成萧道成的有机可乘。

故不得不承认，以上所论的确是刘宋政权覆灭的部分原因，但究其根本来讲，尚有更为重要者。

首先，就整个中国封建制度的权力形式而言，皇权是凌驾其他一切权力之上的最高权力，皇帝掌握着整个国家的所有资源，所谓"溥天之下，莫非王土。率土之滨，莫非王臣"⑦，皇帝操纵着整个国家所有臣民的生杀予夺

---

① ［宋］司马光编著，［元］胡三省音注：《资治通鉴》卷一百三十六，中华书局1956年版，第4337页。
② 吕思勉：《两晋南北朝史》，上海古籍出版社2005年版，第350页。
③ ［南朝·梁］沈约撰：《宋书》卷六十八《刘义康传》，中华书局1974年版，第1790页。
④ ［南朝·梁］沈约撰：《宋书》卷六十八《刘义康传》，中华书局1974年版，第1790页。
⑤ 汪奎：《刘劭之乱与刘宋政局》，载《重庆社会科学》，2006年第12期。
⑥ 吕思勉：《两晋南北朝史》，上海古籍出版社2005年版，第350页。
⑦ 程俊英、蒋见元：《诗经注析》，中华书局1991年版，第643页。

之权。所以只要条件成熟甚至是一有机会，就会有人觊觎皇位、争夺皇权，即使是父子、兄弟、婿翁，罕有例外。纵观中国封建历史，为了最高权力，子弑父者，弟弑兄者，臣弑君者，历朝历代不胜枚举。生在皇家帝室，往往就意味着被迫在屠杀与被屠杀、成王与成寇中进行选择，所以宋顺帝刘准在被迫禅位于萧道成之时凄苦绝怨："愿后身世世勿复生天王家！"① 刘裕在起义反桓玄时开始也绝不会想到能荣登大宝，其在起义前对何无忌说："桓玄必能守节北面，我当与卿事之；不然，与卿图之。"② 刘裕在践阼后对群臣亦言："我布衣，始望不至此。"③ 而一旦大权在握，总揽朝政，条件成熟时，刘裕即逼晋帝"禅位"。宋文帝因巫蛊事件欲废太子刘劭，刘劭因此"每夜辄飨将士，或亲自行酒，密与腹心队主陈叔儿、詹叔儿，斋帅张超之、任建之谋之"④，终于举兵犯阙，弑文帝即伪位。而孝武帝刘骏因是讨伐之，为夺取皇位及巩固皇权，不但对兄长刘劭、刘濬大加杀伐，而且杀其弟南平王刘铄、竟陵王刘诞、武昌王刘浑，海陵王刘休茂谋反，亦被杀。因此，中国封建专制制度权力的构成是刘宋皇朝覆灭的根本原因之一。

其二，刘宋皇帝驾崩之时，继任者大多年岁尚轻，具体见下表。

姓名	刘裕	刘义符	刘义隆	刘骏	刘子业	刘彧	刘昱	刘准
享年	60	19	47	35	17	34	15	11
继位年龄	58	17	18	24	16	27	10	9
在位年限	3	3	30	12	2	8	6	3

此表是刘宋政权皇帝享年、继位年龄及在位年限统计表。首先，从享年

---

① ［宋］司马光编著，［元］胡三省音注：《资治通鉴》卷一百三十五，中华书局1956年版，第4297页。
② ［南朝·梁］沈约撰：《宋书》卷一《武帝纪上》，中华书局1974年版，第4页。
③ ［南朝·梁］沈约撰：《宋书》卷四十二《王弘传》，中华书局1974年版，第1313页。
④ ［南朝·梁］沈约撰：《宋书》卷九十九《刘劭传》，中华书局1974年版，第2426页。

来看，刘宋诸位皇帝除开国皇帝刘裕有 60 岁外（但刘裕继位年龄在 58 岁，在位年限仅短短的 3 年，且其得子较晚，生刘义符时刘裕年岁已上 40），其他皇帝寿年都不高，无逾 50 岁者。而在位者年龄不高，则"父死子继"的继任者年龄自然也偏低，刘义符继位时 17 岁，刘骏继位时 24 岁，刘子业继任时 16 岁，而刘昱继位时只有 10 岁，而且刘宋皇族从"兄终弟及"来看，继位者年龄也不大，刘义隆只有 18 岁，刘准则更小，只有 9 岁。

从以上可以看出，刘宋皇室除了刘骏继位时在 20 岁以上外，其他的继位者皆在 20 岁以下。按照古代男子 20 岁行冠礼的规定来看，20 岁以下的男子，皆不能算是成年。继皇位者未成年，容易造成一系列的问题。

首先是执政能力的问题。以未成年之男子，乳臭未干、口角无毛，而执一国之权柄，毫无疑问，其凶险自然大得难以想象。少年人天性，多喜游戏无度，比如少帝刘义符，在徐羡之、傅亮等于景平元年（423 年）二月废庐陵王刘义真为庶人时毫无所察。徐、傅五月发动政变，刘义符尚"于华林园为列肆，亲自酤卖。又开渎聚土，以象破冈埭，与左右引船唱呼，以为欢乐"①。又如前废帝刘子业，继位时才 16 岁，沈约评曰："废帝之事行著于篇。若夫武王数殷纣之衅，不能継其万一，霍光书昌邑之过，未足举其毫厘。假以中才之君，有一于此，足以覆社残宗，污宫潴庙，况总斯恶以萃一人之体乎！"② 体其所述之恶，主要是诛杀宗室、大臣以及秽乱宫闱。考其本纪，前废帝所诛杀者有刘义恭、刘子鸾、戴法兴、颜师伯、柳元景、刘德愿、王藻、何迈、刘敬猷、刘敬先、刘敬渊等，逼刘昶奔北魏。刘子鸾、刘德愿、王藻、何迈、刘敬猷、刘敬先、刘敬渊等之死固可以认为是刘子业在滥杀无辜，但刘义恭、戴法兴、颜师伯、柳元景则是因有谋废立之嫌而被诛，如戴法兴竟敢对刘子业说："官所为如此，欲作营阳耶？"③ 营阳，即少帝刘义符，被徐羡之、傅亮等废为营阳王，后被弑于金昌亭。面对如此赤裸

---

① [南朝·梁] 沈约撰：《宋书》卷四《少帝纪》，中华书局 1974 年版，第 66 页。
② [南朝·梁] 沈约撰：《宋书》卷七《前废帝纪》，中华书局 1974 年版，第 148 页。
③ [南朝·梁] 沈约撰：《宋书》卷九十四《戴法兴传》，中华书局 1974 年版，第 2304 页。

裸的威胁，无论是谁，恐怕都无法安坐如端。前废帝之祖文帝，即不能容忍大臣专权，擅行废立之事，在亲政后即行诛杀徐羡之、傅亮和谢晦。

事实上，我们不可能要求每一个未成年而继位的皇帝，都如西汉武帝刘彻与清代康熙帝玄烨一般外御劲敌、内服强藩，因为在中国历史上，即使是成年之后继位的皇帝也找不出太多像汉武帝和康熙帝这样的君主，所以我们不能太过苛求刘宋诸君，更何况刘宋继位诸君中尚有一位十八岁继位的宋文帝较为贤明，其治下出现的"元嘉之治"历来为史家所称道，"（文帝）正位南面，历年长久，纲维备举，条禁明密，罚有恒科，爵无滥品。故能内清外晏，四海谧如也。昔汉氏东京常称建武、永平故事，自兹厥后，亦每以元嘉为言，斯固盛矣"①。"江左风俗，于斯为美，后之言政治者，皆称元嘉焉。"②

第二，为了幼冲皇帝地位的巩固，上任皇帝往往在离世前会有所处分，或者诛杀大臣，或者屠戮宗室兄弟，或者二者兼而有之。宋明帝杀兄弟刘休仁、刘休祐，杀大臣刘景文，即是如此。宋明帝杀始安王刘休仁，乃"为身后之计，虑诸弟强盛，太子幼弱，将来不安"③。又如杀巴陵王刘休若，明帝以"休若和善，能谐辑物情，虑将来倾幼主"④。又如杀大臣王景文，明帝"虑一旦晏驾，皇后临朝，则景文自然成宰相，门族强盛，藉元舅之重，岁暮不为纯臣。……乃遣使送药赐景文死，手诏曰：'与卿周旋，欲全卿门户，故有此处分。'"⑤ 宋明帝杀伐之重，向来为史家所诟病，孝武帝二十八子，明帝杀其十六，又杀兄弟三人，当是刘宋杀机最重的皇帝。但迹其缘由，杀孝武帝十六子，自是为巩固其统治计，而杀兄弟刘休仁、刘休祐和大臣王景

---

① ［南朝·梁］沈约撰：《宋书》卷五《文帝纪》，中华书局1974年版，第103页。
② ［宋］司马光编著，［元］胡三省音注：《资治通鉴》卷一百二十三，中华书局1956年版，第3869页。
③ ［南朝·梁］沈约撰：《宋书》卷七十二《刘休仁传》，中华书局1974年版，第1873页。
④ ［南朝·梁］沈约撰：《宋书》卷七十二《刘休若传》，中华书局1974年版，第1884页。
⑤ ［南朝·梁］沈约撰：《宋书》卷八十五《王景文传》，中华书局1974年版，第2184页。

文，则是为年幼之太子着想。刘彧死时年仅三十四岁，设若其身体状况甚佳，春秋鼎盛，即使只如武帝一般年岁六十岁即驾崩，则太子刘昱继位时年龄为三十六岁，有能力治理国家和掌控权柄，明帝当不至于如此屠戮宗室和诛杀大臣。

故此，清代赵翼又有评："宋武以雄杰得天下，仅三年即有义符。文帝元嘉三十年（453年），号称治平，而末有元凶劭之悖逆。孝武仅八年而有子业。明帝亦八年而有昱。齐高、武父子仅十五年而有昭业。明帝五年而有宝卷。统计八九十年中，童昏狂暴，接踵继出，盖劫运之中，天方长乱，创业者不永年，继体者必败德，是以一朝甫兴，不转盼而辄覆灭，此固气运使然也。"① 所谓"气运使然"，固是虚妄，而"创业者不永年"，且历任皇帝不富春秋，造成继位者资历太浅，无以掌握国家政权、稳定国家政局，而又容易出现"童昏狂暴"的现象，加之各类具备条件者对国家最高权力的觊觎，这才是刘宋五朝迅速覆灭的根本原因，而屠戮宗室、剪除皇枝则只是这根本原因所导致的现象而已。

第四节　南朝彭城刘氏中刘孝绰一支的发展轨迹

一、刘勔在家族发展史上的奠基作用

南朝彭城刘氏中刘孝绰一支，据唐代林宝《元和姓纂》载，"汉高弟楚元王交，生休侯富。富生辟强。辟强生阳城侯德。德生向。向生歆。子孙居彭城，分居三里，丛亭、绥舆、安上里。……安上里。宋司空勔所承，生悛、绘、缜（瑱）。悛生孺、览、遵。愃生苞。绘生孝绰、孝仪、孝威、孝

---

① ［清］赵翼著，王树民校证：《廿二史劄记校证》卷十一，中华书局1984年版，第230页。

胜、孝先。……览有曾孙瑗，唐黎阳令。孝威曾孙让，唐将仕郎。余绝"①。刘孝绰家族的远祖可追溯至楚元王刘交，西汉的刘向、刘歆父子亦是著名的大学者。但世事陵替，至东晋时，刘孝绰这一支业已衰微，刘孝绰高祖刘怀义、曾祖刘颖之虽做过始兴太守、汝南新蔡二郡太守等职，但没有根本性的转变。刘孝绰家族在南朝的兴起，最主要的奠基人物是刘孝绰祖父刘勔。

刘勔先后担任广州增城令、绥远太守、郁林太守、益州刺史、太子左卫率、侍中、散骑常侍、中领军等职，多次任将军并都督诸州军事，并被封为大亭侯、金城县五等侯、鄱阳县侯，宋明帝临崩时，与袁粲、褚渊、蔡兴宗、沈攸之同被任命为顾命大臣，可见刘勔深受刘宋皇室之重视。

刘勔之所以能在刘宋时期脱颖而出，与其卓越的个人能力密切相关。

首先，刘勔具有高超的战争指挥能力，在历次战争中所向披靡、无往不胜，这为其官职的迁升及得到皇帝的垂青夯稳了最坚固的基础。刘勔先后平定了萧简的广州之乱、竟陵王刘诞的广陵之乱、豫州刺史殷琰之乱，击败并虏汝阳司马赵怀仁、房子都公阕于拔，讨伐费沈不克的陈檀。但是，刘勔又不是一味地死战蛮打，往往讲求战略战术，能招降的就采取招降的方式，不具备武攻条件的则坚决不出兵。如其对虏将常珍奇、常超越与垣式宝，并不是采取武力攻击的方式，而是好言相劝，最终得以招降常珍奇等。《宋书》本传载，刘勔驳斥淮西人贾元友上书宋太宗北攻悬瓠，收陈郡、南顿、汝南、新蔡四郡之地的建议，从民情民风、粮食储备、战略战术、对阵地形、兵力对比等多方面以充足的理由否定了贾元友的上书，坚决不出兵。

其次，刘勔善于处理人际关系，此亦有助于其官位的升迁。对待下级，刘勔善抚将帅，为众所依，"将军王广之求勔所自乘马，诸将帅并忿广之叨冒，劝勔以法裁之，勔欢笑，即时解马与广之"②，气量大度恢弘、人所不及，下属自然崇仰敬重。对待皇上，刘勔多献贡物以讨皇上之欢心，《宋书》

---

① ［唐］林宝撰，岑仲勉注：《元和姓纂》卷五（附四校记），中华书局1994年版，第663—676页。
② ［南朝·梁］沈约撰：《宋书》卷八十六《刘勔传》，中华书局1974年版，第2192页。

载其于泰始五年（496 年）任豫州刺史时献白麏，大明七年（463 年）任郁林、始安太守时献连理珊瑚，事实上也的确达到了较好的效果，史载"上甚悦"①。刘勔与同僚关系颇佳，如齐高帝"素与勔善"，且翼及其子，在刘勔亡后，齐高帝"书譬悛殷勤抑勉"②；其在钟岭之南聚山蓄水、修建庄园，"朝士爱素者，多往游之"③；同僚亦多有良言相劝，如萧道成劝其多关世务④，元徽初月犯右执法、太白犯上将时有人对其进行规劝等⑤。

再次，刘勔惜爱民众，即使对战败投降地的黎民亦爱护有加，所以深得士民崇敬。在征讨殷琰时，殷最终开门请降，刘勔"约令三军不得妄动，城内士庶感悦，咸曰来苏"⑥。正因为如此，刘勔在世时即被百姓立碑，以彰其对民众的恩德，《宋书》史臣亦评曰："刘勔克寿春，士民无遗刍委粒之叹，莫不扶老携幼，歌唱而出重围，美矣。"⑦

刘勔能征善战，骁勇多谋，爱惜百姓，且善于处理人际关系，上下同僚间相处和谐，深得皇帝信任，官位不断升迁，为其家族在南朝的发展打下了坚实的基础。刘勔在宋末平定桂阳王刘休范之战中以身殉国，被追赠为司空，朝廷下诏曰："夫义实天经，忠惟人则，篆素流采，金石宣辉，自非识洞情灵，理感生极，岂有捐躯卫主，舍命匡朝者哉！故持节、镇军将军、守尚书右仆射、中领军鄱阳县开国侯勔，思怀亮粹，体业淹明，弘勋树绩，誉洽华野。绸缪顾托，契阔屯夷，方倚谋猷，翌康帝道。逆蕃扇祸，逼扰京

---

① ［南朝·梁］沈约撰：《宋书》卷八十六《刘勔传》，中华书局 1974 年版，第 2192 页。
② ［唐］李延寿撰：《南史》卷三十九《刘悛传》，中华书局 1975 年版，第 1003 页。
③ ［南朝·梁］沈约撰：《宋书》卷八十六《刘勔传》，中华书局 1974 年版，第 2195—2196 页。
④ ［南朝·梁］萧子显撰：《南齐书》卷一《高帝纪上》，中华书局 1972 年版，第 9 页。
⑤ ［南朝·梁］沈约撰：《宋书》卷八十六《刘勔传》，中华书局 1974 年版，第 2196 页。
⑥ ［唐］李延寿撰：《南史》卷三十九《刘勔传》，中华书局 1975 年版，第 1001—1002 页。
⑦ ［南朝·梁］沈约撰：《宋书》卷八十六《刘勔传》，中华书局 1974 年版，第 2197 页。

甸，援桴誓旅，奉律行师。身与事灭，名随操远。朕用伤悼，震恸于厥心。昔王允秉诚，卞壸峻节，均风往德，归茂先轨。泉途就永，冤逝无追，思崇徽策，式光惇史。可赠散骑常侍、司空，本官、侯如故，谥曰忠昭公。"①

另外，刘勔尚有一弟名敳，"泰始中，为宁朔将军、交州刺史，于道遇病卒"②。刘敳既为将军，又任刺史，可见其在世时颇有武功，能独挡一方，应当对家族势力的提升和扩展亦有积极影响，但因为早卒，则其对家族的整体贡献不如刘勔。

二、刘悛、刘绘等对家族地位的稳固和提升

如果说刘勔、刘敳这一辈为家族的发展奠定了厚实的基础的话，那么其子辈刘悛、刘愃、刘绘、刘瑱等则是进一步稳固和提升了其家族在当世的地位和影响。在此四刘中，刘愃官至齐太子中庶子③，刘瑱"历尚书吏部郎，义兴太守"④，但都过世较早，对家族地位稳固和提升产生重大影响的是刘悛和刘绘。

首先，刘悛不但能征善战，而且擅长吏治，颇得民心，早年随父南北征战，建功甚丰，"随父勔征竟陵王于广陵，以功拜驸马都尉"，"复随父勔征殷琰于寿春，于横塘、死虎累战皆胜"，"复从父征讨，假宁朔将军，拜鄱阳县侯世子"⑤。刘悛担任地方官期间颇能吏治，在任安远护军、武陵内史时，"郡南江古堤，久废不缉。悛修治未毕，而江水忽至，百姓弃役奔走，悛亲率厉之，于是乃立"⑥；在代始兴王鉴为持节，监益宁二州诸军事、益州刺史

---

① ［南朝·梁］沈约撰：《宋书》卷八十六《刘勔传》，中华书局 1974 年版，第 2196 页。
② ［南朝·梁］沈约撰：《宋书》卷八十六《刘勔传》，中华书局 1974 年版，第 2197 页。
③ ［唐］姚思廉撰：《梁书》卷四十九《刘苞传》，中华书局 1973 年版，第 687 页。
④ ［唐］李延寿撰：《南史》卷三十九《刘瑱传》，中华书局 1975 年版，第 1014 页。
⑤ ［南朝·梁］萧子显撰：《南齐书》卷三十七《刘悛传》，中华书局 1972 年版，第 649 页。
⑥ ［南朝·梁］萧子显撰：《南齐书》卷三十七《刘悛传》，中华书局 1972 年版，第 649—650 页。

时，向齐武帝上启南广郡界蒙山下之蒙城有汉文帝时邓通铸钱处，建议于此处铸钱，齐武帝"遣使入蜀铸钱，得千余万"①。正因为刘悛善于吏治，所以在任时甚得民心，史载年百余岁、修隐山中的蛮王田僮亦出谒刘悛，带郡还都时"吏人送者数千万人，悛人人执手，系以涕泣，百姓感之，赠送甚厚"②。

其次，刘悛承继其父刘勔善于处理人际关系的特点，对南齐皇室多所交纳。这里包括两个方面：巩固与当权者的关系、联姻帝室。刘悛在任桂阳王征北中兵参军时得以结识齐武帝萧赜，此后两人如鱼遇水，情款异常。萧赜自寻阳还，与刘悛"欢宴叙旧，停十余日乃下。遣文惠太子及竟陵王子良摄衣履，修父友之敬"③；萧赜为太子时，"每幸悛坊，闲言至夕，赐屏风帷帐"④；萧赜即皇帝位后，"车驾数幸悛宅……武帝著鹿皮冠，披悛菟皮裘。于牖中宴乐，以冠赐悛，至夜乃去。后从驾登蒋山，上数叹曰：'贫贱之交不可忘，糟糠之妻不下堂。'顾谓悛曰：'此况卿也。世言富贵好改其素情，吾虽有四海，今日与卿尽布衣之适。'"⑤刘悛不但能处理好与皇帝的关系，而且两次联姻帝室，刘悛之妹被齐高帝萧道成定为鄱阳王萧锵的妃子，而刘悛二女又被纳为晋安王萧宝义和安陆王萧宝晊的妃子。通过这三次与萧齐皇室成员的联姻，刘悛"历朝皆见恩遇"⑥，不但自身的地位得以巩固，而且家族的权势和知名度也大大提升。

刘悛在齐明帝驾崩后改任散骑常侍，领骁骑将军，不久即去世，而此时的政治形式诡险异常，刘悛之弟刘绘对政治的高度敏感使其家族顺利过渡到萧梁时代。早在齐豫章王萧嶷任江州刺史时，时论谓萧嶷与文惠太子恐有权

---

① [唐] 李延寿撰：《南史》卷三十九《刘悛传》，中华书局1975年版，第1005页。
② [唐] 李延寿撰：《南史》卷三十九《刘悛传》，中华书局1975年版，第1003页。
③ [南朝·梁] 萧子显撰：《南齐书》卷三十七《刘悛传》，中华书局1972年版，第650页。
④ [南朝·梁] 萧子显撰：《南齐书》卷三十七《刘悛传》，中华书局1972年版，第651页。
⑤ [唐] 李延寿撰：《南史》卷三十九《刘悛传》，中华书局1975年版，第1004页。
⑥ [南朝·梁] 萧子显撰：《南齐书》卷三十七《刘悛传》，中华书局1972年版，第654页。

力之争，刘绘为避宫府之疑，不但"苦求外任，为南康相"，而且"郡事之暇，专意讲说"，不掺杂其间，很好地保证了自身的安全。① 刘悛卒后，在位者为东昏侯，刘绘以其卓绝的政治敏感，首先是固让"持节、督雍梁南北秦四州、郢州之竟陵、司州之随郡诸军事、辅国将军、领宁蛮校尉、雍州刺史"之职，其后又与张稷等谋废东昏侯，事成之后又与国子博士范云等人送东昏侯首至萧衍处。从固让官职到谋废立之事乃至主动向萧衍投诚，充分体现了刘绘对政治形势的敏感和精准判断，能随着事态的发展变化而采取各自相宜的行动方案，牢不可破地确保了自身安全，也为家族的进一步发展提供了必要的保障。随后的事实证明，梁武帝对其家族的确眷顾有加，多有提携。

三、刘孝绰家族在梁陈的发展轨迹

经过刘勔在刘宋的奠基期和刘悛、刘绘在南齐及梁初的巩固及发展提升期，南朝彭城刘孝绰家族至梁时已上升到士家大族的地位，且家族人丁兴旺，子弟已蔚为大观，"刘孝绰一家子姓，能文者七十人，门世之盛，足使安平无崔，汝南无应"②。

在这一时期，刘孝绰家族的发展有以下特点：

其一，人丁兴旺，家口众多，并任诸多官职。刘悛有子三人：长子刘孺，字孝稚，历任太子舍人、太子洗马、太子家令、太子中庶子、散骑常侍兼光禄卿、少府卿、御史中丞、江夏太守加贞威将军、都官尚书领右军将军、明威将军、晋陵太守、侍中领右军、吏部尚书等职；刘览字孝智，历官中书郎、尚书左丞、始兴内史等职；刘遵字孝陵，历任太子舍人、晋安王宣惠云麾二府记室、安北谘议参军、太子中庶子。刘恒有子三人，其中刘苞字孝尝，任职尚书库部侍郎、丹阳尹丞、太子太傅丞、尚书殿中侍郎、太子洗马掌书记，另有二人无考。刘绘有子七人：长子刘孝绰字孝绰，先后任职太

---

① ［南朝·梁］萧子显撰：《南齐书》卷四十八《刘绘传》，中华书局1972年版，第841页。
② ［明］张溥：《汉魏六朝百三名家集·刘秘书集》，中华书局2007年版，第312页。

子舍人、太子洗马、尚书郎、秘书臣、太府卿、太子仆等；三子刘潜字孝仪，历任安北功曹史、太子洗马、戎昭将军、阳羡令、中书郎、尚书左丞兼御史中丞、伏波将军、临海太守、明威将军、豫章内史等职；五子刘孝胜，历官邵陵王法曹、湘东王安西主簿记室、尚书左丞、信义太守、尚书右丞兼散骑常侍、蜀郡太守等；第六子刘孝威，先后任太子洗马、太子中庶子、率更令等职；第七子刘孝先历任武陵王法曹、主簿、黄门侍郎、侍中等职；第二子刘孝能早卒，第四子无考。

其二，刘孝绰家族在萧梁时期与皇室成员关系紧密，大多得到了萧梁皇室的眷顾。如刘孝绰长期与昭明太子相处，前后达二十多年，成为昭明太子东宫十学士之首；刘遵、刘潜、刘孝威等与晋安王萧纲长相侍守；刘孝胜曾任职于邵陵王、湘东王、武陵王萧纪处；刘孝先亦有任职于武陵王萧纪的记载。刘孝绰家族成员因长期与萧梁皇室相处，故能常得皇族的奖掖与关照，例如梁武帝对刘孝绰关爱有加，在召见沈约、任昉等旧臣时，便连刘孝绰也加以引见，此对其于坐所作七首侍宴诗"篇篇嗟赏"，以致"朝野改观"。① 刘孝绰从上虞令任上还朝后任秘书臣，梁武帝对周舍言："第一官当知用第一人。"② 梁武帝对刘孝绰在平时多加褒扬、以清官任之，而在其犯错误时则多有隐恶、及时慰抚。如刘孝绰因携妾入官府而被时任御史中丞的到洽所劾奏，梁武帝则把奏文中的字进行涂改，以减轻刘孝绰的罪名。而在刘孝绰免官之后，又"数使仆射徐勉宣旨慰抚之，每朝宴常引与焉。及高祖为《籍田诗》，又使勉先示孝绰"③，真可谓对刘孝绰的关照有加。

其三，梁代刘孝绰家族成员多有早慧、敏速的特点。史载刘孝绰"幼聪敏，七岁能属文。……绘，齐世掌诏诰。孝绰年未志学，绘常使代草之"④；刘孺"幼聪敏，七岁能属文。……孺少好文章，性又敏速，尝于御坐为《李

---

① ［唐］姚思廉撰：《梁书》卷三十三《刘孝绰传》，中华书局1973年版，第480页。
② ［唐］李延寿撰：《南史》卷三十九《刘孝绰传》，中华书局1975年版，第1011页。
③ ［唐］姚思廉撰：《梁书》卷三十三《刘孝绰传》，中华书局1973年版，第482页。
④ ［唐］姚思廉撰：《梁书》卷三十三《刘孝绰传》，中华书局1973年版，第479页。

赋》，受诏便成，文不加点，高祖甚称赏之"①；刘览"十六通《老》《易》。……性聪敏，尚书令史七百人，一见并记名姓"②；刘苞"少好学，能属文，……受诏咏《天泉池荷》及《采菱调》，下笔即成"③。其实这种早慧、敏速的特点在南齐刘绘时即已稍露端倪，史载刘绘"聪警有文义，善隶书，数被赏召，进对华敏"④，"机悟多能"⑤，"鱼复侯子响诛后，豫章王嶷欲求葬之，召绘为表言其事，绘须臾便成。嶷叹曰：'祢衡何以过此，'"⑥ 不过，刘绘这一特点只能算是个人的而不能算是家族整体性的，因为刘绘其余三兄弟刘悛、刘恒和刘瑱在早慧、聪敏方面于史无闻，但梁时刘孝绰这一辈中却有多人具有这种特点，可以称之为家族整体性特点。

其四，刘孝绰家族至梁时最大的特点在于其文学性。史载刘孝绰"辞藻为后进所宗，世重其文，每作一篇，朝成暮遍，好事者咸讽诵传写，流闻绝域。文集数十万言，行于世"⑦；刘孺"少与从兄苞、孝绰齐名。……有文集二十卷"⑧；刘苞"少好学，能属文，……及从兄孝绰等并以文藻见知，多预宴坐"⑨；刘遵"少清雅有学行，工属文"⑩；刘潜"工属文。孝绰常曰'三笔六诗'，三即孝仪，六谓孝威也"⑪；刘孝胜、刘孝先"兄弟并善五言诗，见重于世"⑫。史臣亦评曰："刘孝仪兄弟，并以文章显。"⑬ 不独男子，

---

① ［唐］姚思廉撰：《梁书》卷四十一《刘孺传》，中华书局1973年版，第591页。
② ［唐］姚思廉撰：《梁书》卷四十一《刘孺传》，中华书局1973年版，第592页。
③ ［唐］李延寿撰：《南史》卷三十九《刘苞传》，中华书局1975年版，第1008页。
④ ［南朝·梁］萧子显撰：《南齐书》卷四十八《刘绘传》，中华书局1972年版，第841页。
⑤ ［南朝·梁］萧子显撰：《南齐书》卷四十八《刘绘传》，中华书局1972年版，第841页。
⑥ ［唐］李延寿撰：《南史》卷三十九《刘绘传》，中华书局1975年版，第1009页。
⑦ ［唐］姚思廉撰：《梁书》卷三十三《刘孝绰传》，中华书局1973年版，第483—484页。
⑧ ［唐］姚思廉撰：《梁书》卷三十五《刘孺传》，中华书局1973年版，第592页。
⑨ ［唐］李延寿撰：《南史》卷三十九《刘苞传》，中华书局1975年版，第1008页。
⑩ ［唐］李延寿撰：《南史》卷三十九《刘遵传》，中华书局1975年版，第1007页。
⑪ ［唐］李延寿撰：《南史》卷三十九《刘潜传》，中华书局1975年版，第1013页。
⑫ ［唐］姚思廉撰：《梁书》卷三十五《刘孺传》，中华书局1973年版，第595页。
⑬ ［唐］姚思廉撰：《梁书》卷三十三，中华书局1973年版，第597页。

刘孝绰家族女子亦颇有文才，"其三妹，一适琅邪王叔英，一适吴郡张嵊，一适东海徐悱，并有才学。悱妻文尤清拔，所谓刘三娘者也"①。正是因为其彬彬之盛的文学子弟特立独出，才造就了刘孝绰家族梁代文学世家的地位。

梁武帝后期，南朝政权腐败而荒唐，文阙良臣，武乏良将，对佛教的崇拜更是到了至高无上的程度，且梁武帝在犹疑不定中接受了侯景的投降，这对梁朝政权及南朝士族产生了深远的影响，其中也包括彭城刘氏。南朝高门士族"居承平之世，不知有丧乱之祸；处庙堂之下，不知有战阵之急"②，"及侯景之乱，肤脆骨柔，不堪行步，体羸气弱，不耐寒暑，坐死仓猝者，往往而然"③。刘孝绰家族中，于侯景之乱前即已死的有刘孝绰、刘苞、刘览、刘遵、刘孺，史有明文记载死于侯景乱中的有刘孝威、刘孝仪等。刘孝威，"及侯景寇乱，随司州刺史柳仲礼至安陆，卒"④；刘孝仪于侯景乱时"遣子励帅郡兵三千，随前衡州刺史韦粲入援。及宫城不守，孝仪为前历阳太守庄铁所逼，失郡，卒"⑤。只有刘孝胜和刘孝先于侯景乱后仍入职梁元帝朝，但不久后元帝所统的江陵政权匆匆覆灭，随着江南最后一波高门士族被迁入长安后，孝胜和孝先的去处及卒年都不得而知了。

第五节　南朝彭城刘氏的整体文化特征：从俚俗到文雅

一、彭城刘氏的俚俗风格

南朝彭城刘氏至宋武帝刘裕一代，家世早已衰败，故史书多载其年少时

---

① ［唐］李延寿撰：《南史》卷三十九《刘孝绰传》，中华书局1975年版，第1012页。
② ［北朝·齐］颜之推撰，王利器集解：《颜氏家训集解》卷第四（增补本），中华书局1993年版，第317页。
③ ［北朝·齐］颜之推撰，王利器集解：《颜氏家训集解》卷第四（增补本），中华书局1993年版，第322页。
④ ［唐］李延寿撰：《南史》卷三十九《刘孝威传》，中华书局1975年版，第1014页。
⑤ ［唐］李延寿撰：《南史》卷三十九《刘潜传》，中华书局1975年版，第1013页。

清寒贫苦之事迹。因家道早衰，彭城刘氏子弟多体现出与高门士族龃龉不协的俚俗风格。以刘裕为例，其行为方式与思想观念即体现有多方面的俚俗风格。

首先，刘裕的文化修养肤浅。史载刘裕不甚读书，"仅识文字"，因此不擅长诗文写作。《晋书·赫连勃勃载记》曰："（赫连）勃勃命其中书侍郎皇甫徽为文而阴诵之，召裕使前，口授舍人为书，封以答裕。裕览其文而奇之，使者又言勃勃容仪瑰伟，英武过人，裕叹曰：'吾所不如也！'"刘裕赞叹赫连勃勃之擅文，可见其在此方面自认有所缺失。《南史·谢晦传》亦载："（宋武）帝于彭城大会，命纸笔赋诗，晦恐帝有失，起谏帝，即代作曰：'先荡临淄秽，却清河洛尘，华阳有逸骥，桃林无伏轮。'于是群臣并作。"①本是刘裕欲赋诗，而谢晦恐其有失为之代作，且刘裕亦不稍加阻拦，由此亦可觇作诗并非刘裕之所长。除了诗文，刘裕对高门士族多所兼通的其他艺术如音乐和书法也不甚了了。《南史·宋高祖纪》载："初，朝廷未备音乐，长史殷仲文以为言，帝曰：'日不暇给，且所不解。'仲文曰：'屡听自然解之。'帝曰：'政以解则好之，故不习耳。'"②朝廷所备之音乐自是雅乐，是士族文化不可或缺的组成部分，"日不暇给"是朝廷不备雅乐的借口，真正的原因是刘裕对雅乐自身"且所不解"。非但不备雅乐，刘裕似乎对这种高雅的士族修养颇有抵触，《宋书·武帝纪》及《南史》均载其"未尝视珠玉舆马之饰，后庭无纨绮丝竹之音"③。刘裕的书法水平也很拙劣，《宋书·刘穆之传》载："高祖书素拙，穆之曰：'此虽小事，然宣彼四远，愿公小复留意。'高祖既不能措意，又禀分有在。穆之乃曰：'但纵笔为大字，一字径尺，无嫌。大既足有所包，且其势亦美。'高祖从之，一纸不过六七字便满。"④书法是高门士族子弟必修的基本功之一，刘裕对此既乏天分且无基

---

① [唐]李延寿撰：《南史》卷一十九《谢晦传》，中华书局1975年版，第522页。
② [唐]李延寿撰：《南史》卷一《宋武帝纪》，中华书局1975年版，第28页。
③ [南朝·梁]沈约撰：《宋书》卷三《武帝纪下》，中华书局1974年版，第60页。
　[唐]李延寿撰：《南史》卷一《宋武帝纪》，中华书局1975年版，第28页
④ [南朝·梁]沈约撰：《宋书》卷四十二《刘穆之传》，中华书局1974年版，第1305页。

础，只有听从刘穆之的意见改作径尺大字以藏其拙。

其次，刘裕言行多俚俗特征。沈约在《宋书》卷五十二评刘裕语言曰："高祖虽累叶江南，楚言未变，雅道风流，无闻焉尔。"① 晋时的雅言口音指的是西晋京都洛阳口音，刘裕的口音则是楚音，即指汉代西楚徐州地区的口音。陈寅恪先生亦认为，"刘宋皇室之先世，本非清显，而又侨居于北来武装集团所萃聚之京口，故既未受建邺士人即操洛阳雅音者之沾溉，又不为吴中庶族即操吴语者所同化，此所以累叶江南而其旧居彭城即楚地之乡音无改也"②。在高门士族眼里，楚音往往是俚俗、卑下等的代名词，与雅音的高雅、文明凿枘不合。除楚言的口音外，刘裕早年行事亦多有俚俗甚至是流氓习气。《宋书·符瑞志上》载其"少时诞节嗜酒"③，《资治通鉴》又载其"以卖履为业，好樗蒲，为乡闾所贱"④，"名微位薄，轻狡无行，盛流皆不与相知"⑤，可见刘裕的行为有诸多不合礼法、与高门士族的行径甚不相容之处。刘裕之好赌，不仅是其年少的习气——史载其因与豪族刁逵聚赌失败而被缚于马桩之上，甚至在他业已握有实权之后仍然赌习不改。钟仕伦先生论刘裕曰："清简寡欲，不尚绮丽，诛清内外，光有天下，终成宋朝大业。"⑥ "诛清内外，光有天下"，是盛赞其武功，而"清简寡欲，不尚绮丽"则评其与世家大族相连的文化特征，此论可谓精准简要、得其环中。

刘氏其他子弟也多透露出俚俗的风格。例如长沙景王刘道怜，"素无才

---

① ［南朝·梁］沈约撰：《宋书》卷五十二《褚湛之传》，中华书局1974年版，第1506页。
② 陈寅恪：《从史实论切韵》，见《陈寅恪集·金明馆丛稿初编》，生活·读书·新知三联书店2009年版，第387页。
③ ［南朝·梁］沈约撰：《宋书》卷二十七《符瑞志上》，中华书局1974年版，第783页。
④ ［宋］司马光编著：《资治通鉴》卷一百一十一，［元］胡三省音注，中华书局1956年版，第3555页。
⑤ ［宋］司马光编著：《资治通鉴》卷一百一十三，［元］胡三省音注，中华书局1956年版，第3622页。
⑥ 钟仕伦：《南北朝诗话校释》，中华书局2007年版，第32页。

能，言音甚楚，举止施为，多诸鄙拙"①；刘义康，"素无术学"②；刘义季"素拙书，上听使余人书启事，唯自署名而已"③；刘义綦"凡鄙无识知，每为始兴王濬兄弟所戏弄"④；刘义宣"生而舌短，涩于言论"⑤；刘韫"人才凡鄙"⑥；刘述"亦甚庸劣"⑦；刘袭"亦庸鄙"⑧；刘遐"人才甚凡"⑨。

另外，刘宋皇室俚俗的风格还集中地体现在音乐的好尚上，即刘氏子弟大多热衷于吴声、西曲等民间俗乐而置雅乐于不顾。刘裕一生戎马倥偬，奔波闯荡，对音乐兴趣无多，刘宋皇室喜好吴声、西曲，从少帝刘义符即开始显现其端倪。《宋书·少帝纪》载，少帝"解音律"⑩，甚爱音乐，在宫廷发生政变时，"帝于华林园为列肆，亲自酤卖。又开渎聚土，以象破冈埭，与左右引船唱呼，以为欢乐"⑪，后在少帝被废的诏文中，亦有"至乃征召乐府，鸠集伶官，优倡管弦，靡不备奏"⑫等语。

少帝旋即被废，大臣拥立的宋文帝刘义隆基于特定的政治敏感，在其统治的前期对民歌保持着谨慎的态度，没有也不敢大肆接受吴声、西曲之类新声。但是宋文帝并非完全不接触民歌，出于政治的需要，元嘉三年（426年）

---

① ［南朝·梁］沈约撰：《宋书》卷五十一《刘道怜传》，中华书局1974年版，第1462页。
② ［唐］李延寿撰：《南史》卷十三《刘义康传》，中华书局1975年版，第367页。
③ ［南朝·梁］沈约撰：《宋书》卷六十一《刘义季传》，中华书局1974年版，第1654页。
④ ［南朝·梁］沈约撰：《宋书》卷五十一《刘义綦传》，中华书局1974年版，第1470页。
⑤ ［南朝·梁］沈约撰：《宋书》卷六十八《刘义宣传》，中华书局1974年版，第1798页。
⑥ ［南朝·梁］沈约撰：《宋书》卷五十一《刘韫传》，中华书局1974年版，第1466页。
⑦ ［唐］李延寿撰：《南史》卷十三《刘述传》，中华书局1975年版，第355页。
⑧ ［南朝·梁］沈约撰：《宋书》卷五十一《刘袭传》，中华书局1974年版，第1467页。
⑨ ［南朝·梁］沈约撰：《宋书》卷五十一《刘遐传》，中华书局1974年版，第1469页。
⑩ ［南朝·梁］沈约撰：《宋书》卷四《少帝纪》，中华书局1974年版，第63页。
⑪ ［南朝·梁］沈约撰：《宋书》卷四《少帝纪》，中华书局1974年版，第66页。
⑫ ［南朝·梁］沈约撰：《宋书》卷四《少帝纪》，中华书局1974年版，第65页。

正月，宋文帝分遣大使，巡行天下。宋文帝是出于政治的需要接触此类民歌，其"采风调乐"的目的是"集礼宣度"，以巩固其统治。文帝为巩固政权而"采风调乐"的次数并不多，随着政权的逐渐巩固和元嘉盛世的形成，在元嘉三年（426年）较大规模的诏遣巡访之后，文帝只进行过两次小范围的诏遣。其一是在元嘉九年（432年），其二是在元嘉二十六年（449年）。其实，宋文帝对此类民歌并不真正感兴趣，其真正感兴趣的是民间新声。《宋书·范晔传》载："（晔）善弹琵琶，能为新声，上欲闻之，屡讽以微旨，晔伪若不晓，终不肯为上弹。上尝宴饮欢适，谓晔曰：'我欲歌，卿可弹。'晔乃奉旨。上歌既毕，晔亦止弦。"从这一记载来看，宋文帝对范晔之"新声"颇有兴趣，多次暗示范晔为之弹奏，即使在范晔故作不晓其意不肯为之弹奏的情况下，文帝最终还是明确下令，自己唱歌而命范晔伴奏，以致范晔不敢违令。由此可见宋文帝对范晔"新声"兴趣之浓。而范晔伴奏之所谓"新声"，自是"吴声""西曲"等民歌，宋文帝所歌亦当如是。此外，《南史·隐逸传》记载，"（戴）颙及兄勃并受琴于父，父没，所传之声不忍复奏，各造新弄。勃制五部，颙制十五部，颙又制长弄一部，并传于世。……（颙）为（衡阳王）义季鼓琴，并新声变曲。……文帝每欲见之，……以其好音，长给正声伎一部"①。文帝给戴颙的是一部正声伎，那是因为文帝时朝廷并未引进吴声、西曲等新声，而文帝所好尚者恐是戴颙之"新声变曲"，以致希望一睹为快。不但文帝喜爱"新声变曲"，衡阳王刘义季亦颇爱好，不为中书令王绥鼓琴②的戴颙即为刘义季弹奏了多首琴曲。

刘宋皇室中最喜爱吴声、西曲等俗乐的，应当是宋孝武帝刘骏。刘骏从刘劭手中夺取政权后，为缓解社会矛盾，巩固自身统治，也像宋文帝一样进行遣使和巡慰。不仅如此，为巩固政权，刘骏甚至还明文下诏以反对淫乐。而正是这样一个对淫乐明文禁止的皇帝，却对吴声、西曲等新声钟情异常，《宋书·乐志》记载了孝武帝在宫廷中以钟石配乐来表演杂舞的事，"孝武大

---

① ［唐］李延寿撰：《南史》卷七十五《戴颙传》，中华书局1975年版，第1866—1867页。
② ［唐］李延寿撰：《南史》卷七十五《戴颙传》，中华书局1975年版，第1866页。

明中，以鞞、拂、杂舞合之钟石，施于殿庭"①。王运熙先生指出这种杂舞的音调与吴歌和西曲一样，都是来自流行歌曲，并且都隶属于"清商乐"，也就是六朝时期流行歌曲的总称。因此，我们可以这么认为，孝武帝刘骏在促进吴声、西曲等新声的发展和全面普及方面一定扮演了十分重要的角色。自从刘骏以皇帝的身份把民间新声堂而皇之地引入最高殿堂，王公大臣及其侍属僚吏为了迎合最高统治者的爱好，必然是家家吴声西曲，户户淫歌新声。不仅如此，似乎刘骏本人还亲自发明了如《夜听妓》之类一些非传统性的诗题，从逯钦立先生的《先秦汉魏晋南北朝诗》的辑录情形来看，刘宋孝武帝的《夜听妓》即是此类诗题中最先的例子，"因此即使他并非此种诗题的发明者，也是最早使用这种诗题的诗人"②。经过宋孝武帝的身体力行，对吴声、西曲的喜爱成了当时社会的普遍状况，正如《太平御览》卷五百六十九引梁裴子野《宋略》云："扰杂子女，荡悦淫志，充庭广奏，则以鱼龙靡漫为瓌玮，会同享觐，则以吴趋楚舞为妖妍。纤罗雾縠侈其衣，疏金镂玉砥其器。在上班赐宠臣，群下亦从风而靡。王侯将相，歌伎填室，鸿商富贾，舞女成群。竞相夸大，互有争夺，如恐不及，莫为禁令，伤风败俗，莫不在此。"③

因为刘宋皇室不是世家大族，较少文化底蕴，自然也没有太多传统的负累和心理的积淀，"一方面容易喜爱产生于民间的歌谣，一方面又容易不受礼法的束缚而把它们大胆地引入乐府"④。所以除了皇帝外，喜欢吴声、西曲的刘宋皇室不在少数。据《通典》所云："《乌夜啼》，宋临川王义庆所作也。元嘉十七年（440年），徙彭城王义康于章郡，义庆时为江州，至镇，相见而哭，为文帝所怪，征还。义庆大惧，伎妾闻乌夜啼声，叩斋阁云：明日

---

① ［南朝·梁］沈约撰：《宋书》卷二十《乐志二》，中华书局1974年版，第552页。
② 苏瑞隆：《鲍照诗文研究》，中华书局2006年版，第261页。
③ ［宋］李昉等撰：《太平御览》卷五百六十九《乐部·淫乐》，中华书局1960年版，第2574页。
④ 王运熙：《六朝乐府与民歌》，上海文艺联合出版社1955年版，第21页。

应有赦。其年更为（南）兖州刺史，因作此歌。"①《宋书·乐志》云："随王诞在襄阳，造《襄阳乐》，南平穆王为豫州，造《寿阳乐》，荆州刺史沈攸之又造《西乌飞歌曲》，并列于乐官。歌词多淫哇不典正。"② 根据宋代郭茂倩《乐府诗集》引《古今乐录》的记载，"《襄阳乐》者，宋随王诞之所作也。诞始为襄阳郡，元嘉二十六年（449 年）仍为雍州刺史，夜闻诸女歌谣，因为作之，所以歌和中有'襄阳来夜乐'之语也"③。由此可见，刘义庆、刘诞、刘铄等刘宋皇室成员都钟情于起自民间的俚俗民歌吴声、西曲。

二、彭城刘氏由俚俗向文雅的转变

钱穆先生在《国史大纲》中说："南朝的王室，在富贵家庭里长养起来（但是并非门第，无文化的承袭），他们只稍微熏陶到一些名士派放情肆志的风尚，而没有浸沉到名士们的家教与门风，又没有领略得名士们研讨的玄学与远致。在他们前面的路子，只有放情胡闹。"④ 这种说法，对于一部分刘宋皇室成员来说，的确是深中肯綮，但如果以之概括所有的刘宋皇室成员，则大有以偏概全、惩羹吹齑之嫌。陈寅恪先生即认为，"六朝地方上的大家族，都是由豪族逐渐进入文化士族"⑤。事实的确如此，豪族一旦掌权，在武力上有所建树，则转而追求文化。此亦"当寒门人物获得统治地位后，随着与高门士族社会日益频繁的交往，无论是其家族门风，还是其个人素养，都会发生明显的变化，即所谓'士族化'"⑥。从彭城刘氏来说，这个转变的过程从宋武帝刘裕即已肇其端。刘裕掌权之后，最为重要的问题即是处理与高门世族的关系，"因文化修养低而屡遭大族鄙视的刘裕深知，要想让这些高门

---

① ［唐］杜佑撰：《通典》卷一百四十五《乐典·杂歌曲》，中华书局 1988 年版，第 3703 页。
② ［南朝·梁］沈约撰：《宋书》卷二十《乐志二》，中华书局 1974 年版，第 552 页。
③ ［宋］郭茂倩编：《乐府诗集》第四十八卷《清商曲辞》，中华书局 1979 年版，第 703 页。
④ 钱穆：《国史大纲》，商务印书馆 1994 年版，第 271 页。
⑤ 万绳楠整理：《陈寅恪魏晋南北朝史讲演录》，贵州人民出版社 2011 年版，第 156 页。
⑥ 王永平：《东晋南朝家族文化史论丛》，广陵书社 2010 年版，第 318 页。

真心归顺，光靠拉拢或铁手腕是不行的，还需大力提高自身文化修养，一旦这一门阀士族赖以夸耀的文化堡垒被攻破，其他问题也就迎刃而解了"①。史载刘裕在义熙年间掌握朝权之后即开始学习玄谈，《艺文类聚》载，沈约评刘裕"好清谈于暮年……善发谈端"②，《宋书·郑鲜之传》亦载，其"及为宰相，颇慕风流"③。除了主动学习士族文化外，刘裕对士族文人多有褒扬，对其通率之举甚为包容，如对吴姓士族后进张敷，"武帝闻其美，召见奇之，曰：'真千里驹也。'以为世子中军参军，数见接引"④；对好酒的名士范泰，即使泰"不拘小节，通率任心，虽在公座，不异私室"，刘裕也"甚赏爱之"⑤；对爱唾左右人衣的谢景仁，刘裕"雅相重"，甚至"申以婚姻"⑥。

跟刘裕一辈相比，刘裕的子孙辈的文化素养从整体上说逐渐有所提高，更加接近高门世族，趋向于文雅化。例如宋文帝刘义隆，史称其"博涉经史，善隶书"⑦，王僧虔有书论云："宋文帝书，自云可比王子敬，时议者云'天然胜羊欣，功夫少于欣。'"⑧ 宋文帝重视文化典籍的整理，推动经学的研究，《南齐书·沈驎士传》载，"宋元嘉末，文帝令尚书仆射何尚之抄撰：《五经》，访举学士，县以驎士应选"⑨；何承天删减《礼论》八百卷为三百

---

① 刘永则：《刘宋皇室之婚媾》，载《江苏社会科学》，2001年第2期。
② ［唐］欧阳询撰，汪绍楹校：《艺文类聚》卷十四，上海古籍出版社1999年版，第289页。
③ ［南朝·梁］沈约撰：《宋书》卷六十四《郑鲜之传》，中华书局1974年版，第1696页。
④ ［南朝·梁］沈约撰：《宋书》卷四十六《张敷传》，中华书局1974年版，第1395页。
⑤ ［南朝·梁］沈约撰：《宋书》卷六十《范泰传》，中华书局1974年版，第1616页。
⑥ ［南朝·梁］沈约撰：《宋书》卷五十二《谢景仁传》，中华书局1974年版，第1494页。
⑦ ［南朝·梁］沈约撰：《宋书》卷五《文帝纪》，中华书局1974年版，第71页。
⑧ ［南朝·梁］萧子显撰：《南齐书》卷三十三《王僧虔传》，中华书局1972年版，第597页。
⑨ ［南朝·梁］萧子显撰：《南齐书》卷五十四《沈驎士传》，中华书局1972年版，第943页。

卷，"太祖以新撰：《礼论》付（傅）隆使下意"①。宋文帝亦能弈棋，《宋书·羊玄保传》载，羊玄保善弈棋，"太祖与赌郡戏，胜，以补宣城太守"②，何承天素好弈棋，且因之废事，太祖竟然还"赐以局子"③。文帝还通音律，能弹琴，曾把自己喜欢的琴赐给萧思话，希望思话能在公务之余借抚琴来放松。④弈棋与弹琴是魏晋时期高门世族高雅文化的代表之一，文帝于此二道皆有所涉猎，正说明文帝一辈在"士族化"的道路上有所斩获。

文帝以降，宋孝武帝、宋明帝等的文化修养亦不遑多让。孝武帝"少机颖，神明爽发，读书七行俱下，才藻甚美"⑤，有"周公之才之美"⑥。刘骏书法亦佳，《南齐书·王僧虔传》载，"孝武欲擅书名，僧虔不敢显迹。大明世，常用掘笔书，以此见容"⑦，可见孝武书法亦有可观之处。前废帝刘子业行事虽多乖舛，但史载其"少好读书，颇识古事"⑧。明帝"少而和令，风姿端雅"⑨，"好读书，爱文义"⑩，"于华林园含芳堂讲《周易》，常自临听"⑪，"颇好言理，以颙有辞义，引入殿内，亲近宿直"⑫，颇有文雅高士的风采。明帝亦好围棋，且创立了管理围棋的专门机构，《南齐书·王谌传》

---

① ［南朝·梁］沈约撰：《宋书》卷五十五《傅隆传》，中华书局1974年版，第1551页。
② ［南朝·梁］沈约撰：《宋书》卷五十四《羊玄保传》，中华书局1974年版，第1535页。
③ ［南朝·梁］沈约撰：《宋书》卷六十四《何承天传》，中华书局1974年版，第1710页。
④ ［南朝·梁］沈约撰：《宋书》卷七十八《萧思话传》，中华书局1974年版，第2013—2014页。
⑤ ［唐］李延寿撰：《南史》卷二《宋孝武帝纪》，中华书局1975年版，第55页。
⑥ ［南朝·梁］沈约撰：《宋书》卷六《孝武帝纪》，中华书局1974年版，第135页。
⑦ ［南朝·梁］萧子显撰：《南齐书》卷三十三《王僧虔传》，中华书局1972年版，第592页。
⑧ ［南朝·梁］沈约撰：《宋书》卷七《前废帝纪》，中华书局1974年版，第148页。
⑨ ［南朝·梁］沈约撰：《宋书》卷八《明帝纪》，中华书局1974年版，第169页。
⑩ ［南朝·梁］沈约撰：《宋书》卷八《明帝纪》，中华书局1974年版，第170页。
⑪ ［南朝·梁］沈约撰：《宋书》卷八《明帝纪》，中华书局1974年版，第170页。
⑫ ［南朝·梁］萧子显撰：《南齐书》卷四十一《周颙传》，中华书局1972年版，第730页。

曰："明帝好围棋，置围棋州邑，以建安王休仁为围棋州都大中正，谌与太子右率沈勃、尚书水部郎庾珪之、彭城丞王抗四人为小中正，朝请褚思庄、傅楚之为清定访问。"① 刘宋皇室成员在获得统治地位后受到高门世族文化的影响，对士族文化有着强烈的兴趣，文化修养逐渐提高，文化情趣逐渐文雅化、贵族化。

彭城刘氏的另一支刘孝绰家族也由武功显赫之将门逐渐文雅化、士族化。刘孝绰的高祖刘怀义和曾祖刘颖之正史无传，只在《宋书·刘勔传》中提及刘怀义为始兴太守，刘颖之为汝南、新蔡二郡太守。刘颖之"征林邑，遇疾卒"②，当是一员武将。至刘孝绰祖父刘勔时家道中衰，史载其家贫。正史载刘勔事迹除多以武功著外，又言其"少有志节，兼好文义"③，后刘勔"以世路纠纷，有怀止足，求东阳郡"，因此我们可以推断，至少从刘勔开始，其家族即有了士族化、文雅化的趋势。刘勔有四子一女，此代除长子刘悛早年随父南征北战、军功累累外，其他成员已较少保留武将的传统而擅长吏治，且文雅化更加深入，应该说在这一代刘孝绰家族士族化和文雅化的程度进一步得到巩固和加深。刘勔四子中的第三、四子刘绘和刘瑱是其家族士族化、文雅化的转折性人物。刘瑱，史载其"好文章，饮酒奢逸，不吝财物"④，"少有行业，文藻、篆隶、丹青并为当世所称。时有荥阳毛惠远善画马，瑱善画妇人，并为当世第一"⑤。由此可见，刘瑱实是一个诗文书画皆通的全面型文士。刘绘的士族化更明显，"聪警有文义，善隶书"⑥，亦善飞

---

① [南朝·梁] 萧子显撰：《南齐书》卷三十四《王谌传》，中华书局1972年版，第616—617页。
② [南朝·梁] 沈约撰：《宋书》卷八十六《刘勔传》，中华书局1974年版，第2191页。
③ [南朝·梁] 沈约撰：《宋书》卷八十六《刘勔传》，中华书局1974年版，第2191页。
④ [南朝·梁] 萧子显撰：《南齐书》卷四十八《刘瑱传》，中华书局1972年版，第843页。
⑤ [唐] 李延寿撰：《南史》卷三十九《刘瑱传》，中华书局1975年版，第1014页。
⑥ [南朝·梁] 萧子显撰：《南齐书》卷四十八《刘绘传》，中华书局1972年版，第841页。

白,"性通悟……音采赡丽,雅有风则"①,为永明后进领袖。更可注意的是,刘绘"虽豪侠,常恶武事,雅善博射,未尝跨马"②,基本上已汰脱将门尚武跨马之风,具有典型的高门世族的特征。

接下来就是刘孝绰一辈,这是彭城刘氏安上里一支最为兴盛的一代,不但能文者甚夥,而且成就甚高、影响甚大,形成了典型的文学世家。刘孺"幼聪敏,七岁能属文。……及长,美风采,性通和,虽家人不见其喜愠"③;刘苞"少好学,能属文"④;刘览"十六通《老》《易》","尚书令史七百人,一见并记名姓";⑤刘遵"少清雅有学行,工属文"⑥,萧纲评其"内含玉润,外表澜清,……文史该富,琬琰为心,辞章博赡,玄黄成采"⑦;刘孝绰"幼聪敏,七岁能属文。……号曰神童"⑧;刘孝仪"并工属文";刘孝威"气调爽逸,风仪俊举"⑨;刘孝绰有三妹,"适琅邪王叔英、吴郡张嵊、东海徐悱,并有才学"⑩。

---

① [唐]李延寿撰:《南史》卷三十九《刘绘传》,中华书局1975年版,第1009页。
② [南朝·梁]萧子显撰:《南齐书》卷四十八《刘绘传》,中华书局1972年版,第842页。
③ [唐]李延寿撰:《南史》卷三十九《刘孺传》,中华书局1975年版,第1006页。
④ [唐]姚思廉撰:《梁书》卷四十九《刘苞传》,中华书局1973年版,第688页。
⑤ [唐]李延寿撰:《南史》卷三十九《刘览传》,中华书局1975年版,第1007页。
⑥ [唐]李延寿撰:《南史》卷三十九《刘遵传》,中华书局1975年版,第1007页。
⑦ [唐]李延寿撰:《南史》卷三十九《刘遵传》,中华书局1975年版,第1008页。
⑧ [唐]李延寿撰:《南史》卷三十九《刘孝绰传》,中华书局1975年版,第1010页。
⑨ [唐]李延寿撰:《南史》卷三十九《刘孝仪传》,中华书局1975年版,第1012页。
⑩ [唐]姚思廉撰:《梁书》卷三十三《刘孝绰传》,中华书局1973年版,第484页。

第二章

南朝彭城刘氏文学创作

第一节 乐府诗创作

根据逯钦立先生《先秦汉魏晋南北朝诗》的记载，南朝彭城刘氏现留有诗作242首，其中乐府诗51首，所占比例较大，达21%，其在刘氏诗歌创作中的重要性自不待言。在刘氏成员创作的乐府诗中，相和歌辞有18首，杂曲歌辞有14首，清商曲辞有8首，鼓吹曲辞和横吹曲辞各3首，舞曲歌辞、琴曲歌辞和杂歌谣辞各1首，乐府失名的有2首。撇开兴起于隋末、唐朝的近代曲辞和新乐府辞不论，其余的十类乐府中刘氏涉及大部分曲调共计八类，只有思想内容和艺术技巧较少可取的主要属于朝廷乐章的郊庙歌辞和燕射歌辞没有涉猎。① 虽然涉猎的范围较广，但刘氏乐府诗的创作重点显然在于相和歌辞和杂曲歌辞，其次是清商曲辞、鼓吹曲辞和横吹曲辞。

一、女性题材乐府诗

南朝彭城刘氏共51首乐府诗中，女性题材诗有17首，所占比例达33%。而在17首女性题材诗中，思妇闺怨诗又有12首，占了70%的比例。

---

① 乐府诗的分类以宋代郭茂倩所编《乐府诗集》为标准，版本为北京中华书局1979年版。

之所以思妇闺怨诗的比例如此之高，是因为此类题材与中国的诗歌传统密切相关。作为中国古典诗歌源头的《诗经》和《楚辞》，其中大量的思妇闺怨诗对后代诗歌创作产生了巨大而深远的影响。例如诗经中的《周南·卷耳》《周南·汝坟》《召南·草虫》《召南·殷其雷》《邶风·雄雉》《卫风·伯兮》《卫风·有狐》《王风·君子于役》《秦风·小戎》都是闺中女子思念远方丈夫的作品，而《召南·江有汜》《邶风·柏舟》《邶风·日月》《邶风·终风》《邶风·谷风》《卫风·氓》《王风·中谷有蓷》《郑风·遵大路》则是描写弃妇的诗篇。与《诗经》相埒，《楚辞》以丰繁的物象开创了中国"香草美人"的文学传统，在《离骚》中屈原以弃妇自喻，《山鬼》写女主人公对情人的企望和思念，《湘君》抒湘夫人思念湘君时的怨慕神伤，亦有思妇闺怨之倾向。如此纷繁众多的思妇闺怨诗，对中国后世诗人此类题材大量创作的影响无以复加，南朝彭城刘氏诗人在乐府诗中大量创作思妇闺怨诗也是由来以久。

在南朝彭城刘氏十一首思妇闺怨题材乐府诗中，刘孝绰有三首皆为闺怨诗：

> 鹍弦且辍弄，鹤操暂停徽。别有啼乌曲，东西相背飞。倡人怨独守，荡子游未归。若逢生离唱，长夜泣罗衣。（《夜听妓赋得乌夜啼》）①

> 雀台三五日，弦吹似佳期。况复西陵晚，松风吹縿帷。危弦断复续，妾心伤此时。谁言留客袂，还掩望陵悲。（《铜雀妓》）②

> 应门寂已闭，非复后庭时。况在青春日，萋萋绿草滋。妾身似秋扇，君恩绝履綦。讵忆游轻辇，从今贱妾辞。（《班婕妤怨》）③

---

① 逯钦立辑校：《先秦汉魏晋南北朝诗·梁诗》卷十六，中华书局1983年版，第1824页。
② 逯钦立辑校：《先秦汉魏晋南北朝诗·梁诗》卷十六，中华书局1983年版，第1824页。
③ 逯钦立辑校：《先秦汉魏晋南北朝诗·梁诗》卷十六，中华书局1983年版，第1824页。

此三首虽都是闺怨诗，且都是五言八句，但又各有特色。《夜听妓赋得乌夜啼》又名《乌夜啼》，属于清商曲辞中的《西曲歌》，载《乐府诗集》载《唐书·乐志》曰："《乌夜啼》者，宋临川王义庆所作也。元嘉十七年（440年），徙彭城王义康于豫章。义庆时为江州，至镇，相见而哭。文帝闻而怪之，徵还庆大惧，伎妾夜闻乌夜啼声，扣斋阁云：'明日应有赦。'其年更为南兖州刺史，因此作歌。故其和云：'夜夜望郎来，笼窗窗不开。'今所传歌辞，似非义庆本旨。"① 除古辞八曲外，刘孝绰此作是现今得以保留的最早的作品，而且古辞皆为五言四句，而孝绰此辞则改制为五言八句，唐代白居易、张祜作此曲亦是五言八句，当是受孝绰此辞的影响。在结构上，孝绰此首八句中第一、二和五、六句为对仗句，第三、四和七、八句则非。在五言律诗中亦有此法，律诗一般是颔联和颈联进行对仗，但亦有把颔联的对仗提前到首联的，其名曰"偷春格"，意谓如梅花般把春色偷来率先开放，如王勃《杜少府之任蜀州》，首联"城阙辅三秦，风烟望五津"对仗，而颔联"与君离别意，同是宦游人"则不对，又如杜甫《一百五日夜对月》，首联"无家对寒食，有泪如金波"对仗，而颔联"斫却月中桂，清光应更多"则不对。孝绰此诗中这种对仗手法的运用，将整齐与舒缓糅合在一起，能产生出一种特殊的气韵，给人以张弛相继之感，配合其写景中融合叙事，充分表达思妇闺中空守、夜长难待的凄怨。《铜雀妓》和《班婕妤怨》都属于相和歌辞，前者是《平调曲》，后者是《楚调曲》。《铜雀妓》以目前所见所闻为起点，而引出对昔日的描写，今昔对比，颇富联想，引发厚重、深沉的历史沧桑感。《班婕妤怨》是描写班婕妤对成帝的深切思念及见弃后凄苦忧伤的心境，其最大特点是诗中所用以抒情的景物和事物多出自传为班婕妤本人所写诗赋，如"应门""后庭""绿草""秋扇""履綦"等都来自班婕妤所

---

① ［宋］郭茂倩编：《乐府诗集》卷第四十七《清商曲辞》，中华书局1979年版，第690页。

作《婕妤赋》①或《怨诗》②，而"轻辇"则出自班婕妤向成帝进谏之典。孝绰化用此类景物、事物或典故入诗中，使人不觉而又恰到好处地彰显婕妤怨的主旨，梁前如陆机，梁时如元帝、孔翁归、何思澄、阴铿等，所作同题诗篇皆无有出其右者。另外，《铜雀妓》和《班婕妤怨》从平仄上来说，都已非常接近律诗的规范。《铜雀妓》五言八句，只有第六句"妾心伤此时"与第五句"危弦断复续"失对，其余都符合五律的平仄要求，而《班婕妤怨》五言八句中则只有第七句"讵忆游轻辇"有失粘现象，其余也都符合五律的平仄规范。这种比较符合五言律诗平仄的情况，在同时代南朝诗人之中，特别是在同时代南朝诗人的乐府诗歌创作之中，是较为少见的情况。虽然我们不能说是刘孝绰有意为之，但其创作符合诗歌格律化发展进程的意义则不容置疑。

乐府诗原本采自民间，风格质朴自然，基本不用典实，而文人加入到乐府诗的写作后，用典的技巧也往往被运用于乐府诗的写作，因题材的原因，思妇闺怨题材的乐府诗中的用典尤为繁多。这种情形也体现在刘氏诗人此类乐府诗的创作中。其典型者如刘孝威《塘上行苦辛篇》：

蒲生伊何陈，曲中多苦辛。黄金坐销铄，白玉遂淄磷。裂衣工毁嫡，掩袖切谗新。嫌成迹易已，爱去理难申。秦云犹变色，鲁日尚回轮。妾歌已肠断，君心终未亲。③

此首除开前两句和最后两句外，中间八句都用典。又如刘孝胜的《妾薄命》：

---

① [汉]班固撰：《汉书》卷九十七下《班健仔传》，[唐]颜师古注，中华书局1962年版，第3985—3987页。
② 逯钦立辑校：《先秦汉魏晋南北朝诗·汉诗》卷二，中华书局1983年版，第116—117页。
③ 逯钦立辑校：《先秦汉魏晋南北朝诗·梁诗》卷十八，中华书局1983年版，第1867页。

冯姜朝汲远，徐吾夜火穷。旧井长逢幕，邻灯欲未通。五逐无来娉，三娶尽凶终。离灾阳禄观，就废昭台宫。乘屯迹虽淑，应咸理恒同。复传苏国妇，故爱在房栊。愁眉歇巧黛，啼妆落艳红。织书凌窦锦，敏诵轶繁弓。离剑行当合，春床勿怨空。①

此首除"啼妆落艳红"外，其他都是用典，用典之多，不可谓不繁密。在刘氏诗人此类诗歌中，江夏王刘义恭的《艳歌行》是较为特殊的一首：

江南游湘妃，窈窕汉滨女。淑问流古今，兰音媚郑楚。瑶颜映长川，善服照通浒。求思望襄滋，叹息对衡渚。中情未相感，搔首增企予。悲鸿失良匹，俯仰恋俦侣。徘徊忘寝食，羽翼不能举。倾首伫春燕，为我津辞语。②

此首写的是湘妃，后半部分述写其思念爱侣而不可得的怅惘和悲苦。更值得注意的是其前半部分，其对湘妃身姿、声音和衣着的尽力描绘，在刘氏诗人思妇闺怨题材类乐府诗中不多见，陈祚明《采菽堂古诗选》评曰："江夏诗以刻琢为工，语不近易。《艳歌行》有曰：'瑶颜映长川，善服照通浒。'……并可见其经营之力。"③ 这种"经营""刻琢"地描绘女性的容貌声色，其实往往不体现在思妇闺怨题材的乐府诗，而体现在除此之外的女性题材乐府当中。例如，南平王刘铄的《白纻曲》：

仙仙徐动何盈盈，玉腕俱凝若云行。佳人举袖辉青蛾，掺掺擢手映

---

① 逯钦立辑校：《先秦汉魏晋南北朝诗·梁诗》卷二十六，中华书局1983年版，第2063页。
② 逯钦立辑校：《先秦汉魏晋南北朝诗·宋诗》卷六，中华书局1983年版，第1247页。
③ ［清］陈祚明编：《采菽堂古诗选》卷之十六，李金松校，上海古籍出版社2008年版，第495页。

鲜罗。状似明月泛云河，体如轻风动流波。①

刘铄此诗为七言六句，句句押韵，为七言诗早期押韵特征，但中间有换韵，与曹丕《燕歌行》的一韵到底还是有所区别。此诗无一句不写佳人的容貌体态，注重细节，如在目前，陈祚明评曰："轻扬，神情动移。"② 又如刘孝威的《拟古应教》：

> 双栖翡翠两鸳鸯，巫云洛月乍相望。谁家妖冶折花枝，蛾眉薿睇使情移。青铺绿琐琉璃扉，琼筵玉筍金缕衣。美人年几可十余，含羞转笑敛风裾。珠丸出弹不可追，空留可怜持与谁。③

孝威此诗亦是七言，与刘铄不同的是，此首换韵更勤，为两句一换韵，对美人的姿态服饰的描写更加细腻清新，再加以环境的烘托，尤其具有脂粉味。

二、边塞题材乐府诗

南朝彭城刘氏用乐府来写边塞题材的诗歌，也是其乐府诗歌中的重要一类。早在刘宋时期，孝武帝刘骏即用乐府中的清商曲辞《丁督护歌》连作六首边塞乐府诗：

> 督护北征去，前锋无不平。朱门垂高盖，记世扬功名。
> 洛阳数千里，孟津流无极。辛苦戎马间，别易会难得。
> 督护北征去，相送落星墟。帆樯如芒柽，督护今何渠。

---

① 逯钦立辑校：《先秦汉魏晋南北朝诗·宋诗》卷五，中华书局1983年版，第1214页。
② [清]陈祚明编：《采菽堂古诗选》卷之十六，李金松校，上海古籍出版社2008年版，第495页。
③ 逯钦立辑校：《先秦汉魏晋南北朝诗·梁诗》卷十八，中华书局1983年版，第1872—1873页。

闻欢去北征，相送直渎浦。只有泪可出，无复情可吐。
督护初征时，侬亦恶闻许。愿作石尤风，四面断行旅。
黄河流无极，洛阳数千里。坎坷戎旅间，何由见欢子。①

此六首组诗的第一首并没有对战争进行具体描摹，只用"前锋无不平"五字极写督护的英勇善战，督护在运筹帷幄中攻城略地、以摧枯拉朽般的姿态平息寇敌，尽在此五字之中，而督护的盖世功名也因此而名垂后世。在述写督护的战无不胜和功名盖世之后，组诗第二首开始转入离别的摹画。第二首和第三首可以看成是朋友与督护的惜别。第二首描写离别之时的情形，孝武以"数千里"来极力刻画督护北征之远，用"流无极"营造成一种落落莽莽的气势，更加烘托出别时容易见时难的离别主旨。第三首则应是送别之后不久的追述，送别之地是在临近长江的落星墟，波涛汹涌的长江中帆樯片片，令人不禁想起督护此番前去荒莽西域的颗颗柽树，而诗歌的重点则落在了所别之人如今"何渠"。第四、五、六首是典型的吴声歌，此三首是以女子之身份写的代言体。代言体在魏晋时大量流行，孝武亦受此影响。在吴语中，"侬"即是"我"，"欢""欢子"表示情人，所以孝武此三首是述写情人对督护北征的惜别。其中第四首的"只有泪可出，无复情可吐"与第五首"愿作石尤风，四面断行旅"深摹女子对督护的切切真情与离离哀怨。第六首的"黄河流无极，洛阳数千里"与第二首"洛阳数千里，孟津流无极"有复沓之嫌，而后两句"坎坷戎旅间，何由见欢子"则似稍显平淡。从总体来说，孝武帝刘骏此六首是现今所能见到的最早的表现边塞的《丁督护歌》，较好地表现了督护扬名、朋友惜别与离情闺怨。

刘孝仪现留有乐府诗一首《从军行》，也属于边塞题材的乐府诗：

冠军亲挟射，长平自合围。木落雕弓燥，气秋征马肥。贤王皆屈

---

① 逯钦立辑校：《先秦汉魏晋南北朝诗·宋诗》卷五，中华书局1983年版，第1219页。

膝，幕府复申威。何谓从军乐，往返速如飞。①

刘孝仪此诗极有特色，诗歌五言八句大有唐人五律之韵味，与大多数此前及同时的《从军行》作品句法相异，如魏晋刘宋时期王粲、陆机、颜延之亦有《从军行》共七首，但皆为五言长篇，与刘孝仪同时的梁简文帝、梁元帝、沈约、戴嵩、吴均、江淹、萧子显亦有《从军行》共九首，只有吴均一首亦是五言八句，其他都在十句或十句以上。孝仪此篇首六句皆以对仗的形式出现，开篇即之以汉名将霍去病和卫青征匈奴，为全篇定下基调，三四句写景兼写人，很能见出孝仪工整的笔法，五六句极写战争胜利、强敌屈膝、己军申威的喜悦之情。最后两句不再使用对仗，以较为放逸的句法充分彰显将士边塞从军"往返速如飞"的无边乐趣和壮志豪情。吴均亦有五言八句的《从军行》，其辞曰："男儿亦可怜，立功在北边。阵头横却月，马腹带连钱。怀戈发陇坻，乘冻至辽边。微诚君不爱，终自直如弦。"② 无论是从内容思想、气势张力，还是句法结构、诗歌韵味上，吴诗都比孝仪诗逊色不少。

刘孝威的乐府诗中，边塞题材的诗有五首。《陇头水》与《思归引》抨击朝廷"贰师已丧律，都尉亦销魂"，以致见者"常为汉国羞"，但在"龙堆求援急，狐塞请先屯"国难当头的危急时刻，战士们也仍然以国难为重，"柫下驱双骏，腰边带两鞬"，积极参与抗敌战争，保家卫国。可是即使战士们奋勇杀敌，一往无前，有着"顿取楼兰颈，就解邸支裘"的勇气和功勋，也深怀"勿令如李广，功多遂不酬"的担忧和悲哀。《妾薄命篇》中述写远在边塞的从军将士"去年从越障，今岁没胡庭"连绵不绝的训练与征伐，而其在后方的家人即使充溢着"玉簪久落鬓，罗衣长挂屏"的闺思愁怨，也仍然坚信夫妻俩"勿言戎夏隔，但令心契冥。不见鄡城剑，千祀复同形"的坚

---

① 逯钦立辑校：《先秦汉魏晋南北朝诗·梁诗》卷十九，中华书局1983年版，第1892页。
② [宋]郭茂倩编：《乐府诗集》第三十二卷《相和歌辞》，中华书局1979年版，第479—480页。

贞。《骢马驱》和《结客少年场行》都是述写勇猛少年慨然赴边、奋勇歼敌的诗篇，但《结客少年场行》明显受曹植《白马篇》的影响但又略相差异：

  少年本六郡，遨游遍五都。插腰铜匕首，障日锦屠苏。鹜羽装银镝，犀胶饰象弧。近发连双兔，高弯落九乌。边城多警急，节使满郊衢。居延箭箙尽，疏勒井泉枯。正蒙都护接，保由悍险途。千金募恶少，一挥擒骨都。勇馀聊蹴踘，战罢暂投壶。昔为北方将，今为南面孤。邦君行负弩，县令且前驱。①

与《白马篇》中的主人公"幽并游侠儿"相异，《结客少年场行》的主人公本是潇洒不凡、热衷猎射的富家公子，但在"边城多警急，节使满郊衢"的紧急关头，不畏艰与险，毅然赴国难，则与《白马篇》同；《白马篇》极写其主人公"捐躯赴国难，视死忽如归"的爱国情怀，而《结客少年场行》则充分展示其主人公"勇余聊蹴踘，战罢暂投壶"超强的武艺和镇定不迫的从容与淡然。

  南朝时期用乐府曲题来抒写边塞题材的诗篇，往往以鼓吹曲辞和横吹曲辞为多，其原委在于鼓吹曲辞和横吹曲辞原本就是用短箫铙鼓的军乐和用鼓角在马上吹奏的军乐，适于表现征夫思妇的边塞诗。刘氏诗人用乐府写边塞题材诗篇数量虽不是很多，但涉及的范围却较广，包含了唐边塞诗的多种题材，而且涉猎的乐府曲类也较丰富，既有原来用于军乐的横吹曲辞，又有相和歌辞、清商曲辞、琴曲歌辞和杂曲歌辞。除此以外，刘氏诗人用乐府所写的边塞题材诗歌在乐府曲题中多具有开创性功绩，如《丁督护歌》《陇头水》《骢马驱》《思归引》《妾薄命篇》《结客少年场行》等，在同曲题中都是第一个描写边塞题材的作品，这就引领了后来的诗人们以此为起点和契机，大力创作乐府边塞诗歌，到有唐一代终于形成边塞诗派。虽然边塞诗派的形成

---

① 逯钦立辑校：《先秦汉魏晋南北朝诗·梁诗》卷十八，中华书局1983年版，第1869页。

是一个历史的、综合的、多重复杂因素影响的结果，但考虑到唐朝边塞诗派的形成与南朝边塞题材诗歌有着密不可分的关系，而南朝边塞题材诗歌基本上是以乐府形式出现的话，那么，南朝彭城刘氏诗人们通过采用各种曲题来拟写边塞题材乐府诗的有力尝试的功绩应该不容湮没和不容否定的。另外，刘孝威、刘孝仪等历来被认为是专写艳情的宫体诗歌的代表人物之一，但我们如果仔细考察其边塞题材乐府诗的话，恐怕会有不同的认识，至少会如钱志熙所认为的，"这批古曲名边塞诗，却能将齐梁陈诗人从软靡之极、绮碎之极的创作气氛中引导出来，走入相对来说比较刚健、浑厚、充实的艺术境界"①，这其中自然也包括彭城刘氏诗人。

三、其他题材乐府诗

在彭城刘氏乐府诗中，除女性题材和边塞题材诗，尚有部分其他题材类型的乐府诗篇，包括写景、出游、离别等。而且这些题材的乐府诗中，刘氏诗人往往把写景、出游与离别等结合在一起，来表现其意旨。如刘遵《度关山》：

> 陇树寒色落，塞云朝欲开。谷深鼙易响，路狭辔难回。当知结绶去，非是弃繻来。行人思顾返，道别且徘徊。愿度关山鹤，劳歌立可哀。②

刘孺《相逢狭路间》：

> 送君追遐路，路狭暧朝雾。三危上蔽日，九折杳连云。枝交辔不

---

① 钱志熙：《齐梁拟乐府诗赋题法初探——兼论乐府诗写作方法之流变》，载《北京大学学报》（哲学社会科学版），1995年第4期。
② 逯钦立辑校：《先秦汉魏晋南北朝诗·梁诗》卷十五，中华书局1983年版，第1809页。

见，听静吹才闻。岂伊叹道远，亦乃泣涂分。况兹别亲爱，情念切离群。①

刘孝威《东西门行》：

> 广津寒欲歇，联樯密缆收。天高匝近岫，江阔少方舟。饯泪留神眷，离歌切私俦。伫变齐儿俗，当传楚献囚。徒然颂并命，只恧思如抽。②

这三首诗，景色描写都非常出色。首先，善于安排"句眼"③。从描写景物的十四句诗的结构来看，以"二一二"的句式为最多，达十二句，而"二二一"的句式只有两句。"二一二"结构的句法，其中第三个字是关节点，而"二二一"结构的句法，关节点则在第五个字。在这十二句"二一二"结构的句子中，关节点上往往是要重点突出的动词或相当于动词的形容词，如"追""暧""上""杳""匝""少"。在"二二一"结构的两个句子中，占据关节点的亦是动词"落"和"收"。通过这样的排布，即在关节点上安排地位最重要的"句眼"，能给人一种特别清晰而又独特的气势，句子的重点能一目了然而又令人有遐想回旋的余地。其次是对偶句的成功运用。"谷深謦易响，路狭辔难回"的一"易"一"难"，山谷之陡深与山路之偏狭尽现目前，"枝交辔不见，听静吹才闻"亦活画出山树之繁茂，"天高匝近岫，江阔少方舟"极写出山峦之高耸与江面之绵阔。第三，此三首诗的景色描写之所以出色还在于其对离别的主题具有烘托和造势的作用。无论是陇边

---

① 逯钦立辑校：《先秦汉魏晋南北朝诗·梁诗》卷十七，中华书局1983年版，第1850页。
② 逯钦立辑校：《先秦汉魏晋南北朝诗·梁诗》卷十八，中华书局1983年版，第1867页。
③ 所谓"句眼"，是借鉴古人"诗眼"而来。"诗眼"指的是作品中画龙点睛的传神之笔，是一首诗中最精彩和最关键的句子，"句眼"则指的是一句当中地位最重要最能体现句子特色的字。

的寒树、幽深的峡谷和羊肠小道,还是朦胧的雾气和茂密的树林,抑或是高耸入云的山峰和稀疏的几条小船,给诗篇构建出一种强烈的气势,无不烘托出主人公离情别绪的怅惘与嘘唏。这与谢灵运的山水描写后夹带玄言的尾巴相比,当然是极大的进步。不过,我们又要看到,这种造势和烘托虽然也很美妙,但这毕竟只是一种造势和烘托,而没有形成完整的情景交融的结构,究竟还是隔着一层。而实现情景浑一、物我不隔的任务,则只有留待唐朝诗人来完成了。

以上三首是在写景中兼述别离的作品,刘氏诗人尚有在写景中咏史或怀古的诗篇,其成就似乎更高一些,如刘孝胜《武溪深行》:

> 武溪深不测,水安舟复轻。暂侣庄生钓,还滞鄂君行。棹歌争后发,噪鼓逐前征。秦上山川险,黔中木石并。林壑秋籁急,猿哀夜月明。澄源本千仞,回峰忽万萦。昭潭让无底,太华推削成。日落野通气,目极怅馀情。下流曾不浊,长迈寂无声。羞学沧浪水,濯足复濯缨。①

本诗最大的特点在于景色随着作者行程的变化而变化,而作者对历史的思绪也随着景色的转换而转换。起首两句述写的是初入武溪,其水虽深不可测,但"安""轻"二字表明此时溪水尚较安闲而舟行也较平稳,作者头脑中映现的画面是悠闲自钓于濮水的庄周与受越女爱慕的美男子楚王的母弟鄂君子皙。随着水流的转急,船尾响起舟子的棹歌,东汉名将马援南征鸣鼓争舸过武溪的声响萦绕于作者耳际,而此时两岸林间各种声响充盈,哀哀猿鸣,不忍卒听,回望来时溪水源头,竟是壁立千仞的高山,其千峰万嶂都在这深深的溪水里回旋浮摇。好不容易到了武溪的下游,终于又变得平缓而闲静,但其水流竟然丝毫不曾浑浊,让人忆起孔子"清斯濯缨,浊斯濯足"的

---

① 逯钦立辑校:《先秦汉魏晋南北朝诗·梁诗》卷二十六,中华书局1983年版,第2064页。

历史典故，进入一种人生境界的深深思索，即人应当如武溪水一般清澈不变而不能像沧浪水一般忽清忽浊。从以上可以看出，对历史的回顾融入了景色的描写，而景色的变化随着行程的进展而变化，这是刘氏诗人诗歌不错的尝试。

此外，江夏王刘义恭的《游子移》和刘孝绰的《钓竿篇》也较有特色。

> 三河游荡子，丽颜迈荆宝。携持玉柱筝，怀挟忘忧草。绸缪甘泉中，驰逐邯郸道。春服候时制，秋纨迎凉造。珍魄晖素腕，玉迹满襟抱。常叹乐日晏，恒悲欢不早。挥吹传旧美，趋谣尽新好。仲尼为辍餐，秦王足倾倒。(《游子移》)①
>
> 钓舟画彩鹢，渔子服冰纨。金辖茱萸网，银钩翡翠竿。敛桡随水脉，急桨渡江湍。湍长自不辞，前浦有佳期。船交桡影合，浦深鱼出迟。荷根时触饵，菱芒乍胃丝。莲渡江南手，衣渝京兆眉。垂竿自有乐，谁能为太师。(《钓竿篇》)②

此两首都可以看作是作者的自题诗，字里行间充溢着上层贵族的生活情趣。《游子移》中的游荡子有着比和氏璧更美好的容颜，随身携带的都是高雅脱俗的器物，一年四季华服锦衣随时有人侍候，珍宝玉器浑身皆是，所欣赏的音乐好得能使"仲尼为辍餐，秦王足倾倒"。而《钓竿篇》中的主人公，身穿洁白细绢做成的衣服，所驾驶的船头还画着彩色的水鸟，所用的钓具也极其名贵，远非一般以打鱼为生的渔夫所能比拟，但其实主人公本意并非钓鱼，而在于"前浦有佳期"。此两首最大的特点是多用对仗，如果把《游子移》中"常叹乐日晏，恒悲欢不早"也算作是较不工整的对仗的话，全诗16句有14句是对仗，而《钓竿篇》共16句亦有12句为对仗，可见其对仗

---

① 逯钦立辑校：《先秦汉魏晋南北朝诗·宋诗》卷六，中华书局1983年版，第1247页。
② 逯钦立辑校：《先秦汉魏晋南北朝诗·梁诗》卷十六，中华书局1983年版，第1823页。

频率之繁。但即使两诗有如此之多的对仗，而我们读来亦不觉其造作和生涩，这当然得归功于作者娴熟的对仗技巧和语言驾驭能力。

四、彭城刘氏乐府的创新

彭城刘氏诗人大量创作乐府诗，在创作的同时也有所创新，包括创作乐府新题和对旧乐府进行改造。刘氏诗人创作乐府新题可以分为两种情况。第一种是自创乐府，如宋孝武帝刘骏创《自君之出矣》：

> 自君之出矣，金翠暗无精。思君如日月，回还昼夜生。①

孝武帝此诗为代言体，以拟代女子的身份、以真率纯朴的方式表达对情人深切的思念之情，其风格明秀流丽。孝武帝创制此曲之后，影响颇大，当时刘义恭即有继作：

> 自君之出矣，笥锦废不开。思君如清风，晓夜常徘徊。②

刘义恭此首相对孝武帝之作，虽有亦步亦趋之嫌，但其辞纯净清朗，典型反映出南朝民歌对其诗歌创作的影响。刘义恭之后，宋至唐各代继作层出不穷，宋颜师伯、鲍令晖、齐王融、虞羲、梁范云、陈后主、贾冯吉、隋陈叔达、唐李康成、辛弘智、卢仝、雍裕之、张祜等共计有继作十九首，可见刘骏《自君之出矣》影响之深远。

第二种情况是从某一原有乐府中摘出一部分，独立成曲，比如刘铄的《三妇艳》即是此种情形：

---

① 逯钦立辑校：《先秦汉魏晋南北朝诗·宋诗》卷五，中华书局1983年版，第1219页。
② 逯钦立辑校：《先秦汉魏晋南北朝诗·宋诗》卷六，中华书局1983年版，第1847页。

大妇裁雾縠，中妇牒冰练。小妇端清景，含歌登玉殿。丈人且徘徊，临风伤流霰。①

《乐府诗集》卷三十四有古辞《相逢行》一首，其解题曰："一曰《相逢狭路间行》，亦曰《长安有狭斜行》。《乐府解题》曰：古词文意与《鸡鸣曲》同。"② 而《鸡鸣曲》的主旨是描写高官豪门的生活风情，《相逢狭路间行》《长安有狭斜行》通过三子的仕途显达贵赫、三妇的贤淑持家、老父的晚年安适，彰显出家庭和睦、父慈子孝的理想家庭生活模式，作品充溢着对富贵的企羡和崇拜。刘铄《三妇艳》把原来篇幅最长也显得最为重要的描述家庭官重势显、富贵无极的部分完全剔除，根本改变了全诗的主旨。刘铄《三妇艳》的影响极大，南朝文人如王融、萧统、沈约、王筠、吴均、刘孝绰、张正见等多有继作，陈后主甚至有《三妇艳》诗十一首，其主旨也逐渐艳情化，正如傅刚所说："自刘铄之后，《三妇艳》迅速成为齐梁文人喜爱的题目，但古辞的意旨和人物的身份却发生了非常大的变化，汉代家人的生活，完全被齐梁文人改造为娼女艳情。"③

彭城刘氏对乐府旧题的改造可以分为两种情况。第一种是以乐府的本题为基础，在同一个方向上对之加以拓展和深掘。例如刘孝绰的《夜听妓赋得乌夜啼》即是此种情形。据《旧唐书·音乐志》的记载，"《乌夜啼》，宋临川王义庆所作也。元嘉十七年（440年），徙彭城王义康于豫章。义庆时为江州，至镇，相见而哭，为帝所怪，徵还宅，大惧，伎妾夜闻乌夜啼声，扣斋阁云：'明日应有赦。'其年更为南兖州刺史，作此歌"④。由此可见，《乌夜啼》本为刘义庆遇赦更为南兖州刺史所作，但义庆歌辞无所流传。《乐府诗

---

① 逯钦立辑校：《先秦汉魏晋南北朝诗·梁诗》卷五，中华书局1983年版，第1213页。
② ［宋］郭茂倩编：《乐府诗集》第三十四卷《相和歌辞》，中华书局1979年版，第508页。
③ 傅刚：《南朝乐府古辞的改造与艳情诗的写作》，载《文学遗产》，2004年第3期。
④ ［后晋］刘昫等撰：《旧唐书》卷二十九《音乐志》，中华书局1975年版，第1065页。

集》中记载最早的《乌夜啼》八曲为无名氏的作品,其主题大多是主人公对远行情人的不舍和无可奈何。刘孝绰的《夜听妓赋得乌夜啼》如下:

鹍弦且辍弄,鹤操暂停徽。别有啼乌曲,东西相背飞。倡人怨独守,荡子游未归。若逢生离唱,长夜泣罗衣。①

其主旨已由前者的不舍和无可奈何跃入倡人深浓的怨惋之情,风格幽怨悱恻,甚有令人不忍卒读之感。

又如《思归引》,载《乐府诗集·琴曲歌辞》云:"晋石崇《思归引序》曰:'崇少有大志,晚节更乐放逸。因览乐篇有《思归引》,古曲有弦无歌,乃作乐辞。'但思归河阳别业,与琴操异也。"②而刘孝威《思归引》:

胡地凭良马。怀骄负汉恩。甘泉烽火入。回中宫室燔。锦车劳远驾。绣衣疲屡奔。贰师已丧律。都尉亦销魂。龙堆求援急。狐塞请先屯。枥下驱双骏。腰边带两鞬。乘障无期限。思归安可论。③

其主题亦是思归,但思归之原发地已由朝廷而变为胡地,空间距离大大地延伸和拓展。

第二种情况是对乐府诗的主旨进行大幅度的改变,与原乐府本无任何相关或者甚少相关,专由乐府题名的字面意思发挥想象并进行创作,这就是沈约、刘绘、王融、谢朓等人提倡的"赋曲名",钱志熙名之曰"拟赋古题法"。这种"拟赋古题法"是在乐府诗的发展出现困境时产生的,这种方法"抛弃了旧篇章及旧的题材和主题。……比较成功地摆脱了拟乐府诗创作传

---

① 逯钦立辑校:《先秦汉魏晋南北朝诗·梁诗》卷十六,中华书局1983年版,第1824页。
② [宋] 郭茂倩编:《乐府诗集》第五十八卷《琴曲歌辞》,中华书局1979年版,第838页。
③ 逯钦立辑校:《先秦汉魏晋南北朝诗·梁诗》卷十八,中华书局1983年版,第1868页。

统中因袭模拟的作风，体现了齐梁诗人在艺术形式、表现方法上追求创新的艺术观念。同时也为汉魏乐府旧题的发展寻找到了新的路子"，"其革新性丝毫不亚于元白等人的新乐府运动"。① 在沈约、刘绘、王融、谢朓开创"拟赋古题法"时，最早的篇目是以汉鼓吹铙歌中的《芳树》《有所思》《临高台》《巫山高》《钓竿》等，刘绘现存此类乐府诗有《巫山高》和《有所思》。《巫山高》本属于军乐的鼓吹曲辞，其来源是《汉铙歌十八首》，但却是典型的抒情作品，《乐府诗集》载《乐府解题》云："古词言，江淮水深，无梁可度，临水远望，思归而已。"② 由此可见，乐府古辞的主题较为单纯，大体表现了因山路险阻、水道迢迢有家不能归的游子思念家乡的情愫。其体为杂言，每句有三言至七言不等，而刘绘的《巫山高》则为纯粹的五言诗，不再是杂言体，既写山之高，又引入了楚襄王巫山云雨的神话，改变了《巫山高》旧曲的主题：

> 高唐与巫山，参差郁相望。灼烁在云间，氤氲出霞上。散雨收夕台，行云卷晨障。出没不易期，婵娟以怅惘。③

又如《妾薄命》，载《乐府诗集》载《乐府解题》曰："《妾薄命》，曹植云：'日月既逝西藏。'盖恨燕私之欢不久。"④ 可见，曹植《妾薄命》的主旨在时光易逝，欢乐不恒，而刘孝胜的《妾薄命》则大异其旨：

> 冯姜朝汲远，徐吾夜火穷。旧井长逢幕，邻灯欲未通。五逐无来

---

① 钱志熙：《齐梁拟乐府诗赋题法初探——兼论乐府诗写作方法之流变》，载《北京大学学报》（哲学社会科学版），1995年第4期。
② ［宋］郭茂倩编：《乐府诗集》第十六卷《鼓吹曲辞》，中华书局1979年版，第228页。
③ 逯钦立辑校：《先秦汉魏晋南北朝诗·齐诗》卷五，中华书局1983年版，第1468页。
④ ［宋］郭茂倩编：《乐府诗集》第六十一卷《杂曲歌辞》，中华书局1979年版，第902页。

娉，三娶尽凶终。离灾阳禄观，就废昭台宫。乘屯迹虽淑，应戚理恒同。复传苏国妇，故爱在房栊。愁眉歇巧黛，啼妆落艳红。织书凌窦锦，敏诵轶繁弓。离剑行当合，春床勿怨空。①

诗中罗列了大量的典故，体现了南朝诗歌密集用典使事的倾向，虽有诗末"离剑行当合，春床勿怨空"的安慰句，但其主旨则落在"愁眉歇巧黛，啼妆落艳红"的闺怨之上。

采用"赋题法"改造乐府旧题最多的刘氏诗人是刘孝威，如他的《鸡鸣篇》：

时鸡识将曙，长鸣高树巅。啄叶疑彰羽，排花强欲前。意气多惊举，飘扬独无侣。陈思助斗协狸膏，邱昭妒敌安全距。丹山可爱有凤凰，金门飞舞有鸳鸯。何如五德美，岂胜千里翔。②

根据郭茂倩《乐府解题》的记载，《鸡鸣篇》"初言'天下方太平，荡子何所之。'次言'黄金为门，白玉为堂，置酒作倡乐为乐。'终言桃伤而李仆，喻兄弟当相为表里。兄弟三人近侍，荣耀道路，与《相逢狭路间行》同"③。而刘孝威从根本上改变了这一主旨，于兄弟相为表里、荣耀于世不着一言，而把本用于起兴的鸡进行专题吟咏。

又如《乌生八九子》：

城上乌，一年生九雏。枝轻巢本狭，风多叶早枯。毻毛不相暖，张翼强相呼。金柝严兮翠楼肃，蜃壁光兮椒泥馥。虞机衡网不得施，猜鹰

---

① 逯钦立辑校：《先秦汉魏晋南北朝诗·梁诗》卷二十六，中华书局1983年版，第2063页。
② 逯钦立辑校：《先秦汉魏晋南北朝诗·梁诗》卷十八，中华书局1983年版，第1869页。
③ ［宋］郭茂倩编：《乐府诗集》第二十八卷《相和歌辞》，中华书局1979年版，第406页。

鸳隼无由逐。永愿共栖曾氏冠，同瑞周王屋。莫啼城上寒，犹贤野中宿。羽成翮备各西东，丁年赋命有穷通。不见高飞帝辇侧，远托日轮中。尚逢王吉箭，犹婴后羿弓。岂如变彩救燕质，入梦祚昭公。流声表师退，集幕示营空。灵台已铸像，流苏时候风。①

根据《乐府解题》，古辞"'乌生八九子，端坐秦氏桂树间'言乌母生子，本在南山岩石间，而来为秦氏弹丸所杀。白鹿在苑中，人可得以为脯。黄鹄摩天，鲤在深渊，人可得而烹煮之。则寿命各有定分，死生何叹前后也"②，可见古辞的主旨是从乌被秦氏弹杀而得出的命有定分。刘孝威的主旨则与此有异。刘作虽也承认"丁年赋命有穷通"，但乌的命运似乎可以自己把握方向，与其飞在帝辇侧、托入日轮中而被王吉箭、后羿弓所弹射，倒不如多行善事、成为普通一员。

再如刘孝威的《蜀道难》：

玉垒高无极，铜梁不可攀。双流逆巘道，九坂涩阳关。邓侯策马度，王生敛辔还。敛辔惧身尤，叱驭奉王猷。若悋千金重，谁为万里侯。戏马吞珠界，扬舲濯锦流。沈犀厌怪水，握镜表灵丘。禺山金碧有光辉，迁亭车马尚轻肥。弥想王褒拥节反，更忆相如乘传归。君平子云闻不嗣，江汉英灵信已衰。③

与孝威同时的梁代简文帝萧纲或稍后的陈代阴铿皆都有《蜀道难》留传下来，萧纲与阴铿的诗作都是五言诗，萧纲是两首五言四句的小诗，而阴铿只有一首五言八句的诗流传下来。而孝威此首《蜀道难》前十四句为五言，其间变

---

① 逯钦立辑校：《先秦汉魏晋南北朝诗·梁诗》卷十八，中华书局1983年版，第1873页。
② [宋]郭茂倩编：《乐府诗集》第二十八卷《相和歌辞》，中华书局1979年版，第408页。
③ 逯钦立辑校：《先秦汉魏晋南北朝诗·梁诗》卷十八，中华书局1983年版，第1874页。

化了一次韵脚,后六句一变为七言,与前十四句韵脚又有不同,唐代李白的歌行体《蜀道难》显然是承继了刘孝威此诗风格并加以扩展而成,每句字数更自由,换韵也随诗歌情感的起伏而加以调整变幻,更显得天马行空、豪逸奔放、落荡不羁。另外,刘孝威尚有《和王竟陵爱妾换马》,诗中并未见出有何具体的爱妾换马之事由,应当亦是此类"拟赋古题法"所产生的作品。

从以上我们可以看出,南朝彭城刘氏诗人乐府诗的创作较为活跃,其乐府诗最主要的题材来源是女性题材。刘氏诗人继承《诗经》《楚辞》的文学传统,女性题材乐府诗中多有思妇闺怨诗,此类诗歌刘氏诗人多用典故来充实诗的内容,而不用或少用典故的女性题材诗则多为非思妇闺怨诗。除女性题材诗外,刘氏诗人尚有边塞题材的乐府篇章与其他类型的乐府诗歌。其中刘孝威是大力创作边塞题材的刘氏诗人,他与其他刘氏诗人携手并进,为边塞诗歌在南朝的流行及唐朝边塞诗歌形成正式的流派夯稳了扎实的基础。在其他类型的乐府诗中,刘氏诗人往往把写景、行旅与离情别绪等结合起来,虽然不是特别完满地融合在一起,但也作了不少的尝试,为后代情景交融、融情入景的诗歌的出现作了很好的铺垫。彭城刘氏诗人在大量创作乐府诗的同时,也有所创新,包括自制新题与改造乐府旧题,对乐府诗在南朝的发展与普及作出了自己的贡献。

第二节 咏物诗创作

一、咏物诗范围的界定及咏物诗在南朝的兴起

对于咏物诗的定义,主要有以下几种:

> 所谓咏物诗,是偶拈一物或一事为题,既非怀人,亦非即事。①

---

① 王力:《汉语诗律学》,上海教育出版社1979年版,第294页。

我们以为一篇之中，主旨在吟咏物的个体（包括自然界和人造）的，也即作者因感于物，而力求工切地"体物""状物"、以"穷物之情""尽物之态"，且出之以诗体的，才是咏物诗。①

咏物诗，是以物为吟咏对象的诗歌，虽然这"物"与"人"往往是纠缠在一起的，但无论纠缠多紧、多深，它总是以"物"为吟咏的主体。这"物"的含义是什么呢？可以说除了"人"以外的客观现实都是物的内容。但专以表现山水、田园风光的又不叫咏物诗，而叫山水诗或田园诗，因为那已是约定俗成，自成诗中一类了。所以，向来被认为是咏物诗的作品，所吟咏的物，主要是植物（如花木）、动物（如禽兽）、器具（如各种摆设、玩具）和某些自然风物（如风、云）等。②

咏物诗系指以客观的"物"为描写对象，细致地刻画其色彩与形态，或借以抒怀兴感的诗作。③

（咏物诗）以自然风物，包括天象、植物、动物以及人工物品和物化的人等物类为吟咏对象。他们或为诗歌的题目，或为诗歌创作的主体，在诗中作者或就物论物，或借物咏怀寄寓深意。这样的诗歌，就叫咏物诗。④

所谓咏物诗，是以自然风物，包括天象、植物、动物以及人工物品和物化的人等具体的物类为吟咏对象的诗歌。它们或为诗歌的题目，或为诗歌创作的主体。在诗中作者或就物论物，或借物咏怀寄寓深意，而主旨则在吟咏物的个体。⑤

创作主体在感物咏怀或遣兴娱乐的心态下，对自然风物（包括天象、动植物或一些非生命的自然物，如石、尘、冰等）与人工物品等物类中（包括特定情形下的建筑物）的某一个属性特征及状貌进行工切的

---

① 洪顺隆：《六朝诗论》，（台北）文津出版社1985年版，第5页。
② 陈新璋：《唐宋咏物诗赏鉴》，广东人民出版社1986年版，"前言"，第1页。
③ 林大志：《论咏物诗在齐梁间的演进》，载《河北大学学报》，2003年第1期。
④ 于志鹏：《咏物诗概念界说》，载《济南大学学报》（社会科学版），2004年第2期。
⑤ 赵红菊：《南朝咏物诗研究》，上海古籍出版社2009年版，第27页。

描摹或合理的联想，以"尽物之态""穷物之情"，而这一个体的物在诗歌中成为吟咏的主旨所在。这样的诗歌，即为咏物诗。①

以客观的物为吟咏对象；表达方式或用比体，或用赋体；主旨或为纯粹描述物态，或为借物言志、抒情的诗歌，就是咏物诗。②

从以上几种定义来看，构成咏物诗的要素有以下几条：其一，吟咏的对象是具体的某"物"；其二，要对其物进行尽情摹画，"穷物之情，尽物之态"；其三，咏物诗可以借物抒情表意，便仍要以所咏之物为主旨。凡是构成以上三条要素的诗歌都可以算是咏物诗，但其界定范围的关键在咏物诗所咏之"物"的范围。以上八种界定，有的对"物"的范围不作界定，如第一、第四和第八种；有的认为"物"的范围包括自然风物和人工物品，如第二、第三和第七种；有的认为"物"不但包括自然风物和人工物品，而且包括"物化的人"，如第五和第六种。如此看来，咏物诗包括自然风物和人工物品，这是毫无疑义的，关键看是否包括"物化的人"。我们认为，人的属性应当有两种，一种是自然属性，一种是社会属性。从社会属性来看，人与一般的植物动物有着天壤之别，必须把它们分别开来。但避开社会属性只从自然属性来讲，人也是和谐自然界的一分子，与一般的植物动物相埒。因此，从自然属性来说，被看作是物的人，亦即物化了的人也应当也是咏物诗吟咏的范畴。

一般认为，咏物诗的产生最早可以追溯到《诗经》，清人俞琰即认为"《三百》导其源"③，而屈原的《橘颂》是文学史上最早的咏物诗，它拉开了中国咏物诗创作的序幕，并奠定了咏物诗托物言志的传统。虽然咏物诗起源如此之早，但在南朝之前咏物诗的创作却寥寥可数，从屈原《橘颂》到南朝刘宋之前，参与咏物诗创作的诗人仅几十人，咏物诗的数量也只有几十首。

---

① 钟志强：《六朝咏物诗研究》，漳州师范学院硕士论文，2010 年。
② 崔金英：《论汉魏晋南北朝咏物诗》，湖南大学硕士论文，2010 年。
③ ［清］俞琰选编：《咏物诗选》，成都古籍书店 1984 年版，"自序"，第 2 页。

咏物诗虽渊源甚早，但至齐梁才开始兴盛，南朝咏物诗现存604首①，诗人131人，无论是咏物诗的数量还是创作人数，都大大超越以往任何一个朝代。所以俞琰认为咏物诗"六朝备其制"②。一种文学现象的产生，往往有着多重的原因，咏物诗在南朝有着如此繁盛的发展，亦是如此。阎采平《齐梁诗歌研究》认为，"咏物诗创作在齐梁间的繁荣，既是文学史上的一个特殊现象，又是文学史发展的一个必然结果。从前一个方面来说，咏物诗创作在齐梁间的繁荣，是齐梁文人独特的生活环境、创作环境以及其新文学思想影响下的产物，……从后一个方面来说，咏物诗创作在齐梁间的繁荣，又体现为齐梁文人对于前代咏物文学以及山水文学的继承和发展。在齐梁特殊的历史条件下，咏物诗的创作获得了生长发育的最佳环境。因此，咏物诗创作在齐梁间的繁荣，是上述两方面的因素综合作用的结果。"③ 赵红菊认为，"南朝咏物诗的兴盛，是多种因素合力的结果。……而统治者的提倡和实践则进一步提供保障。尤其值得注意的是，南朝文人集团的大量出现，对促进咏物诗的繁荣局面，有着特殊的意义"④。

但是，咏物诗在南朝兴起除以上原因之外，还在于人的审美趣味、审美经验和审美能力的发展状况。人的审美趣味、审美经验和审美能力有着一个逐渐积累和发展的过程，自然山水并不是一开始就成为人们审美的对象，"汉人对于自然物的表现还只是一种夸诞的、表面的、粗略的表现，而非明晰的、深邃的、精致的反映，从而民族审美的历史发展，不仅要求从汉代的稚拙走向精致和细腻，而且还要求从汉代的繁富走向纯净和深远，从对于物的横向的张扬走向对于意境的深邃的开掘，亦即不是在外物的铺陈堆垛中展现一种飞扬厚重的气势，而是在对物的精细刻画中追求一种隽永的意味"⑤。魏晋时期，汉代儒学大一统的时代已渐行渐远，玄学对经学无所顾忌的肆意

---

① 数据依逯钦立：《先秦汉魏晋南北朝诗》统计，版本为中华书局1983年版。
② ［清］俞琰选编：《咏物诗选》，成都古籍书店1984年版，"自序"，第2页。
③ 阎采平：《齐梁诗歌研究》，北京大学出版社1994年版，第149—150页。
④ 赵红菊：《南朝咏物诗研究》，上海古籍出版社2009年版，第206页。
⑤ 王钟陵：《中国中古诗歌史——四百年民族心灵的展示》，人民出版社2005年版，第62—63页。

冲击给人们思想带来的解放甚于以往任何一个时代。经过从汉末到刘宋两百多年的积累，人们的审美趣味发生了翻天覆地的变化，"艺术表现中张扬式的铺陈衰落了……锤深凿险地描写个体，成为艺术前进的一个新方向。这样一种转变，一方面对阔大磅礴境界和飞动风姿的表现退潮了，另一方面却又使得对个体的描绘从汉代的稚拙和疏略日益走向细致和精深"①。沈德潜《说诗晬语》云："诗至于宋，性情渐隐，声色大开，诗运一转关也。"② 所以直至刘宋，所谓"声色大开"的时代，山水作为独立的审美对象才进入人的主观视界，在"声色大开"的背后，是本以作为体道媒介物的幽山丽水逐渐成为具有独立审美价值的观照对象，刘宋山水诗的兴起就是这一现象最鲜活的明证，因此才得以产生像谢灵运这样的山水诗大家。但即使是谢灵运，他的山水诗的主观目的还是在于以写景来悟玄。正因为其悟玄，所以后世有指责其诗"寡情"而只是欣赏他山水摹画之清秀深幽。山水诗形成于晋宋之交，"并非突然或偶然的契合。它乃是中国人的审美意识、中国文学的独立意识和中国诗歌的自觉意识，在长期发展过程中达到一个特定阶段的产物"③。而一旦人们把欣赏的目光从大的山水由远及近、由笼统到具体地聚焦于山水之中的一树一草、一花一叶和一禽一兽，并加以"尽物之态""穷物之情"地精致描摹，大量典型的咏物诗就由此自然而然地展现在人们眼前了。赵红菊就把山水诗看作是咏物诗的变体，认为山水诗的兴起"标志着客观物开始获得独立的审美价值，从而完成诗歌由体道向体物的转变。这恰恰是咏物诗能够在南朝兴盛的基本前提"④。随着审美能力的提高，审美范围也随之扩大，自山水作为独立的审美客体出现在人们的视野之后，其他事物也渐次成为人们进行审美观照的对象。人们把大量新进入审美观照范围的事物，用诗歌来进行描绘和表达，展现其观察的细致和精微，面面俱到，纤毫

---

① 王钟陵：《中国中古诗歌史——四百年民族心灵的展示》，人民出版社 2005 年版，第 65 页。
② ［清］沈德潜：《说诗晬语》，见［清］王夫之等撰：《清诗话》，上海古籍出版社 1999 年版，第 532 页。
③ 庄严、章铸：《中国诗歌美学史》，吉林大学出版社 1994 年版，第 112 页。
④ 赵红菊：《南朝咏物诗研究》，上海古籍出版社 2009 年版，第 70—71 页。

毕露,子无遗漏,这样咏物诗就大行其道地吟咏起各种事物来。

要之,咏物诗在南朝的兴起,是人们思想观念和审美趣味的变化、审美经验和审美能力的积累和提高、在上者对文学的倡导与鼓励、南朝文人集团的大量出现等多重因素综合作用的结果。

二、南朝彭城刘氏诗人咏物诗的创作

彭城刘氏诗人有咏物诗56篇,占其全部诗作的20%左右,占南朝咏物诗总数的近10%,彭城刘氏咏物诗人11人,占南朝咏物诗人也近10%。无论是从咏物诗及咏物诗人的数量看,还是从咏物诗的质量来看,彭城刘氏诗人的咏物诗在南朝咏物诗中都占有十分重要的地位。

南朝彭城刘氏咏物诗有着南朝咏物诗的共同特点。首先,南朝咏物诗所咏之物具有广泛性、细琐化和生活化的特点。葛晓音先生认为,南朝诗歌"从生活方面来说,固是前所未有的狭窄,但从题材范围来看,却又是前所未有的广泛"①,生活方面的狭窄,指的是文人狭窄生活圈子和受到局限的视野,而广泛的题材,当然是就咏物诗所吟咏之物范围宽广而说的。其实,狭窄的生活圈子和受到局限的视野,又往往造成题材的细琐化和生活化,因为文人们"只能从身边选取创作素材,日常生活中的细小、琐碎之物就自然而然地进入了诗人的视野"②。彭城刘氏诗人的咏物诗亦是如此,他们的诗歌亦具有广泛的题材,既有自然界的植物、动物以及自然现象,又有众多的人工器物,还包括人及人的器官和人的活动。而从其细琐化和生活化方面来说,其所咏之物,植物类有萍、梨花、雨竹、益智、石莲等,动物类有归雁、百舌、素蝶等,自然现象有风、日、月、春宵、冬晓等,生活化的人工物类物品有香炉、棋、琴、烛、彩花、箫、小鼓、寺庙等,牵涉到人、人的器官和人的活动有美人、倡女、小儿、佳丽、织女、眼、舞蹈等。可见,刘氏诗人咏物诗所包括的题材范围宽广、事物众多,具有细琐化和生活化的特

---

① 葛晓音:《汉唐文学的嬗变》,北京大学出版社1990年版,第70页。
② 赵红菊:《南朝咏物诗研究》,上海古籍出版社2009年版,第140页。

征，与南朝咏物诗在题材范围上具有一致性。

其次，南朝咏物诗对事物的描写细致生动，工巧入微。在刘宋之前，受诗人本身审美意识的禁锢、审美经验的缺乏与审美能力的不足，客观事物在诗人的眼中只是言志抒情的载体或引发物而尚未能具备独立的审美价值，对客观事物本身的描写只能是大体的、笼统的、如写意画般的具有朦胧性、模糊性和不确定性。至晋宋之后，随着诗人审美意识的扩展、审美经验的积累和审美能力的提高，客观事物开始成为具有独立审美价值的客体，咏物诗人对客观事物的描写逾溢过往，更显细致生动、工巧入微。《梁书·王筠传》："（沈）约于郊居宅造阁斋，（王）筠为草木十咏，书之于壁，皆直写文词，不加篇题。约谓人云：'此诗指物呈形，无假题署。'"① 沈约所谓"无假题署"之意，乃是因王筠所题草木十咏工巧细致，能"指物呈形"，以致不加篇题亦能明了其所咏为何物。所以俞琰认为："诗感于物，而其体物者不可以不工，状物者不可以不切。于是有咏物一体以穷物之情，尽物之态，而诗学之要，莫先于咏物矣。"② 《文心雕龙·物色》对当时诗歌的评价最具典型意义，"自近代以来，文贵形似，窥情风景之上，钻貌草木之中。吟咏所发，志惟深远；体物为妙，功在密附。故巧言切状，如印之印泥，不加雕削，而曲写毫芥。故能瞻言而见貌，即字而知时也"③。

在这种大的背景下，彭城刘氏诗人的咏物诗亦有细致生动、工巧入微的特点，如刘绘的《咏博山香炉诗》：

参差郁佳丽，合沓纷可怜。蔽亏千种树，出没万重山。上镂秦王子，驾鹤乘紫烟。下刻蟠龙势，矫首半衔莲。旁为伊水丽，芝盖出岩间。复有汉游女，拾羽弄馀妍。荣色何杂糅，缛绣更相鲜。膴膴或腾倚，林薄杳芊蔽。掩华终不发，含熏未肯然。风生玉阶树，露湛曲池莲。

---

① [唐] 姚思廉撰：《梁书》卷三十三，中华书局1973年版，第485页。
② [清] 俞琰选编：《咏物诗选》，成都古籍书店1984年版，"自序"，第2页。
③ [南朝·梁] 刘勰著，范文澜注：《文心雕龙注》卷十，人民文学出版社1958年版，第694页。

寒虫悲夜室，秋云没晓天。①

刘绘此作，不可谓不工细之致。作者写香炉，不但精雕细刻地描写了香炉上嵯峨复沓的群山和秀丽婉媚的伊水，而且不遗余力地描写了香炉上活动于山水间的各种人物以及人与物的种种情态状况和具体细部特征。此种写法让人有身临其境之感，似乎香炉即摆放在我们面前，其细部特征都能得以展现无余。

又如刘孝威《望雨诗》：

清阴荡暄浊，飞雨入阶廊。瞻空乱无绪，望溜耿成行。交枝含晓润，杂叶带新光。浮芥离还聚，沿洹灭复张。浴禽飘落甍，风荇散余香。璃绡挂绣幕，象篹列华床。侍童拂羽扇，厨人奉滥浆。寄言楚台客，雄风讵独凉。②

与刘绘的《咏博山香炉诗》相比，孝威此首写雨虽然不是直接写雨，而是用巧妙的角度通过雨中各种事物的种种情态间接表现雨的姿态。雨落屋檐，不写其绵绵密密如麻似锦，而写其从屋檐上滴下时的缕缕成行；雨入树林，不写其濡润枝叶的情景和过程，而写"树含晓润"和"叶带新光"；雨打在地上，没有像刘苞一样写"缘阶起素沫，竟水散圆文"③，而是写芥草随着雨水的集散而聚离，小水泡灭了又冒出。如此众多的事物，都在雨中接受雨的洗礼，没有直接写雨而雨的情态跃然纸上。陈祚明《采菽堂古诗选》评曰："'瞻空'二句，写雨近而极洁。'张'字拙，拙故肖。……观'瞻

---

① 逯钦立辑校：《先秦汉魏晋南北朝诗·齐诗》卷五，中华书局1983年版，第1469页。
② 逯钦立辑校：《先秦汉魏晋南北朝诗·梁诗》卷十八，中华书局1983年版，第1879—1880页。
③ 逯钦立辑校：《先秦汉魏晋南北朝诗·梁诗》卷八，中华书局1983年版，第1672页。

空''浮芥'四句，乃知不必异，眼前极寻常者，写令生动，便极佳。"①

第三，南朝咏物诗中与女性相关的作品往往与艳情相联系，形成典型的宫体诗。因为时代潮流的关系，六朝士人"由文人而为狎客，由山水之乐转向醇酒美人之乐，香步代替了高踪，脂粉冲走了逸趣"②。因此，作为咏物诗题材细琐化和生活化的结果，女性本身和与女性相关的事物逐渐成为诗人们吟咏的对象，但是"作为人的女性，在多数齐梁艳情诗中只是具有独立审美价值的'物'，女性的审美价值，又往往只体现在她的容貌能够供人观赏和品味。……齐梁文人不希望实际上也没有从对女性的审美观照中获得精神的升华和超越"③，而正是如此，南朝咏物诗中描写女性的作品才能写得如此细致，神情毕肖，形象逼真。所以宫体诗人往往也是咏物诗人，罗宗强先生说："宫体诗人咏物诗数量之大，为南朝之最。"④

与南朝咏物诗向艳情发展的走向相一致，彭城刘氏描写女性的咏物诗往往与艳情相联系，用铺排的手法吟咏女性及与女性相关的诸如衣貌佩饰等，形成典型的宫体诗。如刘孝绰《爱姬赠主人诗》：

卧久疑妆脱，镜中私自看。薄黛销将尽，凝朱半有残。垂钗绕落鬓，微汗染轻纨。同羞不相难，对笑更成欢。妾心君自解，挂玉且留冠。⑤

此诗第三句到第六句描写女性的妆容饰物，静态刻画女子睡醒后的残妆，从眉眼到口唇，从头饰到服装，无不细致入微、精巧绝伦，其摹形拟态，与描写自然物的咏物诗如出一辙，宛如一幅细腻精美的工笔画，排除有

---

① [清]陈祚明编：《采菽堂古诗选》卷之二十七，李金松校，上海古籍出版社2008年版，第876页。
② 孙若风：《高蹈人间——六朝文人心态史》，河北教育出版社2001年版，第218页。
③ 阎采平：《齐梁诗歌研究》，北京大学出版社1994年版，第177页。
④ 罗宗强：《魏晋南北朝文学思想史》，中华书局1996年版，第420页。
⑤ 逯钦立辑校：《先秦汉魏晋南北朝诗·梁诗》卷十六，中华书局1983年版，第1836页。

争议的格调来讲，的确让人有物尽其态之感。此诗是静态描摹女子服饰妆容的，亦有描绘女性动态举止的，如刘遵的《应令咏舞诗》：

倡女多艳色，入选尽华年。举腕嫌衫重，回腰觉态妍。情绕阳春吹，影逐相思弦。履度开裙褶，鬟转匝花钿。所愁馀曲罢，为欲在君前。①

首二句表明描写的女性为青春年少的倡女，第三句起写倡女的动态情状，"举腕"两句以观赏品鉴的口吻活写女子弱不禁风、娇羞无限的动态美，"情绕"两句写且歌且舞中女子轻盈无比的身姿体态，"履度"两句则转入描写女子的裳服头饰来表现女子步履之轻捷。此诗全以动态来描写倡女的青春美艳、步履轻盈、娇羞不已，是咏美女的另一种写法。

刘孝威《郗县遇见人织率尔寄妇诗》：

妖姬含怨情，织素起秋声。度梭环玉动，踏蹑佩珠鸣。经稀疑杼涩，纬断恨丝轻。葡萄始欲罢，鸳鸯犹未成。云栋共徘徊，纱窗相向开。窗疏眉语度，纱轻眼笑来。晓晓隔浅纱，的的见妆华。镂玉同心藕，杂宝连枝花。红衫向后结，金簪临鬓斜。机顶挂流苏，机旁垂结珠。青丝引伏兔，黄金绕鹿卢。艳彩裙边出，芳脂口上渝。百城交问遗，五马共踟蹰。直为闺中人，守故不要新。梦啼渍花枕，觉泪湿罗巾。独眠真自难，重衾犹觉寒。愈忆凝脂暖，弥想横陈欢。行驱金络骑，归就城南端。城南稍有期，想子亦劳思。罗襦久应罢，花钗堪更治。新妆莫点黛，余还自画眉。②

孝威此首长诗，是明显的咏物艳情诗，全诗共四十二句，是南朝咏物诗

---

① 逯钦立辑校：《先秦汉魏晋南北朝诗·梁诗》卷十五，中华书局1983年版，第1810页。
② 逯钦立辑校：《先秦汉魏晋南北朝诗·梁诗》卷十八，中华书局1983年版，第1877—1878页。

中较长的篇幅了。此诗对妇人的描写,既有静态的服饰描写,亦有动态的行为描写,静态与动态的相结合更进一步生发了诗歌咏物的主题。

南朝彭城刘氏诗人的咏物诗,有着南朝咏物诗共同的特点,诸如题材的广泛化、细琐化与生活化,描写的细致生动、工巧入微,与女性相关的作品往往与艳情相联系,形成宫体咏物诗,但与南朝时期其他咏物诗人相比,彭城刘氏诗人亦有着自己的特点。

首先,从咏物诗的题材来看,刘氏诗人所咏自然之物和自然现象等的作品所占比例较少,而与人相关的作品所占比例较大。南朝咏物诗共有604首,其中咏自然物(包括自然现象和节候)共428首,占总数的71%,咏人及与人相关的(包括人工物)共176首,占总数的29%。从咏物诗的个案来说,我们以南朝著名咏物诗人谢朓、沈约和萧纲为例。谢朓有咏物诗21首,咏自然物的作品12首,占其总数的57%,咏人及与人相关的作品9首,占总数的43%。沈约有咏物诗49首,其中咏自然物的作品40首,占总数的82%,咏人及与人相关的作品9首,占总数的18%。萧纲是南朝咏物诗最多的诗人,现存有咏物诗79首,其中咏自然物的作品54首,占总数的68%,咏人及与人相关的作品25首,占总数的32%。我们再来看彭城刘氏诗人的咏物诗,共有咏物诗56首,其中咏自然物的作品28首,咏人及与人相关的作品28首,各占总数的50%。无论是与南朝咏物诗的整体比较,还是与南朝著名咏物诗人的比较,彭城刘氏诗人咏物诗中吟咏人及与人相关的作品的比例都明显要高。由此可见,刘氏诗人咏物诗与同期诗人相比,较少关注自然物和自然现象,而把更多的注意力聚焦于人及与人相关的事物上。

其次,与南朝其他咏物诗人相比,刘氏诗人咏物诗往往有所寄托。南朝时期的咏物诗,注重面面俱到的描绘,纤毫毕露的展现,形成"外无遗物"[①]"词美英净"[②]的精妙刻画,在当时自然是诗歌潮流,形成一时风尚,

---

① [南朝·梁]钟嵘著,曹旭笺注:《诗品笺注》,人民文学出版社2009年版,第91页。
② [南朝·梁]钟嵘著,曹旭笺注:《诗品笺注》,人民文学出版社2009年版,第290页。

但此类诗歌也会因此造成一个问题，即过度表现了自然物的清纯美好，而诗人的自我意志、自我情感往往退居幕后。这就是所谓的"南朝人尚辞而病于理"①，"彩丽竞繁，而兴寄都绝"②。王夫之评南朝咏物诗曰："咏物诗，齐、梁始多有之。其标格高下，犹画之有匠作，有士气。征故实，写色泽，广比譬，虽极镂绘之工，皆匠气也。又其卑者，饾凑成篇，谜也，非诗也。……至盛唐以后，始有即物达情之作。"③ 王夫之评论南朝时期咏物诗，其优点在于能"极镂绘之工"，而缺点在于其优者有"匠气"，其卑者"饾凑成篇"是谜而不成诗。总体来说，就是南朝咏物诗的通病在于没有能像盛唐以后咏物诗般能"即物达情"。从南朝咏物诗的总体创作情况来说，王夫之的批评的确深中肯綮。虽然如此，但这种情况的出现也不能完全归咎于南朝咏物诗人，因为"咏物诗最难工。太切题则粘皮带骨，不切题则捕风捉影，须在不即不离之间"④，"咏物诗要不即不离，工细中须具缥缈之致"⑤。既要能真实准确、工巧细致地描写事物，又能写出物的丰神逸致，这种高标准的要求对大多数南朝咏物诗人来说，的确有过高之嫌。即使如此，南朝彭城刘氏诗人的咏物诗中却不乏有所寄托的作品，其中亦有既能工物又能写神的佳作。

南朝彭城刘氏诗人的咏物诗中有所寄托者达十六首，占其总比例的四分之一。其中既工物又写神者，如刘绘《咏萍》：

> 可怜池内萍，葐蒀紫复青。巧随浪开合，能逐水低平。微根无所

---

① [宋] 严羽著，郭绍虞校释：《沧浪诗话校释》，人民文学出版社 1961 年版，第 148 页。
② [唐] 陈子昂：《与东方左史虬修竹篇序》，见郭绍虞主编：《中国历代文论选》第二册，上海古籍出版社 1979 年版，第 55 页。
③ [清] 王夫之：《薑斋诗话》卷下，见 [清] 王夫之等撰：《清诗话》，上海古籍出版社 1999 年版，第 22 页。
④ [清] 钱泳：《履园谭诗》，见 [清] 王夫之等撰：《清诗话》，上海古籍出版社 1999 年版，第 889 页。
⑤ [清] 吴雷发：《说诗菅蒯》，见 [清] 王夫之等撰：《清诗话》，上海古籍出版社 1999 年版，第 901 页。

缀,细叶讵须茎。漂泊终难测,留连如有情。①

刘绘此首带着对浮萍的无限爱怜之意,细致入微地描绘了池内浮萍的美态。其绿叶中隐现些许紫意的动人的色彩,似乎在池塘中袅袅婷婷漾起青紫的雾霭;其随着微浪时高时低的轻盈摆动的身姿,如翩翩起舞的优雅不凡的少女。第五、六句是为浮萍"翻案"之句,一般人认为浮萍无根,本性轻浮,杜恕在《笃论》中甚至说:"夫萍与菱之浮,相似也。菱植根,萍随波,是以尧舜叹巧言乱德,仲尼恶紫之夺朱。"②但刘绘却认为,浮萍之叶本就细小,为什么一定要有茎?而且其虽没有茎,但还是有细小的根的,作者于此表达出与前人不同的观点。最后两句,"飘泊终难测,留连如有情",充分表达了作者对弱小者的同情和爱怜。此诗"工细而不碍寄意。……与其说是在写萍,毋宁说是在写人"③。

又如刘孝绰《咏素蝶诗》:

随蜂绕绿蕙,避雀隐青薇。映日忽争起,因风乍共归。出没花中见,参差叶际飞。芳华幸勿谢,嘉树欲相依。④

《于座应令咏梨花诗》:

玉垒称津润,金谷咏芳菲。讵匹龙楼下,素蕊映华扉。杂雨疑霞落,因风似蝶飞。岂不怜飘坠,愿入九重闱。⑤

---

① 逯钦立辑校:《先秦汉魏晋南北朝诗·齐诗》卷五,中华书局1983年版,第1469页。
② [唐]欧阳询撰,汪绍楹校:《艺文类聚》卷八十二《草部下》,上海古籍出版社1999年第2版,第1408页。
③ 阎采平:《齐梁诗歌研究》,北京大学出版社1994年版,第160页。
④ 逯钦立辑校:《先秦汉魏晋南北朝诗·梁诗》卷十六,中华书局1983年版,第1841页。
⑤ 逯钦立辑校:《先秦汉魏晋南北朝诗·梁诗》卷十六,中华书局1983年版,第1841页。

此两首一咏素蝶，一咏梨花，素蝶和梨花象征作者洁白高尚的品格，而素蝶"随蜂""避雀""映日""因风"的坎坷命运，梨花如霰似蝶般四下散落、随风飘荡的遭际，与诗人蹭蹬的仕途与漂泊的人生何其相似，这表达了诗人渴求能有强有力的保护者的愿望。但是诗人"少有盛名，而仗气负才，多所陵忽"①的性格与世甚相扞格，于是又有了诗人的《咏百舌诗》：

> 山人惜春暮。旭旦坐花林。复值怀春鸟。枝间弄好音。迁乔声逈出。赴谷响幽深。下听长而短。时闻绝复寻。孤鸣若无对。百啭似群吟。昔闻屡欢昔。今听忽悲今。听闻非殊异。迟暮独伤心。②

此诗孝绰在前四句叙述缘起，中间六句集中从各个角度描写百舌的鸣叫声，时高时低，时有时无，有时独叫，有时群吟。然后以一个对比即"昔闻"与"今听"所感觉到的不同，来表明作者的心态。从最后一句的"迟暮"来看，本诗应当是孝绰晚年之作，其伤心之处自是孝绰经历了一系列人生盛衰的变化，到老依然无法遂心如愿地实现仕途的理想。此诗"不但作得好，寄托亦较深沉"③。

彭城刘氏诗人的咏物诗中，既有对生世浮沉的感慨，又有希求强大保护者能得以庇护的诉求，还不乏虎啸龙吟的铮铮之作，如刘孝先《咏竹》：

> 竹生荒野外，梢云耸百寻。无人赏高节，徒自抱贞心。耻染湘妃泪，羞入上宫琴。谁能制长笛，当为吐龙吟。④

---

① [唐]李延寿撰：《南史》卷三十九《刘孝绰传》，中华书局1975年版，第1012页。
② 逯钦立辑校：《先秦汉魏晋南北朝诗·梁诗》卷十六，中华书局1983年版，第1839页。
③ 阎采平：《齐梁诗歌研究》，北京大学出版社1994年版，第160页。
④ 逯钦立辑校：《先秦汉魏晋南北朝诗·梁诗》卷二十六，中华书局1983年版，第2066页。

孝先此诗为五言八句，虽不是律体，但其篇章句数也是南朝齐梁时期较为常用的格式。此诗开篇即以不寻常的姿态写野外荒竹的英姿俊貌，作者用夸张的笔法写野竹以百寻的高度直耸入云霄，其劲健挺拔、雄姿刚毅之势给人以压倒的震撼力。不仅如此，诗的起首已埋下了三四句的影子。野竹的高节虽能动人肺腑摇人心旌但却无人击节赞叹、遇赏不凡，其缘由自是野竹长自荒山郊野而非皇宫庭苑、九鼎之家。虽然野竹无人赏识，有着"地势使之然"的慨叹，但其并不因此而从俗从众以求得以时遇，犹然自抱其"贞心"，其坚贞高洁、耿介不俗的情怀尽显，因其耻于做那女泪斑斑用以作为缱绻缠绵象征的湘妃竹，给富贵人家充当休闲悠娱的享乐工具。作者之结尾才道出此首的最强音，"谁能制长笛，当为吐龙吟"，以此百寻的野笛之精良，自当作"虎啸龙吟"之长笛。以长笛吐龙吟之典故，出自葛洪《神仙传》中，其说的是神仙中人壶公的竹杖于葛陂遇化成龙的故事。梁元帝萧绎《赋得竹》有"作龙还葛水，为马向并州"的诗句，北齐诗人萧放《咏竹》亦有"既来丹凤穴，还作葛陂龙"的诗句，与孝先此首相较，显得有着迹之嫌。而孝先此句则不着痕迹，"用典如水中着盐，但知盐味，不见盐质"①，自是高出一等。

再次，彭城刘氏诗人在咏物诗中亦有着明显的用典意识。南朝时期诗歌用典是正常现象，钟嵘反对用典，批评当时的用典风气云："颜延、谢庄，尤为繁密，于时化之。故大明、泰始中，文章殆同书抄。近任昉、王元长等，词不贵奇，竞须新事。尔来作者，寖以成俗。遂乃句无虚语，语无虚字；拘挛补纳，蠹文已甚。"② 钟嵘此语，盖在批评，但亦由此可见，南朝诗人用典之甚。可是，必须注意的是，这种情况说的是咏物诗之外的南朝诗歌，赵红菊认为，"唐代以前的咏物诗，尤其是六朝、南朝的咏物诗很少用典，即便是在数事用典风气盛行的刘宋、齐梁时期，咏物诗创作也很少引用

---

① ［清］袁枚：《随园诗话》卷七，人民文学出版社1982年版，第235页。
② ［南朝·梁］钟嵘：《诗品笺注》，曹旭笺注，人民文学出版社2009年版，第101页。

典故"①。与南朝其他诗人不甚相同的是，彭城刘氏诗人在咏物诗中亦有着明显的用典意识，如刘孝绰《咏风诗》：

> 蒻蒻秋声，习习春吹。鸣兹玉树，焕此铜池。罗帷自举，袖衿乃披。惭非楚侍，滥赋雄雌。②

其中最后两句的"楚侍""雄雌"用的典指的是屈原死之后，楚有宋玉、唐勒、景差等人，皆以辞赋见称，而宋玉为楚襄王作《风赋》，其中有"雄风""雌风"之别。刘孝绰用此典，意在表明自己不见重于上，隐现心中的生命悲怆之感。此诗既是咏风之作，孝绰用此典自然天成，毫无造作之嫌。

同是用宋玉《风赋》之典，刘孝威则与孝绰大不相同。孝威在《望雨诗》中的"寄言楚台客，雄风讵独凉"，以此表明"清清泠泠，愈病折酲。发明耳目，宁体便人"③的所谓"大王雄风"也不过如此，下雨的清凉舒爽丝毫不亚于"大王雄风"。孝威用此典既表明诗人开朗得志的胸怀，又用"雄风"来对雨进行侧面的烘托，可谓一举两得，一箭双雕。

彭城刘氏诗人咏物诗中尚有用多处典故排比列出者，如刘孝威《斗鸡篇》：

> 丹鸡翠翼张，妒敌复专场。翅中含芥粉，距外耀金芒。气逾上党烈，名贵下韝良。祭桥愁魏后，食跖忌齐王。愿赐淮南药，一使云间翔。④

---

① 赵红菊：《论南朝咏物诗对唐代咏物诗的影响》，载《内蒙古大学学报》（哲学社会科学版），2008年第2期。
② 逯钦立辑校：《先秦汉魏晋南北朝诗·梁诗》卷十六，中华书局1983年版，第1825页。
③ ［南朝·梁］萧统编：《文选》第十三卷，［唐］李善注，上海古籍出版社1986年版，第583页。
④ 逯钦立辑校：《先秦汉魏晋南北朝诗·梁诗》卷十八，中华书局1983年版，第1869页。

此诗结尾连用多个典故，以增强全诗的气势和内蕴，使此诗有了一般咏物诗所缺乏的厚重感。刘氏诗人在咏物诗中一般不用僻典而往往用熟典，如刘孝先《咏竹诗》："耻染湘妃泪，羞入上宫琴。""湘妃泪"典故即为当世熟典，后人使用此典频率亦颇高。"将申湘女悲，宜并班姬怨"（周弘正《咏班竹掩团扇诗》）。"斑竹枝，斑竹枝，泪痕点点寄相思"（刘禹锡《潇湘神》）。此前举的刘孝绰《咏风诗》、刘孝威《望雨诗》等所用典故亦皆为熟典。

南朝咏物诗描写虽精工细致，但往往给人以平白直露之感。刘氏诗人在咏物诗中透露出自觉用典的意识及多用熟典，既可以避免一览无余的直白，给诗篇增加联想和回味的余地，意蕴丰满、含蓄简洁而又尤其显得典雅庄重，大幅度提高咏物诗的表现力和感染力，又不至于对诗歌的阅读和理解有所阻碍。

另外，彭城刘氏诗人的咏物诗往往见新致。这主要表现在立意之新和所咏事物之新。立意之新，如沈德潜所说"翻出一意，浅人不能道"①，亦如吴雷发所说，"落想时必与众人有云泥之隔，及写出却仍是眼前道理"②。如刘孝仪《咏织女》："金钿已照耀，白日未蹉跎。欲待黄昏至，含娇渡浅河。"③ 对于牛郎织女的传说，自《古诗十九首·迢迢牵牛星》开始，历代皆有诗人吟咏讽诵，但大多是突出牛郎与织女恩爱相思但天河阻断、路途遥远，只能一年相会一次，格调悲切凄凉。而孝仪此诗却一反常态，精心塑造了一个情意绵绵幸福甜蜜，等待约期含娇赴约的少女形象。她白日里不是空虚等待、无所事事，而是精心妆扮、金翠满头，遥远的天河在她看来，也不过是浅浅一道沟渠而已。此诗之立意别致，异乎常人，给人耳目一新之感。清代吴乔云："子瞻云：'诗以奇趣为宗，反常合道为趣。'此语最善，无奇

---

① ［清］沈德潜编：《唐诗别裁集》卷四，上海古籍出版社 1979 年版，第 141 页。
② ［清］吴雷发：《说诗菅蒯》，见［清］王夫之等撰：《清诗话》，上海古籍出版社 1999 年版，第 899 页。
③ 逯钦立辑校：《先秦汉魏晋南北朝诗·梁诗》卷十九，中华书局 1983 年版，第 1895 页。

趣何以为诗？反常而不合道，是谓乱谈。"① 观孝仪此篇，既有"奇趣"，又能"反常合道"，故对南朝诗歌颇有成见的王夫之在《古诗评选》中对孝仪此诗却评价颇高："唐人小诗，每于意已尽经前人道过，翻新独出，必旁采之前后左右，映带摇动，如'怪来妆阁闭''闻有南河信'之类皆是也。孝仪此诗，已开一径。"②

又如刘孝绰《秋夜咏琴诗》："上宫秋露结，上客夜琴鸣。幽兰暂罢曲，积雪更传声。"③ 此诗立意之新，在于没有直接写鼓琴者技巧如何之高超无伦，琴声如何之动听传神，而是写琴曲终了，四下无言，只有屋外沙沙的积雪声不绝于耳，大有"蝉噪林逾静，鸟鸣山更幽"④ 之感。

彭城刘氏所咏事物之新指的是刘氏诗人开某事物最先吟咏之先河，如刘孝绰的《咏眼诗》是南朝咏人体器官的第一首咏物诗："含娇暝已合，离怨动方开。欲知密中意，浮光逐笑回。"⑤ 此诗虽是四句五言的小诗，"却有题材上的开拓意义，充分体现了南朝咏物诗无事无物不可入诗的特点，其琐细、生活化的倾向以及向着更加精致化的方向发展的趋势都极为突出"⑥，对咏物诗的发展显然具有更多的积极意义。

宋代张戒《岁寒堂诗话》言："建安陶阮以前诗，专以言志；潘陆以后诗，专以咏物。"⑦ 在咏物诗大量涌现的南朝，彭城刘氏诗人亦大量创作咏物诗，其作品不仅有着南朝咏物诗共同的特征，如所咏题材众多、范围宽

---

① [清] 吴乔：《围炉诗话》卷一，见郭绍虞编选：《清诗话续编》，富寿荪校点，上海古籍出版社1983年版，第475—476页。
② [清] 王夫之著：《古诗评选》卷三，李中华、李利民校点，上海古籍出版社2011年版，第122页。
③ 逯钦立辑校：《先秦汉魏晋南北朝诗·梁诗》卷十六，中华书局1983年版，第1844页。
④ 逯钦立辑校：《先秦汉魏晋南北朝诗·梁诗》卷十七，中华书局1983年版，第1854页。
⑤ 逯钦立辑校：《先秦汉魏晋南北朝诗·梁诗》卷十六，中华书局1983年版，第1843页。
⑥ 赵红菊：《南朝咏物诗研究》，上海古籍出版社2009年版，第229页。
⑦ [宋] 张戒：《岁寒堂诗话》卷上，见丁福保辑：《历代诗话续编》，中华书局2006年第2版，第450页。

广、不避琐细，对物的吟咏精工细巧、生动入微，吟咏女性的作品往往与艳情相联系而形成宫体咏物诗等，而且有着自己的特色，例如较多地关注人工物和人及与人相关的事物，在咏物诗中往往有所寄托，有着明显的用典意识，在立意和题材上往往见新致等。明代胡应麟说："咏物起自六朝。唐人沿袭，虽风华竞爽，而独造未闻。"①的确，"唐人擅其美"②在于有六朝咏物诗良好的基础，唐人在此基础之上更多地是沿袭之功，因此，赵红菊认为，"唐代咏物诗能够日臻完善，艺术上达到成熟、完美的境界，即所谓'擅其美'，与其对南朝咏物诗的吸收和继承是分不开的"③。如果说六朝咏物诗是一股通向唐人咏物诗的汹涌激流，那么，彭城刘氏诗人的咏物诗无疑就是此激流中不可或缺的重要组成部分。南朝彭城刘氏诗人与六朝其他诗人一起，共同推动了咏物诗蓬勃昂扬地向前发展。

第三节 集宴诗创作

一、集宴诗的界定及南朝彭城刘氏与集宴诗的关系

清代黄宗羲在《汪扶晨诗序》中认为，"昔吾夫子以兴、观、群、怨论诗。孔安国曰：'兴，引譬连类。'凡景物相感，以彼言此，皆谓之兴。后世咏怀、游览、咏物之类是也。郑康成曰：'观风俗之盛衰，凡论事采风，皆谓之观。'后世吊古、咏史、行旅、祖德、郊庙之类是也。孔曰：'群居相切磋。'群是人之相聚，后世公宴、赠答、送别之类皆是也。孔曰：'怨刺上政。'怨亦不必专指上政，后世哀伤、挽歌、遣谪、讽谕皆是也。盖古今事物之变虽纷若，而以此四者为统宗。……古之以诗名者，未有能离此四者，

---

① [明]胡应麟：《诗薮·内编》卷四，上海古籍出版社1958年版，第72页。
② [清]俞琰选编：《咏物诗选》，成都古籍书店1984年版，"自序"，第2页。
③ 赵红菊：《论南朝咏物诗对唐代咏物诗的影响》，载《内蒙古大学学报》，2008年第2期。

然其情各有至处"①。黄宗羲在文中对孔子兴、观、群、怨论诗之说进行了较大的推衍，并以此为基点对诗歌进行分类。他认为，群是人与人在一起相聚，产生的诗歌类型则是以群为基础的公宴诗、赠答诗及送别诗等。黄宗羲以兴、观、群、怨来区分诗歌类别的观点的确独到，但是需要补充的是，从"群"的观点来看，这类诗歌中还应该包括文人之间的唱和之作，一唱一和或是一唱数和，自然也与群体相关。

不过，"公宴"之名，用"集宴"似乎更为妥帖，因为"公宴"是指"公家"举办的宴会或是因"公"而举办的宴会，没有包含私人举办的宴会和因私举办的宴会，而"集宴"则无论因"公"或是因"私"，只要是宴，则定是人与人相集，因"公"因"私"都可以包含在内。

所谓集宴诗，就是文人学士在宴会上赋写的诗，或以歌咏宴会为主题、描写与宴会相关的内容的诗。② 最早的集宴诗，大概可以追溯至《诗经》，《诗经》中有约二十首反映宴饮享飨等内容的诗篇，如《小雅·鹿鸣》描写主人对宾客的盛情接洽、宴会上载歌载舞的欢娱热烈，《小雅·鱼藻》描写天子设宴款待诸侯、诸侯在宴会上赞美天子。从整体来说，《诗经》中此类诗篇，反映出了中国传统深厚的礼乐文化精神内涵，充分体现先人对"德"的歌颂与彰显，对后世集宴诗的题材类型及写作方法上都产生了深远的影响。魏晋时期，随着文人集团如邺下文人集团、竹林七贤、晋"二十四友"等的产生，集宴诗的创作超过以往任何一个时期。特别是邺下文人集团，他们参加集宴，往往不是为了政治或者宗教的目的，而是有组织地进行游宴聚会和交流技艺，他们"傲雅觞豆之前，雍容衽席之上，洒笔以成酣歌，和墨以籍谈笑"③，因此创作了大量以"怜风月，狎池苑，述恩荣，叙酣宴"④ 为主要内容的集宴诗，集宴诗的题材由此得以确立。与《诗经》中的集宴诗相

---

① ［清］黄宗羲：《黄梨洲文集》，中华书局 2009 年版，第 357—358 页。
② 黄亚卓：《中古公宴诗研究》，上海师范大学博士论文，2003 年。
③ ［南朝·梁］刘勰：《文心雕龙注》卷九，范文澜注，人民文学出版社 1958 年版，第 673 页。
④ ［南朝·梁］刘勰：《文心雕龙注》卷二，范文澜注，人民文学出版社 1958 年版，第 66 页。

比，邺下文人集团的集宴诗反映政治性、宗教性的内容大为减少，《诗经》中体现礼乐文化精神的成分日益消散，邺下文人集宴诗更多地是对聚宴景物的描绘和诗人个体主观情感的抒发。

南朝彭城刘氏成员对南朝集宴诗的发展走向有着不容置疑的影响，他们或是集宴的组织者，如宋武帝刘裕，在彭城就最少有两次组织聚宴。第一次是在晋末安帝义熙十二年（416 年），《南史·谢晦传》载："帝于彭城大会，命纸笔赋诗，晦恐帝有失，起谏帝，即代作曰：'先荡临淄秽，却清河洛尘。华阳有逸骥，桃林无伏轮。'于是群臣并作。"① 第二次在义熙十四年（418 年）九月九日，宋武帝出项羽戏马台，时值孔靖辞宋台尚书令离开彭城东归，刘裕为之饯行，此次饯行与赋诗活动更为盛大，《南史·孔靖传》载："帝亲饯之戏马台，百僚咸赋诗以述其美"②。谢灵运《九月九日从宋公戏马台集送孔令诗》、谢瞻《九日从宋公戏马台集送孔令诗》、刘义恭《彭城戏马台集诗》都是此次戏马台饯孔靖"百僚咸赋诗"之时所作。

继宋武帝之后，宋文帝、孝武帝亦多宴集聚会，《文选》李善注引《宋略》云："文帝元嘉十一年（434 年）三月丙申，禊饮于乐游苑，且祖道江夏王义恭、衡阳王义季南，有诏，会者赋诗。"③ 颜延之应诏作《三日曲水诗序》并有《应诏宴曲水作诗》。《宋书·谢庄传》载"二十九年，……时南平王铄献赤鹦鹉，（文帝）普诏群臣为赋"④。同传又载，"时河南献舞马，（孝武帝）诏郡臣为赋"⑤。《宋书·沈庆之传》又载："上（孝武帝）尝欢饮，普令群臣赋诗。庆之手不知书，眼不识字，上逼令作诗，庆之曰：'臣不知书，请口授师伯。'上即令颜师伯执笔，庆之口授之曰：'微命质多幸，

---

① ［唐］李延寿撰：《南史》卷十九《谢晦传》，中华书局 1975 年版，第 522 页。
② ［唐］李延寿撰：《南史》卷二十七《孔靖传》，中华书局 1975 年版，第 726 页。
③ ［南朝·梁］萧统编：《文选》第二十卷，［唐］李善注，上海古籍出版社 1986 年版，第 962 页。
④ ［南朝·梁］沈约撰：《宋书》卷八十五《谢庄传》，中华书局 1974 年版，第 2167 页。
⑤ ［南朝·梁］沈约撰：《宋书》卷八十五《谢庄传》，中华书局 1974 年版，第 2175 页。

得逢时运昌。朽老筋力尽，徒步还南岗。辞荣此盛世，何愧张子房。'上甚悦，众坐称其辞意之美。"① 沈庆之不曾读过书，没有什么文化，但在孝武宴饮集会时竟也被逼口授作诗，而且所作诗篇亦恰当可观。

宋孝武帝之后，宋明帝亦好宴集，裴子野《雕虫论》记曰："宋明帝博好文章。才思朗捷，常读书奏，号称七行俱下，每有祯祥，及幸宴集，辄陈诗展义，且以命朝臣。其戎士武夫，则托请不暇，困于课限，或买以应诏焉。于是天下向风，人自藻饰，雕虫之艺，盛于时矣。"②

由于刘宋帝王的倡导，集宴赋诗成为南朝普遍化现象，以梁武帝为例，"时主儒雅，笃好文章，故才秀之士，焕乎俱集。于时武帝每所临幸，辄命群臣赋诗，其文之善者赐以金帛。是以缙绅之士，咸知自励"③。对此，正史即多有记载。《梁书·到洽传》载："御华光殿，诏洽及沆、萧琛、任昉侍宴，赋二十韵诗，以洽辞为工，赐绢二十匹。高祖谓昉曰：'诸到可谓才子。'昉对曰：'臣常窃议，宋得其武，梁得其文。'"④《梁书·到沆传》载："时高祖宴华光殿，命群臣赋诗，独诏沆为二百字，三刻使成。沆于坐立奏，其文甚美。"⑤《梁书·柳惔传》："高祖践阼，征为护军将军，未拜，仍迁太子詹事，加散骑常侍。论功封曲江县侯，邑千户。高祖因宴为诗以贻惔曰：'尔实冠群后，唯余实念功。'"⑥《梁书·萧琛传》载："高祖在西邸，早与琛狎，每朝宴，接以旧恩，呼为宗老。琛亦奉陈昔恩，以'早簉中阳，凤采同闲，虽迷兴运，犹荷洪慈'。上答曰：'虽云早契阔，乃自非同志；勿谈兴运初，且道狂奴异。'"⑦《梁书·柳恽传》："恽立行贞素，以贵公子早有令名，少工篇什。始为诗曰：'亭皋木叶下，陇首秋云飞。'琅邪王元长见而嗟

---

① [南朝·梁] 沈约撰：《宋书》卷七十七《沈庆之传》，中华书局 1974 年版，第 2003 页。
② [清] 严可均辑：《全上古三代秦汉三国六朝文·全梁文》卷五十三，中华书局 1958 年版，第 3262 页。
③ [唐] 李延寿撰：《南史》卷七十二《文学传》，中华书局 1975 年版，第 1762 页。
④ [唐] 姚思廉撰：《梁书》卷二十七《到洽传》，中华书局 1973 年版，第 404 页。
⑤ [唐] 姚思廉撰：《梁书》卷四十九《到沆传》，中华书局 1973 年版，第 686 页。
⑥ [唐] 姚思廉撰：《梁书》卷十二《柳惔传》，中华书局 1973 年版，第 217 页。
⑦ [唐] 姚思廉撰：《梁书》卷二十六《萧琛传》，中华书局 1973 年版，第 397 页。

赏，因书斋壁。至是预曲宴，必被诏赋诗。尝奉和高祖《登景阳楼》中篇云：'太液沧波起，长杨高树秋。翠华承汉远，雕辇逐风游。'深为高祖所美。"①《梁书·萧介传》载："高祖招延后进二十余人，置酒赋诗。臧盾以诗不成罚酒一斗，盾饮尽，颜色不变，言笑自若；介染翰即成，文无加点，高祖两美之曰：'臧盾之饮，萧介之文，皆席之美也。'"②

在预帝王宴集中，文人学士为活跃气氛，或为得帝王青眼有加，即席赋诗自不待言，更有甚者，不擅长文章翰墨的武将往往亦要强赋诗，如《梁书·胡僧祐传》载："胡僧祐字愿果，南阳冠军人。少勇决，有武干……幸好读书，不解缉缀，然每在公宴，必强赋诗，文辞鄙俚，多被嘲谑，僧祐怡然自若，谓已实工，矜伐愈甚。"③又如《南史·曹景宗传》："帝于华光殿宴饮连句，令左仆射沈约赋韵。景宗不得韵，意色不平，启求赋诗。帝曰：'卿伎能甚多，人才英拔，何必止在一诗。'景宗已醉，求作不已，诏令约赋韵。时韵已尽，唯余竟病二字。景宗便操笔，斯须而成，其辞曰：'去时儿女悲，归来笳鼓竞。借问行路人，何如霍去病。'帝叹不已。"④

彭城刘氏成员为帝者多组织集宴会聚，而其他刘氏成员则往往参与集宴并赋诗。如上面提到的刘裕在戏马台为孔靖饯行，刘义恭作《彭城戏马台集诗》即是如此。另《梁书·刘孝绰传》载："高祖雅好虫篆，时因宴幸，命沈约、任昉等言志赋诗，孝绰亦见引。尝侍宴，于坐为诗七首，高祖览其文，篇篇嗟赏，由是朝野改观焉。"⑤《梁书·刘苞传》载："自高祖即位，引后进文学之士，苞及从兄孝绰、从弟孺、同郡到溉、溉弟洽、从弟沆、吴郡陆倕、张率并以文藻见知，多预宴坐，虽仕进有前后，其赏赐不殊。"⑥《梁书·刘孺传》："后侍宴寿光殿，诏群臣赋诗，时孺与张率并醉，未及成，高祖取孺手板题戏之曰：'张率东南美，刘孺洛阳才，揽笔便应就，何事久

---

① ［唐］姚思廉撰：《梁书》卷十五《柳恽传》，中华书局1973年版，第331页。
② ［唐］姚思廉撰：《梁书》卷四十一《萧介传》，中华书局1973年版，第588页。
③ ［唐］姚思廉撰：《梁书》卷四十六《胡僧祐传》，中华书局1973年版，第639页。
④ ［唐］李延寿撰：《南史》卷五十五《曹景宗传》，中华书局1975年版，第1356页。
⑤ ［唐］姚思廉撰：《梁书》卷三十三《刘孝绰传》，中华书局1973年版，第480页。
⑥ ［唐］姚思廉撰：《梁书》卷四十九《刘苞传》，中华书局1973年版，第688页。

迟回?'其见亲爱如此。"① 刘孺此次虽因醉未成诗,但亦因此可反见其余宴集往往能成诗。刘氏成员既参加帝王组织的宴集,同时又参与著名大臣的宴会,如《南史·陆倕传》载:"(任)昉为中丞,预其宴者:殷芸、到溉、刘孺、刘显、刘孝绰及陆倕而已,号曰龙门聚。"《梁书·刘孺传》亦载:"时镇军沈约闻其名,引为主簿,常与游宴赋诗,大为约所嗟赏。"②

二、南朝彭城刘氏集宴诗的创作

南朝彭城刘氏诗人现留有集宴诗50首,以作品内容及风格特点来分类,刘氏诗人此类可以分为称美歌颂型、唯美描写型和借景抒情型。

称美歌颂型集宴诗是《诗经》集宴诗的正格,无论是祭祀宴饮还是政治宴饮,《诗经》此类诗篇大多以称颂神灵或赞美天子为准的,表现出礼乐文化背景下宴饮集会的礼秩感与规范感。南朝彭城刘氏诗人称美歌颂型集宴诗数量较少,只有区区几首,颂美的对象为皇室成员,如刘孝绰《三日侍安成王曲水宴诗》曰:

> 汇泽良孔殷,分区屏中县。蹑跨兼流采,襟喉迩封甸。吾王奄酆毕,析珪承羽传。不资鲁俗移,何待齐风变。东山富游士,北土无遗彦。一言白璧轻,片善黄金贱。馀辰属上巳,清祓追前谚。持此阳濑游,复展城隅宴。芳洲亘千里,远近风光扇。方欢厚德重,谁言薄游倦。③

此诗是刘孝绰参加三月三日濯禊侍安成王萧秀时的作品,作者从各种不同的角度来颂美安成王,以表达作者的衷心仰慕之情。此诗前六句称美安成王深得皇上信任故得以执掌襟喉之域,"不资"两句盛赞安成王造福于民的

---

① [唐]姚思廉撰:《梁书》卷四十一《刘孺传》,中华书局1973年版,第591页。
② [唐]姚思廉撰:《梁书》卷四十一《陆倕传》,中华书局1973年版,第591页。
③ 逯钦立辑校:《先秦汉魏晋南北朝诗·梁诗》卷十六,中华书局1983年版,第1826—1827页。

政绩,"东山"二句称颂安成王修庠办学、招隐纳逸,"一言"二句极赞安成王不遗余力为朝廷招徕人才。此诗与一般侍宴诗的格局相异的是,诗篇最后八句才追写作诗的缘由、游宴之所及风景,表达作者对仕途的渴慕。

刘氏诗人此类诗篇中尚有另一格,通篇全写颂人之词,一颂到底,不见其余者,如刘孝威《奉和简文帝太子应令诗》:

> 太子天下本,元良万国贞。周朝推上嗣,汉代纪重明。前星涵瑞彩,洊雷扬远声。三善传乐正,百行纪司成。九流遍已辨,七经咸所精。博闻强子政,高才陵长卿。礼遵逾屈己,德盛益卑情。仙气贻钟相,儒道推桓荣。延贤博望苑,视膳长安城。园绮随金辂,浮丘侍玉笙。智囊前敛笏,端士后垂缨。九仙良所重,四海更谁倾。班输同策乘,甲馆齐蓬瀛。①

此诗是刘孝威奉简文帝太子的应令之作,全诗共十三韵,皆是颂美太子之词。本诗通过太子与各种人物的对比、比拟,并运用大量典故盛赞太子的各种天赋、才能,表明太子对于国家的重要性。另外,孝威尚有一首四言《侍宴乐游林光殿曲水诗》曰:"蒸哉轩顼,赫矣尧心。女娲补石,重华累金。汤罗禹扇,羲瑟农琴。皇乎备矣,受命君临。试舟五反,和乐九成。钩楯秘戏,协律新声。丹柸水激,缝彩葩荣。天吴还往,海若逢迎。"② 此诗绍迹《诗经》四言正格,以庄重繁密的典实对梁王朝和梁帝进行不遗余力的称美颂扬。如果说刘孝绰《三日侍安成王曲水宴诗》尚能从诗中窥出少许作者自我心意的话,刘孝威此二首则完全隐匿了自己的主观情志,退避了自身而彰显了皇家威仪,与中古诗歌重情抒情的潮流枘凿不合,这也恐怕是刘氏诗人甚少创作称美歌颂型集宴诗的主要原因。

---

① 逯钦立辑校:《先秦汉魏晋南北朝诗·梁诗》卷十八,中华书局1983年版,第1875页。

② 逯钦立辑校:《先秦汉魏晋南北朝诗·梁诗》卷十八,中华书局1983年版,第1875页。

彭城刘氏唯美描写型的集宴诗作品共 30 首，占其集宴诗的 60%。从其内容题材来看，可以分为两类：对集宴场面、景物风致的唯美描写和对人物的唯美描写。其中对集宴场面、景物风致的描写又占大多数。

集宴诗的基本模式，是建安时期建立起来的，一般来说是一个"三段式"的结构，即诗篇开头两句或四句点明集宴的发生情况，或是标示集宴的原因，或是总写集宴的背景，或是表明集宴的地点等；接下来是具体描写宴会的场面或是风物景致；最后两句或四句或是抒发诗人的个人体会，或是对宴会组织者表达感恩和祝福。① 最典型者如曹植《公宴诗》："公子敬爱客，终宴不知疲。清夜游西园，飞盖相追随。明月澄清景，列宿正参差。秋兰披长坂，朱华冒绿池。潜鱼跃清波，好鸟鸣高枝。神飙接丹毂，轻辇随风移。飘飘放志意，千秋长若斯。"② 诗篇前两句表明集宴的原因，中间十句生动描写宴会的景致，最后两句，李善引《战国策》曰："犀首为张仪千秋之祝"③，表明是对集宴组织者的祝福。

根据是否具有以上"三段式"的结构，彭城刘氏诗人对集宴场面、景物风致的唯美描写诗篇可以分为三种类型，即完全符合型、部分符合型和不符合型。完全符合型指的是"三段式"结构齐全之作，部分符合型指的是诗歌结构仅包含"三段式"的前两段或是仅包含"三段式"后两段的类型，不符合型指的诗歌结构既没有"三段式"的前段又没有"三段式"的后段，即只有中间对集宴场面、景物风致的描写部分。彭城刘氏诗人对集宴场面、景物风致的唯美描写集宴诗中，完全符合型有 5 首，部分符合型有 10 首，而不符合型有 4 首。完全符合型的诗歌如刘孝绰《侍宴诗》其一：

清宴延多士，鸿渐滥微薄。临炎出蕙楼，望辰跻菌阁。上征切云

---

① [美] 斯蒂芬·欧文撰：《初唐诗》，贾晋华译，广西人民出版社 1987 年版，第 6 页。
② 逯钦立辑校：《先秦汉魏晋南北朝诗·魏诗》卷七，中华书局 1983 年版，第 449—450 页。
③ [南朝·梁] 萧统编：《文选》第二十卷，[唐] 李善注，上海古籍出版社 1986 年版，第 943 页。

汉,俛眺周京洛。城寺郁参差,街衢纷漠漠。禁林寒气晚,方秋未摇落。皇心重发志,赋诗追并作。自昔承天宠,于兹被人爵。选言非绮绡,何以俪金膝。①

此诗前两句表明清雅的宴集邀请了众多的贤士,中间八句具体着重地描述了侍宴的场面与周围清丽之景致,最后四句表达诗人的感激之情,并表明只有华辞丽藻才能与此相配,同时也暗藏着作者对组织者的颂美与祝福。

部分符合型的作品有两种,第一种仅包含"三段式"的前两段,如刘孝绰的《三日侍华光殿曲水宴诗》:

熏袯三阳暮,濯禊元巳初。皇心睇乐饮,帐殿临春渠。豫游高夏谚,凯乐盛周居。复以焚林日,丰茸花树舒。羽觞环阶转,清澜傍席疏。妍歌已嘹亮,妙舞复纤馀。九成变丝竹,百戏起龙鱼。②

第二种仅包含"三段式"的后两段,如刘孝威《奉和晚日诗》:

虬檐挂珠箔,虹梁卷霜绡。迷迭涵香长,芙蓉逐浪摇。飞轮搏羽扇,翻车引落潮。甘泉推激水,迎风惭远飙。寄言王待诏,因声张子侨。吾君安巳乐,无劳诵洞箫。③

此两首主体部分都是对宴会场面或景致的唯美描写,许多诗句都可以看出作者的精营之功,如"丰茸花树舒""百戏起鱼龙""虬檐挂珠箔""虹梁卷霜绡"等,只是刘孝绰《三日侍华光殿曲水宴诗》诗篇开头点明了宴会的

---

① 逯钦立辑校:《先秦汉魏晋南北朝诗·梁诗》卷十六,中华书局1983年版,第1825—1826页。
② 逯钦立辑校:《先秦汉魏晋南北朝诗·梁诗》卷十六,中华书局1983年版,第1826页。
③ 逯钦立辑校:《先秦汉魏晋南北朝诗·梁诗》卷十八,中华书局1983年版,第1878页。

时间和地点而缺少"三段式"最后部分,刘孝威《奉和晚日诗》开始即描写景致,仅在最后借仙人的衬托隐含作者的赞美。

不符合型的作品则是完全抛开"三段式"的写法,诗歌全篇基本是对宴会场面、风物景致的唯美描写,如刘遵《从顿还城应令诗》:

> 汉水深难渡,深潭见底清。锦笮系凫舸,珠竿悬翠旍。鸣笳芳树曲,流唱采莲声。神游不停驾,日暮返连营。宁顾空房里,阶下绿苔生。①

又如刘孝威《赋得曲涧诗》:

> 涧流急易转,溪竹暗难开。近楼俄已失,前洲忽复回。石岸生寒藓,沈根渍水苔。菱舟失道去,归凫迷径来。②

此两首如果不是从诗题中标明"应令""赋得",的确看不出诗篇为宴集之作,其原因在于"三段式"中的第一部分和第三部分都被作者省略了,除了"神游不停驾,日暮返连营"两句外,其余全是对景致的唯美描写。

彭城刘氏唯美描写型集宴诗中,除对宴会场面、风物景致的唯美描写外,尚有对人物的唯美描写一格。对人物的唯美描写,往往都不具备"三段式"的完整结构,如刘孝绰《赋得照棋烛诗刻五分成》:

> 南皮弦吹罢,终奕且留宾。日下房栊暗,华烛命佳人。侧光全照局,回花半隐身。不辞纤手倦,羞令夜向晨。③

---

① 逯钦立辑校:《先秦汉魏晋南北朝诗·梁诗》卷十五,中华书局1983年版,第1810页。
② 逯钦立辑校:《先秦汉魏晋南北朝诗·梁诗》卷十八,中华书局1983年版,第1881页。
③ 逯钦立辑校:《先秦汉魏晋南北朝诗·梁诗》卷十六,中华书局1983年版,第1840页。

诗篇开头交代了此诗为集宴而作,后四句从独特的视角来对女子娇羞之态作唯美描写,可谓匠心独出,别出一格。此诗从"三段式"的标准来讲,只具备前两段而最后一段被作者省略。其实对人物的唯美描写,更多地是只留下中段而"三段式"的前段和后段都省略,即诗篇全体都是唯美描写,如刘遵《繁华应令诗》:

可怜周小童,微笑摘兰丛。鲜肤胜粉白,鬘脸若桃红。挟弹雕陵下,垂钩莲叶东。腕动飘香麝,衣轻任好风。幸承拂枕选,得奉画堂中。金屏障翠帔,蓝帊覆熏笼。本知伤轻薄,含词羞自通。剪袖恩虽重,残桃爱未终。蛾眉讵须嫉,新妆迎入宫。①

又如刘孝威的《拟古应教》:

双栖翡翠两鸳鸯,巫云洛月乍相望。谁家妖冶折花枝,蛾眉腰睇使情移。青铺绿琐琉璃扉,琼筵玉笥金缕衣。美人年几可十馀,含羞转笑敛风裾。珠丸出弹不可追,空留可怜持与谁。②

此两首是应令应教诗,前一首最后两句虽不是对人物的正面直接的唯美描写,但可以看作是衬托和补充,后一首的前两句也可以看成是起兴之句,这与"三段式"的首段交代宴会的时间、地点、起因等和后段对组织者的歌颂祝福等全不相类,因此不能看作是"三段式"的前段和后段,而应看成唯美描写所作的起兴和补充。

彭城刘氏借景抒情型的集宴诗,主要包括两类,其一是抒写离别之情的

---

① 逯钦立辑校:《先秦汉魏晋南北朝诗·梁诗》卷十五,中华书局1983年版,第1808页。
② 逯钦立辑校:《先秦汉魏晋南北朝诗·梁诗》卷十八,中华书局1983年版,第1972—1873页。

作品，其二是描写相思之情的篇章。

抒写离别之情的集宴诗，两晋亦有之，其写法多是用《诗经》四言之正格，而且以歌功颂美为主，如张华《祖道征西应诏诗》："赫赫大晋，奄有万方。陶以仁化，曜以天光。二迹陕西，实在我王。内钎玉铉，外惟鹰扬。四牡扬镳，玄辂振绥。庶寮群后，饯饮洛湄。感离叹凄，慕德迟迟。"① 此诗大部分都是与离别无关的颂美之词，祖道送别之言只在全诗最后轻描淡写一笔带过而已。张华《祖道赵王应诏诗》、陆云《太尉王公以九锡命大将军让公将还京邑祖钱赠》、王赞《侍皇太子祖道楚淮南二王诗》、王浚《从幸洛水饯王公归国诗》等亦皆是如此。随着时代风尚的推移，抒写离别之情的集宴诗发展到南朝已大为改观，南朝彭城刘氏此类诗歌即充分体现了南朝抒写离别之情集宴诗的整体特点，如刘骏的《与庐陵王绍别诗》：

> 连岁矜离心，今兹幸良集。信宿穷晨暮，开颜披所戟。未尽欢娱怀，已伤歧路及。舳舻引江介，飞旌背尔邑。悄扰徒旅戒，团栾流景入。迟迟分手念，泫泫登路泣。②

刘义恭《彭城戏马台集诗》：

> 骋骛辞南京，弭节憩东楚。懿蓄重遐望，兴言集僚侣。于役未云淹，时迁变溽暑。眷恋江水流，回首独延伫。③

刘绘《饯谢文学离夜诗》：

---

① 逯钦立辑校：《先秦汉魏晋南北朝诗·晋诗》卷三，中华书局 1983 年版，第 616 页。
② 逯钦立辑校：《先秦汉魏晋南北朝诗·宋诗》卷五，中华书局 1983 年版，第 1221 页。
③ 逯钦立辑校：《先秦汉魏晋南北朝诗·宋诗》卷六，中华书局 1983 年版，第 1248 页。

> 汀洲千里芳，朝云万里色。悠然在天隅，之子去安极。春潭无与窥，秋台谁共陟。不见一佳人，徒望西飞翼。①

刘骏《与庐陵王绍别诗》虽从题目上看不出是集宴作品，但开头两句明言此诗即为集宴所作，刘义恭《彭城戏马台集诗》与《饯谢文学离夜诗》题目即标明为集宴之作。通观三首诗，已不见歌功颂美的丝毫痕迹，诗篇透露出的全是与离别之情交融浑合的景色描写，以景衬情，情亦与景相合，作者的离别之情跃然纸上，陈祚明《采菽堂古诗选》评刘骏《与庐陵王绍别诗》曰："离情黯然。"② 抛开两晋四言且以颂扬为基调的写法，亦较少染迹热闹欢娱的集宴场面，着力写离景离情，景情相合，正是南朝抒写离别之情的集宴诗的整体风格。

南朝彭城刘氏诗人借景抒情集宴诗中除抒发离别之情外，尚有一些描写相思之情的作品，且这些作品大多是抒写边塞将士与亲人的相思之作。如刘孝威《侍宴赋得龙沙宵月明诗》：

> 鹊飞空绕树，月轮殊未圆。嫦娥望不出，桂枝犹隐残。落照移楼影，浮光动堑澜。枥马悲笳吹，城乌啼塞寒。传闻机杼妾，愁余衣服单。当秋络已脆，衔啼织复难。敛眉虽不乐，舞剑强为欢。请谢函关吏，行当封一九。③

又如刘孝绰《奉和湘东王应令诗二首》：

> 春宵犹自长，春心非一伤。月带圆楼影，风飘花树香。谁能对双

---

① 逯钦立辑校：《先秦汉魏晋南北朝诗·齐诗》卷二十六，中华书局1983年版，第1468页。
② ［清］陈祚明编：《采菽堂古诗选》卷之十六，李金松校，上海古籍出版社2008年版，第493页。
③ 逯钦立辑校：《先秦汉魏晋南北朝诗·梁诗》卷十八，中华书局1983年版，第1878页。

燕,暝暝守空床。(《奉和湘东王应令诗二首·春宵》)

冬晓风正寒,偏念客衣单。临妆罢铅黛,含泪剪绫纨。寄语龙城下,讵知书信难。(《奉和湘东王应令诗二首·冬晓》))①

孝威《侍宴赋得龙沙宵月明诗》描写的是边塞将士对亲人的相思之情,起首八句的景色描写给相思之情营造了一个悲凉的气氛,"枥马"二句是边关独有的景象,"传闻"四句表达的是将士的想象,这种想象更唤起将士战毕早还家的渴望。刘孝绰的《春宵》《冬晓》亦是一派相思凄婉之景,但不是描写将士之相思而是抒发闺妇对边关亲人的相思之情。为了达到更好的效果,诗人运用了多种手法来进行描摹,一个度日如年、独守空床、为夫裁衣的闺怨之妇的形象如在目前。

第四节　文章创作

刘宋皇族颇爱文义,《隋书·经籍志》载,宋武帝有集十二卷,宋文帝有集七卷,宋孝武帝有集二十五卷,宋废帝有集十卷,宋明帝有集三十三卷,长沙王刘道怜有集十卷,临川王刘义庆有集八卷,江夏王刘义恭有集八卷,衡阳王刘义季有集十卷,南平王刘铄有集五卷,竟陵王刘诞有集二十卷,建平王刘休度有集十卷。② 由此可见,刘宋皇族文集丰赡,颇可观瞻,但是集中往往多诏、令、策、表等,注重实用而文采不足。而且作为皇室,自有专人代笔,恐不能算是其亲作③,比如宋武帝刘裕,《魏书》载其"仅

---

① 逯钦立辑校:《先秦汉魏晋南北朝诗·梁诗》卷十六,中华书局1983年版,第1842页。
② [唐] 魏徵等撰:《隋书》卷三十五《经籍志四》,中华书局1973年版,第1071页。
③ 据《宋书·傅亮传》载,"高祖登庸之始,文笔皆是记室参军滕演;北征广固,悉委长史王诞;自此后至于受命,表策文诰,皆亮辞也"。([南朝·梁]沈约撰:《宋书》卷四十四《傅亮传》,中华书局1974年版,第1337页。)

识文字"①，刘裕亦自称"我本无术学"②，《隋书·经籍志》载其集十二卷大多应是代笔之作，刘道怜"素无才能，言音甚楚，举止施为，多诸鄙拙"③，刘义季"素拙书，上听使余人书启事，唯自署名而已"④，其文集恐多由他人代笔。当然，刘宋皇室经过教育的积累，亦多有善文笔者，如宋文帝"博涉经史"⑤，"少览篇籍，颇爱文义"⑥，"与义庆书，常加意斟酌"⑦；孝武帝刘骏"读书七行俱下，才藻甚美"⑧，"好为文章，自谓物莫能及"⑨；前废帝刘子业"少好读书，颇识古事，自造《世祖诔》及杂篇章，往往有辞采"⑩；明帝"好读书，爱文义，在藩时，撰：《江左以来文章志》，又续卫瓘所注《论语》二卷"⑪；临川王刘义庆"爱好文义，才词虽不多，然足为宗室之表"⑫，江夏王刘义恭"涉猎文义"⑬。这些刘宋皇族自己能文善墨，自不必假手于他人。刘勔家族是一个由武力强宗转化为文学世家的典型，其祖辈刘勔以军功起家，文非其所长，至刘悛、刘绘辈已逐渐由武转文，刘绘

---

① [北朝·齐] 魏收撰：《魏书》卷九十七《岛夷刘裕传》，中华书局1974年版，第2129页。
② [南朝·梁] 沈约撰：《宋书》卷六十四《郑鲜之传》，中华书局1974年版，第1696页。
③ [南朝·梁] 沈约撰：《宋书》卷五十一《刘道怜传》，中华书局1974年版，第1462页。
④ [南朝·梁] 沈约撰：《宋书》卷六十一《刘义季传》，中华书局1974年版，第1654页。
⑤ [南朝·梁] 沈约撰：《宋书》卷五《文帝纪》，中华书局1974年版，第71页。
⑥ [南朝·梁] 沈约撰：《宋书》卷九十五《索虏传》，中华书局1974年版，第2341页。
⑦ [南朝·梁] 沈约撰：《宋书》卷五十一《刘义庆传》，中华书局1974年版，第1477页。
⑧ [唐] 李延寿撰：《南史》卷二《孝武帝纪》，中华书局1975年版，第55页。
⑨ [南朝·梁] 沈约撰：《宋书》卷五十一《刘义庆传附鲍照传》，中华书局1974年版，第1480页。
⑩ [南朝·梁] 沈约撰：《宋书》卷七《前废帝纪》，中华书局1974年版，第148页。
⑪ [南朝·梁] 沈约撰：《宋书》卷八《明帝纪》，中华书局1974年版，第170页。
⑫ [南朝·梁] 沈约撰：《宋书》卷五十一《刘义庆传》，中华书局1974年版，第1477页。
⑬ [南朝·梁] 沈约撰：《宋书》卷二十一《刘义恭传》，中华书局1974年版，第1640页。

"常恶武事,雅善博射,未尝跨马","音采赡丽,雅有风则"①,"为后进领袖"②,可见刘绘已具相当文学素养。至刘孝绰一代,文学素养之士大盛,史载其"兄弟及群从子侄当时有七十人,并能属文,近古未之有也"③。据《隋书·经籍志》载,刘悛有集二十卷,刘瑱有集十卷,刘绘有集十卷,刘苞有集十卷,刘孝绰有集十四卷,刘孝仪有集二十卷,刘孝威有集十卷,刘令娴有集三卷,与"能属文"之评价的确名实相符。

一、诏表文

刘宋皇帝多诏书,因处于骈文的正式形成时期,其诏书亦多骈化。徐师曾云:"古之诏词,皆用散文,故能深厚尔雅,感动乎人。六朝而下,文尚偶俪,而诏亦用之,然非独用于诏也。"④ 如宋武帝《立国学诏》⑤:"古之建国,教学为先,弘风训世,莫尚于此,发蒙启滞,咸必由之。故爰自盛王,迄于近代,莫不敦崇学艺,修建庠序。自昔多故,戎马在郊,旂旗卷舒,日不暇给。遂令学校荒废,讲诵蔑闻,军旅日陈,俎豆藏器,训诱之风,将坠于地。后生大惧于墙面,故老窃叹于子衿。此《国风》所以永思,《小雅》所以怀古。今王略远届,华域载清,仰风之士,日月以冀。便宜博延胄子,陶奖童蒙,选备儒官,弘振国学。主者考详旧典,以时施行。"⑥ 此诏谈及崇立国学的重要性,内容充实,实用意义极强,句式颇有骈偶,但风格质朴淳正,可以看出诏书文体向骈体靠拢的痕迹。

---

① [唐]李延寿撰:《南史》卷三十九《刘绘传》,中华书局1975年版,第1009页。
② [南朝·梁]萧子显撰:《南齐书》卷四十八《刘绘传》,中华书局1972年版,第841页。
③ [唐]李延寿撰:《南史》卷三十九《刘孝绰传》,中华书局1975年版,第1012页。
④ [明]徐师曾:《文体明辨序说》,罗根泽校点,人民文学出版社1998年版,第112页。
⑤ 《立国学诏》作者尚有争议,《艺文类聚》归之于傅亮,梅鼎祚《宋文纪》归之于刘裕。刘裕早年"仅识文字"([北朝·齐]魏收撰:《魏书》卷九十七《岛夷刘裕传》,中华书局1974年版,第2129页),随着其自身对文学的重视,文学修养有所提高,至晚年应可做出如许文字,故此处从梅鼎祚之说。
⑥ [南朝·梁]沈约撰:《宋书》卷三《武帝纪下》,中华书局1974年版,第58页。

又如宋文帝《谒京陵诏》中的"今因四表无尘，时和岁稔。复获拜奉旧茔，展罔极之思，飨宴故老，申追远之怀。固以义兼於桑梓，情加于过沛，永言慷慨，感慰实深。宜聿宣仁惠，覃被率土"①，虽骈对不甚工谨，但仍然体现了骈文形成时期的基本特征。孝武帝《巡行大赦诏》曰："凭七庙之灵，获上帝之力，礼横四海，威震八荒。方巡三湘而奠衡、岳，次九河而检云、岱。今恢览功成，省风畿表；观民六合，蒐校长洲。腾沙飞砾，平岳荡海；蕠晋合序，饶钲协节，献邕如礼，馌兽倾郊，敬举王公之觞，广纳士民之寿。八风循通，卿云丛聚，尽天馨瑞，率宇竭欢。思散太极之泉，以福无方之外"②，比文帝诏书的骈化则更深入了一层，但仍然有汉魏诏书的风采，《骈体文钞》评曰："劲质，尚近汉诏。"③

刘宋皇室处理公务的诏书，往往向着骈俪的方向发展，但其亲人之间表达情感、劝诫告谕的诏则大多呈散体。如《报衡阳王义季诏》：

> 谁能无过，改之为贵耳。此非唯伤事业，亦自损性命，世中比比，皆汝所谙。近长沙兄弟，皆缘此致故。将军苏徽，耽酒成疾，旦夕待尽，吾试禁断，并给药膳，至今能立。此自是可节之物，但嗜者不能立志裁割耳。晋元帝人主，尚能感王导之谏，终身不复饮酒。汝既有美尚，加以吾意殷勤，何至不能慨然？深自勉厉，乃复须严相割裁，坐诸纭纭，然后少止者。幸可不至此，一门无此酗酒，汝于何得之？临书叹塞。④

---

① ［清］严可均辑：《全上古三代秦汉三国六朝文·全宋文》卷四，中华书局1958年版，第2460页。
② ［清］严可均辑：《全上古三代秦汉三国六朝文·全宋文》卷六，中华书局1958年版，第2473页。
③ ［清］李兆洛选编：《骈体文钞》，上海书店1988年版，第117页。
④ ［清］严可均辑：《全上古三代秦汉三国六朝文·全宋文》卷三，中华书局1958年版，第2456—2457页。

衡阳王刘义季,"幼而夷简,无鄙近之累"①,除南兖州刺史时,"帷帐器服,诸应随刺史者,悉留之,荆楚以为美谈"②,大有玄士之风,又因为宋文帝在藩主镇荆州时随行,所以特为文帝所亲爱。刘义季有嗜酒之病,后因有感于彭城王刘义康与文帝"主相之争"而被废黜且最终被杀,"遂为长夜之饮,略少醒日"③,宋文帝多加诘责,刘义季引愆陈谢,文帝遂有此诏。此诏主要以散体行之,是讲耽酒为祸的道理,段首虽多有四言为一句,但并非骈俪,从段中开始至结尾四言殊少。所举事例,既有正例亦有反例而以正例为主,谆谆教导,足以见文帝切切诚心。刘义季虽奉此旨,但酣饮依然如故,终于以酒成疾,文帝遂有《又诏》:"汝饮积食少,而素羸多风,常虑至此,今果委顿。纵不能以家国为怀,近不复顾性命之重,可叹可恨,岂复一条。本望能以理自厉,未欲相苦耳。今遣孙道胤就杨佛等令晨夕视汝,并进止汤食,可开怀虚受,慎勿隐避。吾饱尝见人断酒,无它慊吸,盖自当时甘嗜罔已之意耳。今者忧怛,政在性命,未暇及美业,复何为吾煎毒至此邪。"④论者往往认为散体比骈体更适合论理议事,如清代孙梅曰:"夫文采葩流,枝叶横生,此骈体之长也。师其意不师其辞,为时似不为恒似,此古文所尚也。若乃命微言以藻思,责奥意于腴词,以妃青媲白之文,求辨博纵横之用,譬之蚁封奔骋,珮玉走趋,舌本间强,恐类文家之吃;笔端繁拥,终滋腹笥之贫。"⑤刘麟生亦认为,"论事说理,义贵朗畅,骈词芜累,往往丧失真意,故仍以散行为宜"⑥。其实无论骈散,只要能掌握一定的技巧,都可以议论说理,骈文中嵇康《养生论》、陆机《五等论》、刘峻《辩命论》等都是论说文中的优秀之作。刘宋皇室对兄弟进行奉劝告诫类的诏书,往往

---

① [南朝·梁]沈约撰:《宋书》卷六十一,中华书局1974年版,第1653页。
② [南朝·梁]沈约撰:《宋书》卷六十一,中华书局1974年版,第1655页。
③ [南朝·梁]沈约撰:《宋书》卷六十一,中华书局1974年版,第1654页。
④ [清]严可均辑:《全上古三代秦汉三国六朝文·全宋文》卷三,中华书局1958年版,第2457页。
⑤ [清]孙梅《四六丛话》卷二十二,李金松点校,人民文学出版社2010年版,第426页。
⑥ 刘麟生:《中国骈文史》,东方出版社1996年版,第31页。

用散体，是由其写作对象所决定的，自由灵活、无拘无束的散体相对于严整峻切的骈偶之作来讲，显然更适合于兄弟亲人之间温情洋溢、朴简切诚的奉劝告诫之文。

关于表，《文选》卷三十七李善注曰："表者，明也，标也，如物之标表。言标著事序，使之明白，以晓主上，得尽其忠，曰表。"①《文心雕龙·章表》曰："汉定礼仪，则有四品：一曰章，二曰奏，三曰表，四曰议。章以谢恩，奏以按劾，表以陈请，议以执异。……表者，标也。《礼》有《表记》，谓德见于仪；其在器式，揆景曰表。章表之目，盖取诸此也。"可见，表之目取之于《礼》之《表记》，是臣子上书给皇帝公文的一种，其作用是用于臣子对皇帝陈述事件，也可以用于辞让推荐等。孙梅《四六丛话》曰："以之陈谢，则句随寸草偕春；以之请乞，则字与倾葵共转。以之荐达，则好贤如缁衣，不啻口出；以之进奉，则宫廷绘无逸，曲牖渊衷，义等格心，功同造膝矣。"②

与一般上奏皇帝之文相异，表较注重于个人见解的表达，如刘义恭《举才表》曰："臣闻云和备乐，则繁会克谐，骅骝骋服，则致远斯效。陛下顺简贪化，文明在躬，玉衡既正，泰阶载一，而犹发虑英髦，垂情仄陋，幽谷空同，显著扬历。是以潜虬耸鳞，伫利见之期；翔凤弭翼，应来仪之感。"③刘义恭先用音乐演奏和快马致远两个比喻来说明人才对于国家政治清明、天下太平的重要性。以下对文帝的统治大加推崇，自然而然引出在清明政治之下，各类潜藏在乡野的人才如龙似凤，亟思报国。华美辞句的雕藻，亦可见出相对于公文性更强的章奏类文章而言，表的抒情性稍强而较注重情采，此段大量四言整饬句式的运用，特别是最后四五隔句的对仗，可以见出刘宋时期表文的骈化倾向。

---

① ［南朝·梁］萧统编：《文选》第三十七卷，［唐］李善注，上海古籍出版社1986年版，第1667页。
② ［清］孙梅：《四六丛话》卷十，李金松点校，人民文学出版社2010年版，第205页。
③ ［清］严可均辑：《全上古三代秦汉三国六朝文·全宋文》卷十一，中华书局1958年版，第2498页。

南齐时期刘绘尝为后进领袖,其《为豫章王嶷乞收葬蛸子响表》亦是名篇:

> 臣闻将而必戮,炳自《春秋》,磐于甸人,著于《经》《礼》,犹怀不忍之言,尚有如伦之痛。岂不事因法往,情以恩留。故庶人蛸子响,识怀靡树,见沦不逞,肆愤一朝,致陷凶德,遂使迹邻非孝,事近无君,身膏草野,未云塞衅。但鞬矢倒戈,归罪司戮,即理原心,亦既迷而知返。衅骨不收,辜魂莫赦,抚事惟往,载伤心目。昔闵荣伏瘗,怆动坟园;思荆就辟,恻怀丘墓。皆两臣衅结于明时,二主议加于盛世,积代用之为美,历史不以云非。伏愿一下天矜,爰诏蛸氏,使得安兆末郊,旋窆余麓,微列苇輤之容,薄申封树之礼。岂伊穷骸被德,实且天下归仁。臣属忝皇枝,偏留友睦,以臣继别未安,子响言承出命,提携鞠养,俯见成人,虽辍胤蕃条,归体璇萼,循执之念不移,傅训之怜何已。敢冒宸严,布此悲乞。①

此表是代豫章王萧嶷所作,萧子响本齐武帝之子,早年过继给萧嶷,萧嶷得子后归还本嗣,因叛乱伏诛并改姓蛸。此表既引《春秋》《经》《礼》,表明萧子响不得不杀,又引闵荣、思荆之典,表明即使是叛逆,亦可为之收葬,典实的运用自然而又贴切。其述收葬的理由充分明晰,恳切诚挚,颇有动人心魂的力量,语言多用四言,而六言又间插其中,显得错落有致,灵活而不板滞。更为难得的是,此表是刘绘在得萧嶷之命后"须臾便成",以致萧嶷大为赞叹:"祢衡何以过此。"②

刘孝仪是南朝彭城刘氏表文之巨擘,因其如此,多为他人代作表文。孝仪现留存的十二篇表文皆为代作,正可见其表文代作之盛,其《为始兴王上

---

① [清] 严可均辑:《全上古三代秦汉三国六朝文·全齐文》卷十七,中华书局 1958 年版,第 2888—2889 页。
② [南朝·梁] 萧子显撰:《南齐书》卷四十八,中华书局 1972 年版,第 841—842 页。

毛龟表》显示出成熟骈文的色彩,"臣闻嘉瑞五灵,既著方策,故名千载,可得而传。是以玄蔡赤文,来表轩黄之政;神龟青纯,用显姬公之德。出自江安,实荷谦夷之庆;甲生毳羽,宁非销镝之征。实皇家之巨瑞,庶民之休幸"①。此表全篇皆为四、六句式,而两个四六句对仗的运用,又占全表一半以上的篇幅,其中尤可注意的是此篇表文骈偶纯熟,精工雕琢,用词典雅,文辞整饬,用典自然不做作,显示了孝仪对骈体表文娴熟的驾驭技巧,即使与当时表文大家任昉相比亦不遑多让。

二、书牍文

书牍文是南朝刘氏文中的一大类,这类文章包括书、笺、启等。《文心雕龙·书记》云:"故书者,舒也;舒布其言,陈之简牍,取象于夬,贵在明决而已。"② 可见,书牍类文章在于表达思想,阐发道理,要写得真实明畅。书牍类文章往往强调实际功用,如宋武帝《与臧焘书》曰:"顷学尚费弛,后进颓业,衡门之内,清风辍响。良由戎车屡警,礼乐中息,浮夫恣志,情与事染。岂可不敷崇坟籍,敦厉风尚。此境人士,子侄如林。明发搜访,想闻令轨。然荆玉含宝,要俟开莹;幽兰怀馨,事资扇发,独习寡悟,义著周典。今经师不远,而赴业无闻,非唯志学者鲜,或是劝诱未至邪?想复弘之。"③ 臧焘是晋宋之际著名儒家,时为太学博士,擅长三《礼》之学,此书是刘裕在践祚之前所作,希望臧焘能帮助刘裕振兴儒学、劝俗敦风,以匡时弊。此文作于晋宋之交,受六朝文章骈化的影响,骈俪的痕迹比较明显,但对句不工,词句亦不华侈,典故不多但很贴切,汉魏淳朴气息较浓,许梿评其"丽语能朴,隽语能淳"④,王文濡更是认为,"古质渊雅,浑然大

---

① [清]严可均辑:《全上古三代秦汉三国六朝文·全梁文》卷六十一,中华书局1958年版,第3315页。
② [南朝·梁]刘勰:《文心雕龙注》卷五,范文澜注,人民文学出版社1958年版,第455页。
③ [南朝·梁]沈约撰:《宋书》卷五十五《臧焘传》,中华书局1974年版,第1544页。
④ [清]许梿选:《六朝文絜笺注》卷二,黎经诰注,续修四库全书本,第55页。

璞，寥寥百言，而气凌九霄，响振千载。此种文词，六朝中惟宋有之，齐梁后不复观矣"①。

孙梅《四六丛话》云："抑书之为说，直达胸臆，不拘绳墨。纵而纵之，数千言不见其多；敛而敛之，一二语不见其少。破长风于天际，缩九华于壶中。或放笔而不休，或藏锋而不露。"② 如宋文帝刘义隆《诫江夏王义恭书》曰：

> 汝以弱冠，便亲方任。天下艰难，家国事重，虽曰守成，实亦未易。隆替安危，在吾曹耳，岂可不感寻王业，大惧负荷？今既分张，言集无日，无由复得动相规诲，宜深自砥砺，思而后行。开布诚心，厝怀平当，亲礼国士，友接佳流，识别贤愚，鉴察邪正，然后能尽君子之心，收小人之力。

江夏王刘义恭"幼而明颖，姿颜美丽，高祖特所钟爱，诸子莫及"③，故常骄奢不节。元嘉六年（429年），刘义恭被授予散骑常侍、都督荆湘雍益梁宁南北秦八州诸军事、荆州刺史，文帝恐其出镇一方时骄奢之弊益显，故有此诫书。此书一开头，文帝便以兄长之身份娓娓述说天下时艰，家国时事未可轻谈，因不能常相规劝，故更应当有所畏惧，三思而后行。此段虽多四言之句，但除段尾呈骈体之对外，段首及段中俱无对，散体的痕迹确然可见。

> 汝神意爽悟，有日新之美，而进德修业，未有可称，吾所以恨之而不能已已者也。汝性褊急，袁太妃亦说如此。性之所滞，其欲必行，意

---

① 王文濡选编：《历代诗文名篇评注读本·南北朝文卷》，岳麓书社2001年版，第204页。
② [清]孙梅：《四六丛话》卷十七，李金松点校，人民文学出版社2010年版，第344页。
③ [南朝·梁]沈约撰：《宋书》卷六十一《刘义恭传》，中华书局1974年版，第1641页。

所不在，从物回改，此最弊事。宜应慨然立志，念自裁抑。何至丈夫方欲赞世成名而无断者哉？今粗疏十数事，汝别时可省也。远大者，岂可具言？细碎复非笔可尽。①

如果说文帝在第一段尚有有意为文之意而使文句多四言的话，那么，随着文辞的逐渐行走、情感的更加充溢，第二段非四言的句式明显增多，文帝以拉家常的方式先赞刘义恭"神意爽悟，有日新之美"，紧接着指出其未能进德修业、其性褊急之弊，并告诫义恭应当"慨然立志，念自裁抑"。

在确定总的原则之后，文帝接着提出了具体要求，主要包括性格修炼和日常事物处理两个方面。性格修炼者如要礼贤下士、豁达大度，要慎重周密勿轻信，不以贵、威压人等，日常事物处理者如一月花费不能超过三十万，要早起接待宾侣，府舍住处不须常改、勿求太过奢华，要虚心学习审判案件，权力不可妄以假人，音乐游玩不要过于频繁，赌博打猎则不可沾边等。凡此种种，文帝的告诫真可谓事无巨细，但都是针对刘义恭未能进德修业和个性褊急之弊而发的，既有针对性又非常贴切。需注意的是，文帝提出的种种具体要求，皆行之以散体，非有意为文，读之如面其人、如听其声，虽是告诫之语而无严厉肃板之感，汪春泓评曰："宋文帝告诫同父异母弟的书信，较少册命之类文体的严肃峻切，多有家训一类文体的语重心长，堪称家训文体的典范，有针对性，且十分切实，可见文帝是颇具头脑的政治人物。"②

由于审美风尚的转变，书牍类文章发展到南朝，较以往更注重审美功能，写景、抒情类书牍大量增加，而且此类文章往往讲求藻饰，"极大地加强了艺术色彩，仿佛写信不仅是交流思想，传递信息，还要骋才华，托风采，……当时的书信，许多都是情文相生、趣味隽永、词藻明丽的佳制，堪

---

① [南朝·梁]沈约撰：《宋书》卷六十一《刘义恭传》，中华书局1974年版，第1641页。
② 汪春泓主编：《中国文学编年史·两晋南北朝卷》，湖南人民出版社2006年版，第311页。

称为文学史上的名篇"①,如刘孝仪的《北使还与永丰侯萧撝书》曰:

> 足践寒地,身犯朔风,暮宿客亭,晨炊谒舍。飘飘辛苦,迨届毯乡。杂种覃化,颇慕中国。兵传李绪之法,楼拟卫律所治,而毳幕难淹,酪浆易餍,王程有限,时反玉关。射鹿胡奴,乃共归国,刻龙汉节,还持入塞。马衔苜蓿,嘶立故墟,人获蒲萄,归种旧里。稚子出迎,善邻相劳,倦握蟹螯,亟覆虾碗。未改朱颜,略多自醉,用此终日,亦以自娱。②

《梁书·刘潜传》载,大同三年(537年),刘孝仪任安西咨议参军兼散骑常侍,不久出使北魏,这篇书就是孝仪从北魏返还后写给永丰侯萧撝的书信。此文用骈体写成,文中描绘北方独特的风物,如"毳幕""酪浆"等,表现出浓郁的地方特色。作者写行役之景象,有酸凉扑面之感,而这种艰辛的旅途生活与"稚子出迎,善邻相劳"的归后安适生活形成鲜明的对比,表现出作者对家国故土的依恋之情,的确可以称得上是一幅绝妙的苏武归国图。骈文因为讲究对偶、声律和辞采,所以往往有辞胜于意之弊,孙梅评六朝骈文曰:"六朝以来,风格相承,妍华务益,其间刻镂之精,昔疏而今密;声韵之功,旧涩而新谐。非不共欣于斧藻之工,而亦微伤于酒醴之薄矣。"③的确,如果一味重视形式之美,而真意少存,缺乏浑厚充实的思想内容,骈文就如同酒醴一样滋味淡薄,但刘孝仪此文没有此弊,充溢着真情实感,饱含了作者浓厚深沉的乡土故国之恋。

关于启,刘勰《文心雕龙·奏启》曰:"启者,开也。高宗云,启乃心,沃朕心,取其义也。孝景讳启,故两汉无称。至魏国笺记,始云启闻。奏事

---

① 褚斌杰:《中国古代文体概论》,北京大学出版社1990年版,第404页。
② 〔清〕严可均辑:《全上古三代秦汉三国六朝文·全梁文》卷六十一,中华书局1958年版,第3317页。
③ 〔清〕孙梅:《四六丛话》卷二十,李金松点校,人民文学出版社2010年版,第532页。

之末，或云谨启。"① 可见，刘勰的观点是到魏才有"启"这种文体。② 魏时的启文较少，只有高柔的《军士亡勿罪妻子启》和刘辅《论赐谥启》，晋代的启文比魏要多，约有二十篇左右，但与曹魏相同的是，此时启文"用兼表奏。陈政言事，既奏之异条；让爵谢恩，亦表之别干"③。孙梅《四六丛话》曰："若乃敬谨之忱视表为不足，明慎之旨侔书为有余，则启是也"④，认为启是一种在表与书之间的文体。其实即使是在两晋，表与启也往往混用，如陆云的《国起西园第表启宜遵节俭之制》，就是表与启混用，可见启这一文体在晋时独立性不够，特征不明显，这一点从陆机《文赋》和挚虞《文章流别论》中都未曾对启文有所论及可以得见。真正令启大有改观的是刘宋时期，刘义恭的《谢敕赐华林园樱桃启》《谢敕赉华林园柿启》《谢赐金梁鞍启》和《谢赐交州槟榔启》开启了谢物小启的先河。

谢物小启所描写的对象往往是日常用品、常用食物等，如刘义恭《谢赐金梁鞍启》曰："赐臣供御金梁桥鞍，制作精巧，宜副龙驷。圣兹下逮，猥垂光锡。"⑤《谢敕赐华林园樱桃启》曰："手敕，猥赐华林樱桃，为树则多阴，为果则先孰，故种之于听事之前，有蝉鸣焉，顾命粘取以弄。"⑥ 以上二启，前者描写的是马鞍，为日常用品，后者描写则是樱桃，为日常食物。刘义恭的另两则谢物小启，所描写之物同样也是柿和槟榔等日常食物。因为是皇帝所赐之物，所以在写谢物小启时，刘义恭自然要对所赐之物多有赞美之言，以表达自己的不胜感激之情。但因为自身亦是皇族，故我们能看到，刘

---

① [南朝·梁] 刘勰：《文心雕龙注》卷五，范文澜注，人民文学出版社1958年版，第423页。
② 范文澜先生认为，东汉已有"启"体，见 [南朝·梁] 刘勰：《文心雕龙注》卷五，范文澜注，人民文学出版社1958年版，第435页。
③ [南朝·梁] 刘勰：《文心雕龙注》卷五，范文澜注，人民文学出版社1958年版，第424页。
④ [清] 孙梅：《四六丛话》卷十四，李金松点校，人民文学出版社2010年版，第280页。
⑤ [清] 严可均辑：《全上古三代秦汉三国六朝文·全宋文》卷十二，中华书局1958年版，第2502页。
⑥ [清] 严可均辑：《全上古三代秦汉三国六朝文·全宋文》卷十二，中华书局1958年版，第2502页。

义恭的溢美之词还是较少夸张，颇为理性。至齐梁时刘氏已非皇族，此时的谢物小启则多有夸饰之辞，如刘孝绰的《谢安成王赉祭孤石庙胙肉启》曰："味过瀹凤，珍越屠龙，故使屏翳收风，冯夷净浪，神居鹢首，独泛安流。民幸同附，得征遗迩。复等受釐，预颁纯嘏。恩灵所降，信次委积。报生以死，窃闻斯义。"① 论安成王的胙肉，其味超龙越凤，自是多有夸张。这是正面赞美类的夸张，亦有侧面烘托类夸张，如刘孝仪《谢始兴王赐花纨簟启》曰："丽兼桃象，周洽昏明，便觉夏室已寒，冬裘可袭。虽九日煎沙，香粉犹弃；三旬沸海，团扇可捐。"②"香粉犹弃""团扇可捐"，用以衬托簟于夏日之清凉。

自刘宋江夏王刘义恭开启谢物小启之先河，齐梁时期，谢物小启成为启的主流创作方式，以彭城刘氏为例，刘孝绰有启 9 篇，其中谢物小启有 5 篇，刘孝仪有启 21 篇，其中谢物小启有 17 篇，刘孝威有启 12 篇，其中谢物小启 11 篇，由此可见谢物小启在齐梁时期的发展和兴盛。

另一可注意的现象是，齐梁之前的启，多以散体出之，而齐梁时期的启，则多所骈化。刘氏文人这方面的代表人物刘孝绰和刘孝仪，其启往往有骈化之势。如刘孝绰《送瑞鼎诣相国梁公启》曰："生木游火之禽，夹阶纪朔之华。白环银瓮之迹，素雉金船之瑞。自天有祚，不为定于郏鄏；虚其所止，非独在于汾阴。"③ 四个六言句式，后接一个四六句的对仗，虽有不甚工谨之处，但亦可算是骈体之启。又如刘孝仪《为王仪同谢宅启》曰："昔晏婴湫隘，齐景营其爽垲；孙历无家，晋武为之筑馆。或功高千载，德重一时，故蒙寿室之荣，以降茸宇之泽。并辞而处，传芳前载。臣才愧昔人，恩同往哲，岂宜妄荷？重增疵吝。但匈奴未灭，遽当轮奂之美；环堵为室，遂

---

① [清]严可均辑：《全上古三代秦汉三国六朝文·全梁文》卷六十，中华书局 1958 年版，第 3311 页。
② [清]严可均辑：《全上古三代秦汉三国六朝文·全梁文》卷六十一，中华书局 1958 年版，第 3316 页。
③ [清]严可均辑：《全上古三代秦汉三国六朝文·全梁文》卷六十，中华书局 1958 年版，第 3310 页。

得歌笑于斯。"① 孝仪此篇,四六句式错杂而列,而其首与尾皆四六隔对,与孝绰上篇相比,更显骈文色彩,故孙梅云:"刘氏弟昆,尤高三笔。"②

三、碑祭文

碑文起源于秦代,明人吴讷云:"秦汉以来,始谓刻石曰碑,其盖始于李斯峄山之刻耳。"③ 褚斌杰先生认为,"碑文,又有碑志、碑铭的称谓,志,是记识、记载的意思。碑志,就是以碑记事的意思。铭,则是铭刻的意思……按照习惯又把碑文后面的韵语部分称为'铭',前面的散文部分则称志、称序。实际上它们都是碑文的组成部分,故我们可以统称之为碑文"④。

碑文在汉代多有发展,东汉立碑之风尤其兴盛,蔡邕是其集大成者,《文选》收碑文五篇,蔡邕一人即有两篇,清人李兆洛编的《骈体文钞》中有"墓碑"一类,其收二十一篇墓碑文,蔡邕一人就有十四篇之多。东晋末期迄于南朝,朝廷实行禁碑政策,禁止士人擅立私碑,碑文的发展受到抑制,其数量也大幅下降。碑文按照用途来分,可以分为记功碑文、宫室宗庙碑文(包括佛寺碑文)和墓碑文三种。彭城刘氏的碑文有墓碑文和佛寺碑文两种。

《司空安成康王碑铭》是刘孝绰为梁安成王萧秀写的碑铭。刘孝绰与萧秀早就有过交往,据《梁书·刘孝绰传》载:"(刘孝绰)寻有敕知青、北徐、南徐三州事,出为平南安成王记室,随府之镇。……寻复除秘书丞,出为镇南安成王咨议,入以事免。"⑤《梁书·太祖五王传》载:"六年,出为使持节、都督江州诸军事、平南将军、江州刺史。"⑥ 由此可见,至迟在天监

---

① [清] 严可均辑:《全上古三代秦汉三国六朝文·全梁文》卷六十一,中华书局1958年版,第3316页。
② [清] 孙梅:《四六丛话》卷十四,李金松点校,人民文学出版社2010年版,第280页。
③ [明] 吴讷:《文章辨体序说》,于北山校点,人民文学出版社1998年版,第52页。
④ 褚斌杰:《中国古代文体概论》,北京大学出版社1990年版,第439—440页。
⑤ [唐] 姚思廉撰:《梁书》卷三十三《刘孝绰传》,中华书局1973年版,第480页。
⑥ [唐] 姚思廉撰:《梁书》卷二十二《萧秀传》,中华书局1973年版,第343页。

六年（507年），刘孝绰即与萧秀开始交往。萧秀品行俊拔，政绩卓著，且好招文士，史载其招平原刘孝标撰：《类苑》，佐史夏侯亶等于秀死后上表立墓碑志，当世高才除刘孝绰外，东海王僧孺、吴郡陆倕和河东裴子野皆为其撰文。在《司空安成康王碑铭》中，刘孝绰首先称赞萧秀出身高贵，"昔者重华文命，并胄高阳之苗；丰邑春陵，俱纂帝尧之绪。而虞夏革运，姚姒之姓已分；高光再兴，大汉之名无改。如我皇家，梁齐代建，异文叔之绍开，起自王族，非伯禹之更姓。公则本枝别干，诞自河岳，五百之期，实膺命世"①。在赞扬萧秀高贵的出身之后，孝绰转写萧秀的丰姿美仪、明睿过人，"至如文琰之对食馀，幼权之言爵里，卫子之朗月映山，杜生之凝脂点漆。惟公具美，历驾前修。峨峨焉非岳陵之所至，浩浩焉总江汉而为长，故能击水三千，抟风九万，排天阙而俯视，掩浮云而上征"②。史载萧秀"既长，美风仪，性方静，虽左右近侍，非正衣冠不见也，由是亲友及家人咸敬焉"③，刘孝绰方之以晋著名美男卫玠和杜乂，虽有过誉之嫌，但并非全无根据。南朝禁碑，萧秀能得皇帝诏许建碑且四碑并行，足见朝廷对萧秀的器重，刘孝绰用大量典故来体现萧秀在朝中的地位，"封公为安成王，食邑二千户，允同卫叔，赐宝器于商郊，殊异应侯，戏桐珪于汾水，乃公为平西将军荆州刺史，楚之对齐，屈完引城池之固；荆之比宋，墨翟陈辇路之殊"④。在写萧秀政绩时，则用赋的手法以四个排比句形容，"其为政也，庄敬足以范物，慈惠足以庇民，刚毅足以威暴，清贞足以励俗"⑤。如此气势凛然、应接不暇的排比句式，极写萧秀为政之庄敬、慈惠、刚毅与清贞，给人留下极为深刻的印象。最后，文中表达了作者无限哀惋之情，"凡我庶民，窃亲高

---

① ［清］严可均辑：《全上古三代秦汉三国六朝文·全梁文》卷六十，中华书局1958年版，第3312页。
② ［清］严可均辑：《全上古三代秦汉三国六朝文·全梁文》卷六十，中华书局1958年版，第3312页。
③ ［唐］姚思廉撰：《梁书》卷二十二《萧秀传》，中华书局1973年版，第342页。
④ ［清］严可均辑：《全上古三代秦汉三国六朝文·全梁文》卷六十，中华书局1958年版，第3312页。
⑤ ［清］严可均辑：《全上古三代秦汉三国六朝文·全梁文》卷六十，中华书局1958年版，第3313页。

义,况复祗承帝命,来仕王家。兔园晚春,叨从者之赐,高唐暮天,而奉作赋之私。常惧庆云之惠不酬,而摇落奄至,岂谓轻尘之效莫展,而峻极先颓"①。其言辞凄切,感情真挚,动人心魂。综观此篇碑文,无论是写萧秀出身高贵、丰姿聪睿,还是写朝廷对其的器重和在位时的政绩,都出之以骈体,四六隔句对仗精巧工谨,偶有七言及九言对句,毫无板滞刻削之感,而语辞庄雅清丽,不落俗致。

自曹魏以来,朝廷禁立私碑,宋齐梁皆踵之,故私碑于南朝颇少。刘宋崇佛教,佛教得以迅速发展,至梁武帝达到鼎盛状态,而佛寺碑文不在私碑禁断之列,所以南朝颇多佛寺碑文,甚至有武帝敕令撰写佛寺碑文者,刘孝仪《雍州金像寺无量寿佛像碑》即是受敕而作:

> 昔尧乃则天,莫能名其圣,丘才譬日,无德称其道。况复欲宣五品,将叹三法,固使迦叶耻其无智,龙树羞其非辩。犹闻献盖长者,颂以七言,无学比丘,陈其百句。至有九辈性生,一身补处,尘洗玉池,神闻金叶。树声繁会,赵简于是未闻,地宝焜煌,周穆之所不见。昔者出城石转,还林现疾,梦树既沈,梵花独反。犹有香杖叠衣,红爪绀发,可得崇以妙利,显用珍函。彼弥陁感化殊摄,日轮照曜,月面从容,毫散珠辉,唇开异色。似含微笑,俱注目于瞻仰,如出软言,咸倾耳于谛听。像复以其夕,出住寺门,始则映显岩间,犹对鹫山之礼,末又徘徊闉外,似救毗城之疾,空中生树,岂曰难思,火内披莲,未为多有。铭曰:奄有净国,宝应多祉。叶产梵童,花开释子。玉莲交映,银荷递起。伊尹惭桑,伯阳羞李。②

此碑颇有特色,既有梁时骈文常用的四言对句、六言对句、四六隔句对,

---

① [清]严可均辑:《全上古三代秦汉三国六朝文·全梁文》卷六十,中华书局1958年版,第3313页。
② [清]严可均辑:《全上古三代秦汉三国六朝文·全梁文》卷六十,中华书局1958年版,第3318页。

又有较为罕见的四五隔句对和六六隔句对，而且各种句式交错相融，而又浑然一体，如天女散花般绵绵不绝而又错落有致。碑文颇有用典，以儒家典故开篇，以儒家圣人尧与孔子犹遭菲薄来烘托佛教之崇伟。既是佛教碑文，故其中多用佛教术语和佛教典实，以见出孝仪深谙佛学，"日轮照曜，月面从容，毫散珠辉，唇开异色。似含微笑，俱注目于瞻仰，如出软言，咸倾耳于谛听"，写来典雅富丽，生动而又不失庄重，故时人评曰"文甚宏丽"①。

所谓祭文，即是为祭奠亡者而作的文，其渊源可追溯至上古祭祀时用的祝词。刘勰《文心雕龙·祝盟》曰："若乃礼之祭祀，事止告飨；而中代祭文，兼赞言行，祭而兼赞，盖引神而作也。"② 徐师曾也说："按祭文者，祭奠亲友之辞也。古之祭祀，止于告飨而已。中世以还，兼赞言行，以寓哀伤之意，盖祝文之变也。"③ 由祷告发展到兼赞死者的言行，是祭文的一大变迁。祭文的形式不定，既有散体，又有韵体，还有骈体，每句字数也不固定。南朝颜延之与王僧达即善于祭文创作，颜延之的《祭屈原文》与王僧达的《祭颜光禄文》无疑是南朝祭文中的名篇。除了以上二者外，彭城刘令娴的《祭夫文》也是南朝祭文的代表作，清代许梿选编的《六朝文絜》中的祭文类就选取了刘令娴的此篇作品。

祭文在其初始阶段，一般都是以韵语的形式出现，但到骈文兴盛的齐梁时期，祭文反倒不为韵语。因此，以韵语形式出现的祭文是其正体，齐梁时期的祭文则多为变体，如王僧孺有《武帝祭禹庙文》，任孝恭有《祭杂坟文》都只是出之以骈偶而非韵语，属于祭文中的变体。与齐梁流行的非韵变体祭文不同，刘令娴《祭夫文》则是在承继早期韵语正体祭文的基础上，又出之以俪偶，呈现出既韵且俪的风貌。

---

① ［唐］姚思廉撰：《梁书》卷四十一《刘孝仪传》，中华书局1973年版，第594页。
② ［南朝·梁］刘勰：《文心雕龙注》卷二，范文澜注，人民文学出版社1958年版，第177页。
③ ［明］徐师曾：《文体明辨序说》，罗根泽校点，人民文学出版社1998年版，第154页。

维梁大同五年，新妇谨荐少牢于徐府君之灵，曰：惟君德咸礼智，才兼文雅，学比山成，辨同河泻，明经擢秀，光朝振野，调逸许中，声高洛下。含潘度陆，超锺迈贯。二仪既肇，判合始分。简贤依德，乃隶夫君。外治徒举，内佐无闻。幸移蓬性，颇习兰熏。式传琴瑟，相酬典坟。辅仁难验，神情易促。雹碎春红，霜凋夏绿。躬奉正衾，亲观启足。一见无期，百身何赎。呜呼哀哉，生死虽殊，情亲犹一。敢遵先好，手调姜橘。素俎空干，奠觞徒溢。昔奉齐眉，异于今日。从军暂别，且思楼中。薄游未反，尚比飞蓬。如当永诀，永痛无穷。百年何几，泉穴方同。①

刘令娴是彭城刘孝绰之妹，据《南史》载："其三妹，一适琅邪王叔英，一适吴郡张嵊，一适东海徐悱，并有才学。悱妻文尤清拔，所谓刘三娘者也。悱为晋安郡卒，丧还建业，妻为祭文，辞甚凄怆。悱父勉本欲为哀辞，及见此文，乃阁笔。"② 徐勉亦是当时大学士，颇能为文，而其见令娴祭文尚且搁笔，可见此文之优拔。故孙德谦《六朝丽指》更是评曰："昔柳下惠卒，其妻曰：知君者莫如我。乃作诔文，刘向录入《说苑》中。至六朝则有刘令娴《祭夫徐悱文》，正可与之媲美。其文如'雹碎春红，霜雕夏绿'，足称富艳难纵。即观其通篇，皆能以雅鍊之笔，达悲恸之怀。……或评《四六法海》云：'是编上下千百年，妇人与此者，一人而已。'"③

---

① ［清］严可均辑：《全上古三代秦汉三国六朝文·全梁文》卷六十八，中华书局1958年版，第3361页。
② ［唐］李延寿撰：《南史》卷三十九《刘孝绰传》，中华书局1975年版，第1012页。
③ ［清］孙德谦撰：《六朝丽指》，四益宧刊1923年版，第73—74页。

第三章

南朝彭城刘氏文学风格和文学思想

第一节　刘宋帝室文学风格

刘宋帝室的文学风格，最重要的一点就是其透露出对东晋玄言文学的发展。关于玄言诗的起点，大体有两种看法。一是钟嵘的观点，以西晋永嘉为玄言诗的起点，而东晋只是其余绪，"永嘉时，贵黄、老，尚虚谈。于时篇什，理过其辞，淡乎寡味。爰及江表，微波尚传"①。另一种观点是檀道鸾以东晋过江为玄言诗的起点，《世说新语·文学》注引《续晋阳秋》载："正始中，王弼、何晏好庄、老玄胜之谈，而世遂贵焉。至过江，佛理尤盛，故郭璞五言始会合道家之言而韵之，询及太原孙绰转相祖尚。又加以三世之辞，而《诗》《骚》之体尽矣。询、许并为一时文宗，自此作者悉体之。"②檀道鸾以王、何之玄谈为玄言诗的准备阶段，江左郭璞为玄言诗的正式起

---

① [南朝·梁]钟嵘：《诗品笺注》，曹旭笺注，人民文学出版社2009年版，第15页。
② [南朝·宋]刘义庆撰，《世说新语笺疏》卷上之下，[南朝·梁]刘孝标注、余嘉锡笺疏：中华书局2007年版，第310页。

点。这一观点得到当时及稍后大多数学者的首肯，如沈约①、刘勰②、萧子显③等。虽然起点颇有相异，但以上诸家论及玄言诗的终点却出乎寻常的一致，即以刘裕掌权的义熙为终点，如檀道鸾说"至义熙中，谢混始改"④，沈约言"仲文始革孙、许文风，叔源大变太元之气"⑤，钟嵘论"逮义熙中，谢益寿斐然继作"⑥等。当然，这个玄言诗的终点并不是说至此玄言诗就销声匿迹，相反，玄言诗在义熙之后尚延续了相当长的时间。之所以说义熙是玄言诗的终点，是因为玄言诗作为一种诗坛主流倾向盛行于义熙之前，自义熙始，诗坛新的风尚逐渐兴起，从而替代了玄言诗的主导地位。

刘宋帝室掌握朝政之后，实施了一系列的改革措施，经济上坚决而彻底地施行土断，政治上大批任命随其共同举义、军功卓著者，思想领域儒、玄、佛并重，社会面貌焕然一新。文学虽有着自己内在的必然规律，但文学的土壤——社会生活的深邃变化定然会引起文学整体上的深度改变。虽然文学整体上的深度改变，其大致方向是一致的，具体到晋宋之际来说，就是山水诗取代了玄言诗，但是这种文学整体上的深度改变却并不影响文人们各自

---

① 沈约：《宋书·谢灵运传论》载："有晋中兴，玄风独振，……自建武暨乎义熙，历载将百，虽缀响联辞，波属云委，莫不寄言上德，托意玄珠，遒丽之辞，无闻焉尔。"见［南朝·梁］沈约撰：《宋书》卷六十七，中华书局1974年版，第1778页。

② 刘勰：《文心雕龙·时序》载："自中朝贵玄，江左称盛，因谈余气，流成文体。是以世极迍邅，而辞意夷泰，诗必柱下之旨归，赋乃漆园之义疏。"见［南朝·梁］刘勰：《文心雕龙注》卷九，范文澜注，人民文学出版社1958年版，第675页。

③ 萧子显：《南齐书·文学传论》载："江左风味，盛道家之言，郭璞举其灵变，许询极其名理。"见［南朝·梁］萧子显撰：《南齐书》卷五十二，中华书局1972年版，第908页。

④ ［南朝·宋］刘义庆撰，［南朝·梁］余嘉锡笺疏：《世说新语笺疏》卷上之下、刘孝标注引《续晋阳秋》，中华书局2007年第2版，第329页。

⑤ ［南朝·梁］沈约撰：《宋书》卷六十七《谢灵运传》，中华书局1974年版，第1778页。

⑥ ［南朝·梁］钟嵘：《诗品笺注》，曹旭笺注，人民文学出版社2009年版，第15页。

不同的取法，比如谢瞻、谢混出于张华①，颜延之出于陆机②，谢灵运出于曹植③，鲍照出于张协、张华④，而宋帝室则与曹操、曹丕较为相类。例如《元嘉七年以滑台战守弥时遂至陷没乃作诗》亦称《滑台诗》，此诗抒写文帝对滑台失守于敌的失望和对战争、对刘宋王朝命运的担忧与期望，《北伐诗》亦名《诏群臣诗》，是宋文帝"思总群谋，扫清逋逆"的有感之作，对于此两首诗，皇甫汸《解颐新语》卷六《遗误》评云："此诗绝似魏文。"⑤ 由"绝似"可见，宋文帝诗确多有承魏文帝曹丕之处。但曹丕之诗，钟嵘评价并不是很高，其《诗品》云："（魏文帝诗）其源出于李陵，颇有仲宣之体则。新歌百许篇，率皆鄙直如偶语。唯'西北有浮云'十余首，殊美赡可玩，始见其工矣。不然，何以铨衡群彦，对扬厥弟者耶?"⑥ 这种观点刘勰并不认可，其《文心雕龙·才略》评曹丕曰："魏文之才，洋洋清绮，旧谈抑之，谓去植千里。然子建思捷而才俊，诗丽而表逸；子桓虑详而力缓，故不竞于先鸣，而乐府清越，《典论》辩要；迭用短长，亦无懵焉。但俗情抑扬，雷同一响；遂令文帝以位尊减才，思王以势窘益价，未为笃论也。"⑦ 清代王夫之也赞同刘勰的观点，其评魏文帝《善哉行四首》曰："藉以此篇所命之意，假手植、粲，穷酸极苦、磔毛竖角之色，一引气而早已不禁。微风远韵，映带人心于哀乐，非子桓其孰得哉？但此已空千古。陶、韦能清其所

---

① ［南朝·梁］钟嵘：《诗品笺注》，曹旭笺注，人民文学出版社2009年版，第165页。
② ［南朝·梁］钟嵘：《诗品笺注》，曹旭笺注，人民文学出版社2009年版，第160页。
③ ［南朝·梁］钟嵘：《诗品笺注》，曹旭笺注，人民文学出版社2009年版，第91页。
④ ［南朝·梁］钟嵘：《诗品笺注》，曹旭笺注，人民文学出版社2009年版，第175页。
⑤ ［明］皇甫汸：《解颐新语》卷六，见周维德集校：《全明诗话》第二册，齐鲁书社2005年版，第1403页。
⑥ ［南朝·梁］钟嵘：《诗品笺注》，曹旭笺注，人民文学出版社2009年版，第114页。
⑦ ［南朝·梁］刘勰：《文心雕龙注》卷十，范文澜注，人民文学出版社1958年版，第700页。

清，而不能清其所浊，未可许以嗣响。"①

虽然评价有判若鸿沟的巨大差异，但各家对于曹丕总体诗风的看法都比较一致，即"诗有文士气"②，钟嵘说的"美赡可玩"，刘勰说的"洋洋清绮"，王夫之说的"微风远韵"都是此等意思。的确，高祖刘裕起自行伍，靠军功起家夺取天下，殊少文士气息，但从晚年开始，亦开始了从武向文的转化，刘裕晚年"颇慕风流"就是其家族文人化开始发展的确证。至刘宋帝室的第二代，即从宋文帝刘义隆开始，文人化进程较武帝刘裕时期有了长足的发展，而至孝武帝刘骏、南平王刘铄等第三代，文人化的程度更高，王夫之评刘铄诗云："索句险仄，覆得温雅，公子翩翩，自无山人气也。"③ 以此观来，由武向文的转化即是刘宋帝室诗风与曹丕较为相似的根源。曹丕之"文士气"体现在其诗清丽秀婉，并且在诗文创作理论上进一步提出了"诗赋欲丽"的见解，可见"丽"是其诗歌风格的一个重要方面。刘宋帝室诗歌风格与曹丕相埒，也有"丽"的一面。冯复京《说诗补遗》卷三评宋文帝《登景阳楼诗》曰："《登景阳楼》，整丽，疑非全篇。"④ 在疑非全篇的《登景阳楼诗》中，透露出宋文帝整饬绮丽的风格。刘勰《文心雕龙·时序》评孝武帝曰："孝武多才，英采云构。"⑤ 以《南史·宋孝武帝纪》"（孝武帝）少机颖，神明契发，读书七行俱下，才藻甚美"的记载为依据，祖保泉先生认为，所谓"云构"，"犹言富丽"⑥。又，据陆时雍《诗镜总论》评宋孝武"菁华璀璨"⑦，钟嵘《诗品·宋孝武帝宋南平王铄宋建平王宏》言"孝武

---

① ［清］王夫之：《古诗评选》卷一，李中华、李利民校点，上海古籍出版社 2011 年版，第 20 页。
② ［清］沈德潜选：《古诗源》卷五，中华书局 1963 年版，第 107 页。
③ ［清］王夫之：《古诗评选》卷五，李中华、李利民校点，上海古籍出版社 2011 年版，第 223 页。
④ ［明］冯复京：《说诗补遗》卷三，见周维德集校：《全明诗话》第五册，齐鲁书社 2005 年版，第 3878 页。
⑤ ［南朝·梁］刘勰，范文澜注：《文心雕龙注》卷九，人民文学出版社 1958 年版，第 675 页。
⑥ 祖保泉：《文心雕龙解说》，安徽教育出版社 1993 年版，第 893 页。
⑦ ［明］陆时雍：《诗镜总论》，见丁福保辑：《历代诗话续编》，中华书局 1983 年版，第 1410 页。

诗，雕文织采，过为精密，为二藩希慕"①，"菁华璀璨""雕文织采，过为精密"，自是绮丽可观。以此觇来，宋孝武的确颇有"丽"的风格，而南平王刘铄与建平王刘宏既希慕孝武，自然也风格尚丽。建平王刘宏已无所留存，从南平王刘铄观之，吴淇《六朝选诗定论》评刘铄《拟行行重行行诗》："前半虽紧依原诗，然遣词处亦自清丽可颂。"② 以此而言，吴淇亦认为刘铄诗歌中的确孕含有"丽"的风格。

"丽"，又往往与"秀"相连，曹丕之诗风即为清丽秀婉，《善哉行二首》之二中对"有美一人"之美的细腻刻画，着实体现了曹丕"秀"的一面。刘宋帝室亦颇有"秀"风。如南平王刘铄《拟行行重行行》：

> 眇眇陵长道，遥遥行远之。回车背京里，挥手从此辞。堂上流尘生，庭中绿草滋。寒螿翔水曲，秋兔依山基。芳年有华月，佳人无还期。日夕凉风起，对酒长相思。悲发江南调，忧委子衿诗。卧看明镫晦，坐见轻纨缁。泪容不可饰，幽镜难复治。愿垂薄暮景，照妾桑榆时。③

吴淇评曰："当晋宋绮靡之时，独表洁秀。意欲追汉，适以肇唐。"④ 陈祚明评刘铄曰："南平沧服古风，颇饶秀笔，异于时趋。"⑤ "意欲追汉，适以肇唐"与"异于时趋"是否正确，我们暂且不论，但刘铄之"秀"却是二者共同的意见。从刘铄此诗观之，"寒螿""秋兔"等景物简洁的描写的确

---

① ［南朝·梁］钟嵘：《诗品笺注》，曹旭笺注，人民文学出版社2009年版，第254页。
② 吴淇：《六朝选诗定论》卷十二，汪俊、黄进德点校，广陵书社2009年版，第331页。
③ 逯钦立辑校：《先秦汉魏晋南北朝诗·宋诗》卷五，中华书局1983年版，第1214页。
④ 吴淇：《六朝选诗定论》卷十二，汪俊、黄进德点校，广陵书社2009年版，第330页。
⑤ ［清］陈祚明编：《采菽堂古诗选》卷之十六，李金松校，上海古籍出版社2008年版，第495页。

充分体现了刘勰"状溢目前曰秀"①之"秀"的规定性。刘铄之"秀",在部分诗歌中往往极为突出,甚至于有淹没其诗之"丽"的倾向,沈德潜评南平王《白纻曲》曰:"晋曲似拙,然气味极厚,此但觉其鲜秀矣。"②此处主言其"秀"而忘言其"丽",是刘铄此诗"秀"尤为突出所致。除南平王外,文帝《登景阳楼诗》亦是其诗"秀"风格的不经意透露:

崇堂临万雉,层楼跨九成。瑶轩笼翠幌,组幰翳云屏。阶上晓露洁,林下夕风清。蔓藻嫒绿叶,芳兰媚紫茎。极望周天险,留察浃神京。交渠纷绮错。列植发华英。士女眩街里,轩冕曜都城。万轸杨金镳,千轴树兰旌。③

王夫之评曰:"体制俭甚,俭斯净矣。"④ 体制既俭,文辞即净,而所描摹的景致正是通过俭之体制和净之文辞不遗余力地"秀"了出来。

虽然刘宋帝室与曹丕的诗风有着诸多的相似之处,但是,他们之间又非完全等同,即刘宋帝室诗风中尚有"苍劲"的一面,这正是曹丕诗风所阙如者。陈祚明评宋文帝《元嘉七年以滑台战守弥时遂至陷没乃作诗》曰:"正以质畅,近魏调耳。"⑤ 所谓"魏调",《文心雕龙·明诗》曰:"暨建安之初,五言腾踊,文帝陈思,纵辔以骋节;王徐应刘,望路而争驱。……慷慨以任气,磊落以使才,造怀指事,不求纤密之巧;驱辞逐貌,唯取昭晰之

---

① 张戒:《岁寒堂诗话》卷上,见丁福保辑:《历代诗话续编》,中华书局1983年版,第456页。
② [清] 沈德潜选:《古诗源》卷十,中华书局1963年版,第188页。
③ 逯钦立辑校:《先秦汉魏晋南北朝诗·宋诗》卷一,中华书局1983年版,第1137页。
④ [清] 王夫之:《古诗评选》卷五,李中华、李利民校点,上海古籍出版社2011年版,第198页。
⑤ [清] 陈祚明编:《采菽堂古诗选》卷之十六,李金松校,上海古籍出版社2008年版,第492页。

能"①；《文心雕龙·时序》曰："观其时文，雅好慷慨，良由世积乱离，风衰俗怨，并志深而笔长，故梗概而多气也"②。总体来说，"魏调"即是"感情充沛、风力内蕴"③，往往具有"苍劲"的特点。在魏诗中，最能体现"魏调"的人物，即是开一代诗歌风气的曹操，而曹操诗"最为沉雄苍莽"④。所以，刘宋帝室除了与曹丕诗风有相类似外，尚杂有曹操"苍莽"的诗风，具体在刘宋帝室诗歌中则表现出"苍劲"的特色。历代评刘宋帝室诗歌中"苍"的风格者，如：陈祚明评刘铄《拟青青河畔草诗》，"'端抚'二句，情境俨然。'端'字苍"⑤；陈祚明评孝武帝《拜衡阳王义季墓诗》"构句坚苍"⑥，评《七夕诗二首》"'服箱'四句，体味警切，而调亦苍"⑦，评《斋中望月诗》"新凉气绪俨然。结二语，苍远"⑧。"苍"往往与"劲"联系在一起，王夫之评刘义恭《彭城戏马台集诗》："有所可至而不至，则笔力过于贲获！晋、宋之间，文笔之高固有如此者。耳食之流，浪使夷于梁、陈，而云'六代'。有心目者，安得不为按剑？"⑨"贲获"是孟贲和乌获的合称，孟贲劲力之大，能生拔牛角，传此二人为战国有名的勇力之士。王夫

---

① ［南朝·梁］刘勰：《文心雕龙注》卷二，范文澜注，人民文学出版社1958年版，第66—67页。
② ［南朝·梁］刘勰：《文心雕龙注》卷九，范文澜注，人民文学出版社1958年版，第674—675页。
③ 王钟陵：《中国中古诗歌史——四百年民族心灵的展示》，人民出版社2005年版，第147页。
④ 王钟陵：《中国中古诗歌史——四百年民族心灵的展示》，人民出版社2005年版，第147页。
⑤ ［清］陈祚明编：《采菽堂古诗选》卷之十六，李金松校，上海古籍出版社2008年版，第497页。
⑥ ［清］陈祚明编：《采菽堂古诗选》卷之十六，李金松校，上海古籍出版社2008年版，第493页。
⑦ ［清］陈祚明编：《采菽堂古诗选》卷之十六，李金松校，上海古籍出版社2008年版，第494页。
⑧ ［清］陈祚明编：《采菽堂古诗选》卷之十六，李金松校，上海古籍出版社2008年版，第494页。
⑨ ［清］王夫之：《古诗评选》卷五，李中华、李利民校点，上海古籍出版社2011年版，第199页。

之方刘义恭笔力过于孟贲和乌获，是言其劲也。除"苍""劲"分用外，又有合评者，陈祚明《采菽堂古诗选》卷一六："孝武诗法太冲之健笔，师士衡之坚响，优在苍劲。"① 孝武帝诗是否师法左思与陆机，我们暂且不论，但以"苍劲"论之，确是的评。

同是帝皇之家的非创业者，魏文形成文士化清丽秀婉的风格，而刘宋帝室则在文人化的"丽秀"风格上揉有魏武之"苍劲"，这与二者迥然相异的社会政治现实紧密相连。首先，虽同是天下崩裂，但魏时的魏、蜀、吴三分天下与刘宋时的刘宋与北魏南北对峙有着完全不同的现实意义。建安十三年（208年）曹操赤壁之战失败之后，魏、蜀、吴三分的局面业已确定，三年之后的建安十六年（211年），曹丕被任为"五官中郎将、副丞相"②。建安二十五年（220年），曹丕嗣位魏王，同年十一月废汉献帝即帝位，时年三十四岁。从外在国力的对比以观，魏文虽无一统天下的实力，但魏在三国之中最为强盛，不存在外患的担忧。从内在的政权结构来看，魏之大臣皆是曹丕极为信任的忠臣老将，亦无"权臣逼主"之顾虑。以此反观刘宋帝室，外有国势强于己之北魏，"司马楚之兄弟方挟拓拔氏以临淮甸"，内有不忠于朝廷之重臣，"谢晦、傅亮之流，抑诡险而无定情"③，刘宋之局势与魏文相差不可以道里计。外部强国之咄咄侵扰与内部叛乱之叠叠相因，是始终影响着刘宋帝室政局稳定的两大因素。与魏文帝相比，刘宋帝室更具有一种无以言喻而又深沉厚重的忧患感，而正是这种强烈而又无以言说的忧患感，使刘宋帝室诗文风格沾染了魏武沉雄苍莽的色彩而透露出苍劲的格调。而这种苍劲的格调，在刘宋帝室诗文中往往使人有"英雄之气""王者之气"的感受，如陈祚明评宋文帝《北伐诗》"恢恢乎有王者之气"；王夫之评孝武《登作乐山

---

① ［清］陈祚明编：《采菽堂古诗选》卷之十六，李金松校，上海古籍出版社2008年版，第492页。
② ［晋］陈寿撰：《三国志·魏书》卷二，［南朝·宋］裴松之注，中华书局1982年第2版，第57页。
③ ［清］王夫之：《读通鉴论》卷十五，中华书局1975年版，第413页。

诗》,"得之于悲壮,而不疏不野,大有英雄之气"①;蒋一葵《木石居精校八朝偶隽》卷一评孝武《祈晴文》,"孝武文章华敏,……古帝王遇灾而惧,皆自责以答天谴。此文殊无自责之意,然格调音响,却俱在汉、魏上"②。这种"英雄之气""王者之气"与曹孟德在其名篇《短歌行》中所展露的"慨当以慷"的壮思是一脉相承的。刘宋帝室这种"苍劲"的风格,往往还与其恢宏畅达的生气、明朗盎然的古意相关。冯复京《说诗补遗》卷三曰:"宋文帝《滑台》《北伐诗》,体甚宏畅"③,王夫之亦评《北伐诗》"自有生气"④,此是恢宏畅达的生气。南平王刘铄的拟古诗,向来得论者好评,萧绎《金楼子·说蕃》曰:"刘休玄,少好学,有文才。尝为《水仙赋》,当时以为不减《洛神》;《拟古》诗,时人以为陆士衡之流。余谓《水仙》不及《洛神》,《拟古》胜于士衡矣。"⑤ 刘铄《拟行行重行行诗》,陈祚明评其"颇臻古调"⑥,沈德潜评其"颇臻古意"⑦,张玉谷评其"尚存古意,犹是雅音"⑧。陈祚明评南平王《拟明月何皎皎》"古调浏亮,晋以后人不易复得"⑨,评《拟孟冬寒气至诗》"亦饶古意"⑩。杨慎《千里面谭》卷下评刘

---

① [清] 王夫之:《古诗评选》卷五,李中华、李利民校点,上海古籍出版社2011年版,第214页。
② [明] 蒋一葵:《木石居精校八朝偶隽》,明木石居刻本,第3—4页。
③ [明] 冯复京:《说诗补遗》卷三,见周维德集校:《全明诗话》第五册,齐鲁书社2005年版,第3878页。
④ [清] 王夫之:《古诗评选》卷五,李中华、李利民校点,上海古籍出版社2011年版,第198页。
⑤ [南朝·梁] 萧绎撰:《金楼子校笺》,许逸民校笺,中华书局2011年版,第654页。
⑥ [清] 陈祚明编:《采菽堂古诗选》卷之十六,李金松校,上海古籍出版社2008年版,第496页。
⑦ [清] 沈德潜选:《古诗源》卷十,中华书局1963年版,第188页。
⑧ [清] 张玉谷:《古诗赏析》卷十五,许逸民点校,上海古籍出版社2000年版,第349页。
⑨ [清] 陈祚明编:《采菽堂古诗选》卷之十六,李金松校,上海古籍出版社2008年版,第496页。
⑩ [清] 陈祚明编:《采菽堂古诗选》卷之十六,李金松校,上海古籍出版社2008年版,第496页。

铄《过历山湛长史草堂诗》,"此诗见《毗陵古志》,用韵极古"①。由以上评家的评论可觇,明朗盎然的古意的确在刘铄诗中得以淋漓尽致地展现。正是这种恢宏畅达的生气与明朗盎然的古意,既从一个侧面透露出刘宋帝室诗文"苍劲"的风格,又给其增添了多方面的丰富内涵。

现在,我们可以大致来总结一下刘宋帝室的文学风格了。就其整体而言,刘宋帝室有着"秀丽"而又"苍劲"的文学风格,无论是其"秀丽"的一面,还是其"苍劲"的一面,都是对东晋以来以玄言诗为主导的"平典似《道德论》"②文学风格的反拨。刘宋帝室文学风格中"秀丽"的一面是师法魏文帝曹丕的结果,刘宋帝室文帝以降与曹丕皆非皇朝的首创建功者决定了他们文学风格与魏武帝而言更加文士化的"秀"与"丽"的道路。与此同时,刘宋帝室内忧外患的整体政治格局与曹魏又有着显著的差异,与魏文迥然有别的社会政治生活环境也就决定了刘宋帝室的文学风格不可能等同于魏文的"清丽秀婉",反而受魏武"沉雄苍莽"风格的影响揉入了"苍劲"的风格。当然,"秀丽"与"苍劲"这两种不同的文学风格自然难以轻巧地水乳交融在一起,这既需要诗人有高超的觉悟能力,又需要诗人具备较长的创作实践过程以锤炼技巧。从刘宋诗人的实际情形来看,具备时间者(如宋文帝)缺乏诗歌的觉悟能力,而具有诗歌的觉悟能力者(如刘铄)又缺乏锤炼的时间,所以刘宋帝室尚未能把"秀丽"与"苍劲"两种不同的风格不露痕迹地熔为一炉,这不能不说是比较遗憾的。

第二节　刘孝绰家族文学风格

与刘宋皇室文人生活在刘宋一朝不同,彭城刘氏另一支——刘孝绰家族文人们大多生活在齐梁时期而以梁代为主,比如刘孝绰、刘孝仪、刘孝胜、

---

① 王文才、万光治等编注:《杨升庵丛书》第六册,天地出版社2002年版,第280页。
② [南朝·梁] 钟嵘:《诗品笺注》,曹旭笺注,人民文学出版社2009年版,第15页。

刘孝威、刘孝先、刘苞、刘孺、刘览、刘遵及刘孝绰三妹等，主要生活经历都处在梁朝。与"性情渐隐，声色大开"的刘宋朝相较而言，梁代诗歌沿此方向走得更远。整体来说，经过"永明体"的锤炼，梁代诗歌在形式技巧上汲取了新鲜的艺术经验，取得了长足的发展，文风显得更加平易流畅、声韵宛转，而在萧纲"文章且须放荡"理论的影响下，艳情诗在梁后期更是盛极一时。刘孝绰家族的文学风格正是在此背景下得以形成的。

刘孝绰家族的文学，继承了刘宋皇室"秀"与"丽"的风格。钟嵘《诗品》评刘绘，言其"词美英净，至于五言之作，几乎尺有所短"①。所谓"词美英净"，即是指其"辞藻绮丽，风格净美"②。刘绘现存作品中，文章只有《为豫章王嶷乞收葬蛸子响表》《难何佟之南北郊牲色议》和《与始安王遥光笺》三篇，其中后两篇为残篇，无由窥见其文章整体之真容。倒是其"尺有所短"的五言诗作现存有8首，这些诗作的确透露出其辞藻绮丽的文风，如《和池上梨花诗》：

露庭晚翻积，风闺夜入多。萦蘪似乱蝶，拂烛状联蛾。③

后两句以萦蘪之乱蝶和拂烛之联蛾状梨花之飞舞，其取物虽稍嫌平淡，但却能见作者之善用辞藻。最能展露刘绘"辞藻绮丽"风格的是他的《入琵琶峡望积布矶呈玄晖诗》和《咏博山香炉诗》，如《咏博山香炉诗》：

参差郁佳丽，合沓纷可怜。蔽亏千种树，出没万重山。上镂秦王子，驾鹤乘紫烟。下刻蟠龙势，矫首半衔莲。旁为伊水丽，芝盖出岩间。复有汉游女，拾羽弄馀妍。荣色何杂糅，缛绣更相鲜。腾霞或腾

---

① ［南朝·梁］钟嵘：《诗品笺注》，曹旭笺注，人民文学出版社2009年版，第290页。
② ［南朝·梁］钟嵘：《诗品笺注》，曹旭笺注，人民文学出版社2009年版，第291页。
③ 逯钦立辑校：《先秦汉魏晋南北朝诗·齐诗》卷五，中华书局1983年版，第1469页。

倚，林薄杳芊蘸。掩华终不发，含熏未肯然。风生玉阶树，露湛曲池莲。寒虫悲夜室，秋云没晓天。①

作者展现香炉的细部无所不工，而所用辞藻亦不可谓不丽。在"尺有所短"的五言诗领域，刘绘都能让人感受到"辞藻绮丽"之风扑面而来，我们亦可以由此而推断其他文学作品被钟嵘评为"词美英净"是实至名归的。当然，刘绘是刘孝绰家族中过渡性人物，其生活经历跨宋、齐、梁三代而主要生活经历在齐代，所以刘绘"辞藻绮丽"的风格尚残留有刘宋元嘉体诗风的影响。这种元嘉体诗风的影响在与刘绘同辈的另一位刘氏诗人刘瑱的诗歌中也可以清晰地得以窥见，如刘瑱的《上湘度琵琶矶》：

兹山挺异崿，孤起秀云中。陵池激楚浪，纷纠绝宛风。烟峰晦如昼，寒水清若空。②

元嘉体生涩古奥的影响在此诗中确然可见，元嘉体的习气存在于宋齐之交的刘氏诗人中也较为普遍，只有经过了齐"永明体"的洗礼，到刘孝绰这一辈的诗人中元嘉体的影响才基本消歇。如刘孝绰《太子洑落日望水诗》：

川平落日迥，落照满川涨。复此沧波地，派别引沮漳。耿耿流长脉，熠熠动微光。寒乌逐查漾，饥鹈拂浪翔。临泛自多美，况乃还故乡。榜人夜理楫，櫂女暗成妆。欲待春江曙，争涂向洛阳。③

此诗描写夕照下的江景，颇能窥见其用辞绮丽的风格，但却已没有了

---

① 逯钦立辑校：《先秦汉魏晋南北朝诗·齐诗》卷五，中华书局1983年版，第1469页。
② 逯钦立辑校：《先秦汉魏晋南北朝诗·齐诗》卷五，中华书局1983年版，第1470页。
③ 逯钦立辑校：《先秦汉魏晋南北朝诗·梁诗》卷十六，中华书局1983年版，第1831页。

"元嘉体"生涩古奥之弊,彰显出"永明体"平易畅达诗风的影响,陈祚明评其"后六句流动"①,王夫之评其"奕奕委顺"②。

刘孝绰诗歌中透露出来的这种去除了"元嘉体"生涩古奥的"绮丽"色彩,在其他同辈刘氏文人中亦普遍存在。刘孝绰三妹,"一适琅邪王叔英,一适吴郡张嵊,一适东海徐悱,并有才学"③,钟惺《名媛诗归》载曰:"萧韶称刘孝仪诸妹,文彩艳质,甚于神人也。"④ 刘孝绰最有名的妹妹是第三妹刘令娴,王士禛《池北偶谈》评其《祭夫文》"清绮可诵"⑤,谢榛更与唐诗人孟浩然之"清丽"相提并论⑥。

可见,刘氏三位女诗人在"绮丽"的风格上,与刘孝绰颇有相似之处。而在刘孝绰的兄弟中,被称为"三笔六诗"的"三笔"刘孝仪,被敕令制《雍州金像寺无量寿佛像碑》,被史臣评曰"文甚宏丽"⑦。"六诗"的刘孝威,更是刘孝绰家族文人中"绮丽"的典型,许学夷评曰:"刘孝威五言,语渐绮靡,声愈入律,名在孝绰之下,而诗人录者亦少,然语在梁陈间最工。孝威七言四句有《咏曲水中烛影》一篇,较明远语更绮艳,而声调仍乖。"⑧ 陈祚明评孝威《都县遇见人织率尔寄妇诗》:"丽藻柔音,六朝长技

---

① [清]陈祚明编:《采菽堂古诗选·补遗》卷之三,李金松校,上海古籍出版社2008年版,第1431页。
② [清]王夫之:《古诗评选》卷五,李中华、李利民校点,上海古籍出版社2011年版,第254页。
③ [唐]李延寿撰:《南史》卷三十九《刘孝绰传》,中华书局1975年版,第1012页。
④ [明]钟惺辑:《名媛诗归》卷六,《四库全书存目丛书》第339册,中国人民大学图书馆藏明刻本,第8页。
⑤ [清]王士禛:《池北偶谈》卷十八,中华书局1982年版,第423页。
⑥ 谢榛《四溟诗话》卷四:"刘孝绰妹诗:'落花扫更合,丛兰摘复生。'孟浩然:'林花扫更合,径草踏还生。'此联岂出自刘欤?二作清丽,各有优劣。"见[明]谢榛、[清]王夫之:《四溟诗话·姜斋诗话》,人民文学出版社1961年版,第108页。
⑦ [唐]李延寿撰:《南史》卷三十九《刘孝仪传》,中华书局1975年版,第1013页。
⑧ [明]许学夷:《诗源辩体》卷九,杜维沫点校,人民文学出版社1987年版,第126页。

具尽。"① 无论是许学夷所说的"语渐绮靡""较明远语更绮艳",还是陈祚明所言的"丽藻柔音",都指向刘孝威文学风格的同一个方向——绮丽。

由此我们可以觇见,刘孝绰家族文人相对刘宋皇室而言,在"丽"的风格上既有所继承,又有所突破。这种突破,也突出地体现在"秀"的风格上。论家评刘孝绰家族文人作品,往往以"秀"评之,如:陈祚明评刘孝绰《陪徐仆射晚宴诗》"秀逸之调"②,评《淇上人戏荡子妇示行事诗》"有秀致"③;钟惺评刘令娴《答唐娘七夕所穿针诗》中"连针学并蒂,萦缕作开花","此二句秀媚"④;范与良评刘孝威《三日侍皇太子曲水宴诗》,"秀饬"⑤;王夫之评刘孝威《奉和湘东王应令诗二首》之《春宵》,"此作声情爽秀"⑥。此种"秀"的评价,是对其文学作品写景能"状溢目前"的肯定,如刘遵《从顿还城应令诗》:

汉水深难渡,深潭见底清。锦笮系凫舸,珠竿悬翠旌。鸣茄芳树曲,流唱采莲声。神游不停驾,日暮返连营。宁顾空房里,队下绿苔生。⑦

前六句对汉水的景物描写,精致、生动,使人如在眼前。又如刘孝先

---

① [清]陈祚明编:《采菽堂古诗选》卷之二十七,李金松校,上海古籍出版社2008年版,第875页。
② [清]陈祚明编:《采菽堂古诗选》卷之二十七,李金松校,上海古籍出版社2008年版,第864页。
③ [清]陈祚明编:《采菽堂古诗选》卷之二十七,李金松校,上海古籍出版社2008年版,第868页。
④ [明]钟惺辑:《名媛诗归》卷六,见《四库全书存目丛书》第339册,中国人民大学图书馆藏明刻本,第8页。
⑤ [清]范与良辑:《诗苑天声·朝堂诗》卷一,见《四库全书存目丛书补编》第38册,首都图书馆藏清顺治十六年旋采堂刻本,第18页。
⑥ [清]王夫之:《古诗评选》卷五,李中华、李利民校点,上海古籍出版社2011年版,第255页。
⑦ 逯钦立辑校:《先秦汉魏晋南北朝诗·梁诗》卷十五,中华书局1983年版,第1810页。

《草堂寺寻无名法师诗》：

> 飞镜点青天，横照满楼前。深林生夜冷，复阁上宵烟。叶动花中露，湍鸣暗里泉。竹风声若雨，山虫听似蝉。摘果仍花藉，酌水用花传。一卮聊自饮，万事且萧然。①

此诗前八句纯写景，从作者之所见所闻两方面来着力描写草堂寺清虚幽僻之逸趣，其中有动有静，有明有暗，得"状溢目前"之精髓。当然，刘孝绰家族文人中也有因直露过多而遭讥者，如钟惺《古诗归》评刘孝威《望隔墙花诗》："妙想全露，不肯少留分毫，是其一病。然已快人眼口矣。"② 这是对景色、情感的"秀"与"隐"的关系尚未能完全把握而导致的，但即便如此，能"快人眼口"也是在否定中蕴含肯定之意。

如果说刘宋皇室文学风格之"秀"，往往是"洁"与"净"及"状溢目前曰秀"所透露出的讯息，那么，刘孝绰家族文学风格之"秀"，则在此基础上，更多地富有"秀也者，篇中之独拔者也"③ 的"独拔"之意蕴，即王夫之所谓"英英特出"④ 之意。这种"英英特出"，在刘孝绰家族文学作品中往往表现为对字句的锤炼，比如刘令娴《答外诗二首》之一：

> 花庭丽景斜，兰牖轻风度。落日更新妆，开帘对春树。鸣鹂叶中舞，戏蝶花间骛。调琴本要欢，心愁不成趣。良会诚非远，佳期今不遇。欲知幽怨多，春闺深且暮。⑤

---

① 逯钦立辑校：《先秦汉魏晋南北朝诗·梁诗》卷二十六，中华书局 1983 年版，第 2065 页。
② ［明］钟惺、谭元春辑：《古诗归》卷一四，续修四库全书本，第 502 页。
③ ［南朝·梁］刘勰：《文心雕龙注》卷五，范文澜注，人民文学出版社 1958 年版，第 632 页。
④ ［清］王夫之：《古诗评选》卷五，李中华、李利民校点，上海古籍出版社 2011 年版，第 255 页。
⑤ 逯钦立辑校：《先秦汉魏晋南北朝诗·梁诗》卷二十八，中华书局 1983 年版，第 2131 页。

此诗极可见出刘令娴诗作之工,钟惺评曰:"令娴诗此首最为修远,疏淡中仍藏密微之致。"① 其"密微之致"体现在"骛"字之用,以蝶之狂飞乱趋既反衬主人公现实之幽寂又拟其内心之渴望,钟惺亦评曰:"'骛'字用'蝶'上妙。"② 这种对字句的锤炼,也普遍存在于刘孝绰家族其他文人之中,比如陈祚明评刘孝绰《侍宴饯张惠绍应诏诗》,"'丽景'二句,鲜。'振'字生动。'反隅''重刃'对工俊"③;评《赋得照棋烛诗刻五分成》,"'侧光'二句,俊"④;评《赋得遗所思诗》,"'交枝'句,饶生致"⑤。陈祚明评刘孝威《望雨诗》,"'瞻空'二句,写雨近而极活。'张'字拙,拙故肖"⑥;评《苦暑诗》,"'栖禽'句,'动'字佳。'流萤'句,'暗'字佳"⑦;总评刘孝威诗歌,"孝威笔致隽逸,无句不琱,琱在生姿"⑧。

除了在"秀"与"丽"上更为深入和透彻外,刘孝绰家族的文学风格比刘宋皇室少了"苍劲"多了"典雅"。一般的观点,刘孝绰家族文人大体属于宫体诗人之类,其文学风格当与"典雅"无甚相干,特别是曾在萧纲幕府任过职的刘遵、刘孺、刘孝仪、刘孝威、刘苞等。必须承认,刘孝绰家族成员的确在萧纲的影响下创制宫体诗,但并非所有宫体诗都超越了"乐而不

---

① [明]钟惺辑:《名媛诗归》卷六,见《四库全书存目丛书》第339册,中国人民大学图书馆藏明刻本,第9页。
② [明]钟惺辑:《名媛诗归》卷六,见《四库全书存目丛书》第339册,中国人民大学图书馆藏明刻本,第9页。
③ [清]陈祚明编:《采菽堂古诗选·补遗》卷之三,李金松校,上海古籍出版社2008年版,第1430页。
④ [清]陈祚明编:《采菽堂古诗选》卷之二十七,李金松校,上海古籍出版社2008年版,第869页。
⑤ [清]陈祚明编:《采菽堂古诗选》卷之二十七,李金松校,上海古籍出版社2008年版,第869页。
⑥ [清]陈祚明编:《采菽堂古诗选》卷之二十七,李金松校,上海古籍出版社2008年版,第876页。
⑦ [清]陈祚明编:《采菽堂古诗选》卷之二十七,李金松校,上海古籍出版社2008年版,第876页。
⑧ [清]陈祚明编:《采菽堂古诗选》卷之二十七,李金松校,上海古籍出版社2008年版,第872页。

淫，哀而不伤"的范畴。查检刘孝绰家族文人的诗歌创作，只有《繁华应令诗》《应令咏舞诗》《爱姬赠主人诗》《郡县遇见人织率尔寄妇诗》等不到十首有较为过分的艳情表现，绝大多数作品都在可以接受的范围之内。我们不能因为创作宫体诗而否定"典雅"的文学风格的存在，实际上，刘孝绰家族作品被以"雅"评之者比比皆是，比如陈祚明评刘孝绰《归沐呈任中丞昉诗》，"赠答诗，并雅称"①，评《答何记室诗》，"雅切"②，评《三日侍华光殿曲水宴诗》，"安雅舒徐"③；陈仁锡评刘孝仪《弹贾执傅湛文》，《古文奇赏》卷一三："似此弹章，尤近大雅"④；陈祚明评刘苞《九日侍宴乐游苑正阳堂诗》"如此句方谓之典雅"⑤；陈祚明评刘孝威《奉和六月壬午应令诗》，"典雅。文情斐蔚，玩其隽句，并足觏味"⑥，评《行还值雨又为清道所驻诗》，"事实节次既安详，语亦雅亦肖"⑦。

刘孝绰家族文人的作品之所以被冠之以"雅""典雅"之评论，首先，与这些作品中所透露出的雍容安闲之气相关，比如刘孝绰《咏风诗》：

> 袅袅秋声，习习春吹。鸣兹玉树，涣此铜池。罗帏自举，襟袖乃披。惭非楚侍，滥赋雄雌。⑧

---

① ［清］陈祚明编：《采菽堂古诗选》卷之二十七，李金松校，上海古籍出版社2008年版，第868页。
② ［清］陈祚明编：《采菽堂古诗选》卷之二十七，李金松校，上海古籍出版社2008年版，第867页。
③ ［清］陈祚明编：《采菽堂古诗选》卷之二十七，李金松校，上海古籍出版社2008年版，第862页。
④ ［明］陈仁锡选评：《古文奇赏》卷一三，见《四库全书存目丛书》第352册，浙江图书馆藏明万历四十六年至天启刻本，第295页。
⑤ ［清］陈祚明编：《采菽堂古诗选》卷之二十七，李金松校，上海古籍出版社2008年版，第879页。
⑥ ［清］陈祚明编：《采菽堂古诗选》卷之二十七，李金松校，上海古籍出版社2008年版，第874页。
⑦ ［清］陈祚明编：《采菽堂古诗选》卷之二十七，李金松校，上海古籍出版社2008年版，第875页。
⑧ 逯钦立辑校：《先秦汉魏晋南北朝诗·梁诗》卷十六，中华书局1983年版，第1825页。

此诗描绘轻柔妩曼之风,细细道来,闲雅中见出从容不迫,王夫之评曰:"轻安有度。"① 又如《望月有所思诗》:

> 秋月始纤纤,微光垂步檐。膧胧入床簟,仿佛鉴窗帘。帘萤隐光息,帘虫映光织。玉羊东北上,金虎西南昃。长门隔清夜,高堂梦容色。如何当此时,怀情满胸臆。②

此诗描写在朦胧缥缈的秋夜月光下抒情主人公夜不成眠的闲愁别绪,笔致轻盈,哀而不伤,陈祚明评曰:"轻盈之调缀以华瞻,不掩其姿。"③ 刘孝绰家族文人这种雍容安闲之气度,与其家族的士族化紧密相关。刘孝绰家族在刘宋时期以军功起家即开始士族化,萧齐时期士族化程度进一步加深,至刘孝绰一辈,其家族已完全士族化,得以与当时一流高门王、谢家族平起平坐。刘孝绰家族雍容安闲之气度正是其家族完全士族化的自然展现,陈祚明评刘孝绰诗曰:"孝绰诗秀雅优闲,体工才称,如匠石经营,因岩筑基,傍壑疏沼,修廊高馆,回合林峦,自成幽胜。"④ 这一点可以通过与当时文名不分轩轾的何逊比较而得以觇见,颜之推《颜氏家训·文章》载:"何逊诗实为清巧,多形似之言;扬都论者,恨其每病苦辛,饶贫寒气,不及刘孝绰之雍容也。"⑤ 刘孝绰家族诗人这种雍容之气,实是其思想观念在诗文中的体现。

---

① [清]王夫之:《古诗评选》卷二,李中华、李利民校点,上海古籍出版社2011年版,第107页。
② 逯钦立辑校:《先秦汉魏晋南北朝诗·梁诗》卷十六,中华书局1983年版,第1838—1839页。
③ [清]陈祚明:《采菽堂古诗选·补遗》卷之三,李金松校,上海古籍出版社2008年版,第1431页。
④ [清]陈祚明:《采菽堂古诗选》卷之二十七,李金松校,上海古籍出版社2008年版,第861页。
⑤ [北朝·齐]颜之推撰:《颜氏家训集解》卷第四《文章》(增补本),王利器集解,中华书局1993年版,第298页。

其次，刘孝绰家族"典雅"的风格与其文学作品中大量用典而又善于用典直接相关。刘孝绰家族文人往往勤于用典，如刘孝绰《登阳云楼诗》：

> 吾登阳台上，非梦高唐客。回首望长安，千里怀三益。顾帷惭入楚，降私等申白。西沮水潦收，昭丘霜露积。龙门不可见，空慕凌霜柏。①

此诗十句，用典有七处，不可谓不勤。在刘氏家族中用典最勤的不是刘孝绰而是刘孝威，陈祚明评孝威《公无渡河》，"典实奔凑"②；评《乌生八九子》，"别自一体，典故悉备"③；评《蜀道难》，"典事奔凑然"④。大量用典往往有艰涩滞奥之嫌，钟嵘批评其时过于用典云："大明、泰始中，文章殆同书抄。近任昉、王元长等，词不贵奇，竞须新事。尔来作者寖以成俗。遂乃句无虚语，语无虚字；拘挛补纳，蠹文已甚。"⑤但刘孝绰家族文人的作品却没有"拘挛补纳"之嫌，这在于他们不但勤于用典，更是善于用典的缘故。刘孝绰家族文人在用典时，往往选择平易之典而捐弃僻典。以上面所提《登云阳楼诗》为例，"阳台""高唐客""三益""申白""龙门""霜柏"等典，皆是时人耳熟能详之典，只要是稍事读书习字者都能洞悉其出处来历，基本避免了所谓的阅读障碍的产生，所以虽然用典甚夥，给人以典雅的印象，但却不会令人生厌。

为什么刘宋皇室无以形成"典雅"的文学风格而刘孝绰家族则可以呢？

---

① 逯钦立辑校：《先秦汉魏晋南北朝诗·梁诗》卷十六，中华书局1983年版，第1831页。
② [清]陈祚明编：《采菽堂古诗选·补遗》卷之三，李金松校，上海古籍出版社2008年版，第1432页。
③ [清]陈祚明编：《采菽堂古诗选·补遗》卷之三，李金松校，上海古籍出版社2008年版，第1434页。
④ [清]陈祚明：《采菽堂古诗选》卷之二十七，李金松校，上海古籍出版社2008年版，第873页。
⑤ [南朝·梁]钟嵘：《诗品笺注》，曹旭笺注，人民文学出版社2009年版，第101页。

这应当从两个方面来看。首先，从外部环境来说，虽然刘宋皇室由低等士族上升为皇族，南朝一流高门世族不得不在最高皇权下仰人鼻息、左右逢源，但其内心深处却是对掌握权势的非世家大族的种种低俗行为与言论不屑一顾、嗤之以鼻，甚至一有机会便踏向东晋门阀政治的回头路。所以进入南朝的世家大族更加骄矜作态、不可一世，把门第观念看得比以往任何时期都更为重要而不可更改，这就是所谓南朝门第的固化。这种门第观念的固化也着实延缓了刘宋皇室士族化的步履。从内在素质的培养来看，家族的文化、学术、艺术等都是一个逐渐积累的过程，不可一蹴而就。刘宋皇室从晋末倏然崛起到彻底覆灭不过短短几十年时间，且期间兄弟叔侄勾心斗角、相互屠戮，再加之从寒贱到皇室如何进行文化角色上的转换又无任何先前经验可循，刘宋皇室的士族化原本就无法像高门世族一般通透与彻底。与此相反，刘孝绰家族经历宋、齐、梁三代，又因为没有掌握最高权力不存在互相倾轧故而兄弟叔侄相处和谐融洽，具备较为充分的时间进行文学、艺术上的熏陶，而且又有刘宋皇室的经验可以借鉴，自然在士族化、文雅化的道路上走得更远，也更彻底。这是为什么刘孝绰家族文学风格中能透露出"典雅"的气息而刘宋皇室则无的根本原因。

第三节　南朝彭城刘氏文学思想

正如第一章所述，南朝彭城刘氏中的刘宋皇室一支，虽然在士族化、文雅化的道路上积极迈进，文学上取得不俗的成就，但因为激烈的宫廷斗争，加之皇祚短暂的原因，士族化与文雅化的进程因皇朝的覆灭戛然而止，无以形成文学之士遍地开花的文学世家，没有意识到、也来不及梳理自身的文学思想，所以我们现在只能看到南朝彭城刘氏中刘孝绰一支的文学思想，其代表人物刘孝绰。刘孝绰既是彭城刘氏成员中文学创作的佼佼者，又是其文学思想的集大成者。

刘孝绰的文学思想首先体现在《昭明太子集序》里。昭明太子萧统与刘孝绰的关系非一般的过从甚密。刘孝绰与昭明太子相处甚久,据《梁书·刘孝绰传》记载,刘孝绰在东宫中曾任太子舍人一次（天监五年）、太子洗马二次（天监八年、九年）、太子仆二次（天监十九年、大通二年）、掌东宫管记二次（天监八年、十九年）。昭明太子与刘孝绰不但相处时日既长,且相交融洽、情款缱绻,《梁书·王筠传》载:"昭明太子爱文学士,常与筠及刘孝绰、陆倕、到洽、殷芸等游宴玄圃,太子独执筠袖抚孝绰肩而言曰:'所谓左把浮丘袖,右拍洪崖肩。'其见重如此。"①

刘孝绰的政治才能史无明文,且史载其与同僚颇多枘凿不合之处,"（孝绰）仗气负才,多所陵忽,有不合意,极言诋訾。领军臧盾、太府卿沈僧杲等,并被时遇,孝绰尤轻之。每于朝集会同处,公卿间无所与语,反呼驺卒访道途间事,由此多忤于物"②。除臧盾和沈僧杲外,与刘孝绰交恶的尚有彭城到氏兄弟、何逊等。由此可见,昭明太子恩宠刘孝绰并非出于其政治才能的考虑。《梁书·昭明太子传》载:"（太子）读书数行并下,过目皆忆。每游宴祖道,赋诗至十数韵。或命作剧韵赋之,皆属思便成,无所点易。……引纳才学之士,赏爱无倦。恒自讨论篇籍,或与学士商榷古今;闲则继以文章著述,率以为常。于时东宫有书几三万卷,名才并集,文学之盛,晋、宋以来未之有也。"③ 以此觇来,昭明太子早慧且文才甚佳,比较容易对文学之士特别是文才早慧者青睐有加。而刘孝绰与王筠皆为早慧之人,史载二人"七岁能属文"④,而且"萧统身边的文士,多数不长于诗,比较有诗才,且以诗著称的,只有刘孝绰和王筠"⑤。刘孝绰与王筠正是以其早慧及诗才得到酷爱文学的昭明太子之赏识,"时昭明太子好士爱文,孝绰与

---

① ［唐］姚思廉撰:《梁书》卷三十三《王筠传》,中华书局1973年版,第485页。
② ［唐］姚思廉撰:《梁书》卷三十三《刘孝绰传》,中华书局1973年版,第483页。
③ ［唐］姚思廉撰:《梁书》卷八《昭明太子传》,中华书局1973年版,第166—167页。
④ ［唐］姚思廉撰:《梁书》卷三十三《王筠传》《刘孝绰传》,中华书局1973年版,第479页、484页。
⑤ 阎采平:《齐梁诗歌研究》,北京大学出版社1994年版,第67页。

陈郡殷芸、吴郡陆倕、琅邪王筠、彭城到洽等，同见宾礼"①。虽同是著名诗人，似乎刘孝绰比王筠稍胜一筹，"高祖雅好虫篆，时因宴幸，命沈约、任昉等言志赋诗，孝绰亦见引。尝侍宴，于坐为诗七首，高祖览其文，篇篇嗟赏，由是朝野改观焉"②；"孝绰辞藻为后进所宗，世重其文，每作一篇，朝成暮遍，好事者咸讽诵传写，流闻绝域"③。所以在刘孝绰和王筠之间，萧统似更看重刘孝绰，"太子起乐贤堂，乃使画工先图孝绰焉。太子文章繁富，群才咸欲撰录，太子独使孝绰集而序之"④。

根据《昭明太子集序》中"粤我大梁之二十一载"⑤之语推断，刘孝绰此序写于梁代普通三年（522年）。此年刘孝绰四十二岁，从《梁书》本传所载其"七岁能属文"的记载推算，刘孝绰此时已有三十多年的文学创作经验，因此其文学创作已进入高峰期，其文学思想也日臻成熟。

> 窃以属文之体，鲜能周备。长卿徒善，既累为迟；少孺虽疾，俳优而已。子渊淫靡，若女工之蠹；子云侈靡，异诗人之则。孔璋词赋，曹祖劝其修今；伯喈笑赠，挚虞知其颇古。孟坚之颂，尚有似赞之讥；士衡之碑，犹闻类赋之贬。深乎文者，兼而善之，能使典而不野，远而不放，丽而不淫，约而不俭，独擅众美，斯文在斯。假使王朗报笺，卞兰献颂，犹不足以揄扬著述，称赞才章，况在庸才，曾何仿佛？⑥

刘孝绰在此首先提出，文人学士很难众体兼备，并以司马相如、枚皋、王褒、扬雄、陈琳、蔡邕、班固、陆机等著名作家为例，确证即使是前代声

---

① ［唐］姚思廉撰：《梁书》卷三十三《刘孝绰传》，中华书局1973年版，第480页。
② ［唐］姚思廉撰：《梁书》卷三十三《刘孝绰传》，中华书局1973年版，第480页。
③ ［唐］姚思廉撰：《梁书》卷三十三《刘孝绰传》，中华书局1973年版，第483—484页。
④ ［唐］姚思廉撰：《梁书》卷三十三《刘孝绰传》，中华书局1973年版，第480页。
⑤ ［清］严可均辑：《全上古三代秦汉三国六朝文·全梁文》卷六十，中华书局1958年版，第3312页。
⑥ ［清］严可均辑：《全上古三代秦汉三国六朝文·全梁文》卷六十，中华书局1958年版，第3312页。

名卓著的作家，亦有无法兼备之处。然后，刘孝绰提出了自己的文学理想，即"深乎文者，兼而善之，能使典而不野，远而不放，丽而不淫，约而不俭，独擅众美，斯文在斯"。这种文学理想有两层内涵：其一是就文学作品本身而言；其二是就作者的文学素养和文学创作而言。

就文学作品本身来说，即文学作品必须具备"典而不野，远而不放，丽而不淫，约而不俭"的特征。其中"典"与"野"，"远"与"放"，"丽"与"淫"，"约"与"俭"是两对相互联系而又相互区别的概念。孔子曰："质胜文则野，文胜质则史，文质彬彬，然后君子。"① 可见，"野"是在"质"与"文"的配合中"质"超过"文"。而"典"即是"雅"，郑玄注《周礼·春官·大师》曰："雅，正也；言今之正者，为后世法。"② 这种"正"，既包括形式之正，又包括内容之正。"一般说来，'雅'的形式是典丽纯朴、文质彬彬的，其传达方式含蓄委婉，节奏舒缓。文章的'雅'还表现为思想的无偏，言辞雅致得体，若引述史事，也得言之凿凿，出之有据的"③。因此，所谓"典而不野"，是指文章的内容与形式具有雅正的特点，"质"与"文"相互配合、相得益彰、"文""质"彬彬。这里值得注意的是，"典"即"雅"虽然既包含有文学的内容又包含有文学的形式，但却更偏重于文学的内容，因为"文质不可以相胜。然质之胜文，犹之甘可以受和，白可以受采也。文胜而至于灭质，则其本亡矣。虽有文，将安施乎？然则与其史也，宁野"④。

所谓"远而不放"，"远"是深远、深邃，"放"是放逸、纵肆，就是说文章所表达的内涵要深、要远，给人以持久品味的深度潜力，但又不能远得过度，远得不着边际，以至于欣赏者无所适从。"远而不放"的内涵既包括文学作品的深度内容，又包括文学作品对人的深远的影响力和感染力，但亦

---

① ［宋］朱熹：《四书章句集注·论语集注》，中华书局1983年版，第89页。
② ［汉］郑玄注，［唐］贾公彦疏：《周礼注疏》，见［清］阮元校：《十三经注疏》，中华书局2009年版，第1719页。
③ 涂光社：《古代文学的雅与俗》，载《暨南学报》，1995年第2期。
④ ［宋］朱熹：《四书章句集注·论语集注》，中华书局1983年版，第89页。

如"典而不野"一样，"远而不放"更偏重于文学作品的内容，因为这才是文学作品之根本，是文学作品具有深远影响力和感染力的根源所在。

如果说"典而不野"和"远而不放"虽然既包括论及文学作品的内容，又包括论及文学作品的形式和对欣赏者的影响效果，但是其侧重点还是落脚在文学作品内容的话，那么"丽而不淫"和"约而不俭"则着重讨论文学作品的辞藻。所谓"丽"，指的是文辞华美、新颖，给人以视觉上的新奇感。语言中词汇的发展，促进文学作品中辞藻的发展，各个历史时期的文学作品展现出不同的面貌，与刘孝绰同时期的刘勰在《文心雕龙·通变》中认为，"黄唐淳而质，虞夏质而辨，商周丽而雅，楚汉侈而艳，魏晋浅而绮，宋初讹而新。……夫夸张声貌，则汉初已极，自兹厥后，循环相因"①。从"淳而质"到"讹而新"，既是文学观念和文学风格的变迁，也是承担文学观念和文学风格的载体——语言的变迁，这种追求语言华美、辞藻新奇的倾向，到了宋齐时特别引人瞩目，《文心雕龙·明诗》曰："宋初文咏，体有因革，庄老告退，而山水方滋，俪采百字之偶，争价一句之奇，情必极貌以写物，辞必穷力而追新，此近世之所竞也。"②穆克宏在《情必极貌以写物，辞必穷力而追新——刘勰论南朝宋、齐文学》中认为，"南朝宋初的山水诗，讲究全篇的对偶，争取每一句的新奇，内容必须穷尽形貌来描绘景物，文辞一定要竭力追求新颖"③。文辞竭力追求新颖，是要极物之貌，尽物之形，"自近代以来，文贵形似，窥情风景之上，钻貌草木之中。吟咏所发，志惟深远；体物为妙，功在密附。故巧言切状，如印之印泥，不加雕削，而曲写毫芥。故能瞻言而见貌，印字而知时也"④。这种对华美辞藻的追求，既是文学观念、文学风格和语言发展的必然结果，那本是无可厚非的，这也是刘孝绰

---

① [南朝·梁]刘勰：《文心雕龙注》卷六，范文澜注，人民文学出版社1958年版，第520页。
② [南朝·梁]刘勰：《文心雕龙注》卷二，范文澜注，人民文学出版社1958年版，第67页。
③ 穆克宏：《六朝文学论集》，中华书局2010年版，第276页。
④ [南朝·梁]刘勰：《文心雕龙注》卷十，范文澜注，人民文学出版社1958年版，第694页。

文学思想中辞藻求"丽"所认同的。但是这种追求如果逾越一定的尺度、超过一定的界限，就变成了"淫"，这是刘孝绰所反对的。《文心雕龙·明诗》曰："晋世群才，稍入轻绮，张潘左陆，比肩诗衢，采缛于正始，力柔于建安；或析文以为妙，或流靡以自妍。"① 晋世虽有"流靡以自妍"者，但其总体来说仅限于"稍入轻绮"，即还处在一定的限度之内。至宋齐的"讹而新"，与晋世则有所轩轾了。所谓"讹"，《文心雕龙·定势》云："自近代辞人，率好诡巧，原其为体，讹势所变，厌黩旧式，故穿凿取新，察其讹意，似难而实无他术也，反正而已。故文反正为乏，辞反正为奇。效奇之法，必颠倒文句，上字而抑下，中辞而出外，回互不常，则新色耳。"② "率好诡巧""穿凿取新"等已经超越了一定的尺度，即是刘勰所谓"讹"，其展现出来的辞藻亦超越了"丽"的范畴而达到了"淫"，这就是刘孝绰所批评的。

关于刘孝绰"典而不野，远而不放，丽而不淫，约而不俭，独擅众美"的观点，昭明太子亦有相类的言论，萧统在《答湘东王求文集及〈诗苑英华〉书》中提出，"夫文典则累野，丽亦伤浮，能丽而不浮，典而不野，文质彬彬，有君子之致"③。除语言表达略有出入外，其基本思想如出一辙，这就牵涉到谁影响谁的问题。从年岁来看，刘孝绰生于齐建元三年（481年），萧统生于齐中兴元年（501年），两人相差足足有20岁。萧统于天监五年（506年）被立为太子出居东宫时，刘孝绰迁为太子舍人，疑于此时即开始陪侍太子。此年刘孝绰26岁，从其文才早熟观之，应已有相当的文学创作经验，甚至具备了一定的独特的文学思想。《昭明太子集序》作于普通三年（522年），刘孝绰42岁，正处于文学创作高峰和文学思想业已形成的时期。萧统的《答湘东王求文集及〈诗苑英华〉书》，肯定是作于其后，从萧统与

---

① ［南朝·梁］刘勰：《文心雕龙注》卷二，范文澜注，人民文学出版社1958年版，第67页。
② ［南朝·梁］刘勰：《文心雕龙注》卷六，范文澜注，人民文学出版社1958年版，第531页。
③ ［清］严可均辑：《全上古三代秦汉三国六朝文·全梁文》卷二十，中华书局1958年版，第3064页。

萧绎的书信名称来看，此文集应当完成且已有了流传之后才会有萧绎致萧统的书信，而萧统此时在二十二三岁之间。因此即使曹道衡先生认为，"也许并不存在谁影响谁的问题，而是君臣在长期的文学活动中，彼此互相交流认同所致。因为尽管萧统提出在后，但这'文质彬彬，有君子之致'，更符合萧统的人格仪范"①，我们也可以推断，刘孝绰对萧统的影响恐怕会较为显著而不是相反。

除了"典而不野，远而不放，丽而不淫，约而不俭"的文学思想外，在《昭明太子集序》中，我们还须注意到以下文字："若夫天文以烂然为美，人文以焕乎为贵，是以隆儒雅之大成，游雕虫之小道，握牍持笔，思若有神，曾不斯须，风飞雷起。至于宴游西园，祖道清洛，三百载赋，该极连篇，七言致拟，见诸文学。博逸兴咏，并命从游。书令视草，铭非润色，七穷炜烨之说，表极远大之才，皆喻不备体，词不掩义，因宜适变，曲尽文情。"② 其中"天文以烂然为美，人文以焕乎为贵"的思想颇值得玩味。"烂然"其实就是"焕乎"，是为了表达的需要而作的互文之设，此两句其实是说天文以烂然焕乎为美，人文亦以烂然焕乎为美，文章取法天之道，这与刘勰《文心雕龙·原道》中的说法颇为类似："文之为德也大矣，与天地并生者何哉？夫玄黄色杂，方圆体分，日月叠璧，以垂丽天之象；山川焕绮，以铺理地之形，此盖道之文也。……人文之元，肇自太极。……言之文也，天地之心哉！"③ 但刘勰视"文"与天地并生，而"言之文"为天地之心，这一点体现了与刘孝绰的分歧，刘孝绰还是视文为"雕虫之小道"的。这可能是受了裴子野一派的影响，裴子野即有《雕虫论》，其论曰："古者四始六艺，总而为诗，既形四方之气，且彰君子之志，劝美惩恶，王化本焉。后之作者，思存枝叶，繁华蕴藻，用以自通。……自是闾阎少年，贵游总角，罔不摈落六

---

① 曹道衡、傅刚：《萧统评传》，南京大学出版社 2001 年版，第 203 页。
② [清] 严可均辑：《全上古三代秦汉三国六朝文·全梁文》卷六十，中华书局 1958 年版，第 3312 页。
③ [南朝·梁] 刘勰：《文心雕龙注》卷一，范文澜注，人民文学出版社 1958 年版，第 1—2 页。

艺，吟咏情性。学者以博依为急务，谓章句为专鲁，淫文破典，斐尔为功。无被于管弦，非止乎礼义，深心主卉木，远致极风云，其兴浮，其志弱，巧而不要，隐而不深。讨其宗途，亦有宋之风也。"① 裴子野认为，"王化"是根本而文章是"劝美惩恶"的"枝叶"，是"雕虫小技"，对刘宋以来"淫文破典，斐尔为功"的现象进行了批评。

但是，这种"雕虫小技"亦能"隆儒雅之大成"，即统治者可以运用道德文章来进行政治教化，达到巩固政权、维护统治的作用。刘孝绰在回复梁元帝萧绎的信中言：

> 昔临淄词赋，悉与杨修，未殚宝笥，顾惭先哲。渚宫旧俗，朝衣多故，李固之荐二贤，徐璆之奏五郡，威怀之道，兼而有之。当欲使金石流功，耻用翰墨垂迹。虽乖知二，偶达圣心。爰自退居素里，却扫穷闬，比杨修之不出，譬张挚之杜门。昔赵卿穷愁，肆言得失；汉臣郁志，广叙盛衰。彼此一时，拟非其匹。窃以文豹何辜，以文为罪。由此而谈，又何容易。故韬翰吮墨，多历寒暑，既阙子幼南山之歌，又微敬通渭水之赋，无以自同献笑，少酬褒诱。②

所谓"威怀之道"，自然包括把文学看成是"文辞以行礼"③"德以柔中国"④ 的"怀远"之教化工具。但是，刘孝绰不仅认为文学是"怀远"的工具，而且也承认文学的情感性。赵卿穷愁时"肆言得失"与司马迁郁志时"广叙盛衰"，都是文学创作能满足人的情感需要、宣泄人们受压抑的情感的

---

① ［清］严可均辑：《全上古三代秦汉三国六朝文·全梁文》卷五十三，中华书局1958年版，第3262页。
② ［唐］姚思廉撰：《梁书》卷三十三《刘孝绰传》，中华书局1973年版，第479—480页。
③ 杨伯峻编著：《春秋左传注·昭公二十六年》（修订本），中华书局1990年版，第1479页。
④ 杨伯峻编著：《春秋左传注·僖公二十五年》（修订本），中华书局1990年版，第434页。

具体显现,痛苦越大、压抑越久,人的文学创作冲动的能量也越发旺盛。

刘孝绰这种既承认文学为统治者巩固政权服务,又因其文人气质肯定文学具有强烈情感性的文学思想,于齐梁文坛来说是一种有益的纠偏。自晋宋以来,文坛"情性渐隐,声色大开"①,齐梁文学在"为文而造情"的道路上愈走愈远,此正是刘勰所说"后之作者,采滥忽真,远弃风雅,近师辞赋,故体情之制日疏,逐文之篇愈盛"②。刘孝绰在承认文学的政教功能的基础上,"又一次响亮地提出文学的创作目的在于满足并表现人们的情感需要这一口号,这在齐梁文坛上无疑具有重要的意义"③。

---

① [清]沈德潜:《说诗晬语》,见[清]王夫之等撰:《清诗话》,上海古籍出版社1999年版,第532页。
② [南朝·梁]刘勰:《文心雕龙注》卷七,范文澜注,人民文学出版社1958年版,第538页。
③ 钟仕伦:《〈金楼子〉研究》,中华书局2004年版,第164页。

第四章

南朝彭城刘氏对文学发展的影响

第一节 刘宋皇室爱文风尚及影响

一、自身喜好并创作诗文

"文学才能在世族中成为一条衡量社会价值的重要尺度,出身于寒门庶族的帝王也以极大的努力跻身于文人的行列里。帝王可以在政治、军事上统率世族,但是在社会观念上却始终惟世族的马首是瞻。……出于这种心理状态的支配,他们不仅爱好文义,礼遇文士,而且亲自动手写作诗文。"①

刘宋皇室的远祖汉高祖刘邦之弟楚元王刘交,是汉高祖兄弟中最有学问者且最好文义者。史载其"好书,多材艺"②,"好《诗》,诸子皆读《诗》"③,小时尝与鲁穆生、白生、申公俱受《诗》于浮丘伯,立为元王后,"以穆生、白生、申公为中大夫"④,可见刘交对文士及学问的重视。时过境

---

① 曹道衡、沈玉成:《南北朝文学史》,人民文学出版社1991年版,第8页。
② [汉]班固撰:《汉书》卷三十六《楚元王刘交传》,[唐]颜师古注,中华书局1962年版,第1921页。
③ [汉]班固撰:《汉书》卷三十六《楚元王刘交传》,[唐]颜师古注,中华书局1962年版,第1922页。
④ [汉]班固撰:《汉书》卷三十六《楚元王刘交传》,[唐]颜师古注,中华书局1962年版,第1922页。

迁，至宋高祖刘裕之父一辈，刘氏家道业已倾颓，刘裕出生时因家贫即险遭遗弃。刘裕少时之贫寒，史书多有所载："恒以卖履为业"①；"尝自往新洲伐荻，有纳布衫袄等衣，皆敬皇后手自作"②；"尝负刁逵社钱三万，经时无以还"③。家庭基本生计都无法保持，更遑论学术的研习，故此刘裕文化水平不甚了了，《魏书》载其"仅识文字"④，刘裕亦自称"我本无术学，言义尤浅"⑤，沈约言其"楚言未变，雅道风流，无闻焉尔"⑥。但到晚年，刘裕却泛起学术之思，"高祖少事戎旅，不经涉学，及为宰相，颇慕风流"⑦。

刘裕戎马倥偬大半辈子，至晚年方"颇慕风流"，的确甚有可疑之处，《资治通鉴》载其与宁远将军胡藩的一席对话似有助于疑点的澄清："（刘）裕素不学，而（刘）毅颇涉文雅，故朝士有清望者多归之，与尚书仆射谢混、丹杨尹郗僧施，深相凭结。……宁远将军胡藩言于裕曰：'公谓刘卫军终能为公下乎？'裕默然，久之，曰：'卿谓何如？'藩曰：'连百万之众，攻必取，战必克，毅故以此服公；至于涉猎传记，一谈一咏，自许以为雄豪；以是搢绅白面之士辐辏归之。恐终不为公下，不如因会取之。'"⑧ 田余庆先生认为，"门阀士族让出了统治权力。他们在政治上、军事上失败了。但是在社会上、文化上，他们还有相当大的潜力和影响。次等士族胜利了，用军

---

① ［北朝·齐］魏收撰：《魏书》卷九十七《岛夷刘裕传》，中华书局1974年版，第2128页。
② ［南朝·梁］沈约撰：《宋书》卷七十一《徐湛之传》，中华书局1974年版，第1844页。
③ ［南朝·梁］沈约撰：《宋书》卷一《武帝纪上》，中华书局1974年版，第10页。
④ ［北朝·齐］魏收撰：《魏书》卷九十七《岛夷刘裕传》，中华书局1974年版，第2129页。
⑤ ［南朝·梁］沈约撰：《宋书》卷六十四《郑鲜之传》，中华书局1974年版，第1696页。
⑥ ［南朝·梁］沈约撰：《宋书》卷五十二《褚湛之传》，中华书局1974年版，第1506页。
⑦ ［南朝·梁］沈约撰：《宋书》卷六十四《郑鲜之传》，中华书局1974年版，第1696页。
⑧ ［宋］司马光编著：《资治通鉴》卷一百一十六，［元］胡三省音注，中华书局1956年版，第3708—3709页。

事力量巩固了自己的统治地位,但还要把门阀士族供奉在庙堂之上,以为自己张目。……刘裕本人也渐染士族习俗,以风雅为高。《艺文类聚》卷一四沈约《(梁)武帝集序》说:刘裕虽阙章句之学,却是'好清谈于暮年'。……这就是说,次等士族刘裕总揽了政治、军事权力之后,还必须附庸风雅,周旋于按照传统本是被门阀士族长期垄断的文化领域之中"①。田先生的观点可谓深中肯綮,正是基于政权稳固的原因,刘裕才不得不一改惯常的武人作风,学起高门士族的玄雅风韵。

刘裕效仿高门士族的言行颇有勉为其难的苦衷,面对郑鲜之追根穷源、未尝宽假的问难而辞穷理屈,刘裕甚至"有时惭恧,变色动容"②,可见未能久浸其中、临时突击式的效仿对其本身的修养提升收效甚微,我们当然也不能因刘裕表面的追慕行为而认定其"颇慕风流"出自内心的需求。但刘裕通过自身的言行至少产生了一箭双雕的效果:其一,拉近了与世家大族文化学术的心理距离,使世家大族对刘宋政权产生亲近感,对刘宋政权的巩固起到不可忽视的作用;其二,以自身的亲力亲为对刘宋皇族的其他成员特别是刘宋皇族下一代的兴味好尚、言谈风举产生直接影响。史载,此后刘宋皇帝中颇多好文者:宋文帝"博涉经史,擅隶书"③,《宋书·索虏传》载文帝元嘉二十三年(446年)诏言其"少览篇籍,颇爱文义,游玄玩采,未能息卷"④;宋孝武帝刘骏"少机颖,神明爽发,读书七行俱下,才藻甚美"⑤;前废帝刘子业"少好读书,颇识古事,自造《世祖诔》及杂篇章,往往有辞采"⑥;宋明帝"好读书,爱文义,在藩时,撰:《江左以来文章志》,又续卫瓘所注《论语》二卷,行于世"⑦。刘宋皇室中其他成员好文者亦不乏人。

---

① 田余庆:《东晋门阀政治》,北京大学出版社2012年版,第326页。
② [南朝·梁]沈约撰:《宋书》卷六十四《郑鲜之传》,中华书局1974年版,第1696页。
③ [南朝·梁]沈约撰:《宋书》卷五《文帝纪》,中华书局1974年版,第71页。
④ [南朝·梁]沈约撰:《宋书》卷九十五《索虏传》,中华书局1974年版,第2341页。
⑤ [唐]李延寿撰:《南史》卷二《宋孝武帝纪》,中华书局1975年版,第55页。
⑥ [南朝·梁]沈约撰:《宋书》卷七《前废帝纪》,中华书局1974年版,第148页。
⑦ [南朝·梁]沈约撰:《宋书》卷八《明帝纪》,中华书局1974年版,第170页。

刘义庆"为性简素，寡嗜欲，爱好文义，才词虽不多，然足为宗室之表"①，"撰《徐州先贤传》十卷，……又拟班固《典引》为《典叙》，以述皇代之美"②；刘义宗"爱士乐施，兼好文籍，世以此称之"③；刘义真"聪明爱文义，……与陈郡谢灵运、琅邪颜延之、慧琳道人并周旋异常"④；刘义恭"涉猎文义"⑤，"撰：《要记》五卷，起前汉讫晋太元"⑥，"大明中撰国史，世祖自为义恭作传"⑦；刘铄"少好学，有文才，未弱冠，《拟古》三十余首，时人以为亚迹陆机"⑧；刘宏"少而闲素，笃好文籍"⑨；刘景素"少爱文义，有父风……景素好文章书籍，招集才义之士，倾身礼接，以收名誉，由是朝野翕然，莫不属意焉"⑩；刘休仁与宋太宗刘彧年岁相仿，"俱好文籍，素相爱友"⑪；刘劭"好读史传"⑫；刘濬"少好文籍，……建平王宏、

---

① ［南朝·梁］沈约撰：《宋书》卷五十一《刘义庆传》，中华书局1974年版，第1477页。
② ［南朝·梁］沈约撰：《宋书》卷五十一《刘义庆传》，中华书局1974年版，第1477页。
③ ［南朝·梁］沈约撰：《宋书》卷五十一《刘义庆传》，中华书局1974年版，第1468页。
④ ［南朝·梁］沈约撰：《宋书》卷六十一《刘义真传》，中华书局1974年版，第1635页。
⑤ ［南朝·梁］沈约撰：《宋书》卷六十一《刘绍传》，中华书局1974年版，第1640页。
⑥ ［南朝·梁］沈约撰：《宋书》卷六十一《刘义恭传》，中华书局1974年版，第1649页。
⑦ ［南朝·梁］沈约撰：《宋书》卷六十一《刘义恭传》，中华书局1974年版，第1651页。
⑧ ［唐］李延寿撰：《南史》卷十四《刘铄传》，中华书局1975年版，第395页。
⑨ ［南朝·梁］沈约撰：《宋书》卷七十二《刘宏传》，中华书局1974年版，第1858页。
⑩ ［南朝·梁］沈约撰：《宋书》卷七十二《刘景素传》，中华书局1974年版，第1860页。
⑪ ［南朝·梁］沈约撰：《宋书》卷七十二《刘休仁传》，中华书局1974年版，第1872页。
⑫ ［南朝·梁］沈约撰：《宋书》卷九十九《刘劭传》，中华书局1974年版，第2423页。

侍中王僧绰、中书侍郎蔡兴宗并以文义往复"①。从以上我们可以窥见，刘宋皇室诸多子孙爱好文义，与宋高祖勉力而为的"颇慕风流"相比已经出现了质的变化，他们是真心尚文、爱文，多所著述，这跟刘宋皇帝掌权后教育资源的改善、人文熏陶环境的升拔自然颇相关联，而高祖行武出身却晚岁亲尚文义的示范行为更是其关捩所在。

刘宋皇室自身喜好并多创作诗文，对齐梁皇室的影响亦颇深远。萧齐皇室中有学能文者有：齐高帝少时即从雷次宗受学，为领军时爱谢超宗才翰，对诗文的评论亦能深中关要②；"鄱阳王锵好文章，铄好名理，时人称为'鄱桂'"③；竟陵王萧子良"集学士抄五经、百家，依《皇览》例为《四部要略》千卷"④，"所著内外文笔数十卷"⑤；随郡王萧子隆有文才，武帝目为"我家东阿也"⑥；豫章文献王萧嶷后裔中，"有文学者，子恪、子显、子云、子晖五人"⑦。至萧梁时期，皇室文学之盛达到顶峰。梁高祖萧衍"天情睿敏，下笔成章，千赋百诗，直疏便就，皆文质彬彬，超迈今古。诏铭赞诔，箴颂牋奏，爰初在田，泊登宝历，凡诸文集，又百二十卷"⑧；昭明太子萧统"读书数行并下，过目皆忆。每游宴祖道，赋诗至十数韵。或命作剧韵赋之，皆属思便成，无所点易"，"所著文集二十卷；又撰古今典诰文言，为

---

① ［南朝·梁］沈约撰：《宋书》卷九十九《刘瀍传》，中华书局1974年版，第2436页。
② 《南齐书·武陵王晔传》载萧道成评萧晔诗："见汝二十字，诸儿中最为优者。但康乐放荡，作体不辨首尾，安仁、士衡深可宗尚，颜延之抑其次也。"见［南朝·梁］萧子显撰：《南齐书》卷三十五，中华书局1972年版，第625页。
③ ［南朝·梁］萧子显撰：《南齐书》卷三十五《萧锵传》，中华书局1972年版，第628页。
④ ［南朝·梁］萧子显撰：《南齐书》卷四十《萧子良传》，中华书局1972年版，第698页。
⑤ ［南朝·梁］萧子显撰：《南齐书》卷四十《萧子良传》，中华书局1972年版，第701页。
⑥ ［南朝·梁］萧子显撰：《南齐书》卷四十《萧子良传》，中华书局1972年版，第710页。
⑦ ［唐］姚思廉撰：《梁书》卷三十五《萧子恪传》，中华书局1973年版，第509页。
⑧ ［唐］姚思廉撰：《梁书》卷三《梁武帝纪下》，中华书局1973年版，第96页。

《正序》十卷；五言诗之善者，为《文章英华》二十卷；《文选》三十卷"；简文帝萧纲"六岁便属文，……九流百氏，经目必记；篇章辞赋，操笔立成。……所著《昭明太子传》五卷，《诸王传》三十卷，《礼大义》二十卷，《老子义》二十卷，《长春义记》一百卷，《法宝连璧》三百卷，并行于世焉"①；元帝萧绎"博总群书，下笔成章，出言为论，才辩敏速，冠绝一时。……所著《孝德传》三十卷，《忠臣传》三十卷，《丹阳尹传》十卷。《注汉书》一百一十五卷，《周易讲疏》十卷，《内典博要》一百卷，《连山》三十卷，《洞林》三卷，《玉韬》十卷，《补阙子》十卷，《老子讲疏》四卷，《全德志》《荆南志》《江州记》《贡职图》《古今同姓名录》一卷，《筮经》十二卷，《式赞》三卷，文集五十卷"②；其余萧梁皇室能文有名者如邵陵王纶、武陵王纪、萧大心、萧大连、萧大钧、萧通理、萧渊藻、萧孝俨、萧静、萧机、萧推等，如春之花圃，竞相进放，蔚为壮观。

二、文学独立成科

自古以来，文的地位实为不高，汉高祖尚武而"戏儒简学"③，汉文帝、景帝时，"经术颇兴，而辞人勿用；贾谊抑而邹枚沉"④，汉武帝时，虽"润色鸿业，礼乐争辉，辞藻竞骛"⑤，但对待文士实以"倡优畜之"⑥。此种状况至东汉亦未得以改善，甚至文人自身亦多鄙文之论，如东汉蔡邕认为，"书画辞赋，才之小者，匡国理政，未有其能。……而诸生竞利，作者鼎沸。

---

① [唐]姚思廉撰：《梁书》卷四《梁简文帝纪》，中华书局1973年版，第109页。
② [唐]姚思廉撰：《梁书》卷五《梁元帝纪》，中华书局1973年版，第135—136页。
③ [南朝·梁]刘勰：《文心雕龙注》卷九，范文澜注，人民文学出版社1958年版，第672页。
④ [南朝·梁]刘勰：《文心雕龙注》卷九，范文澜注，人民文学出版社1958年版，第672页。
⑤ [南朝·梁]刘勰：《文心雕龙注》卷九，范文澜注，人民文学出版社1958年版，第672页。
⑥ [汉]班固撰：《汉书》卷六十二《司马迁传》，[唐]颜师古注，中华书局1962年版，第2732页。

其高者颇引经训风喻之言；下则连偶俗语，有类俳优"①。至建安时期，文学的地位才开始得以改观，"魏武以相王之尊，雅爱诗章；文帝以副君之重，妙善辞赋；陈思以公子之豪，下笔琳琅；并体貌英逸，故俊才云蒸"②，曹丕在《典论·论文》中甚至把"文章"提至"经国之大业，不朽之盛事"③的高度。因此，鲁迅先生在《魏晋风度及文章与药及酒之关系》中认为，"曹丕的一个时代可说是文学的自觉的时代"④，但是，"魏晋文人的创作虽然很繁复，但是当时文士在探讨文学观念、建设文学理论方面略显薄弱，他们对文学概念的认识与分析还不够清晰，不够全面"⑤，曹丕所说的"文章"的概念"似不是特指文学，因为下文用周文王作《周易》、周公旦制《周礼》来说明文章的巨大功效，可见'文章'主要是指经典著作"⑥，如刘勰"圣贤书辞，总称文章"⑦亦以"文章"来代称儒家经典著作。而且，再退一步说，即使曹丕"文章"的概念包括诗、辞、赋等文学作品，"但细究其实，文学仍旧没有摆脱'经国'附庸的地位"⑧。两晋时期，玄风炽盛，钟嵘言，"永嘉时，贵黄、老，尚虚谈。于时篇什，理过其辞，淡乎寡味。爰及江表，微波尚传：孙绰、许询、桓、庾诸公诗，皆平典似《道德论》"⑨；刘勰曰："自中朝贵玄，江左称盛，因谈余气，流成文体。是以世极迍邅，而辞意夷

---

① [南朝·宋]范晔撰：《后汉书》卷六十下《蔡邕传》，[唐]李贤等注，中华书局1965年版，第1996页。
② [南朝·梁]刘勰：《文心雕龙注》卷九，范文澜注，人民文学出版社1958年版，第673页。
③ 郭绍虞主编：《中国历代文论选》，上海古籍出版社1979年版，第159页。
④ 鲁迅著：《鲁迅全集》第三卷，人民文学出版社1956年版，第382页。
⑤ 张亚军：《南朝四史与南朝文学研究》，中国社会科学出版社2007年版，第113页。
⑥ 刘跃进：《门阀士族与永明文学》，生活·读书·新知三联书店1996年版，第13页。
⑦ [南朝·梁]刘勰：《文心雕龙注》卷七，范文澜注，人民文学出版社1958年版，第537页。
⑧ 刘跃进：《门阀士族与永明文学》，生活·读书·新知三联书店1996年版，第13页。
⑨ [南朝·梁]钟嵘：《诗品笺注》，曹旭笺注，人民文学出版社2009年版，第15页。

泰，诗必柱下之旨归，赋乃漆园之义疏。"① 在强大的玄风拂拭之下，文学变成了老庄的注疏，没有也不可能有文学独立观念的产生。

文学这种要尴不尬、若隐若现的状况，直至刘宋才得以完全改观。宋文帝刘义隆于元嘉十五年（448年）建"四学"，其中文学独立成科，《宋书·雷次宗传》曰："元嘉十五年，征（雷）次宗至京师，开馆于鸡笼山，聚徒教授，置生百余人。会稽朱膺之、颍川庾蔚之并以儒学，监总诸生。时国子学未立，上留心艺术，使丹阳尹何尚之立玄学，太子率更令何承天立史学，司徒参军谢元立文学，凡四学并建。"② 宋文帝既立"四学"，使文学与儒学、玄学、史学并轨而建，成为独立的学科，则文学完全摆脱了经学附庸的尴尬处境。宋明帝在此基础之上，对文学独立成科的观念予以巩固和加强，《南史·宋明帝纪》载，宋明帝于泰始六年（470年）九月"立总明观，征学士以充之。置东观祭酒、访举各一人，举士二十人，分为儒、道、文、史、阴阳五部学，言阴阳者遂无其人"③。宋明帝虽置五部学，但因阴阳无人，故其实质仍是四学，文学与其他三学的并峙，进一步确认和巩固了文学作为独立的学科与经史等区别开来。经过宋文帝和宋明帝的努力，文学独立成科的观念深入人心，"四学闻乎家巷，天子乃移跸下辇以从之，束帛宴语以劝之，士莫不敦悦诗书，沐浴礼义，淑慎规矩，斐然向方"④。

从实际效果来看，把文学从经史中独立出来，的确是一件极为重要的事件。刘宋之前，史家所写的正史，如《史记》《汉书》《三国志》等，都没有专门记录文学家生平事迹的类目如《文苑传》《文学传》等，文学家们的事迹往往掺杂于《儒林传》中，由此可见，文学与其他学术的驳杂相糅，文学所独有的特征也漫浸于其他学术的视域里模糊不彰。宋文帝时期范晔所著

---

① ［南朝·梁］刘勰：《文心雕龙注》卷九，范文澜注，人民文学出版社1958年版，第675页。
② ［南朝·梁］沈约撰：《宋书》卷九十三《雷次宗传》，中华书局1974年版，第2293—2294页。
③ ［唐］李延寿撰：《南史》卷三《明帝纪》，中华书局1975年版，第82页。
④ ［清］严可均辑：《全上古三代秦汉三国六朝文·全梁文》卷五十三，中华书局1958年版，第3263页。

《后汉书》，其《儒林传》专列擅长学术的学者，此外又单列《文苑传》，用以专门记载当时擅文者的生平事迹。范晔因谋反被杀是在元嘉二十二年（445年），此时距文帝立"四学"的元嘉十五年（438年）已有七个年头，范晔《后汉书》是一个未完成稿，也就是说，在下狱之前范晔仍然在进行《后汉书》的撰写工作，故其于《后汉书》中专列《文苑传》受文帝立"四学"的影响自不待言。

我们再从古籍目录的分类来看，也可窥见文学独立于经史的影响。《汉书·艺文志》分为六艺略、诸子略、诗赋略、兵书略、术数略和方技略六类，其诗赋略又分为屈原赋之属、陆贾赋之属、荀子赋之属、杂赋之属和歌诗五个类别，这种分类方法基本上只反映了赋体的流变情形，而歌诗类则显得太过简略，至于其他文体类型却完全没有提及。至刘宋末，王俭著《七志》，将"诗赋"改为"文翰"，梁代阮孝绪撰《七录》，又将"文翰"改为"文集"，因为"诗赋之名，不兼余制，故改为文翰"，而"顷世文词，总谓之集，变翰为集，于名尤显"。①《七录》中"文集"所录者有楚辞部五种二十七卷、别集部七百六十八种六千四百九十七卷、总集部十六种六百四十九卷、杂文部二百七十三种三千五百八十七卷，共计一千零四十二种一万七百五十五卷。从"诗赋"到"文翰"再到"文集"，我们可以见出文学观念的发展演变、成熟清晰的渐进过程，而这一过程正是发生在宋文帝与宋明帝以皇权命令的最高形式使文学独立分科之后，因此，如果我们承认文学与文学观念的发展是一个渐进和缓慢的过程，那么我们也就不能不首肯在这一渐进和缓慢过程之中，文帝与明帝从经史中分离出文学并独立成科对后世文学和文学观念发展的促进和影响。《七录》中卷帙浩繁的"文集"正是当时文学在这种促进和影响下结出的累累硕果。

三、集会赋诗

集会赋诗的传统，最早可以上溯至《诗经》时代，《诗经》当中为数甚

---

① ［清］严可均辑：《全上古三代秦汉三国六朝文·全梁文》卷六十六，中华书局1958年版，第3346页。

夥的集宴诗即是这一传统最直接的证据。魏晋集宴赋诗的风气也相当浓厚，魏有邺下才子风流聚会，两晋有华林园聚会、金谷园聚会和兰亭聚会，这些大型聚会都有诗作流传下来。晋末刘裕从一开始掌权，也热衷于文化建设，集会赋诗自是促进文化建设、推动文学发展的一项重要措施。

刘裕虽是一介武夫，但到晚年"颇慕风流"，雅集赋诗自是不能阙如，其对组织诗赋创作上始终具有较高的热情，并且我们亦能从中窥见刘裕文化水平修养的提高。《南史·孔靖传》载："宋台初建，以为尚书令，又让，乃拜侍中、特进、左光禄大夫。辞事东归，帝亲饯之戏马台，百僚咸赋诗以述其美。"① 同一事，在《宋书·王昙首传》中亦有所载，"行至彭城，高祖大会戏马台，豫坐者皆赋诗，昙首文先成，高祖览读，因问（王）弘曰：'卿弟何如卿？'弘答曰：'若但如民，门户何寄。'高祖大笑"②。此次集会，除王弘与王昙首作有诗外，谢瞻《九日从宋公戏马台集送孔令诗》、谢灵运《九日从宋公戏马台集送孔令诗》、江夏王义恭《彭城戏马台集诗》大概也是此次集会赋诗并保存了下来。这一次的集会赋诗，只述及群臣赋诗而没有言及刘裕的文学创作情况。而《南史·谢晦传》载，义熙十二年（416 年）北伐时，刘裕又与群臣在彭城聚会赋诗，"帝于彭城大会，命纸笔赋诗，晦恐帝有失，起谏帝，即代作曰：'先荡临淄秽，却清河洛尘，华阳有逸骥，桃林无伏轮。'于是群臣并作"③。此次集会，不但言及群臣作诗，而且明言刘裕命纸作诗，虽是谢晦代作，可见刘裕此时的文学修养已有所提高。至义熙十四年（418 年），北伐的成果长安、咸阳等地沦失，史载，"武帝闻咸阳沦没，欲复北伐，晦谏以士马疲怠，乃止。于是登城北望，慨然不悦，乃命群僚诵诗，晦咏王粲诗曰：'南登霸陵岸，回首望长安，悟彼下泉人，喟然伤心肝。'帝流涕不自胜"④。此次聚会虽没有提及刘裕亲自赋诗，但能听懂王

---

① ［唐］李延寿撰：《南史》卷二十七《孔靖传》，中华书局 1975 年版，第 726 页。
② ［南朝·梁］沈约撰：《宋书》卷六十三《王昙首传》，中华书局 1974 年版，第 1678 页。
③ ［唐］李延寿撰：《南史》卷一十九《谢晦传》，中华书局 1975 年版，第 522 页。
④ ［唐］李延寿撰：《南史》卷一十九《谢晦传》，中华书局 1975 年版，第 522 页。

粲的诗受到感染并"涕不自胜",可见刘裕的文学修养已大大加强。

宋文帝刘义隆对文化更是热爱,其对集会赋诗亦多有提倡。《高僧传·宋京师道场寺释慧观传》载,"元嘉初三月上巳,车驾临曲水宴会,命(慧)观与朝士赋诗。观即坐先献,文旨清婉,事适当时。琅琊王僧达、庐江何尚之,并以清言致款,结赏尘外"①。此次参加曲水聚会的成员至少有释慧观、王僧达与何尚之等,另外,刘宋存留下来的诗歌中颜延之有《应诏宴曲水作诗》,谢惠连有《三月三日曲水集诗》,应是此次集会的成果。而颜延之另有《三月三日诏宴西池诗》,谢灵运有《三月三日侍宴西池诗》,恐是文帝三月三日于西池组织的另一次集会赋诗所保存下来的作品。由此推见,文帝组织群臣三月三日的集会赋诗,至少有两次。宋文帝聚会,既有命赋诗,也有命作赋的,史载元嘉二十九年(452年),"时南平王铄献赤鹦鹉,(文帝)普诏群臣为赋。太子左卫率袁淑文冠当时,作赋毕,赍以示(谢)庄,庄赋亦竟,淑见而叹曰:'江东无我,卿当独秀。我若无卿,亦一时之杰也。'遂隐其赋"②。由此可见,此次聚会作赋,谢庄与袁淑都曾有赋作应诏,其他作赋的应当亦大有人在,只是保存至今的作品只有谢庄的《赤鹦鹉赋应诏》,而其他作品包括袁淑自隐之赋皆已散佚不存了。

与宋高祖刘裕和宋文帝刘义隆相比,孝武帝更擅长诗文创作,因此也更喜爱集会。但我们可以看到,孝武帝的集会与高祖和文帝稍显不同,高祖和文帝所发起的集会往往以朝廷某一重大活动或重要事件为契机,如高祖的饯行孔靖、北伐关洛、复地骤失和文帝的集宴曲水、平王献瑞等,而孝武帝集会则既有朝廷公事的原因,又颇多个人兴致为向导,因此孝武时的集会更多地富有个人的色彩。孝武帝以公事为因举行的集会史载有两处,其一是河南献舞马,《宋书·谢庄传》载,"时河南献舞马,诏群臣为赋,庄所上其词

---

① [南朝·梁] 释慧皎撰:《高僧传》卷第七《慧观传》,汤用彤校注,中华书局1992年版,第264—265页。

② [南朝·梁] 沈约撰:《宋书》卷八十五《谢庄传》,中华书局1974年版,第2167页。

曰……又使庄作《舞马歌》，令乐府歌之"①。其二是孝武宠妃殷淑仪死后，孝武帝组织群臣创作诗文以悼之，《南史·后妃上》载，"谢庄作哀策文奏之，帝卧览读，起坐流涕曰：'不谓当今复有此才。'都下传写，纸墨为之贵"②，《南齐书·丘灵鞠传》亦载，"宋孝武殷贵妃亡，灵鞠献挽歌诗三首，……帝摘句嗟赏"③。

与因公事而举行的集会相比，孝武因个人兴致而举行的私宴集会数量更多，《宋书·江智渊传》载，"（江）智渊爱好文雅，词采清赡，世祖深相知待，恩礼冠朝。上燕私甚数，多命群臣五三人游集，智渊常为其首"④。江智渊在孝武帝举行的私宴中"常为其首"，其原因即在于江智渊"爱好文雅，词采清赡"，可以想见，江智渊正是在孝武私宴集会时文辞俱佳、多有创作而为孝武所相知恩礼。另《南史·谢庄传》载，"庄有口辩，孝武尝问颜延之曰：'谢希逸《月赋》何如？'答曰：'美则美矣；但庄始知隔千里兮共明月。'帝召庄以延之答语语之，庄应声曰：'延之作《秋胡诗》，始知生为久离别，没为长不归。'帝抚掌竟日"⑤。此次集会，当是先请颜延之，然后才请的谢庄，从孝武与延之、谢庄所讨论的话题看，轻松愉悦、思对敏捷，应当也属于私集宴会。

因孝武自视文才颇高，所以集会时甚至与群臣游戏谑狎为诗，《宋书·王玄谟传》载，"（孝武）尝为（王）玄谟作四时诗曰：'堇荼供春膳，粟浆充夏飡。飑酱调秋菜，百醛解冬寒"⑥。《艺文类聚》卷五十六收录有宋孝武帝与诸王大臣共作的《华林都亭曲水联句效柏梁体诗》："九宫盛事予旒

---

① ［南朝·梁］沈约撰：《宋书》卷八十五《谢庄传》，中华书局1974年版，第2175—2176页。
② ［唐］李延寿撰：《南史》卷十一《殷淑仪传》，中华书局1975年版，第324页。
③ ［南朝·梁］萧子显撰：《南齐书》卷五十二《丘灵鞠传》，中华书局1972年版，第889页。
④ ［南朝·梁］沈约撰：《宋书》卷五十九《江智渊传》，中华书局1974年版，第1609—1610页。
⑤ ［唐］李延寿撰：《南史》卷二十《谢庄传》，中华书局1975年版，第554页。
⑥ ［南朝·梁］沈约撰：《宋书》卷七十六《王玄谟传》，中华书局1974年版，第1975页。

纩，三辅务根诚难亮。策拙扮乡惭恩望，折冲莫效兴民谤。侍禁卫储恩踰量，臣谬叨宠九流旷。喉唇废职方思让，明笔直绳天威谅。"① 所谓柏梁体，清代赵翼《陔馀丛考·柏梁体》上说："汉武宴柏梁台赋诗，人各一句，句皆用韵。后人遂以每句用韵者为柏梁体。"② 在此次典型的宴集诗会中，参加此宴的臣僚有"扬州刺史江夏王义恭""南徐州刺史竟陵王诞""领军将军元景""太子右率畅""吏部尚书庄""侍中偃""御史中丞颜师伯"，由此诗即可见孝武集会赋诗的游戏性质。孝武集会时，文官自然要顺承旨意多所创制，甚至武官也有被逼作诗的可能，《宋书·沈庆之传》载，"上尝欢饮，普令群臣赋诗，庆之手不知书，眼不识字，上逼令作诗，庆之曰：'臣不知书，请口授师伯。'上即令颜师伯执笔，庆之口授之曰：'微命值多幸，得逢时运昌。朽老筋力尽，徒步还南岗。辞荣此圣世，何愧张子房。'上甚悦，众坐称其辞意之美"③。逼令武臣作诗，既可见孝武集会的游戏性质，亦可见孝武对诗文之热爱，正如史臣所说，"宋孝武好文章，天下悉以文采相尚"④，"大明之代，实好斯文。高才逸韵，颇谢前哲，波流相尚，滋有笃焉。自是闾阎少年，贵游总角，罔不摈落六艺，吟咏情性。学者以博依为急务，谓章句为专鲁，淫文破典，斐尔为功。无被于管弦，非止乎礼义，深心主卉木，远致极风云，其兴浮，其志弱，巧而不要，隐而不深，讨其宗途，亦有宋之风也"⑤。

孝武帝这种爱文集会的风格，影响亦被及宋明帝，裴子野《雕虫论序》曰："宋明帝博好文章，才思朗捷，常读书奏，号称七行俱下，每有祯祥，及幸宴集，辄陈诗展义，且以命朝臣，其戎士武夫，则托请不暇，困于课

---

① [唐]欧阳询撰：《艺文类聚》卷五十六《杂文部·诗》，汪绍楹校，上海古籍出版社1999年第2版，第1004页。
② [清]赵翼撰：《陔余丛考》卷二十三《柏梁体》，中华书局1963年版，第465页。
③ [南朝·梁]沈约撰：《宋书》卷七十七《沈庆之传》，中华书局1974年版，第2003页。
④ [唐]李延寿撰：《南史》卷二十二《王俭传》，中华书局1975年版，第595页。
⑤ [清]严可均辑：《全上古三代秦汉三国六朝文·全梁文》卷五十三，中华书局1958年版，第576页。

限，或买以应诏焉。于是天下向风，人自藻饰，雕虫之艺，盛于时矣。"① 从这一史料来看，宋明帝既发扬了高祖和文帝朝廷有公事即集宴陈诗的传统，又承继了孝武逼令武臣亦要作诗的风格，甚而比孝武更过之。孝武逼令武臣作诗应当是个别和偶然现象，而明帝令武臣作诗则应该是常态，以至于"戎士武夫，则托请不暇，困于课限，或买以应诏"，出现花钱买诗的极端现象。非但如此，明帝对于文才之士的赏赐，非同一般，《宋书·明帝纪》载，"其有才能者，并见授用，有如旧臣。才学之士，多蒙引进，参侍文籍，应对左右"②。这也可以看成出钱买诗的另一原因所在，但无论如何，明帝喜诗爱文之风尚，非一般时期可比。

另外，此时的集会赋诗还有一特征，即只要有才力和学问，不论是高门世族还是下层寒士，都能参与其中。最为有名的例子是，"元嘉三大家"之一的鲍照因才学而受临川王刘义庆的赏识而被奖掖擢拔，在孝武时期亦曾有任中书舍人的经历。这种集会对文学的影响不可谓不大，陈桥生认为："这种打破士庶门阀界标的文学活动方式，对于整个社会崇文风尚的形成起着极大的推动作用。同时，也正因为对下层文士的大量奖掖擢拔，使得文坛得以汲取民间文学的养分而给当时半贵族化的文坛吹进了一股清新文风，'休鲍美文，殊已动俗'，从而推动文学由雅入俗的转变。"③ 文学由雅入俗的转变，当然有着更多层次和更复杂的原因，但这种不限于高门世族的集会赋诗对其的推动自然也是不容置疑的。

在刘宋之前，没有哪一个王朝的皇帝能像刘宋诸帝那样喜爱集会赋诗。这种现象产生的深层原因在于，门阀制度形成前的诸朝代，皇帝无须借助文化上的相近相贴来拉拢士族以巩固政权，门阀制度形成后的两晋，则司马氏本身即是地方豪强显族，只有"寒门"出身的刘宋皇帝才必须使自身气质风尚、文化表现贴近高门借以拉拢世家大族来稳固社会政治和自身地位。刘宋

---

① [清]严可均辑：《全上古三代秦汉三国六朝文·全梁文》卷五十三，中华书局1958年版，第3262页。
② [南朝·梁]沈约撰：《宋书》卷八《明帝纪》，中华书局1974年版，第170页。
③ 陈桥生：《刘宋诗歌研究》，中华书局2007年版，第153页。

皇帝喜集会赋诗，对同是出身不高的南朝诸帝的影响颇大，其中受其沾溉最多的是梁武帝及陈后主。

梁武帝萧衍早年便是竟陵王子良"竟陵八友"之一，《梁书·文学传序》载，"高祖聪明文思，光宅区宇，旁求儒雅，诏采异人，文章之盛，焕乎俱集。每所御幸，辄命群臣赋诗，其文善者，赐以金帛，诣阙庭而献赋颂者，或引见焉"①。于此可见，梁武帝集会赋诗的次数是相当多的，而史书对此亦颇有所载。《梁书·王僧孺传》曰："是时高祖制《春景明志诗》五百字，敕在朝之人沈约已下同作，高祖以僧孺诗为工。"② 《梁书·刘孺传》曰："（刘孺）后侍宴寿光殿，诏群臣赋诗，时孺与张率并醉，未及成，高祖取孺手板题戏之曰：'张率东南美，刘孺洛阳才，揽笔便应就，何事久迟回？'"③《陈书·沈众传》："梁武帝制《千字诗》，（沈）众为之注解。与陈郡谢景同时召见于文德殿，帝令众为《竹赋》，赋成，奏，帝善之，手敕答曰：'卿文体翩翩，可谓无忝尔祖。'"④《梁书·到沆传》："时高祖宴华光殿，命群臣赋诗，独诏（到）沆为二百字，三刻便成。沆于坐立奏，其文甚美。"⑤《梁书·王规传》："高祖于文德殿饯广州刺史元景隆，诏群臣赋诗，同用五十韵，（王）规援笔立奏，其文又美。高祖嘉焉，即日诏为侍中。"⑥《梁书·褚翔传》："中大通五年，高祖宴群臣乐游苑，别诏（褚）翔与王训为二十韵诗，限三刻成。翔于坐立奏，高祖异焉，即日转宣城王文学，俄迁为友。"⑦

陈代的开创者陈霸先，与建宋的刘裕相仿，亦为戎马出身，但承刘宋、齐梁诸帝之遗绪，颇爱文学。永定二年（558年）三月，"高祖（陈霸先）幸后堂听讼，还于桥上观山水，赋诗示群臣"⑧。陈后主集宴赋诗当是南朝

---

① ［唐］姚思廉撰：《梁书》卷四十九《文学传序》，中华书局1973年版，第685页。
② ［唐］姚思廉撰：《梁书》卷三十三《王僧孺传》，中华书局1973年版，第470—471页。
③ ［唐］姚思廉撰：《梁书》卷三十五《刘孺传》，中华书局1973年版，第591页。
④ ［唐］姚思廉撰：《陈书》卷十八《沈众传》，中华书局1972年版，第243页。
⑤ ［唐］姚思廉撰：《梁书》卷四十三《到沆传》，中华书局1973年版，第686页。
⑥ ［唐］姚思廉撰：《梁书》卷三十五《王规传》，中华书局1973年版，第582页。
⑦ ［唐］姚思廉撰：《梁书》卷三十五《褚翔传》，中华书局1973年版，第586页。
⑧ ［唐］姚思廉撰：《陈书》卷二《陈高祖纪下》，中华书局1972年版，第36页。

最为频繁者,其在东宫时即好集会赋诗,《陈书·姚察传》载,后主为太子时,姚察为东宫学士,"于时济阳江总、吴国顾野王、陆琼、从弟瑜、河南褚玠、北地傅縡等,皆以才学之美,晨夕娱侍"①。后主践祚,其风更盛,《陈书·岳阳王叔慎传》载,"是时,后主尤爱文章,叔慎与衡阳王伯信、新蔡王叔齐等日夕陪侍,每应诏赋诗,恒被嗟赏"②。衡阳王伯信文无所载,但岳阳王叔慎,"少聪敏,十岁能属文"③,新蔡王叔齐,"风彩明赡,博涉经史,善属文"④,可见至少到后主一代,陈代宗室亦多有爱文者。后主待宗室多集宴赋诗,其与大臣则更以此为常,《南史·陈本纪下》载,"(后主)常使张贵妃、孔贵人等八人夹坐,江总、孔范等十人预宴,号曰'狎客'。先令八妇人襞采笺,制五言诗,十客一时继和,迟则罚酒。君臣酣饮,从夕达旦,以此为常"⑤。

刘宋几代君主,皆崇尚文,因此刘勰《文心雕龙·时序》曰:"自宋武爱文,文帝彬雅,秉文之德,孝武多才,英采云构。"⑥ 在最高统治者的号召和提倡下,整个社会尚文风气得以空前提高,《诗品序》载,"今之士俗,斯风炽矣。才能胜衣,甫就小学,必甘心而驰骛焉"⑦。而与此社会风气相暌离者,必然得不到社会的承认和肯定,《宋书·宗悫传》载,"时天下无事,士人并以文义为业,(宗)炳素高节,诸子群从皆好学,而悫独任气好武,故不为乡曲所称"⑧。刘宋皇帝之爱文尚义,对当时重文的社会风尚产生积极影响,裴子野在《宋略总论》中评曰:"上(宋文帝)亦蕴籍义文,思弘儒

---

① [唐] 姚思廉撰:《陈书》卷二十七《姚察传》,中华书局1972年版,第349页。
② [唐] 姚思廉撰:《陈书》卷二十八《岳阳王叔慎传》,中华书局1972年版,第371页。
③ [唐] 姚思廉撰:《陈书》卷二十八《陈叔慎传》,中华书局1972年版,第371页。
④ [唐] 姚思廉撰:《陈书》卷二十八《陈叔齐传》,中华书局1972年版,第369页。
⑤ [唐] 李延寿撰:《南史》卷十《陈本纪下》,中华书局1975年版,第306页。
⑥ [南朝·梁] 刘勰:《文心雕龙注》卷九,范文澜注,人民文学出版社1958年版,第675页。
⑦ [南朝·梁] 钟嵘:《诗品笺注》,曹旭笺注,人民文学出版社2009年版,第32页。
⑧ [南朝·梁] 沈约撰:《宋书》卷七十六《宗悫传》,中华书局1974年版,第1971页。

府,庠序建于国都,四学闻乎家巷,天子乃移跸下辇以从之,束帛宴语以劝之,士莫不敦悦诗书,沐浴礼义,淑慎规矩,斐然向方。其行修言道者,然后登朝受职;威仪轻佻者,不齿于乡间,公宫非傧羽不来庭,私家非轩盖不逾阈,冠冕之流,雍容如也。"① 由此,刘宋一朝在文学乃至学术上的成绩也是不可多得,钱志熙《魏晋诗歌艺术原论》认为,"刘宋朝虽只有半个多世纪,但学术上所取得的成就是多方面且是高质量的。这样的成绩,充分证明了刘宋时期博学重著述的风气之盛,是东晋前中期所不能比的。但这个时期的学风,并不单纯追求博,也还追求精,重视继承,更重视创新,天分与学力并重,实有融合东、西晋学风的特点,其造诣之高,则可说是越两晋而可与汉魏比美"②。刘宋皇帝对南朝后来诸帝亦有不可忽略的作用,齐梁陈诸帝多有好文习气,颇以才学为高,亦喜集会赋诗,并且能赶而超之。可以说,刘宋皇室的爱文风尚为南朝文学的兴盛和发展奠定了良好的基础。

第二节　刘孝绰一支与齐梁诗歌格律化走向

一、诗歌格律化的缘起

诗歌的格律化,起自古人对"四声"的发现,据《南史·周颙传》记载,"(颙)始著《四声切韵》行于时"③。《南史·沈约传》曰:"约又撰:《四声谱》,以为'在昔词人累千载而不悟,而独得胸衿,穷其妙旨'。自谓入神之作。"④ 而据《文镜祕府论·四声论》载,"宋末以来,始有四声之

---

① [清] 严可均辑:《全上古三代秦汉三国六朝文·全梁文》卷五十三,中华书局1958年版,第3263页。
② 钱志熙:《魏晋诗歌艺术原论》,北京大学出版社2005年第2版,第323页。
③ [唐] 李延寿撰:《南史》卷三十四《周颙传》,中华书局1975年版,第895页。
④ [唐] 李延寿撰:《南史》卷五十七《沈约传》,中华书局1975年版,第1415页。

目。沈氏乃著其谱论，云起自周颙"①。根据以上三条材料，"四声"之论，起自周颙，而沈约总其成。

沈约、谢朓、王融等诗人依据"四声"进行诗歌创作，创作了所谓"永明体"，《南齐书·陆厥传》曰："永明末，盛为文章。吴兴沈约、陈郡谢朓、琅邪王融以气类相推毂。汝南周颙善识声韵，约等文皆用宫商，以平上去入为四声，以此制韵，不可增减，世呼为'永明体'。"②"永明体"有着诸多的特点，如篇幅的由长趋短，用事讲求自然，音调要求和谐，语言追求流畅，诗风圆美流转，意境柔美精巧，而其对诗歌格律化的影响最重要的是其讲求音调和谐相对。正如沈约《宋书·谢灵运传论》中说："夫五色相宣，八音协畅，由乎玄黄律吕，各适物宜。欲使宫羽相变，低昂互节，若前有浮声，则后须切响。一简之内，音韵尽殊；两句之中，轻重悉异。达此妙旨，始可言文。"③沈约的意思，是要求在诗歌创作时，"四声"即平、上、去、入四种声调在一句和一联中间隔相用，形成错综变化、不相雷同而又音韵和谐的声调。胡大雷先生即是这样认为，"'永明体'的规则并不等同于'平仄'规则"，"崇尚平、上、去、入四声具备的句子，并有一定规则"，"律化确实是'永明体'发展到最后的结果"，"但平仄却不是'永明体'当时的情况"④。而且虽然"永明体"相对古诗而言，是诗歌的一次质的变化，但是，"永明体"只讲求"一简之内"和"两句之中"的音韵变化，而没有讲到两联之间的音韵变化，而唐代定型的律诗既讲求"一简之内"和"两句之中"的音韵变化，又讲求两联之间的音韵变化，可以说，唐代定型的格律诗比"永明体"有着承继而又发展的格律要求。其一，从"永明体"的

---

① ［日］弘法大师撰：《文镜秘府论校注》，王利器校注，中国社会科学出版社1983年版，第80页。
② ［南朝·梁］萧子显撰：《南齐书》卷五十二《陆厥传》，中华书局1972年版，第898页。
③ ［南朝·梁］沈约撰：《宋书》卷六十七《谢灵运传论》，中华书局1974年版，第1779页。
④ 胡大雷：《"永明体"联声律规则还原——以比照不同时期"齐梁调诗"作分析》，载《南京师范大学文学院学报》，2009年第1期。

"四声"相对变成唐律的平仄相对;其二,从"永明体"只讲求一联之间的相对变成唐律两联之间的相对。从以上两点可以看出,唐代新体格律诗对"永明体"的声律既有简化,又有提高。从"永明体"产生到唐代律诗的定型并不是一蹴而就的"顿悟"式变化,而是一个缓慢的、"渐悟"式的发展过程,其间相隔有二百年左右的时间。在此期间,彭城刘孝绰家族诗人群对诗的格律化发展有着毋庸置疑的重要影响。

二、彭城刘氏家族诗人群与王、谢家族诗人新体诗数据比较

南朝彭城刘孝绰家族是一个由武力强宗转化为文学世家的典型,其祖辈刘勔以军功起家,"内攻外御,战无不捷"①,至父辈刘悛"于州下立学校"②,刘绘"常恶武事,雅善博射,未尝跨马","音采赡丽,雅有风则"③,"为后进领袖"④已逐渐由武力强宗向文学世家转化,钟嵘《诗品》更是指出刘绘为"俊赏之士,疾其(指当时诗风)淆乱,欲为当世诗品,口陈标榜,其文未遂"⑤,可见刘绘已具相当文学素养。并且,刘绘很有可能是将声律理论应用于诗歌创作实践的先导人物之一,封演《封氏闻见记》载,"周颙好为体语,因此切字皆有纽,纽有平上去入之异。永明中,沈约文词精拔,盛解音律,遂撰《四声谱》……王融、刘绘、范云之徒,皆称才子,慕而扇之,由是远近文学转相祖述,而声韵之道大行"⑥。皎然《诗式·明四声》亦载,"乐章有宫商五音之说,不闻四声。近自周颙、刘绘流出,宫商畅于诗体。轻重低昂之节,韵合情高,此未损文格。沈休文酷裁八病,碎用四声,故风雅殆尽"⑦。由此可见,刘绘的确通晓声律。《南齐书·刘绘

---

① [唐]李延寿撰:《南史》卷三十九《刘勔传》,中华书局1975年版,第1001页。
② [唐]李延寿撰:《南史》卷三十九《刘悛传》,中华书局1975年版,第1004页。
③ [唐]李延寿撰:《南史》卷三十九《刘绘传》,中华书局1975年版,第1009页。
④ [南朝·梁]萧子显撰:《南齐书》卷四十八《刘绘传》,中华书局1972年版,第841页。
⑤ [南朝·梁]钟嵘:《诗品笺注》,曹旭笺注,人民文学出版社2009年版,第37页。
⑥ [唐]封演撰:《封氏闻见记》,张耕注评,学苑出版社2001年版,第27—28页。
⑦ [清]何文焕辑:《历代诗话》,中华书局1981年版,第26—27页。

传》评价刘绘曰:"绘之言吐,又顿挫有风气。时人为之语曰:'刘绘贴宅,别开一门。'言在二家之中也。"① 刘绘之为后进领袖,诚不虚也。至刘孝绰一代,文学素养之士大盛,史载其"兄弟及群从子侄当时有七十人,并能属文,近古未之有也"②,"刘孝绰一家子姓,能文者七十人,门世之盛,足使安平无崔,汝南无应"③。安平崔氏和汝南应氏被王元礼认为"累世有文才,所以范蔚宗云崔氏'世擅雕龙'"④,刘孝绰家族更超而越之,已形成了典型的文学世家。

虽然齐梁时期的声律是以"四声"即平、上、去、入为准则,但我们既然是讨论齐梁诗歌向唐律转化的进程中刘孝绰家族诗人群所产生的影响,那就得以唐诗的声律即以"平仄"为准则来进行研究,因以考察刘孝绰家族诗人群的诗歌创作在从"永明体"到唐代新格律诗这两百来年的时间段中所起的代表性作用。"永明体"只讲求一联两句之间的"四声"关系,而唐代新格律诗则讲求两联之间的"粘"与"不粘",参考徐青《古典诗律史》的观点⑤,杜晓勤以两联之间"粘"或"不粘"将诗歌分为三种情况:其一为粘式律,指全诗各联之间均以"粘"的方式组合而成的格律形式;其二为对式律,指全诗各联之间均以"不粘"(也称为"对")的方式组合而成的格律形式;其三为粘对律,指全诗联间既有"粘"又有"不粘"的格律形式。⑥这一区分标准以诗歌两联之间"粘"与"不粘"是否符合唐代新格律诗为准则而设定的,"粘式律"是完全符合唐代新格律的诗,"对式律"是完全不符合唐代新格律的诗,而"粘对律"则是指有一部分符合而另一部分不符合唐代新格律的诗。另外,有的诗有三联或者三联以上,所以还要考察其联间的

---

① [南朝·梁]萧子显撰:《南齐书》卷四十八《刘绘传》,中华书局1972年版,第841页。
② [唐]李延寿撰:《南史》卷三十九《刘孝绰传》,中华书局1975年版,第1012页。
③ [明]张溥:《汉魏六朝百三家集题辞注·刘秘书集》,殷孟伦注,人民文学出版社1981年版,第264页。
④ [唐]姚思廉撰:《梁书》卷三十三《王筠传》,中华书局1973年版,第486页。
⑤ 徐青:《古典诗律史》,青海人民出版社1980年版,第59—98页。
⑥ 杜晓勤:《齐梁诗歌向盛唐诗歌的嬗变》,北京大学出版社2009年版,第10页。

粘数与联间的不粘数即联间的对数,只有这样,才能比较清晰而又准确地描述诗歌是否更靠近唐代新格律诗。

根据表一刘氏家族诗人群新体诗①数据统计表,可以得出以下几点结论:其一,刘氏家族新体诗数量共为23首;其二,粘式律即联间完全符合唐律的有2首,占总体的8.7%,粘对律即联间有一部分符合唐律的共18首,占总体的78.26%,这两项合计为86.96%,这个比例已经很高了;其三,对式律即联间完全不合律的只有3首,占总体的13.04%,所占比重较小;其四,联间粘数共48联,占总联数的44.44%,而联间不粘数即对数共60联,所占比重为55.56%,就是说联间粘数已接近一半的比例。

表一 刘氏家族诗人群新体诗数据统计表②

诗人姓名	新体诗数量	粘式律数及百分比	粘对律数及百分比	对式律数及百分比	联间粘数及百分比	联间对数及百分比
刘遵	1		1（100%）		2（50%）	2（50%）
刘孝绰	7	1（14.29%）	6（85.71%）		14（48.28%）	15（51.72%）
刘孝威	7		6（85.71%）	1（14.29%）	16（35.56%）	29（64.44%）
刘孝仪	1		1（100%）		6（66.67%）	3（33.33%）
刘孝先	4		3（75%）	1（25%）	7（43.75%）	9（56.25%）
刘令娴	3	1（33.33%）	1（33.33%）	1（33.33%）	3（60%）	2（40%）
总	23	2（8.70%）	18（78.26%）	3（13.04%）	48（44.44%）	60（55.56%）

表二是"永明体"代表作家谢朓新体诗的各项数据统计表,在齐梁时期,谢氏家族的成员只有谢朓写过新体诗,在家族中可谓一枝独秀,但单独的一个人无以支撑起整个家族诗文创作,谢氏家族文学在齐梁的衰败无可争议地凸显出来。

---

① 齐梁新体诗的划分,以〔清〕王闿运选《八代诗选》(台北广文书局,1959年版)为依据。
② 本节统计表数据出自杜晓勤:《齐梁诗歌向盛唐诗歌的嬗变》(北京大学出版社2009年版)。

表二　谢朓新体诗数据统计表

诗人姓名	新体诗数量	粘式律数及百分比	粘对律数及百分比	对式律数及百分比	联间粘数及百分比	联间对数及百分比
谢朓	28		18（64.29%）	10（35.71%）	21（24.42%）	65（75.58%）

通过与刘氏家族诗人群的对比，可以得出以下结论：第一，谢朓有新体诗28首，比刘氏家族诗人群要多，这应当与谢朓作为"永明体"著名诗人，受到后世的褒扬因而其作品保存下来较多相关；第二，谢朓虽一人独有新体诗28首，但其中粘式律竟无一首，其粘对律也只有18首，占总体的64.29%，与刘氏家族诗人群粘式律与粘对律之和占总体的86.96%相差甚远；第三，从联间粘数比来看，谢朓只有24.42%，还占不到总数的四分之一，与刘氏家族诗人群的44.44%相比差距也颇大。

当然，谢朓是齐"永明体"的创始人和代表作家，其对新体诗的发轫之功不可小觑，我们当然也不能以成熟的唐律来要求谢朓，而要以客观公正的态度来评价其诗歌的地位。即使如此，我们也要承认梁代刘氏家族诗人群在古典诗歌格律化的进程中，接过了历史的接力棒，更典型地代表诗歌格律化前进的方向，这一点似是无可置疑的。

表三是王氏家族诗人群新体诗各项数据统计表，王氏家族是著名的世家大族，同是"永明体"的创始作家沈约称："自开辟以来，未有爵位蝉联，文才相继，如王氏之盛者也。"① 梁代王筠也以此自豪，"非有七叶之中，名德重光，爵位相继，人人有集，如吾门世者也"②。与谢氏相比，王氏在齐梁时亦多有文才之士，其留有新体诗者有7人，支撑起了王氏家族文学世家的地位。

---

① [唐] 姚思廉撰：《梁书》卷三十三《王筠传》，中华书局1973年版，第487页。
② [唐] 姚思廉撰：《梁书》卷三十三《王筠传》，中华书局1973年版，第486—487页。

表三　王氏家族诗人群新体诗数据统计表

诗人姓名	新体诗数量	粘式律数及百分比	粘对律数及百分比	对式律数及百分比	联间粘数及百分比	联间对数及百分比
王融	5		3（60%）	2（40%）	3（21.43%）	11（78.57%）
王训	2		2（100%）		3（42.86%）	4（57.14%）
王僧孺	9		5（55.56%）	4（44.44%）	8（29.63%）	19（70.37%）
王籍	1		1（100%）		1（33.33%）	2（66.67%）
王泰	1		1（100%）		1（33.33%）	2（66.67%）
王筠	4		2（50%）	2（50%）	4（30.77%）	9（69.23%）
王孝礼	1			1（100%）		3（100%）
总	23		14（60.87%）	9（39.13%）	20（28.57%）	50（71.43%）

与刘氏家族诗人群相比，王氏家族的新体诗总数量同是23首。与刘氏家族诗人群不同的是：其一，王氏家族没有一首粘式律；其二，粘对律比刘氏要少4首，只有14首，所占比重为60.87%，比刘氏的78.26%要少约17个百分点，如果加上粘式律，则要少26%，差距相当明显；其三，从联间粘数来看，王氏只有20联，所占比重为28.57%，与刘氏的48联，占比重的44.44%亦有相当距离。

从总体来看，王氏家族诗人群在齐梁时期亦可以称得上文学之才颇为丰盛，足以支撑其文学世家的地位，但从诗歌格律化的进程来讲，与刘氏家族诗人群相比，无论其诗的粘式律数、粘对律数及比重，以及联间粘数及比重，都有一定差距，所以王氏家族诗人群只可为其"辅翼"之地位，应该是大致不差了。

三、彭城刘氏家族诗人群与萧氏皇族诗人新体诗数据比较

表四是萧衍家族诗人群新体诗各项数据统计表。萧衍家族是皇族，地位崇隆，"四萧"的文学成就有目共睹，是自"三曹"以来最负盛名的文学皇族。从此统计表我们可以看出：首先，萧衍家族诗人群新体诗数量巨大，达

114 首,大大超过刘氏家族诗人群;其次,粘式律数有 9 首,所占比重为 7.89%,与刘氏诗人群已相差不大,粘对律为 71 首,所占比重为 62.28%,如加上粘式律,则有 80 首,占 70.17%;再次,萧衍家族诗人群的联间粘数为 152 联,所占比重为 35.43%。其间最可注意的是萧衍家族诗人群个人的所占比重,如从新体诗总量来讲,萧纲一人独有 75 首,占有一半多的比重,萧绎亦有 32 首,从粘式律数来看,萧绎独有 5 首,占有一半多的比重,萧纲亦有 3 首,从联间粘数比来看,萧绎有 45 联,占个人联间数比的 40.91%,也非常接近刘氏家族的平均水平。

表四 萧衍家族诗人群新体诗数据统计表

诗人姓名	新体诗数量	粘式律数及百分比	粘对律数及百分比	对式律数及百分比	联间粘数及百分比	联间对数及百分比
萧统	2		1 (50%)	1 (50%)	2 (33.33%)	4 (66.67%)
萧纪	2	1 (50%)		1 (50%)	1 (33.33%)	2 (66.67%)
萧纲	75	3 (4%)	50 (66.67%)	22 (29.33%)	100 (33.22%)	201 (66.78%)
萧纶	3		3 (100%)		4 (44.44%)	5 (55.56%)
萧绎	32	5 (15.62%)	17 (53.13%)	10 (31.25%)	45 (40.91%)	65 (59.09%)
总	114	9 (7.89%)	71 (62.28%)	34 (29.82%)	152 (35.43%)	277 (64.59%)

萧衍举家皆好文学,萧衍本人即是"竟陵八友"之一,成为皇族后,其尚文之风更盛。萧氏家族与刘氏家族关系非同一般,早在齐东昏永元三年(501 年)萧衍围建康时,刘孝绰之父刘绘即与张稷等谋废立,后又亲自送东昏首级诣萧衍。萧衍家族对刘孝绰等亦多有关照,如萧衍以刘孝绰任"第一官当用第一人"①的秘书丞,为其隐"携少妹于华省,弃老母于下宅"②之恶,昭明太子使刘孝绰集太子文并为之作序等。因刘氏家族与萧氏皇族之紧密关系,刘氏家族诗人多入皇家文学集团,与皇室成员多有诗文唱和酬酢。

---

① [唐] 姚思廉撰:《梁书》卷三十三《刘孝绰传》,中华书局 1973 年版,第 480 页。
② [唐] 姚思廉撰:《梁书》卷三十三《刘孝绰传》,中华书局 1973 年版,第 481 页。

昭明太子时期，刘孝绰是太子文学集团首席学士，其在萧统年岁尚幼时即任其太子舍人、太子洗马等职，其对萧统文学上的影响自不待言，而"孝绰诸弟，时随藩皆在荆、雍"①，即刘氏家族其余文才大都在荆州的萧绎与雍州的萧纲处，刘遵、刘孝仪、刘孝威兄弟，几乎都先随萧纲居藩，后又随萧纲入主东宫。如刘遵，大约于天监十二年（513年）入萧纲幕府，这一年萧纲十一岁。刘遵"累迁晋安王宣惠、云麾二府记室，甚见宾礼，转南徐州治中。王后为雍州，复引为安北谘议参军、带邳县令。中大通二年（530年），王立为皇太子，仍除中庶子。遵自随藩及在东宫，以旧恩，偏蒙宠遇，同时莫及"②。萧纲追忆，"吾昔在汉南，连翩书记，及忝朱方，从容坐首。良辰美景，清风月夜，鹢舟乍动，朱鹭徐鸣。未尝一日而不追随，一时而不会遇。酒阑耳热，言志赋诗。校覆忠贤，榷扬文史。益者三友，此实其人"③。刘遵亦工文，萧纲认为"文史该富，琬琰为心。辞章博赡，玄黄成彩"④。又如刘孝威，陈祚明评其诗曰："笔致隽逸，无句不凋。瑀在生姿，不关使典，如妖姬弄态，安置眉目，亦令百媚。"⑤ 其诗路数与萧纲如出一辙。

而从年龄结构层次来看：刘孝绰大萧统二十岁，大萧纲二十二岁，大萧绎二十七岁；刘孝仪大萧统十五岁，大萧纲十七岁，大萧绎二十二岁；刘孝威大萧统五岁，大萧纲七岁，大萧绎十二岁。此一年龄结构层次特点说明，萧统、萧纲、萧绎等萧家成员在迈入文坛或有意于文之时，刘氏家族诗人群业已具备了较丰富的文学创作实践甚至形成了较为稳定的文学创作理念。因此，与其说萧氏皇族由于其宗室的地位影响到刘氏家族诗人群的文学观念和文学创作，倒不如说，刘氏家族诗人群在早期对萧氏皇族的文学观念和文学

---

① ［唐］姚思廉撰：《梁书》卷三十三《刘孝绰传》，中华书局1973年版，第481页。
② ［唐］姚思廉撰：《梁书》卷四十一《刘遵传》，中华书局1973年版，第593页。
③ ［清］严可均辑：《全上古三代秦汉三国六朝文·全梁文》卷九，中华书局1958年版，第2999页。
④ ［清］严可均辑：《全上古三代秦汉三国六朝文·全梁文》卷九，中华书局1958年版，第2999页。
⑤ ［清］陈祚明编：《采菽堂古诗选》卷之二十七，李金松校，上海古籍出版社2008年版，第873页。

创作有着更多的影响，而当萧氏皇族成员具备一定量的文学创作实践和开始形成自己的文学创作理念之后则是双方的互动和影响。因为萧氏皇族政治地位对具体文学观念和具体文学创作所产生的影响，只可能是相对间接和较为模糊的，而刘氏家族诗人群的文学创作实践和文学创作观念对萧氏皇族子弟文学上的影响则肯定具有耳濡目染的直接性和通透性。

当然，影响萧氏皇族文学创作实践和文学创作观念的不会也不可能只是刘氏家族诗人群一个分子，如在昭明太子身边尚有陈郡殷芸、吴郡陆倕、琅邪王筠、彭城到洽等，在萧纲身边的有张率、徐摛、萧子云、孔休源、庾肩吾等，在萧绎身边的则有鲍泉、萧子云、萧介、到溉、颜之推等，所以对萧氏皇族文学上的影响是一个复杂的"合力"所造成的结果，但我们却并不能因此就可以否认刘氏家族诗人群在其中产生的作用，甚至我们要肯定刘氏家族诗人群是这股"合力"当中较为重要和力量较大的一股，因为在齐梁时期，没有其他任何一个家族的诗人群在文学创作实践中具有如此重大的影响，在诗歌格律化的进展中比刘氏家族诗人群表现得更为前沿和符合诗歌前进和发展的方向。

"永明体"缘起于"四声"之论，从"永明体"到唐格律诗的定型并非一朝一夕所能成功，从"永明体"追求"四声"错落有致的和谐到近体诗简而化之只讲求"平仄"的比对，从"永明体"只讲求的一联间声节的不相雷同到近体诗更追求联与联之间的"相粘"，其间经过了较为漫长的两个世纪，齐梁诗人们锲而不舍地对诗歌形式的追求是中国古典诗歌格律化的关键所在。在此期间，彭城刘孝绰家族诗人群又是家族诗人群中的佼佼者，他们无论在粘式律数及百分比上，还是在粘对律数及百分比上，以及在联间粘数及百分比上，都超越王、谢家族诗人群，甚至在某些方面也超越萧室皇族诗人群，站在诗歌发展的最前沿，引领诗歌的最新潮流，向着中国古典诗歌应去及必去的格律化方向大踏步地向前行进。

第三节 刘宋皇室崇佛及对文学的影响

一、刘宋皇室崇佛及原因

佛教传入中国是文化史上最大的事件之一，经过汉、魏、两晋的发展，佛教的流布和影响日益突出。两晋崇玄，祖尚清谈，"僧人立身行事又在与清谈者契合"，"而名僧风格，酷肖清流"①，且"名僧风度又常领袖群伦"②，所以汤用彤先生说，"佛教玄风，大振于华夏也"③。东晋帝室，亦受当时流行风尚所影响，往往有礼佛者，如元帝与明帝，《世说新语·方正第五》载，"后来年少多有道（竺法）深公者，深公谓曰：'黄吻年少，勿为评论宿士。昔尝与元明二帝、王庾二公周旋。'"④ 又如孝武帝，"（太元）六年春正月，帝初奉佛法，立精舍于殿内，引诸沙门以居之"⑤。

刘宋帝室承晋之遗绪，对佛教亦礼遇殊常，《高僧传》《比丘尼传》中多见佛僧"为宋高祖所重""宋文帝深加叹重""宋孝武钦其风闻""孝武深加敬异""宋武文明三帝及衡阳王义季等，并崇其德素"等记载。刘宋帝室对佛教的礼遇，主要表现在以下几个方面：

其一，皇室子弟受佛门戒法及礼拜佛僧为师。《比丘尼传·东青园寺业首尼传》载，"业首，本姓张，彭城人也。风仪峻整，戒行清白，深解大乘，善构妙理，弥好禅诵，造次无怠。宋高祖武皇帝雅相敬异，文帝少时从受三

---

① 汤用彤：《汉魏两晋南北朝佛教史》（增订本），北京大学 2011 年版，第 88 页。
② 汤用彤：《汉魏两晋南北朝佛教史》（增订本），北京大学 2011 年版，第 106 页。
③ 汤用彤：《汉魏两晋南北朝佛教史》（增订本），北京大学 2011 年版，第 88 页。
④ ［南朝·宋］刘义庆撰：《世说新语笺疏》卷中之上，［南朝·梁］刘孝标注、余嘉锡笺疏，中华书局 2007 年版，第 382—383 页。
⑤ ［唐］房玄龄等撰：《晋书》卷九《晋孝武帝纪》，中华书局 1974 年版，第 231 页。

归"①。所谓"三归",亦即"三皈",指皈依佛、法、僧三宝,即以佛为师、以法为药、以僧为友。又如释道照,"临川王道规从受五戒,奉为门师"②,所谓"五戒",亦称"五诫",是指佛教中在家的男女教徒所应遵守的五项戒律,《魏书·释老志》载,"又有五戒,去杀、盗、淫、妄言、饮酒,大意与仁、义、礼、智、信同,名为异耳"③。临川王刘道规乃刘裕的少弟,史载其"少有倜傥大志,高祖奇之"④,"善于为治,刑政明理,士民莫不畏而爱之"⑤,为刘裕打下宋室江山献力尤多。刘道规不但受释道照五戒,而且拜其为师,可见刘道规信佛颇笃。再如,释法瑗,"(文)帝敕为南平穆王铄五戒师,及孝武即位,敕为西阳王子尚友"⑥;释僧璩,"少帝准从受五戒,豫章王子尚崇为法友"⑦;释僧远,"宋明践祚,请远为师"⑧;释僧瑾,"宋孝武敕为湘东王师,苦辞以疾,遂不获免。王众请五戒,甚加优礼"⑨;释慧通,"孝武皇帝厚加宠秩,敕与海陵、小建平二王为友"⑩;法净,"宋明皇

---

① [南朝·梁] 释宝唱:《比丘尼传校注》卷第二《业首尼传》,王孺童校注,中华书局 2006 年版,第 97 页。
② [南朝·梁] 释慧皎:《高僧传》卷第十三《道照传》,汤用彤校注,中华书局 1992 年版,第 510 页。
③ [北朝·齐] 魏收撰:《魏书》卷一百一十四《释老志》,中华书局 1974 年版,中华书局 1974 年版,第 3026 页。
④ [南朝·梁] 沈约撰:《宋书》卷五十一《刘道规传》,中华书局 1974 年版,第 1470 页。
⑤ [南朝·梁] 沈约撰:《宋书》卷五十一《刘道规传》,中华书局 1974 年版,第 1471 页。
⑥ [南朝·梁] 释慧皎:《高僧传》卷第八《法瑗传》,汤用彤校注,中华书局 1992 年版,第 313 页。
⑦ [南朝·梁] 释慧皎:《高僧传》卷第十一《僧璩传》,汤用彤校注,中华书局 1992 年版,第 430—431 页。
⑧ [南朝·梁] 释慧皎:《高僧传》卷第八《僧远传》,汤用彤校注,中华书局 1992 年版,第 319 页。
⑨ [南朝·梁] 释慧皎:《高僧传》卷第七《僧瑾传》,汤用彤校注,中华书局 1992 年版,第 294 页。
⑩ [南朝·梁] 释慧皎:《高僧传》卷第七《慧通传》,汤用彤校注,中华书局 1992 年版,第 301 页。

帝异之，泰始元年敕住普贤寺，宫内接遇，礼兼师友"①；释慧睿，"宋大将军彭城王刘义康请以为师，再三乃许。王请入第受戒，睿曰：'礼闻来学，不闻往教。'康大以为愧，乃入寺虔礼"②。皇室子弟礼从高僧受戒和请以为师，有的甚至是多次敦请，此是刘宋皇室对佛教倡导的显证。

其二，对佛僧多有优容。《高僧传·晋庐山释慧远传》载，"卢循初下据江州城，入山诣远。远少与循父嘏同为书生，及见循欢然道旧，因朝夕音问。……及宋武追讨卢循，设帐桑尾，左右曰：'远公素王庐山，与循交厚。'宋武曰：'远公世表之人，必无彼此。'乃遣使赍书致敬，并遗钱米"③。慧远是有名的高僧，刘裕的政敌桓玄此前与慧远亦多有交往，桓玄沙汰众僧时对其特加宽容，慧远所居庐山即不在搜简之例。④ 慧远与卢循更是旧交，两人"欢然道旧""朝夕音问"，情意自是非比寻常，所以手下之人提醒刘裕是否要对慧远有所处置。面对同刘裕的死对头桓玄、卢循颇有交纳的慧远，刘裕仍然能对慧远"赍书致敬，并遗钱米"，足见其心胸之豁达，对佛僧之优容。刘裕对高僧的优容，除了慧远之外，尚有慧观。《高僧传·宋京师道场寺释慧观传》载，慧观曾拜师于庐山慧远和鸠摩罗什，"什亡后，乃南适荆州。州将司马休之甚相敬重，于彼立高悝寺，……宋武南伐休之，至江陵与观相遇，倾心待接，依然若旧。因敕与西中郎游，即文帝也。俄而还京，止道场寺"⑤。刘裕对慧观不但"倾心待接"，而且坦诚地让文帝与其交往。如果说慧远、慧观是大德名僧，刘裕有所顾忌因而不足以确证其对佛僧的优容的话，那么，刘裕对不知名僧徒的宽宥则更能说明问题。《高僧

---

① ［南朝·梁］释宝唱：《比丘尼传校注》卷第二《法净尼传》，王孺童校注，中华书局 2006 年版，第 113 页。
② ［南朝·梁］释慧皎：《高僧传》卷第七《慧睿传》，汤用彤校注，中华书局 1992 年版，第 260 页。
③ ［南朝·梁］释慧皎：《高僧传》卷第六《慧远传》，汤用彤校注，中华书局 1992 年版，第 216 页。
④ ［南朝·梁］释慧皎：《高僧传》卷第六《慧远传》，汤用彤校注，中华书局 1992 年版，第 219 页。
⑤ ［南朝·梁］释慧皎：《高僧传》卷第七《慧观传》，汤用彤校注，中华书局 1992 年版，第 264 页。

传·宋豫州释僧洪传》载,"释僧洪,豫州人,止于京师瓦官寺。少好修身整洁。后率化有缘,造丈六金像,熔铸始毕,未及开模。时晋末铜禁甚严,犯者必死。宋武于时为相国,洪坐罪系于相府,唯诵《观世音经》,一心归命佛像。……会当行刑,府参军监杀,而牛奔车坏,因更克日。续有令从彭城来云,未杀僧洪者可原,遂获免"①。刘裕对一个当时名不见经传而犯死罪的僧人亦特加宽宥,正见其对佛教对佛僧的优容。

刘裕之后,孝武帝刘骏对佛僧亦多有优护。《高僧传·宋瓦官寺释慧璩传》载,"释慧璩,丹阳人。……谯王镇荆,要与同行。后逆节还朝,于梁山设会。顷之,谯王败,璩还京。后宋孝武设斋,璩唱导,帝问璩曰:'今日之集,何如梁山?'璩曰:'天道助顺,况复为逆。'帝悦之。明旦,别嚫一万。后敕为京邑都维那"②。所谓维那,即佛教寺庙中一种管理僧众事务的僧职,其地位仅次于寺主。孝武帝对与叛逆之徒情意缱绻的佛僧慧璩,不但没有追责其过疚,而且大加赏赐其金钱并封为维那,的确是宽宥有加。其时与慧璩携行同在谯王处者尚有求那跋陀罗,孝武帝同样厚遇之,"世祖明其纯谨,益加礼遇。后因闲谈,聊戏问曰:'念丞相不?'答曰:'受供十年,何可忘德?今从陛下乞愿,愿为丞相三年烧香。'帝凄然惨容,义而许焉"③。孝武帝竟然同意求那跋陀罗为谋逆政敌烧三年香的请求,简直已宽容得似乎没有太多节制。

其三,刘宋帝室对佛僧进行物质上的赏赐。佛教要在中国发展,就离不开最基本的物质条件,离不开统治阶级特别是最高统治阶层物质上的大力支持。这正如释玄畅的弟子所言,"法师之欲弘道济物,广宣名教。今帝王虚

---

① [南朝·梁] 释慧皎:《高僧传》卷第十三《僧洪传》,汤用彤校注,中华书局1992年版,第484页。
② [南朝·梁] 释慧皎:《高僧传》卷第十三《慧璩传》,汤用彤校注,中华书局1992年版,第512页。
③ [南朝·梁] 释慧皎:《高僧传》卷第三《求那跋陀罗传》,汤用彤校注,中华书局1992年版,第133页。

己相延,皇储蓄礼思敬,若道扬圣君,则四海归德。今矫然高让将非声闻耶?"①

刘宋帝室对佛教的物质支持首先表现在佛寺的建造上。依汤用彤先生的统计,"元嘉中,都中造寺见于纪载者已有十五"②,其名为竹林、清园、严林、永丰、南林、园上、定林、延寿、能仁、崇福、善居、宋熙、天竺、王国、灵味等寺,皆为元嘉年中立。其实,元嘉能考的寺庙尚有:青园寺,"业首,本姓张,彭城人也。……元嘉二年(425年),王景深母范氏,以王坦之故祠堂地施首,起立寺舍,名曰青园。……潘贵妃叹曰:'首尼弘振佛法,甚可敬重。'以元嘉十五年,为首更广寺西,创立佛殿,复拓寺北,造立僧房,赈给所须"③;南外永安寺,"慧琼者,本姓钟,广州人也。……元嘉十八年(441年),宋江夏王世子母王氏以地施琼,琼修立为寺,号曰南外永安寺"④。孝武帝时期有药王寺、新安寺⑤;明帝时期有禅林寺,"净秀,本姓梁,安定乌氏人也。……宋南昌公主及黄修仪,以大明七年(464年)八月共施宜知地以立精舍。……泰始三年(467年),明帝敕以寺从其所集,宜名禅林"⑥;中兴寺,世祖敕令求那跋陀罗移住⑦;湘宫寺,"(明)帝以故宅起湘宫寺,费极奢侈"⑧。这只是有据可考的寺庙,如果加上不可考者,数目必然更多。

除了广建寺宇外,刘宋帝室对名僧大德多有钱物的赏赐。如"宝贤,本

---

① [南朝·梁] 释慧皎:《高僧传》卷第八《玄畅传》,汤用彤校注,中华书局1992年版,第314页。
② 汤用彤:《汉魏两晋南北朝佛教史》(增订本),北京大学2011年版,第232页。
③ [南朝·梁] 释宝唱:《比丘尼传校注》卷第二《业首尼传》,王孺童校注,中华书局2006年版,第97页。
④ [南朝·梁] 释宝唱:《比丘尼传校注》卷第二《慧琼尼传》,王孺童校注,中华书局2006年版,第66页。
⑤ [唐] 李延寿撰:《南史》卷二《宋孝武帝纪》,中华书局1975年版,第69页。
⑥ [南朝·梁] 释宝唱:《比丘尼传校注》卷第四《净秀尼传》,王孺童校注,中华书局2006年版,第164—165页。
⑦ [南朝·梁] 释慧皎:《高僧传》卷第三《求那跋陀罗传》,汤用彤校注,中华书局1992年版,第133页。
⑧ [唐] 李延寿撰:《南史》卷七十《何承天传》,中华书局1975年版,第1710页。

姓陈,陈郡人也。……宋文皇帝深加礼遇,供以衣食。及孝武雅相敬待,月给钱一万。明帝即位,赏接弥崇"①;"慧睿,本姓陈,山阴人也。……宋太宰江夏王义恭,雅相推敬,常给衣药,四时无爽"②;释道温,"孝建初被敕下都,止中兴寺。大明中,敕为都邑僧主。……帝悦之,赐钱五十万。时人为之语曰:'帝主倾财,温公率则。上天怀感,神灵降德'"③;释僧瑾,"给法伎一部。亲信二十人,月给三万,冬夏四时赐,并车舆吏力"④;释道猛,"宋太宗为湘东王时,深相崇荐,及登祚,倍加礼接,赐钱三十万,以供资待。……猛神韵无忤,吐纳详审,帝称善久之,因有诏曰:'猛法师风道多济,朕素宾友。可月给三万,令吏四人,白簿吏二十人,车及步舆各一乘。乘舆至客省"⑤。刘宋帝室礼遇佛僧不但在生前赏钱赐物,身后亦大加资惠。如文帝在慧严死后下诏曰:"严法师器识渊远,学道之匠,奄尔迁神,痛悼于怀。可给钱五万,布五十匹"⑥;求那跋陀罗在明帝之世礼供甚隆,在其亡后,"太宗深加痛惜,慰赠甚厚,公卿会葬,荣哀备焉"⑦。

佛堂庙宇的大量弘建,使更多的佛侣僧徒有了容身之所,金钱布匹的优加赏赐,为佛徒们的日常生活所需解决了后顾之忧,佛教在南朝刘宋进一步发展起来了。刘宋皇室之所以如此礼敬佛僧,有着多重的原因。

第一,是政治的原因。在刘宋王朝建立之前,刘宋帝室之所以礼遇佛徒

---

① [南朝·梁]释宝唱:《比丘尼传校注》卷第二《宝贤尼传》,王孺童校注,中华书局2006年版,第108页。
② [南朝·梁]释宝唱:《比丘尼传校注》卷第二《慧濬尼传》,王孺童校注,中华书局2006年版,第106页。
③ [南朝·梁]释慧皎撰:《高僧传》卷第七《道温传》,汤用彤校注,中华书局1992年版,第288—289页。
④ [南朝·梁]释慧皎撰:《高僧传》卷第七《僧瑾传》,汤用彤校注,中华书局1992年版,第294页。
⑤ [南朝·梁]释慧皎撰:《高僧传》卷第七《道猛传》,汤用彤校注,中华书局1992年版,第296页。
⑥ [南朝·梁]释慧皎撰:《高僧传》卷第七《慧严传》,汤用彤校注,中华书局1992年版,第263页。
⑦ [南朝·梁]释慧皎撰:《高僧传》卷第三《求那跋陀罗传》,汤用彤校注,中华书局1992年版,第131—134页。

第四章　南朝彭城刘氏对文学发展的影响

往往是因为得到佛僧的支持有利于战争的胜利和晋宋禅代。《高僧传·宋京师东安寺释慧严传》载，"释慧严，姓范，豫州人。……闻什公在关，复从受学，访正音义，多所异闻。……高祖后伐长安，要与同行，严曰：'檀越此行，虽伐罪吊民，贫道事外之人，不敢闻命。'帝苦要之，遂行"①。刘裕在征伐长安之时，强烈请求慧严随军同征，是因为慧严曾在长安求学于著名高僧鸠摩罗什，与长安的佛僧有着密切的联系，在当地拥有一定的社会影响，有利于对关中的征讨。

晋宋禅代之际，刘裕利用佛教构造各种符瑞，以利其篡晋造宋的成功。《高僧传·宋京师祇洹寺释慧义传》载，"释慧义，姓梁，北地人，少出家。……后出京师，乃说云，冀州有法称道人，临终语弟子普严云：'嵩高灵神云，江东有刘将军，应受天命，吾以三十二璧镇金一饼为信。'遂彻宋王，宋王谓义曰：'非常之瑞，亦须非常之人，然后致之。若非法师自行，恐无以获也。'义遂行。……即于庙所石坛下，果得璧大小三十二枚，黄金一饼。此瑞详之《宋史》。义后还京师，宋武加接尤重，迄乎践祚，礼遇弥深"②。汤用彤先生评曰："此疑系刘裕篡位时劝进者所陈符瑞多条之一，然其假口于僧徒，亦可觇朝廷之颇重佛法也。"③ 此类与佛教相关的所谓祥瑞尚有东掖门口所掘得金像④、沙门所赐治伤黄散⑤、僧众所见五色龙章⑥等。

刘宋建立之后，刘宋皇室崇礼佛教则多出于巩固统治的需要。《高僧传·宋京师东安寺释慧严传》载："先是（文）帝未甚崇信，至元嘉十二年

---

① ［南朝·梁］释慧皎撰：《高僧传》卷第七《慧严传》，汤用彤校注，中华书局1992年版，第260—261页。
② ［南朝·梁］释慧皎撰：《高僧传》卷第七《慧义传》，汤用彤校注，中华书局1992年版，第266页。
③ 汤用彤：《汉魏两晋南北朝佛教史》（增订本），北京大学出版社2011年版，第232页。
④ ［南朝·梁］释慧皎撰：《高僧传》卷第十三《慧力传》，汤用彤校注，中华书局1992年版，第481页。
⑤ ［南朝·梁］沈约撰：《宋书》卷二十七《符瑞志上》，中华书局1974年版，第784页。
⑥ ［唐］李延寿撰：《南史》卷一《宋武帝纪》，中华书局1975年版，第1页。

(435年),京尹萧摹之上启,请制起寺及铸像。帝乃与侍中何尚之、吏部郎中羊玄保等议之,谓尚之曰:'朕少来读经不多,比日弥复无暇,三世因果未辩措怀,而复不敢立异者,正以卿辈时秀,率所敬信故也。范泰、谢灵运常言六经典文,本在济俗为治,必求灵性真奥,岂得不以佛经为指南耶?近见颜延之《推达性论》、宗炳《难白黑论》,明佛汪汪,尤为名理并足,开奖人意。若使率土之滨,皆敦此化,则朕坐致太平,夫复何事。'"① 由此觇来,宋文帝于崇佛本有所疑虑,但因为高门士族的原因对佛教不置可否。真正能打动其心崇扬佛法的原因是,如果人人都信佛,那么就可以坐致太平、江山永固的政治需求。

第二,刘宋帝室礼敬佛门僧尼,与僧尼的个人素质亦有莫大关系。这些高僧素尼的个人品行通常都比民庶黎首要高,他们"禀承戒训,履行清洁"②,"精勤懔励,苦行标节"③,"常行苦节……戒行清白"④,"忠谨清慎,雅有素检,……高简之誉,是盛京邑"⑤,因此能获得较高的社会声誉,更有机会为士族高门甚至是刘宋皇室所知晓。除了品行世所褒誉之外,佛教僧尼们往往有着相当高深的佛学修养,僧尼们"众经数论,靡不通达"⑥,"洞晓经律,深入禅要"⑦,"音义诂训,殊方异义,无不必晓"⑧,"沈思精

---

① [南朝·梁] 释慧皎撰:《高僧传》卷第七《慧严传》,汤用彤校注,中华书局1992年版,第261页。
② [南朝·梁] 释慧皎撰:《高僧传》卷第八《慧球传》,汤用彤校注,中华书局1992年版,第333页。
③ [南朝·梁] 释慧皎撰:《高僧传》卷第十二《慧绍传》,汤用彤校注,中华书局1992年版,第450页。
④ [南朝·梁] 释宝唱:《比丘尼传校注》卷第二《慧果尼传》,王孺童校注,中华书局2006年版,第43页。
⑤ [南朝·梁] 释宝唱:《比丘尼传校注》卷第二《法辩尼传》,王孺童校注,中华书局2006年版,第100页。
⑥ [南朝·梁] 释慧皎撰:《高僧传》卷第七《道渊传》,汤用彤校注,中华书局1992年版,第268页。
⑦ [南朝·梁] 释慧皎撰:《高僧传》卷第八《玄畅传》,汤用彤校注,中华书局1992年版,第314页。
⑧ [南朝·梁] 释慧皎撰:《高僧传》卷第七《慧叡传》,汤用彤校注,中华书局1992年版,第259页。

研，深究义奥"①。不仅如此，他们"工正书，善谈吐"②，"博综六经，尤善《庄》《老》。性度弘博，风览朗拔，虽宿儒英达，莫不服其深致"③，"博通经论，尝听僧朗法师讲《放光经》，屡有机难"④，"访核异同，详辩新旧，风神秀雅，思入玄微"⑤，"备尽经史，美仪容，善谈论"⑥，具有玄学名士的风采。魏晋谈玄的风气亦影响到刘宋帝室，刘裕"好清谈于暮年"⑦，刘义隆"游玄玩采，未能息卷"⑧，甚至"使丹阳尹何尚之立玄学"⑨，正式使玄学成为官学，高僧们清简的风姿、捷辩的谈吐是刘宋皇帝首肯的重要因素。这方面的例子颇多，如：

> 释僧导……后宋高祖西伐长安，擒获伪主，荡清关内，既素籍导名，乃要与相见，谓导曰："要望久矣，何其留滞殊俗。"答云："明公荡一九有，鸣銮河洛。此时相见，不亦善乎？"⑩
>
> 释道照……音吐寥亮，洗悟尘心，指事适时，言不孤发，独步于宋

---

① ［南朝·梁］释宝唱：《比丘尼传校注》卷第二《法净尼传》，王孺童校注，中华书局2006年版，第113页。
② ［南朝·梁］释慧皎撰：《高僧传》卷第十《安慧则传》，汤用彤校注，中华书局1992年版，第372页。
③ ［南朝·梁］释慧皎撰：《高僧传》卷第六《慧远传》，汤用彤校注，中华书局1992年版，第211页。
④ ［南朝·梁］释慧皎撰：《高僧传》卷第六《僧叡传》，汤用彤校注，中华书局1992年版，第244页。
⑤ ［南朝·梁］释慧皎撰：《高僧传》卷第七《慧观传》，汤用彤校注，中华书局1992年版，第264页。
⑥ ［南朝·梁］释慧皎撰：《高僧传》卷第十二《僧富传》，汤用彤校注，中华书局1992年版，第448页。
⑦ ［唐］欧阳询撰：《艺文类聚》卷十四，汪绍楹校，上海古籍出版社1999年第2版，第269页。
⑧ ［南朝·梁］沈约撰：《宋书》卷九十五《索虏传》，中华书局1974年版，第2341页。
⑨ ［南朝·梁］沈约撰：《宋书》卷九十三《雷次宗传》，中华书局1974年版，第2293页。
⑩ ［南朝·梁］释慧皎撰：《高僧传》卷第七《僧导传》，汤用彤校注，中华书局1992年版，第280—281页。

代之初。宋武帝尝于内殿斋，照初夜略叙百年迅速，迁灭俄顷。苦乐参差，必由因召。如来慈应六道，陛下抚矜一切，帝言善。①

竺道生……后太祖设会，帝亲同众御于地筵，下食良久，众咸疑日晚，帝曰："始可中耳。"生曰："白日丽天，天言始中，何得非中？"遂取钵便食，于是一众从之，莫不叹其枢机得衷。②

求那跋摩……（文帝）因又言曰："弟子欲持斋不杀，迫以身殉物，不获从志。法师既不远万里，来化此国，将何以教之？"跋摩曰："夫道在心，不在事，法由己，非由人。且帝王与匹夫所修各异，匹夫身贱名劣，言令不威，若不克己苦躬，将何为用？帝王以四海为家，万民为子，出一嘉言，则士女咸悦；布一善政，则人神以和。刑事不夭命，役无劳力，则使风雨适时，寒暖应节，百谷滋繁，桑麻郁茂。如此持斋，斋亦大矣；如此不杀，德亦众矣。宁在阙半日之餐，全一禽之命，然后方为弘济邪？"帝乃抚机叹曰："夫俗人迷于远理，沙门滞于近教。迷远理者，谓至道虚说；滞近教者，则拘恋篇章。至如法师所言，真谓开悟明达，可与言天人之际矣。"乃敕住祇洹寺，供给隆厚。③

释昙宗……尝为孝武唱导，行菩萨五法礼竟，帝乃笑谓宗曰："朕有何罪？而为忏悔。"宗曰："昔虞舜至圣，犹云予违尔弼。汤武亦云万姓有罪，在予一人。圣王引咎，盖以轨世。陛下德迈往代，齐圣虞殷，履道思冲，宁得独异？"帝大悦。④

释慧隆……宋明帝请于湘宫开讲《成实》，负帙问道，八百余人。其后王侯贵胜，屡招讲说。凡先旧诸义盘滞之处，隆更显发开张，使昭

---

① ［南朝·梁］释慧皎撰：《高僧传》卷第十三《道照传》，汤用彤校注，中华书局1992年版，第510页。
② ［南朝·梁］释慧皎撰：《高僧传》卷第七《道生传》，汤用彤校注，中华书局1992年版，第255—256页。
③ ［南朝·梁］释慧皎撰：《高僧传》卷第三《求那跋摩传》，汤用彤校注，中华书局1992年版，第107—109页。
④ ［南朝·梁］释慧皎撰：《高僧传》卷第十三《昙宗传》，汤用彤校注，中华书局1992年版，第513页。

然可了，乃立实法断结义等。①

事实上，刘宋皇帝对这些高僧礼遇殊隆，赏赐尤多。

第三，刘宋帝室与僧徒们交往，亦包含有个人信仰的成分。汤用彤先生认为，"宋高祖刘裕雄才大略，以布衣位至天子，虽闻其与僧人交游，然以戎衣定天下，未尝奖挹佛法"②。但据《法苑珠林》记载，"（宋武帝）口诵梵本，手写戒经，造灵根、法王等四寺，常供千僧"③。《法苑珠林》中的刘裕完全是一派佛教信徒的形象。王永平先生亦认为，"刘裕虽长期处于战争状态，但他对佛教经典的译介、佛教义理的讲论、佛教高僧的安置、佛教仪式的制定等方面都显示出足够的关心"，"从刘裕对道照法师的态度及其于内殿设斋等情况看，他确实对法事是积极提倡并有一定的个人信仰成分的"④。其实，刘裕对佛教、佛僧的态度及内殿设斋等情况，文帝、孝武帝、明帝时期都有过之而无不及，佛教在此后发展的迅猛程度更甚于武帝时期。如果说武帝刘裕有一定的佛教信仰成分的话，那么，此后的文帝、孝武及明帝对佛教的理解就更深入，其佛教信仰成分就更为浓厚。特别是宋明帝，晚年颇多忌讳且嗜杀成性，只有佛教经典才能使其有所检止，《高僧传·宋京师灵根寺僧瑾传》载，"及明帝末年，颇多忌讳，……凡诸死亡凶祸衰白等语，皆不得以对，因之犯忤而致戮者，十有七八。……（周）颙乃习读《法句》《贤愚》二经，每见谈说，辄为言先。帝往往惊曰：'报应真当如此，亦宁可不畏。'因此犯忤之徒，屡被全宥"⑤。由此可见，宋明帝颇为相信佛教的报应论学说，即使在其悖逆常性、滥杀成习的晚年，佛教的部分信仰仍然在其

---

① ［南朝·梁］释慧皎撰：《高僧传》卷第八《慧隆传》，汤用彤校注，中华书局1992年版，第327页。
② 汤用彤：《汉魏两晋南北朝佛教史》（增订本），北京大学出版社2011年版，第232页。
③ ［唐］释道世：《法苑珠林校注》卷第一百，周叔迦、苏晋仁校注，中华书局2003年版，第2890页。
④ 王永平：《东晋南朝家族文化史论丛》，广陵书社2010年版，第284—285页。
⑤ ［南朝·梁］释慧皎撰：《高僧传》卷第七《僧瑾传》，汤用彤校注，中华书局1992年版，第295页。

潜意识的最深处起着重要的作用并影响其行为方式的选择。

第四是其他原因。《高僧传·宋寿春石涧寺释僧导传》载,"释僧导,……高祖旋旆东归,留子桂阳公义真镇关中,临别谓导曰:'儿年小留镇,愿法师时能顾怀。'义真后为西虏勃勃赫连所逼,出自关南。中途扰败,丑虏乘凶追骑将及,导率弟子数百人遏于中路,谓追骑曰:'刘公以此子见托,贫道今当以死送之,会不可得,不烦相追。'群寇骇其神气,遂回锋而反。义真走窜于草,会其中兵段宏,卒以获免,盖由导之力也。高祖感之,因令子侄内外师焉。后立寺于寿春,即东山寺也。常讲说经论,受业千有余人"①。刘裕托义真于僧导,希其顾怀,虽属谦抑之辞,但也并非完全无因。僧导在长安一带佛教徒中颇有权势和影响,刘义真最终藉其搭救得以全身则退。刘裕为僧导立寺寿春、令子侄拜师等殊遇行为即是为感激僧导救子之恩而发。《比丘尼传·东青园寺净贤尼传》载,"净贤,本姓弘,永世人也。……宋文皇帝善之,湘东王彧髫龀之年眠好惊魇,敕从净贤尼受三自归,悸寐即愈。帝益相善,厚崇供施,内外亲赏。及明帝即位,礼待益隆,资给弥重,建斋设讲,相继不绝"②。宋文帝敬崇净贤,从"善之"至"益相善,厚崇供施,内外亲赏",宋明帝"礼待益隆,资给弥重",其中一个重要原因当然是净贤治好了明帝年少之时的惊魇之症。

刘宋帝室为了晋宋禅代而借助佛教制造各种符瑞,为了征战的胜利、统治的巩固和稳定拉拢佛僧、崇教礼佛,朝廷因为兴寺铸像而缺铜,③ 孝武帝

---

① [南朝·梁]释慧皎撰:《高僧传》卷第七《僧导传》,汤用彤校注,中华书局1992年版,第280—281页。
② [南朝·梁]释宝唱:《比丘尼传校注》卷第四《净贤尼传》,王孺童校注,中华书局2006年版,第195页。
③ [唐]李延寿撰:《南史》卷七十八《夷貊天竺迦毗黎国传》,中华书局1975年版,第1963页。

时有大臣不遵守佛门戒律被免职①,文帝时竟有所谓"黑衣宰相"之称②,佛教在刘宋时期大大发展起来了,据《法苑珠林》记载,刘宋时期有佛教寺庙一千九百一十三所,僧尼佛徒三万六千人。③ 刘宋帝室因为各种原因而崇佛倡教,对此后与刘宋有着太多相似的南齐、梁朝和陈朝彰显出鲜明而深刻的示范效应。佛教在南朝的行进和发展是不可逆的历史进程,而这个历史进程在南朝的起始基点则必须还原到刘宋时期,可以说,刘宋帝室对佛教的倡导和奖掖引领着南朝佛教的历史进程。

二、刘宋皇室崇佛对文学的影响

1. 促进士人山水审美意识的自觉

先秦时期,自然山水处于人的"德"的笼罩之下,儒家学派始祖孔子有言:"知者乐水,仁者乐山";"岁寒,然后知松柏之后凋也";"夫水者,君子比德焉。遍予而无私,似德;所及者生,似仁;其流卑下句倨皆循其理,似义;浅者流行,深者不测,似智;其赴百仞之谷不疑,似勇;绰弱而微达,似察;受恶不让,似贞;包蒙不清以入,鲜洁以出,似善化;主量必平,似正;盈不求概,似度;其万折必东,似意;是以君子见大水观焉尔也"④。这就是"比德说",即把自然山水的某些特征与人的道德、品格和节操等相类比。道家学派的老子、庄子也受大自然的启发,主张通过与自然的接触和融熔来感悟和体验道。老子言:"上善若水,水善利万物而不争,处

---

① 据《南史·袁粲传》载,"孝建元年,文帝讳日,群臣并于中兴寺八关斋,中食竟,(袁)愍孙别与黄门郎张淹更进鱼肉食。尚书令何尚之奉法素谨,密以白孝武,孝武使御史中丞王谦之纠奏,并免官"。([唐]李延寿撰:《南史》卷二十六,中华书局1975年版,第703页)
② 《南史·夷貊天竺传附慧琳传》载,"元嘉中,遂参权要,朝廷大事皆与议焉。宾客辐凑,门车常有数十两。四方赠赂相系,势倾一时。方筵七八,座上恒满。琳著高屐,披貂裘,置通呈书佐,权侔宰辅。会稽孔觊尝诣之,遇宾客填咽,暄凉而已。觊慨然曰:'遂有黑衣宰相,可谓冠屦失所矣。'"([唐]李延寿撰:《南史》卷七十八,中华书局1975年版,第1964页)
③ [唐]释道世:《法苑珠林校注》卷第一百《传记篇·兴福部》,周叔迦、苏晋仁校注,中华书局2003年版,第2890页。
④ [汉]刘向撰:《说苑校证》,向宗鲁校证,中华书局1987年版,第434页。

众人之所恶，故几于道"①；"江海之所以能为百谷王者，以其善下之，故能为百谷王"②；"天下莫柔弱于水，而攻坚强者莫之能胜"③。由以上可以觇出，老子正是以水为媒介，期望从水的特性中来体验和感悟那个"寂兮寥兮，独立而不改，周行而不殆，可以为天地母"④ 的道。庄子对山水的理解则比老子更富于诗意，他常"钓于濮水"，"游于濠梁之上"，"行于山中"，"游乎雕陵之樊"，他所描写的"神人""至人""畸人"等往往都居于山野之中，其原因是"山林与！皋壤与！使我欣欣然而乐与"⑤。但是，这种使人欣欣然而乐的山水美景并不具有独立的审美品格，它只是一块通向"道"的跳板，庄子只是"从'道'的无限和自由，推出了人的无限和自由，把永恒的大自然的无意识、无目的，却又合乎规律的运动作为人效法的模范"⑥。

在"罢黜百家，独尊儒术"的两汉，在大一统皇权绝对的统治之下，汉人崇尚一种"大美"的气象，它"主要表现为审美文化活动或'作品'的场面之大、规模之巨、力度之强、数量之众、造像之高、形势之伟、地域之阔、物色之繁，以及节奏之铿锵、动作之奔放、色彩之强烈、音声之亢扬、语辞之华丽、描述之铺张、气魄之恢弘、情势之雄壮，等等，均达到无所不用其极的程度"⑦。在这种审美风尚的奄罩之下，无论是"方九百里，其中有山焉。其山则盘纡岪郁，隆崇嵂崒。岑崟参差，日月蔽亏。交错纠纷，上干青云。罢池陂陀，下属江河"⑧ 的云梦泽，还是"左苍梧，右西极。丹水

---

① 陈鼓应：《老子注译及评介》，中华书局1984年版，第444页。
② 陈鼓应：《老子注译及评介》，中华书局1984年版，第472页。
③ 陈鼓应：《老子注译及评介》，中华书局1984年版，第468页。
④ 陈鼓应：《老子注译及评介》，中华书局1984年版，第451页。
⑤ [清] 郭庆藩撰：《庄子集释》，王孝鱼点校，中华书局1961年版，第765页。
⑥ 李泽厚、刘纲纪主编：《中国美学史》（第一卷），中国社会科学出版社1984年版，第239页。
⑦ 仪平策：《中国审美文化史·秦汉魏晋南北朝卷》，陈炎主编，山东画报出版社2000年版，第4页。
⑧ [南朝·梁] 萧统编：《文选》第七卷，[唐] 李善注，上海古籍出版社1986年版，第349—350页。

更其南，紫渊径其北"①的上林苑，都无法在文人心目中获得独立的审美价值，它只是这个大一统王朝在"奄有天下以后，侈陈珍异、安享百物心理的流露……又表现了一个民族在一种空前的统一中，对于自然物占有的一种空前的扩展。……既是地主阶级对于自己在社会生活的各个方面都取得了大一统胜利的陶醉，又是我们民族在开拓自身生存领域的斗争中获得了历史性进展的灿烂表征"②。

真正促进士人山水审美意识的自觉，其萌芽在西晋至东晋前中期。两晋崇玄，尚虚谈。从大体来说，两晋主要风尚是玄学，玄学以思辨见长，为士人处理名教与自然的关系提供了理论上的支持。东晋高僧加入玄学理论的探讨是东晋玄学发展最突出的表征，其最大的特点是引佛入玄、以佛阐玄、玄佛结合。东晋士人山水自然观最大的思想渊源即是大乘空宗的般若学。般若学本体论与色空观念与玄学的有无论颇为相近，但其"非无非有"的"中道"观彻底消除了玄学"无"和"有"的差别，真正达到浑融如一的境界，因此对谈玄的东晋士人来说更具有新鲜感和吸引力，王羲之被支道林之玄谈所深深吸引以至"披襟解带，留连不能已"③的原因即在此。般若学既认为大千世界"非有非无"，又认为"佛无定所，应物而现"，即佛无处不在，那么，多姿多彩的大千世界在佛性的照耀下充盈着无限的生意，具有了无限的韵味。高僧们依照宗教习惯，喜欢寻觅一处山明水秀、风景幽然的胜境作为修行的基本场所，进行体道悟道。如于法兰，"性好山泉，多处岩壑。……后闻江东山水，剡县称奇，乃徐步东瓯，远瞩岖崃，居于石城山足"④；慧远，"创造精舍，洞尽山美，却负香炉之峰，傍带瀑布之壑，仍石垒基，即

---

① ［南朝·梁］萧统编：《文选》第八卷，［唐］李善注，上海古籍出版社1986年版，第362页。
② 王钟陵：《中国中古诗歌史——四百年民族心灵的展示》，人民出版社2005年版，第10页。
③ ［南朝·宋］刘义庆撰：《世说新语笺疏》卷上之下，［南朝·梁］刘孝标注、余嘉锡笺疏，中华书局2007年版，第264页。
④ ［南朝·梁］释慧皎撰：《高僧传》卷第四《法兰传》，汤用彤校注，中华书局1992年版，第166页。

松栽构,清泉环阶,白云满室。复于寺内别置禅林,森树烟凝,石筵苔合。凡在瞻履,皆神清而气肃焉"①;帛道猷,"性率素,好丘壑,一吟一咏,有濠上之风。……因有诗曰:连峰数千里,修林带平津。云过远山翳,风至梗荒榛。茅茨隐不见,鸡鸣知有人。闲步践其迳,处处见遗薪。始知百代下,故有上皇民"②。正因为佛教高僧多好名山胜水,故中国宋代诗人赵抃《次韵范师道龙图》云:"可惜湖山天下好,十分风景属僧家。"③ 因此,大乘佛学的般若学为东晋士人山水审美自觉奠定了理论的基础,而东晋士人亲近佛僧究理佛学则开始萌发了山水审美意识的自觉。

晋宋之际,自刘裕开始实质性掌管东晋朝政的义熙起,到刘宋初期的元嘉年间,是山水审美意识自觉的确立期。沈约云:"有晋中兴,玄风独振,为学穷于柱下,博物止乎七篇,驰骋文辞,义单乎此。自建武暨乎义熙,历载将百,虽缀响联辞,波属云委,莫不寄言上德,托意玄珠,遒丽之辞,无闻焉尔。"④ 在此,沈约明确把义熙之前与义熙之后区分开来,因为义熙之后是一个新的阶段的肇始。钟嵘的说法与沈约有异曲同工之妙,只不过沈约总前而说,钟嵘则统后而言:"逮义熙中,谢益寿斐然继作。元嘉初,有谢灵运,才高词盛,富艳难踪,固已含跨刘、郭,凌轹潘、左。"⑤ 自义熙始,刘宋帝室在掌握政权之后,由于多种原因崇扬佛教,佛教因此得以迅速发展。刘宋帝室与僧人往来频繁,因之文人学士对佛教高僧更是趋之若鹜,如王弘、范泰与道生、僧苞,王景文与法瑗,范晔、王昙首与释昙迁,何尚之、王僧达与释慧严、慧观,张畅、张敷、戴颙、戴勃、袁粲与释僧诠、道温、僧璩等,或以师事之,或以友待之,都交往甚密,往返义理,其受佛教

---

① [南朝·梁] 释慧皎撰:《高僧传》卷第六《慧远传》,汤用彤校注,中华书局1992年版,第212页。
② [南朝·梁] 释慧皎撰:《高僧传》卷第五《道壹传附帛道猷传》,汤用彤校注,中华书局1992年版,第207页。
③ [清] 吴之振、吕留良、吴自牧选,[清] 管庭芬、蒋光煦补:《宋诗钞》,中华书局1986年版,第204页。
④ [南朝·梁] 沈约撰:《宋书》卷六十七《谢灵运传》,中华书局1974年版,第1778页。
⑤ [南朝·梁] 钟嵘:《诗品笺注》,曹旭笺注,人民文学出版社2009年版,第18页。

的影响自不待言。以元嘉三大家来说，谢灵运本身即是佛教徒自不必多论；鲍照长期在笃信佛教的临川王刘义庆手下任职，自然不可能不受其影响；颜延之对佛教亦颇有研究，不但参与佛教神不灭及轮回报应的大讨论，而且有《论检》《折达性论》《离识观》等相当多的佛教研究著述。在刘宋皇室的倡导下，士人与佛僧多有亲近，加速了士人山水审美意识的确立。

之所以说士人山水审美意识的真正确立是在晋宋之交到刘宋初年，而东晋前中期只是处于萌芽状态，这有两方面的原因。

其一，从学理上看，任何理论、学派从初步了解认识到深入理解掌握，是一个发展融溶的过程。东晋前中期，士人们对佛学佛理的认识尚属浅显，《世说新语·文学》载："三乘佛家滞义，支道林分判，使三乘炳然。诸人在下坐听，皆云可通。支下坐，自共说，正当得两，入三便乱。今义弟子虽传，犹不尽得"①；"支道林、许掾诸人共在会稽王斋头，支为法师，许为都讲。支通一义，四坐莫不厌心；许送一难，众人莫不抃舞。但共嗟咏二家之美，不辩其理之所在"②。可见佛学精微，士人对其深入理解的确需要一个较长的过程。而要想使佛教扎稳脚跟，高僧们必须以玄说佛，才能被士人们所接受和理解，这是佛教高僧不得已而为之者。具体来说，当时的六家七宗即是运用了一种叫"格义"的方法："以经中事数，拟配外书，为生解之例，谓之格义"③。通过"格义"的方法，因为其与士人们掌握的玄学理论相关而又相异，具有新奇感，所以引起了士人们深切的好奇和持久的关注。经过一个较为长久的接触过程，又加上刘宋帝室对佛教的崇扬，士人们对佛学教义有了更为深入的理解和掌握，佛僧们即可以撇开玄学而专讲佛义了。

其二，从东晋前中期的相关山水诗来看，完整的篇章既不丰富，主要是高僧支遁、道壹、张翼与士人庾阐、李颙、湛方生等的作品，而且其作品往

---

① ［南朝·宋］刘义庆：《世说新语笺疏》卷上之下，［南朝·梁］刘孝标注、余嘉锡笺疏，中华书局2007年版，第265页。
② ［南朝·宋］刘义庆：《世说新语笺疏》卷上之下，［南朝·梁］刘孝标注、余嘉锡笺疏，中华书局2007年版，第268—269页。
③ ［南朝·梁］释慧皎撰：《高僧传》卷第四《竺法雅传》，汤用彤校注，中华书局1992年版，第152页。

往带有玄学体道悟玄的玄鉴成分及残留有类似人物品藻的特点。带有玄鉴成分的诗，如庾阐《衡山诗》曰："北眺衡山首，南睨五岭末。寂坐挹虚恬，运目情四豁。翔虹凌九霄，陆鳞困濡沫。未体江湖愁，安识南溟阔。"① 作者以所见的衡山与五岭为起点，运用玄学家心斋坐忘的方法，游于天地无穷无限之境，直达宇宙的道的境界。带有品藻山水意味的诗，如顾恺之《神情诗》曰："春水满四泽，夏云多奇峰。秋月扬明辉，冬岭秀寒松。"② 又如《世说新语·语言》记道壹道人回寺后描绘途中景色："风霜固所不论，乃先集其惨澹。郊邑正自飘瞥，林岫便已皓然。"③ 这种富于品藻类特点的诗，带有以言简意赅的语言来描绘山水景物的主观意愿，因此并不作深入精微的细致描写，但亦可以看成是玄学以少总多的简约原则在诗作中的投射。诗作带有玄鉴成分及品藻意味是东晋前中期的普遍状况，而山水审美意识确立之后的晋宋之际及刘宋初年则基本扬弃了这种现象。如谢灵运《于南山往北山经湖中瞻眺诗》曰："朝旦发阳崖，景落憩阴峰。舍舟眺回渚，停策倚茂松。侧迳既窈窕，环洲亦玲珑。俯视乔木杪，仰聆大壑淙。石横水分流，林密蹊绝纵。解作竟何感，升长皆丰容。初篁苞绿箨，新蒲含紫茸。海鸥戏春岸，天鸡弄和风。"④ 如此大段大段地对山水景物作深入精致、纤毫毕现的刻画，这是在东晋前中期都不曾有过的现象，而且其中也不带有玄学家玄鉴和朗鉴的成分。钱志熙认为，"东晋前中期山水观照中玄鉴和朗鉴的特点，与晋宋之际的范山模水、钻情草木差异较大，体现了不同时期的不同的山水观照风格"⑤。其实，之所以差异如此之大，其根本原因并非不同时期不同的山水观照风格，而在于东晋前中期只能算是士人山水审美意识之萌芽期，山水审

---

① 逯钦立辑校：《先秦汉魏晋南北朝诗·晋诗》卷十二，中华书局1983年版，第874页。
② 逯钦立辑校：《先秦汉魏晋南北朝诗·晋诗》卷十四，中华书局1983年版，第931页。
③ [南朝·宋]刘义庆：《世说新语笺疏》卷上之上，[南朝·梁]刘孝标注、余嘉锡笺疏，中华书局2007年版，第173页。
④ 逯钦立辑校：《先秦汉魏晋南北朝诗·宋诗》卷三，中华书局1983年版，第1172页。
⑤ 钱志熙：《魏晋诗歌艺术原论》，北京大学出版社2005年版，第306页。

美意识真正确立期在晋末宋初。

当然，以玄（佛）对山水和以自觉的审美意识对山水，并不是一个泾渭分明一蹴而就的过程，罗宗强先生说："以玄对山水，和以审美的眼光对山水，这两种态度之间也没有一个截然的标志，只不过侧重点的变化而已。在侧重点的变化中间，它往往是并存的。这一点在山水与佛教的关系中表现得更为明显。围绕在慧远周围的名僧与名士，他们对于佛理的体认与对于山水的感受，就常常是同时进行的。"① 我们是否可以这么认为，东晋前中期士人们以玄（佛）对山水是其主要成分而以审美意识对山水则是附加的功能，西晋至东晋前中期是山水审美意识因子的量变积累期，量变的积累最终会达到质变，这个质变的时期正是晋末宋初，罗宗强先生所提到的名僧慧远正是一个跨越东晋中期与晋末宋初的过渡性重要人物，他见证了山水审美意识由量变到质变的关键过程。

2. 刘宋帝室崇佛对诗歌的影响

从西晋迄于东晋前中期，玄学是当时士人的主流思想，诗坛盛行玄言诗，钟嵘言："永嘉时，贵黄、老，稍尚虚谈。于时篇什，理过其辞，淡乎寡味。爰及江表，微波尚传。孙绰、许询、桓、庾诸公诗，皆平典似《道德论》。建安风力尽矣。"② 所谓"微波尚传"，是因为渡江以后佛学逐渐与玄学合流并日益影响士人的思想，进而诗坛出现新风尚的苗头。这种新的风尚正暗自累积，进行着量的变化，因此其时诗风已与永嘉时稍有异质。但无论如何，这种新风尚量的变化并未能有所突破和有所跨越，因此从大体上来说还是玄言诗独霸诗坛，刘勰的评论即是如此："正始明道，诗杂仙心，何晏之徒，率多浮浅。……晋世群才，稍入轻绮，张潘左陆，比肩诗衢，采缛于正始，力柔于建安，或析文以为妙，或流靡以自妍，此其大略也。江左篇制，溺乎玄风，嗤笑徇务之志，崇盛亡机之谈。"③

---

① 罗宗强：《魏晋南北朝文学思想史》，中华书局1996年版，第186—187页。
② [南朝·梁]钟嵘：《诗品笺注》，曹旭笺注，人民文学出版社2009年版，第15页。
③ [南朝·梁]刘勰：《文心雕龙注》卷二，范文澜注，人民文学出版社1958年版，第67页。

如上面所谈，正是刘宋帝室力倡佛教，佛教的理念浸入士人思想，加速了士人山水审美意识的自觉，终于在义熙至刘宋初年形成了质的飞跃与突破，士人自觉的山水审美意识所以最终确立。自此始，诗坛的风尚得以根本性转变，山水题材诗成为诗坛主流。因此刘勰言："宋初文咏，体有因革，庄老告退，而山水方滋，俪采百字之偶，争价一句之奇，情必极貌以写物，辞必穷力而追新，此近世之所竞也。"①

刘宋帝室崇佛对诗歌的影响，首先表现在大乘佛教般若学对山水诗的影响。刘宋山水诗中颇喜用般若性空观中惯用的词语，如"空""幽""寂""清"等，其中"空"是使用频率最高的词，如：

云日相辉映，空水共澄鲜。（谢灵运《登江中孤屿》）
禅室栖空观，讲宇析妙理。（谢灵运《石壁立招提精舍》）
沃若灵驾旋，寂寥云幄空。（谢惠连《七月七日夜咏牛女》）
如彼引鲲鱼，待尽守空梁。（王微《咏愁》）
目极情无留，客思空已繁。（刘骏《登作乐山》）
九逝非空思，七裹无成文。（颜延之《夏夜呈从兄散骑车长沙》）
亲爱难重陈，怀忧坐空老。（鲍照《赠故人马子乔》之一）

正是刘宋帝室崇佛扬佛，故以佛教般若学色空观念来观照山水、观照人生，成了刘宋诗歌中极为普遍的现象。但"空"并非无，并非没有，"空"即是物之本体、物之本色，所以刘宋山水诗又凸显出色彩斑斓、绚丽明媚的物之本色，如：

白云抱幽石，绿筱媚清涟。（谢灵运《过始宁墅》）
初篁苞绿箨，新蒲含紫茸。（谢灵运《于南山往北山经湖中瞻眺

---

① ［南朝·梁］刘勰：《文心雕龙注》卷二，范文澜注，人民文学出版社1958年版，第67页。

诗》)

绿柳蔚通衢，青槐荫修坰。（刘义恭《拟陆士衡诗》）
蜚云兴翠岭，芳飙起华薄。（谢惠连《三月三日曲水集诗》）
长杨敷晚素，宿草披初青。（刘骏《拜衡阳王义季墓诗》）
攒素既森蔼，积翠亦葱芊。（颜延之《应诏观北湖田诗》）

在诗人们的眼里，这些明丽炫目的山水景物不但是其自身本色的体现，而且也是神之佛光的照耀，是般若学"色空不二"的具体表征。所以张国星评价谢灵运说："般若学'色空不二'的原理，使谢诗在描写景物时，放弃了事—景—情、'体物写貌，蔚以雕画'的旧美学原理，着力以一组内在联系的景物，以它们之间的精神意蕴而不是繁芜的外相，去表现一种情感。这是自《诗经》至汉晋诗歌中所难见的，它开辟了类乎两宋词'取神题外，设境意中'的艺术新境。"①

刘宋帝室崇佛对诗歌的影响，还表现在涅槃佛性论对谢灵运山水诗的影响上。宋文帝喜述涅槃佛性论的顿悟义，对其倡导者道生"深加叹重"②。涅槃佛性论因宋帝室的奖挹而成为此后中国佛学的主流，任继愈先生说："南北朝到隋唐，继魏晋玄学之后，中国哲学发展史上又上了一个台阶，由本体论进入心性论，佛性论由中国哲学史上的一个支流上升为主流，从而把中国哲学的发展向前推进了一大步。"③ 谢灵运也是道生涅槃佛性论的强烈支持者，曾在道生理论受诸多置疑之时力挺道生并为之辩护，而他在宗教哲学上即是以佛性论为主要思想的，他的山水诗创作也不能不受涅槃佛性论的影响。

谢灵运山水诗好用"理"字，如：

---

① 张国星：《佛学与谢灵运的山水诗》，载《学术月刊》，1986年第11期。
② ［南朝·梁］释慧皎撰：《高僧传》卷第七《道生传》，汤用彤校注，中华书局1992年版，第255页。
③ 任继愈：《禅宗与中国文化》，载《社会科学战线》，1988年第2期。

> 孤游非情叹，赏废理谁通。（《于南山往北山经湖中瞻眺》）
>
> 投沙理既迫，守道自不携。（《登石门最高顶》）
>
> 感往虑有复，理来情无存。（《石门新营所住》）
>
> 虑澹物自轻，意惬理无违。（《石壁立招提精舍》）
>
> 在宥天下理，吹万群方悦。（《九日从宋公戏马台集送孔令》）

前人也多指出谢灵运"理"是其山水诗的主要特征，如王夫之评谢诗《晚出西射堂》"心期寄托，风韵神理"①，评《游南亭》"条理清密，如微风振箫"②，评《田南树园激流植援》"亦理、亦情、亦趣，逶迤而下，多取象外，不失圜中"③；沈德潜评其《石门新营所住四面高山回溪石濑茂林修竹》"虑有回复，妙理若来，而物我俱丧"④；陈祚明评其《石壁精舍湖中作》"炼意，法、理、语圆好"⑤。由此觇来，谢灵运山水诗的确是以"理"胜，而这个"理"，大多认为是"老庄玄思"之理。⑥ 但如果从谢灵运近佛崇佛，以及从其所作《辩宗论》、与慧严慧观改治《大涅槃经》来看，谢灵运的哲学思想之"理"实则来自竺道生的涅槃佛性论。汤用彤先生即认为谢灵运佛学思想是承竺道生而来且具有重要的历史意义："康乐承生公之说作《辩宗论》，提示当时学说两大传统之不同，而指明新论乃二说之调合。其作用不啻在宣告圣人之可至，而为伊川谓'学'乃以至圣人学说之先河。则此

---

① ［清］王夫之：《古诗评选》卷五，李中华、李利民校点，上海古籍出版社 2011 年版，第 201 页。

② ［清］王夫之：《古诗评选》卷五，李中华、李利民校点，上海古籍出版社 2011 年版，第 202 页。

③ ［清］王夫之：《古诗评选》卷五，李中华、李利民校点，上海古籍出版社 2011 年版，第 205 页。

④ ［清］沈德潜选：《古诗源》卷五，中华书局 1963 年版，第 203 页。

⑤ ［清］陈祚明编：《采菽堂古诗选》卷之十七，李金松校，上海古籍出版社 2008 年版，第 538 页。

⑥ 这些观点可参见朱自清：《经典常谈》，生活·读书·新知三联书店 1981 年版，第 106 页；刘大杰：《中国文学发展史》，上海古籍出版社 1982 年版，第 298 页；袁行霈主编：《中国文学史》第二卷，高等教育出版社 2010 年版，第 107 页；等等。

论在历史上有甚重要之意义盖可知矣。"①

竺道生认为,"如来身从实理中来"②;"佛为悟理之体";③"佛以穷理为主"④;"既入其理,即为彼岸"⑤;"理既为苦,则事不由己"⑥;"观理得性"⑦;"闻理为贵"⑧。"理"即是佛性的体现,所以谢灵运才着意强调,"必求性灵真奥,岂得不以佛经为指南邪?"⑨谢灵运之看重"理",实际上是在求性灵之真奥,而山水诗正是其探求人生真谛的一种方式。故古人评谢诗时,陈祚明云:"理语入诗,气皆厚"⑩;沈德潜曰:"匠心独造,少规往则,钩深极微,而渐近自然,流览闲适中,时时浃洽理趣"⑪;王夫之言:"言情则于往来动止、飘渺有无之中,得灵蠁而执之有象;取景则于击目经心、丝分缕合之际,貌固有言之不欺。而且情不虚情,情皆可景;景非滞景,景总含情。神理流于两间,天地供其一目,大无外而细无垠。落笔之

---

① 汤用彤:《魏晋玄学论稿》(增订版),生活·读书·新知三联书店2009年版,第122页。
② [后秦]僧肇撰:《注维摩诘经》卷三,《大正新修大藏经》第38册,台北新文丰出版社1983年修订版,第360页。
③ [后秦]僧肇撰:《注维摩诘经》卷三,《大正新修大藏经》第38册,台北新文丰出版社1983年修订版,第360页。
④ [后秦]僧肇撰:《注维摩诘经》卷三,《大正新修大藏经》第38册,台北新文丰出版社1983年修订版,第353页。
⑤ [后秦]僧肇撰:《注维摩诘经》卷三,《大正新修大藏经》第38册,台北新文丰出版社1983年修订版,第351页。
⑥ [后秦]僧肇撰:《注维摩诘经》卷三,《大正新修大藏经》第38册,台北新文丰出版社1983年修订版,第354页。
⑦ [后秦]僧肇撰:《注维摩诘经》卷二,《大正新修大藏经》第38册,台北新文丰出版社1983年修订版,第345页。
⑧ [后秦]僧肇撰:《注维摩诘经》卷二,《大正新修大藏经》第38册,台北新文丰出版社1983年修订版,第344页。
⑨ [南朝·宋]何尚之:《列叙元嘉赞扬佛教事》,[清]严可均辑:《全上古三代秦汉三国六朝文》卷二十八,中华书局1958年版,第2590页。
⑩ [清]陈祚明编:《采菽堂古诗选》卷之十七,李金松校,上海古籍出版社2008年版,第523页。
⑪ [清]沈德潜:《说诗晬语》,见[清]王夫之等撰:《清诗话》,上海古籍出版社1999年版,第532页。

先，匠意之始，有不可知者存焉"①；黄子云说："康乐于汉魏外别开蹊径，舒情缀景，畅达理旨，三者兼长，洵堪睥睨一世。"② 由此观来，谢灵运的山水诗受佛教的影响的确不可谓不深刻。

第四节　刘义庆《世说新语》的影响

刘义庆本长沙景王刘道怜之次子，因其叔临川王刘道规无子，故以刘义庆为嗣。刘裕对刘义庆颇为赏识，评之曰："此我家丰城也。"③《宋书》作者沈约认为，义庆"才词虽不多，然足为宗室之表"④，但考之史籍，恐不尽如是。《宋书》本传记义庆所撰，有《徐州先贤传》十卷，拟班固《典引》为《典叙》，《南史·刘义庆传》并载其有《世说》十卷，《集林》二百卷，而据《隋书·经籍志》，刘义庆总的著录情况是：《江左名士传》一卷，《宣验记》十三卷，《幽明录》二十卷，《世说》八卷，《宋临川王义庆集》八卷，《集林》一百八十一卷。由此观来，刘义庆文章足为宗室之表，其才词亦颇丰赡。

刘义庆最负盛名、影响最大的是《世说新语》，鲁迅先生推测有可能成于众手，范子烨先生则从《世说新语》本身语言风格、条目分类、同一言行的记载，从刘义庆及其幕府文士与《世说新语》的关系，从刘义庆及其幕府文人与《世说新语》中的人物或这些人物的后代的关系，强有力地证明《世说新语》的确成于众手。⑤ 不过，即使《世说新语》的确出于众人之手，有

---

① ［清］王夫之：《古诗评选》卷五，李中华、李利民校点，上海古籍出版社2011年版，第205页。
② ［清］黄子云《野鸿诗的》，见［清］王夫之等撰：《清诗话》，上海古籍出版社1999年版，第862页。
③ ［南朝·梁］沈约撰：《宋书》卷五十一，中华书局1974年版，第1475页。
④ ［南朝·梁］沈约撰：《宋书》卷五十一，中华书局1974年版，第1477页。
⑤ 范子烨：《〈世说新语〉研究》，黑龙江教育出版社1998年版第二章，第一节"《世说新语》成于众手说"，第36—82页。

一点我们却不能忽略,那就是,刘义庆作为此书的总负责人——如果刘义庆幕府文人为《世说新语》的编辑,那么刘义庆则为总编辑——是不可动摇的,即,如果没有刘义庆和其主导,则中国文学史上不可能出现《世说新语》一书。萧虹在考查刘义庆的家庭背景、教育与兴趣、文学才能及是否有时间从事编书后甚至认为,"义庆具备了编撰《世说新语》的物质和精神条件,《世说》基本上是他的精神产儿,尽管他有何(长瑜)、陆(展)、袁(淑)、鲍(照)诸人在实际工作上的协助"①。

按照通常的说法,《世说新语》是一本"闲适之书,里面写了许多饮酒、清谈的雅事"②,它"以简约玄淡的笔墨生动地刻画了东汉末年至刘宋初年的士人形象群体,显现了他们的思想情感和生活习尚"③,"差不多就可看作一部名士底教科书"④。但是,就是这样一部闲适的清谈之书,却对中国后世文学产生了巨大的影响。

一、《世说新语》研者如云,仿作众多

《世说新语》一面世,即以其独特的魅力获得了诸多文人学士的青睐,千百年来,不但研究者众星云集,而且仿作亦不绝如缕。

对《世说新语》的研究,最早的是宋齐之际的学者史敬胤,其对《世说新语》的注释开启了《世说新语》研究的先河。其后梁代著名学者刘孝标又为《世说新语》作注,刘注"征引浩博,或驳或申,映带本文,增其隽永"⑤,宋人高似孙在《纬略》中说:"梁刘孝标注此书,引援详确,有不言之妙。如引汉、魏、吴诸史及子传地理之书,皆不必言。只如晋氏一朝史及

---

① 萧虹:《〈世说新语〉整体研究》,上海古籍出版社2011年版,第50页。
② 吴中杰:《研究方法的多元性——序萧虹〈世说新语整体研究〉》,见萧虹《〈世说新语〉整体研究》,上海古籍出版社2011年版,"序",第4页。
③ 范子烨:《〈世说新语〉研究》,黑龙江教育出版社1998年版,第4页。
④ 鲁迅:《鲁迅学术论著》,杭州人民出版社1998年版,第220页。
⑤ 鲁迅:《中国小说史略》,东方出版社1986年版,第35页。

晋诸公列传谱录文章，皆出于正史之外，纪载特详，闻见未接，实为注书之法。"①《四库全书总目提要》对其更为称道："与裴松之《三国志注》、郦道元《水经注》、李善《文选注》，同为考据家所引据焉。"②

第一个对《世说新语》提出批评的是唐代史学家刘知几，他在《史通·采撰》中认为，"晋世杂书，谅非一族，若《语林》《世说》《幽明录》《搜神记》之徒，其所载或诙谐小辩，或神鬼怪物。其事非圣，扬雄所不观；其言乱神，宣尼所不语。皇朝新撰晋史，多采以为书。……虽取说于小人，终见嗤于君子矣"③。在《史通·杂说》篇里，他对《世说新语》的批评更甚："近者，宋临川王义庆著《世说新语》，上叙两汉、三国及中朝、江左事。刘峻注释，摘其瑕疵，伪劣昭然，理难文饰。而皇家撰晋史，多取此书。遂采康王之妄言，违孝标之正说。以此书事，奚其厚颜！"④ 刘知几以正统史家的眼光，对《世说新语》横加诋诟，根本不理解所谓"为赏心而作""远实用而近娱乐"⑤ 的《世说新语》的性质。《世说新语》虽是以真人真事为描述对象，但是作者所聚焦的是人物的轶闻趣事、奇谈琐事，而不是关注人物的生平大事，这样的材料往往来自街头巷尾的道听途说和口耳相传，自然加入了某些应当如此的夸饰和想象成分，这样作品才有了引人入胜的效果。钱钟书先生评宋诗曰："诗是有血有肉的活东西，史诚然是它的骨干，然而假如单凭内容是否在史书上信而有征这一点来判断诗歌的价值，那就仿佛要从爱克司光透视里来鉴定图画家和雕刻家所选择的人体美了。"⑥ 此评置之《世说新语》亦如是，正如其所进一步指的一样："文学创作的真实不等于历史考订的事实，因此不能机械地把考据来测验文学作品的真实，恰像不能天真

---

① ［宋］高似孙：《高似孙纬略校注》，左洪涛校注，浙江大学出版社2012年版，第175页。
② 纪昀等撰：《四库全书总目提要》，中华书局1997年版，第1836页。
③ ［唐］刘知几：《史通通释》卷五，浦起龙通释，上海古籍出版社2009年版，第108页。
④ ［唐］刘知几：《史通通释》卷十七，浦起龙通释，上海古籍出版社2009年版，第450—451页。
⑤ 鲁迅：《中国小说史略》，上海古籍出版社2006年版，第34页。
⑥ 钱钟书：《钱钟书集·宋诗选注》，生活·读书·新知三联书店2002年版，第3页。

地靠文学作品来供给历史的事实。"①

宋元之际,小说评点之学开始兴起,以评点的形式对《世说新语》进行研究自此络绎不绝。最早对《世说新语》进行批点的是南宋的刘辰翁和刘应登。一般认为,刘辰翁是我国古代第一个文学批点家,他大胆地指认《世说新语》为小说,而且从小说的角度特加评价和赏析。明人杨慎《升庵集》卷四十九"刘须溪"之条言:"须溪于唐人诸诗及宋苏、黄而下,俱有批评,三《子》口义、《世说新语》《史》《汉》异同,皆然。士林服其赏鉴之精,而不知其节行之高也。"② 著名文人焦竑更合称孝标、辰翁为"二刘先生"。但据刘强先生的观点,"刘应登批注本《世说新语》之刊刻更在辰翁之前,应登虽自云'精划其长注,间疏其滞义',实则亦兼事评点"③。无论中国第一评点家归之于刘辰翁抑或是刘应登,《世说新语》作为中国第一评点小说的地位是丝毫不能撼动的。

刘辰翁、刘应登的版本于今虽已不传,但自兹以后,明清迄于近世,对《世说新语》的评点踵事增华,代不乏人。明人杨慎、王世贞、袁宏道、李贽、冯梦龙、凌濛初等皆措意《世说新语》的刊刻及评点,其中凌濛初鼓吹本《世说新语》既收括刘辰翁、刘应登之批注,亦裒集当时学人志士之评点,可谓彬彬之盛集乎此书。清至近世,陶珽、方苞、王先谦、严复、陈寅恪、余嘉锡等踵之,不但其校勘考证之力丰赡,其批注评点之功亦颇值得重视。

"文化史上的一个现象是,大凡富有原创性和自成系统的文化创造,总是能够引来后世的模仿和接力,从而形成一个既是历时的、又是共时的文化空间和文本系统。"④《世说新语》之所以容易被模仿,主要原因是其体例自完自足,而且有着总结性的集大成之功,尤其是其体现了时代学术思想结晶的分门隶事、以类相从的编撰,有着极强的榜样效应和范式意义,易于仿效

---

① 钱钟书:《钱钟书集·宋诗选注》,生活·读书·新知三联书店 2002 年版,第 3 页。
② [明]杨慎:《升庵集》卷四十九,《文渊阁四库全书》第 1270 册,第 411 页。
③ 刘强:《世说新语会评》,凤凰出版社 2007 年版,"自序",第 4 页。
④ 刘强:《〈世说〉学引论》,复旦大学博士论文,2004 年。

操作和照式模拟。史上对《世说新语》的研究如火如荼地展开的同时，对《世说新语》的效仿之作亦从不绝断。

《世说新语》流传稍后不久，即有梁沈约的《俗说》和殷芸的《小说》面世。因当时尚有晋代裴启《语林》和郭澄之《郭子》流行，故此二《说》往往不被认可为《世说新语》之遗绪，但单从其以"说"为名来看，其受《世说新语》的影响当不可否认。①

真正受《世说新语》影响而又开启"世说体"序幕的，一般认为应从唐代开始。唐代刘肃《大唐新语》、王方庆《续世说新书》、张鷟《朝野佥载》等明显受《世说新语》影响，其中《续世说新书》被称为第一部《世说》续书，而《大唐新语》与《朝野佥载》都有分门隶事、以类相从的版本。《大唐新语》计匡赞、规谏等二十九门，《朝野佥载》今本虽不分门类，但晁公武《郡斋读书志》载《朝野佥载》曰："《朝野佥载》，补遗三卷。右唐张鷟文成撰，分三十五门，载唐朝杂事。"② 由此可见，此书虽今本不分门类且具体分门别类已不可考，但其始则是分门类的。

宋代仿《世说新语》者有王谠《唐语林》、孔平仲《续世说》和李垕《南北史续世说》。根据陈振孙《直斋书录解题》可知，《唐语林》仿《世说新语》分三十五门，又增加嗜好、俚俗、忠义等十七门，共计五十二门，《四库全书总目提要》称其"虽仿《世说》，而所纪典章故实、嘉言懿行，多与正史相发明"③。孔平仲《续世说》所录自刘宋至后周，改《世说新语》中"规箴"为"箴规"，去"豪爽"而增"邪谄""奸佞""直谏"，共分为三十八门。李垕《南北史续世说》"惟取李延寿南、北二史所载碎事，依《世说》门目编之，而增以博洽、介洁、兵策、骁勇、游戏、释教、言验、

---

① 《世说新语》本名《世说》，范子烨先生《〈世说新语〉研究》第一章第一节《〈世说新语〉之原名》有详考，至今成确论，见范子烨：《〈世说新语〉研究》，黑龙江教育出版社1998年版。

② [宋] 晁公武撰：《郡斋读书志校证》，孙猛校证，上海古籍出版社2011年版，第564页。

③ 纪昀等撰：《四库全书总目提要》（整理本），中华书局1997年版，第1857页。

志怪、感动、痴弄、凶悖十一门"①。

至明清二朝,随着小说的繁荣昌盛,"世说体"亦达其鼎盛状态,逐渐呈现出多样化的态势。明清"世说体"小说首先呈现出数量众多的特点,其仿作中较为有名者,明代有何良俊《何氏语林》、王世贞《世说新语补》、焦竑《类林》和《玉堂丛话》、曹臣《舌华录》、林茂桂《南北朝新语》、李绍文《皇明世说新语》、张墉《廿一史识余》、郑仲夔《兰畹居清言》等,清代有李清《女世说》、梁维枢《玉剑尊闻》、汪婉《说玲》、吴肃公《明语林》、邹统鲁《明世说补》、王晫《今世说》、章抚功《汉世说》、颜从乔《僧世说》、赵瑜《儿世说》、李文胤《续世说》、李延昰《南吴旧话录》、易宗夔《新世说》等,从数量上看,明清"世说体"小说超过以往任何一个时期。从体例上看,明清时期的"世说体"小说既有墨守《世说新语》体例三十六门者,如李绍文《明世说新语》和易宗夔《新世说》,又有稍加增损者,如何良俊《何氏语林》增《言志》和《博识》两门共三十八门,焦竑《玉堂丛话》有二十一门与《世说新语》相同,另增三十三门,共计五十四门,王晫《今世说》删《自新》《黜免》《俭啬》《谗险》《纰漏》《仇隙》,计三十门。从门类的增减来看,可以说是千姿百态,各呈异彩。另外,明清时期"世说体"小说的另一个变化是,在反映对象上更加具体细致,有的专以某一类人为记载对象,如赵瑜《儿世说》专记儿童故事,李清《女世说》专以女子为记载对象,颜从乔《僧世说》则专门记载僧人故事,有的专记一代人的故事,如章抚功的《汉世说》,有的则专以某一地方人物轶事为对象,如李延昰《南吴旧话录》专记松江一地的人物和轶事,有的专记言语而不记行事,如曹臣《舌华录》。

总体来说,《世说新语》的面世引发了历朝历代延绵不绝的仿作,史称"世说体"。从阶段来看,南朝为"世说体"小说的发轫期,唐宋为发展期,明清为鼎盛期。鲁迅评此类小说曰:"纂旧闻则别无颖异,述时事则伤于娇

---

① 纪昀等撰:《四库全书总目提要》(整理本),中华书局1997年版,第1889页。

柔，而世人犹复为之不已。"①虽然后世"世说体"小说成就不能与《世说新语》相媲美，但从"世人犹复为之不已"一语，我们可以窥出《世说新语》对文言志人小说的影响之大、影响之深和影响之远。

二、《世说新语》成为后世文学典故和文学创作的重要来源之一

"作为诗歌语词的典故，乃是一个个具有哲理或美好内涵的故事的凝聚形态，……因此它是一些很有艺术感染力的符号。它用在诗歌里，能使诗歌在简练的形式中包容丰富的、多层次的内涵，而且使诗歌显得精致、富赡而含蓄。"②《世说新语》所记录的时代，"是中国人生活史里点缀着最多的悲剧，富于命运的罗曼司的一个时期，八王之乱、五胡乱华、南北朝分裂，酿成社会秩序的大解体，旧礼教的总崩溃、思想和信仰的自由、艺术创造精神的勃发，使我们联想到西欧十六世纪的'文艺复兴'。这是强烈、矛盾、热情浓于生命色彩的一个时代"③。《世说新语》"作为魏晋时期文人精神变迁的一面镜子，广泛地记载了魏晋时期文人的生活言行，并以此为标准影响了后世文人的人格建构与精神取向"④，被称为"中古文化的百科全书"⑤，因此，"从一定意义上讲，中国文人的精神气质和灵魂魅力传统是由《世说新语》加以挖掘和系统整理，因而为历代文人会心接受"⑥，而《世说新语》在后世的广泛传播即证实了此论点。在"润物细无声"的潜移默化中，《世说新语》成为后世文学典故和文学创作的重要来源之一。"在对《历代典故辞典》收录的1500余条典故词语作了大略统计"之后发现，"引源出处居前五位的分别是《史记》（161例）、《世说新语》（128例）、《汉书》（88例）、

---

① 鲁迅：《中国小说史略》，上海古籍出版社2006年版，第39—40页。
② 葛兆光：《汉字的魔力——中国古典诗歌语言学札记》，复旦大学出版社2008年版，第128—129页。
③ 宗白华：《美学散步》，上海人民出版社1981年版，第177页。
④ 宁稼雨：《〈世说新语〉与古代文学的精神史研究》，载《中南民族大学学报》（人文社会科学版），2005年第3期。
⑤ 宁稼雨：《刘义庆与〈世说新语〉》，春风文艺出版社1999年版，第1页。
⑥ 宁稼雨：《〈世说新语〉与古代文学的精神史研究》，载《中南民族大学学报》，2005年第5期。

《庄子》（76 例）、《三国志》（55 例）"①。与《史记》皇皇巨著的一百三十卷、时间跨度横亘三千年相比，《世说新语》的区区三卷、时间跨度不足三百年简直不足挂齿，但《世说新语》128 例的典故源在对比之中则显得尤其耀人眼目。

以《世说新语》中的故事或人物作为典故，在刘孝标时代就开始了。刘孝标文中即有多处典故出自《世说新语》，如《与何炯书》中"歘矫矫出尘，如云中白鹤"出自《世说新语》的《赏誉》第 4 则，《与宋玉山元思书》中"信人之水镜，一性之镕范"出自《世说新语》的《赏誉》第 23 则，《自序》中"祸同伯道，永无血胤"出自《世说新语》的《德行》第 28 则。

要想统计汗牛充栋的中国后世古典诗文中有多少典故是出自《世说新语》，几乎是一件不可能的事情，但可以肯定的是，各个时代的著名作家都无一不受《世说新语》的影响，在诗文创作中引用其中的故事或人物以丰富诗文内蕴。杨义先生认为，"《世说》行文，往往避实就虚、以韵化质，不甚注意故事的完整性和人物立体感，喜欢撷取野史杂传街谈巷语的吉光片羽，摹写人物带点儿灵性的风度和谈锋。……有意味的空白和北宋诗话里提到的'韵'就具有了内在的契合"②。

以唐代诗人中的李白、杜甫为例，李白诗歌中很容易想到的"东山高卧时起来，欲济苍生未应晚""烈士击玉壶，壮心惜暮年""临醉谢葛强，山公欲倒鞭""清风朗月不用一钱买，玉山自倒非人推"，各出自《世说新语》的《排调》第 26 则、《豪爽》第 4 则、《任诞》第 19 则、《容止》第 5 则。杜甫诗歌中"眼边无俗物，多病也身轻""空忝许询辈，难酬支盾词""东行万里堪乘兴，须向山阴入小舟""东增无复忆鲈鱼，南飞觉有安巢鸟"，各出自《世说新语》的《排调》第 4 则、《文学》第 40 则、《任诞》第 47 则、

---

① 丁建川：《汉语典故词语研究》，曲阜师范大学硕士论文，2004 年。
② 杨义：《中国古典小说史论》，中国社会科学出版社 1995 年版，第 138 页。

《识鉴》第 10 则。杜甫引《世说新语》的条目，数量颇丰，在 180 条以上。①

两宋词人中，引《世说新语》条目者更多，北宋名家如柳永、欧阳修、晏几道、黄庭坚、秦观、李清照等，南宋名家如陆游、张元干、张孝祥、刘克庄等皆预其中，而使用《世说新语》典故最多的是苏轼和辛弃疾。苏轼是北宋词创作中的代表人物，其词中运用的《世说新语》典故俯拾即是，如"弄色金桃新傅粉""临风慨想斩蛟灵""我辈情钟""今古风流阮步兵"各出自《世说新语》的《容止》第 2 则、《自新》第 1 则、《伤逝》第 4 则和《任诞》第 1 条。据相关的检索和统计，苏轼在词中使用《世说新语》典故共 82 处，涉及任诞、赏誉、言语、文学、容止、雅量、识鉴等 20 门，占《世说新语》36 门中的大多数。②

南宋的辛弃疾更是用典的高手，吴照衡在《莲子居词话》中对辛弃疾用典评曰："辛稼轩别开天地，横绝古今，《论》《孟》《诗小序》《左氏春秋》《南华》《离骚》《史》《汉》《世说》、选学、李杜诗拉杂运用，弥见其笔力之峭。"③虽然辛弃疾用典所使用的古籍众多，但使用的《世说新语》典故的次数在所有典籍中却是第一位的。如辛弃疾《水龙吟》"休说鲈鱼堪脍，尽西风，季鹰归未"，咏张翰秋风鲈鱼事（《识鉴》10）；《贺新郎》"翁比渠侬人谁好，是我常用与周旋久，宁作我"，咏殷浩与桓温争竞事（《品藻》35）。根据相关统计，辛弃疾在词中运用典故共 1034 处，而《世说新语》的典故为 139 处，占总数的 13％左右④，这就充分证明《世说新语》典故在辛弃疾词中的重要性。

"每一个时代都有它念念不忘的以前的、已经成为过去的时代，这是文化史上一种常见的现象。正是对来自过去的典籍和遗物进行反思、后起时代

---

① 刘伟生：《杜诗用世说新语事典情况分析》，载《株洲工学院学报》，2003 年第 6 期。
② 谭子夜：《〈北宋词中〈世说新语〉典故研究》，中南大学硕士论文，2008 年。
③ 吴照衡：《词话丛编》，中华书局 1981 年版，第 234 页。
④ 徐丽娜：《南宋辛派词人运用〈世说新语〉典故的研究》，中南大学硕士论文，2008 年。

的回忆者会在其中发现自己的影子,发现过去的某些人也正在对更远的过去作反思。这里有一条回忆的链索,把此时的过去同彼时的、更遥远的过去连接在一起。"① 因此,任何经典的文学作品都牵涉到文本互涉的问题,"文本互涉也叫'互文性',主要是指不同文本之间结构、故事等的相互模仿、主体的相互关联或暗合等情况,当然也包括一个文本对另一个文本的直接引用。有理论家甚至认为,文本互涉是文学文本得以产生的根本条件"②。《世说新语》不但为后世诗词创作提供了丰赡的典故,而且因为《世说新语》虽"着墨不多,而一代人物,百年风尚,历历如睹"③,其本身即是一部精挑细择的故事汇集,又因其故事往往简扼而极富有扩充余地,所以也是后世叙事文学创作题材的渊源之一。

首先,从戏剧类文学作品的创作来看,与《世说新语》相关的篇目中,元杂剧有汉卿《温太真玉镜台》《汉元帝哭昭君》《石崇妾绿珠坠楼》《终南山管宁割席》、李文蔚《谢安东山高卧》、王仲文《感天地王祥卧冰》、庾天锡《善盖厉周处三害》、马致远《破幽梦孤雁汉宫秋》《刘伯伦酒德颂》、王实甫《曹子建七步成章》、赵公辅《晋谢安东山高卧》、高文秀《五凤楼潘安掷果》、张时起《昭君出塞》、李子中《贾充宅韩寿偷香》、赵天锡《试汤饼何郎傅粉》、吴昌龄《夜月走昭君》、李直夫《吴太守邓伯道弃子》、秦简夫《晋陶母剪发待宾》,南戏有《韩寿窃香记》《温太真》《周处风云记》和《王祥卧冰》,其作者皆不可考。明代的杂剧有朱权《豫章三害》,许潮《桓元帅龙山会僚友》《谢东山雪朝试儿女》《晋庾亮月夜登南楼》《张季鹰因风忆故乡》,徐渭《狂鼓史渔阳三弄》,汪道昆《洛水悲》,陈与郊《昭君出塞》,传奇有陆采的《怀香记》,沈鲸《青琐记》,朱鼎《玉镜台记》,范文若《花筵赚》,王元寿《紫台怨》,无心子《金雀记》,陈宗鼎《宁胡记》,另有《运甓记》《青冢记》《和戎记》三篇作者姓名无考。清代杂剧有尤侗《吊琵琶》,薛旦《昭君梦》,洪升《谢道蕴咏絮擅诗才》,张雍敬《昭君

---

① [美]斯蒂芬·欧文:《追忆》,郑学勤译,上海古籍出版社1990年版,第22页。
② 王耀辉:《文学文本解读》,华中师范大学出版社1999年版,第167页。
③ 吕叔湘:《笔论文选读》,上海古籍出版社1979年版,第9页。

怨》、杨潮观《温太真晋阳分别》《穷阮籍醉骂财神》，周乐清《琵琶语》《波戈香》《鈗如鼓》，吴藻《乔影》，传奇有孤屿学人《贤星聚》。①

其次，《世说新语》中的故事多为明优秀历史长篇小说《三国演义》所引录。在《三国演义》引录《世说新语》的故事中，可以分为两种类型：直接引录和间接引录。

这里所说的直接引录，是指把《世说新语》故事基本不做修改而直接作为《三国演义》的故事情节，而间接引录，则是以《世说新语》故事为基本原型，但对其内容做出较大程度的修改、转换和补充等之后才作为《三国演义》的故事情节。

以曹操为例，《世说新语》中涉及曹操的事迹在其《言语》《方正》《识鉴》《捷悟》《夙惠》《容止》《假谲》《忿狷》和《惑溺》中共有17则，《三国演义》对其故事的直接引录有：《捷悟》第1至3则"杨德祖为魏武主簿"条、"人饷魏武一杯酪"条、"魏武尝过曹娥碑下"格、《容止》第1则"魏武将见匈奴"条、《假谲》第2则和第4则"魏武行役失汲道"条、"魏武常云"条，共6条；对其的间接引录有《言语》第8则"祢衡被魏武谪为鼓吏"、《识鉴》第1则"曹公少时见乔玄"、《识鉴》第2则"曹公问裴潜曰"、《忿狷》第1则"魏武有一妓"、《惑溺》第1则"魏甄后惠而有色"，共计5条；另有《方正》第2则、《捷悟》第4则、《夙惠》第2则、《假谲》第1、3、5则等，共计6条弃而不用。《三国演义》的作者当然是以构造精彩生动的故事情节和塑造丰满鲜活的人物形象为核心来选取素材，从《三国演义》引录《世说新语》曹操材料的数量来看，直接引录和间接引录共达到65%，由此可见《世说新语》对《三国演义》创作的深刻影响。

---

① 此处参见甄静：《元明清时期〈世说新语〉传播研究》，暨南大学博士论文，2008年。

第五节 《文选》对文学的影响

一、从另一个角度看刘孝绰与《文选》的编撰

关于《文选》的编撰问题，向来是学术界热议的话题之一。我们首先不必汲汲于细枝末节的诸多考证，以及非以基本史料为据的臆测性推论，而只是从最简单最直观的相关记载来看待这一问题。除萧统外，历史上能搜罗到的关于《文选》的编撰者的说法，直接的只有两处：其一，《文镜秘府论·南卷·集论》载，"至如梁昭明太子萧统与刘孝绰等，撰集《文选》"①；其二，宋代王应麟《玉海》引《中兴书目》录《文选》并注曰"与何逊、刘孝绰等选集"②。何逊参与《文选》的编撰已被学界论断为不是事实，我们暂且搁置不论，但是，是刘孝绰而不是其他任何人在两条仅有的记载《文选》编撰者的史料中得以同时出现，在没有其他直接证据的前提下，我们大概也不得不要承认，即使刘孝绰不是《文选》唯一的编者，也至少是最主要的编撰者之一。据屈守元先生《跋日本古抄无注三十卷本〈文选〉》载，日本所藏的古抄无注本《文选》在其序的旁边有"太子令刘孝绰作之云云"③的字样，那么《文选序》也有可能是刘孝绰代萧统而作④，的确，《文选序》与刘孝绰的《昭明太子集序》有着太多的理论相似之处。

萧统东宫之中，才子学士众多，有著名的"东宫十学士"，《南史·王彧传》附《王锡传》载，"时昭明太子尚幼，武帝敕（王）锡与秘书郎张缵使入宫，不限日数。与太子游狎，情兼师友。又敕陆倕、张率、谢举、王规、

---

① ［日］弘法大师撰：《文镜秘府论校注》，王利器校注，中国社会科学出版社1983年版，第354页。
② ［宋］王应麟：《玉海》卷五十四，广陵书社2007年版，第1017页。
③ 屈守元：《跋日本古抄无注三十卷本〈文选〉》，载《中外学者文选学论集》上册，中华书局1998年版，第443页。
④ 曹道衡：《兰陵萧氏与南朝文学》，中华书局2004年版，第153页。

王筠、刘孝绰、到洽、张缅为学士,十人尽一时之选"①。除此之外,尚有殷芸、明山宾、陆襄、刘孺、杜之伟、到沆、刘苞、庾仲容、何思澄、刘杳、顾协与钟屿等先后奉职东宫,这些人在当时都是名重一时的精英人物。这些名流大抵可以分为三类:其一是其家族自东晋以来一直门第较高、属于旧门户者,如王筠、王规、谢举、张缵、张缅、张率、陆倕、陆襄、顾协等;其二为新出门户者,如刘孝绰、刘苞兄弟,到洽、到沆兄弟等;其三是门户一直不高者,如刘孺。既然有着集天下精英的文人学士,为什么是刘孝绰,而不是别的人——比如说王筠,或是到洽——来承担《文选》最主要的编撰者的责任呢?除了刘孝绰"为后进所宗"的卓绝文才外,我们不妨换一个角度,从兰陵萧氏与彭城刘氏的家世背景来讨论这个问题。

萧统之父萧衍,其家族地望属东海兰陵萧氏,兰陵萧氏萧衍一支与彭城刘氏刘孝绰一支颇有相同之处。首先,兰陵萧氏萧衍一支的远祖同彭城刘氏刘孝绰一支的远祖皆为赫赫有名之辈。据《南齐书·高帝纪》《梁书·武帝纪》及《新唐书·宰相世袭表》载,萧衍远祖可以追溯至汉代两代宰相萧何及萧望之②,而彭城刘孝绰一支源自于如前所说为汉高祖刘邦之弟楚元王刘交之后裔汉代著名学者刘向、刘歆父子。其二,历经漫漶久远的年代,东晋南渡,兰陵萧衍一支和彭城刘孝绰一支的祖先皆被摒弃在世家大族之外。萧衍一支的祖先萧整当时只不过是普普通通的淮阴令,而刘孝绰高祖刘怀义官职亦只是始兴郡守。正是在东晋中叶较后时期,兰陵萧氏的另一支"皇舅房"的萧文寿嫁给彭城刘氏另一支绥舆里宋武帝刘裕之父作继室,成为刘裕的继母。我们由此亦可窥见,兰陵萧衍一支与彭城刘孝绰一支在东晋时的确没落为陈寅恪先生所说的"北来次等士族",门第相当且处境相同,具有联姻的可行性。其三,兰陵萧氏与彭城刘孝绰一支俱以武功起家。兰陵萧氏

---

① [唐]李延寿撰:《南史》卷二十三《王锡传》,中华书局1975年版,第640—641页。
② 《南齐书》《梁书》和《新唐书》记载兰陵萧氏为汉萧何、萧望之后裔是一个颇有争议的历史问题,史学家王李延寿、鸣盛、李慈铭及当代曹道衡先生皆以为非,但齐梁皇室自认为或者至少在其族谱中如是记载,则是比较确切的。

"皇舅房"一支的萧思话为萧文寿的侄子,以外戚身份东征西讨,官至中书令,而"齐梁房"的萧道成之父萧承之正是追随萧思话四处征战而地位得以逐渐上升,从而为萧道成以后统领刘宋朝政大权并进而篡夺皇位夯实基础。彭城刘孝绰一支崛起的重要机缘来源于其祖刘勔。勔是刘宋王朝著名的将领,为刘宋王朝屡立战功,深得宋明帝刘彧的信任,后与萧道成、袁粲、褚渊同为辅政大臣,死后被追赠为司空。刘孝绰一支正是依靠刘勔在刘宋朝的卓著武功得以后来跻身社会上流。

我们再来看王筠。王筠颇早慧,七岁即能文,得沈约盛誉,史载"尚书令沈约,当世辞宗,每见筠文,咨嗟吟咏,以为不逮"①,沈约评其"晚来名家,唯见王筠独步"②,其文才"与刘孝绰见重当世"③,可见王筠与刘孝绰才学实不相轩轾。萧统亦以王筠与刘孝绰并提,"太子独执筠袖抚孝绰肩而言曰:'所谓左把浮丘袖,右拍洪崖肩。'其见重如此"④。既然如此,为何《文选》的编撰工作只见刘孝绰而不见王筠呢?原来,王筠的家世出身及家族发展轨迹与以武功起家而后跻身社会上流的刘孝绰大为不同。王筠出身于一流高门琅琊王氏,其六世祖为东晋名相王导,曾祖为刘宋文帝心腹王昙首,祖父为齐司空王僧虔,可谓家世显赫。鉴于此,即使王筠文才与刘孝绰相当,萧统也可能更愿意把《文选》的编撰重任交给与其家族发展轨迹较为一致的刘孝绰,这正如萧统独使刘孝绰撰录《昭明太子集》的缘由相同。

在萧统东宫十学士中,到洽的家族、身世与刘孝绰非常接近,其家族亦属于以武功发家而后得以进入上流社会之类。到洽祖父到彦之与宋武帝同为彭城人,追随刘裕东西征讨颇有功勋,又为宋文帝所亲爱。宋孝武帝时下诏与琅琊王华、王昙首同配食文帝庙庭,可见其与刘宋帝室情款非常。到氏家族至梁时已去武从文,即沈约所谓"宋得其武,梁得其文"⑤。即便如此,

---

① [唐] 姚思廉撰:《梁书》卷三十三《王筠传》,中华书局1973年版,第484页。
② [唐] 姚思廉撰:《梁书》卷三十三《王筠传》,中华书局1973年版,第485页。
③ [唐] 姚思廉撰:《梁书》卷三十三《王筠传》,中华书局1973年版,第486页。
④ [唐] 姚思廉撰:《梁书》卷三十三《王筠传》,中华书局1973年版,第485页。
⑤ [唐] 李延寿撰:《南史》卷十五《到洽传》,中华书局1975年版,第682页。

因到彦之微时曾担粪自给,是刘宋时新出门户,到洽之兄到溉被何敬容斥之为"尚有余臭,遂学作贵人"①。到洽亦颇有才学,极得谢朓之赏识,但与刘孝绰相比应当尚有所差距。虽然门第出身、家族发展轨迹与刘孝绰基本相同,但以才学的原因,萧统弃到洽而取刘孝绰编撰《文选》自是可以预见。另外,到氏家族在梁时有名者仅到溉、到洽和到沆三人,而刘孝绰兄弟闻名者远多于到氏,刘氏家族力量对萧梁皇室的影响或许也对刘孝绰得以编次《昭明太子集》和《文选》具有促进作用。这里还有一点可以补充的是,编撰皇家指定书目是晋升官阶、攫取权势的大好机会,事实上,刘孝绰于普通三年(522年)编《昭明太子集》后即升任兼廷尉卿。根据"太子文章繁富,群才咸欲撰录"②的记载来看,到氏兄弟自然亦属其中。在失去编次《昭明太子集》之后,再加上刘孝绰平日对到氏兄弟多有轻忽③,到氏兄弟完全有可能抓住刘孝绰普通六年(525年)携妾入官府之讹谬而反击之,一方面达到打击刘氏家族,提高到氏在朝势力的作用,另一方面也希望以此为契机使到洽能参与《文选》的编录工作。④

由上,我们可以得出结论。首先,编次皇家指定书目是一项重要的工作,对于编录者来说是晋升官职、攫取权势的一次良机,其人选当然应该慎重考虑;其次,在文才相当的王筠和刘孝绰之间,刘孝绰因为与萧梁皇室大致相同的出身背景及家族发展轨迹而更符合萧统《文选》编录工作的人选;再次,在出身背景及家族发展轨迹较为一致的刘孝绰和到洽之间,以文学才华名显当世的刘孝绰自然更占优势。可以说,刘孝绰是萧统心目具备了各种

---

① [唐]李延寿撰:《南史》卷十五《到溉传》,中华书局1975年版,第679页。
② [唐]姚思廉撰:《梁书》卷三十三《刘孝绰传》,中华书局1973年版,第480页。
③ 据《南史·刘孝绰传》载,"溉少孤,宅近僧寺,孝绰往溉许,适见黄卧具,孝绰谓僧物色也,抚手笑。溉知其旨,奋拳击之,伤口而去。又与洽同游东宫,孝绰自以才优于洽,每于宴坐嗤鄙其文,洽深衔之"。(见[唐]李延寿撰:《南史》卷三十九,中华书局1975年版,第1011页。)
④ 萧统卒于中大通三年(531年),《文选》的成书应在此之前。又,如果承认刘孝绰对《文选》有主要编录作用的话,《文选》当在中大通元年(529年)年之前编定,因为此年刘孝绰丁母忧,此后到萧统卒都不能参与编录工作。因此,普通六年(525年)萧统正准备着手或已开始了《文选》编次的部分工作。

条件且最优的《文选》编录者。因此,我们还可以反推,萧统要编一部规模宏大、取舍精严的诗文总集,首要人选即是刘孝绰。

二、《文选》对文学发展的影响

因为历代亘远,叠之以兵燹战乱、人口迁徙等各种原因,我们翻检《汉书·艺文志》及《隋书·经籍志》,先秦迄于两晋南北朝的文学作品多有散佚,而《文选》保存了先秦5人、两汉39人、魏晋59人及南北朝27人,共130个作家的作品,总计764篇,其中包括辞赋74篇、诗歌434篇以及杂文256篇。①《文选》展现了从先秦至南朝梁代中国文学的发展轨迹,所辑录的作品佳作如林,胡应麟说:"六代选诗者,《文选》、孝穆《玉台》;……孝穆词人,然《玉台》但辑闺房一体,靡所事选。独昭明鉴裁著述,咸有可观。至其学业洪深,行义笃至,殊非文士所及。自唐以前,名篇杰什,率赖此书。功德词林,故自匪浅。"② 王渔洋曰:"彼其括综百家,驰骋千载,弥纶天地,缠络万品。撮道艺之英华,搜群言之隐赜。"③ 范文澜先生说:"《文选》取文,上起周代,下迄梁朝。七八百年间各种重要文体和它们的变化,大致具备,固然好的文章未必全得入选,但入选的文章却都经过严格的衡量,可以说,萧统以前,文章的英华,基本上总结在《文选》一书里。"④

《文选》辑录先秦迄梁优秀诗歌达四百多篇,自唐代后文人读古诗多以《文选》为主。梁章钜说:"读汉魏六朝诗者,以《文选》为主,而参看王渔洋之《古诗选》,足矣。"⑤ 学古诗也离不开《文选》,清代朱庭珍说:"学诗须由上而下,自源及流,从古至今。入手尤须力争上游,先熟《三百篇》《骚》《选》古诗,以次并及唐宋。"⑥

---

① 据[南朝·梁]萧统编、[唐]李善注《文选》统计,版本为上海古籍出版社1986年版。
② [明]胡应麟:《诗薮·外编》卷二,上海古籍出版社1958年版,第146页。
③ [清]郎廷槐编:《师友诗传录》,载《文渊阁四库全书》第1483册,第884页。
④ 范文澜、蔡美彪:《中国通史》第二册,人民出版社1994年版,第528页。
⑤ [清]梁章钜:《退庵随笔·学诗》卷二十一,光绪元年刻本,第10页。
⑥ [清]朱庭珍:《筱园诗话》卷四,续修四库全书本,第57页。

唐代杜甫非常看重《文选》，其诗中有两次直接提到《文选》：其一，《水阁朝霁奉简严云安》曰："呼婢取酒壶，续儿诵《文选》。晚交严明府，矧此数相见"①；其二，《宗武生日》曰："诗是吾家事，人传世上情。熟精《文选》理，休觅彩衣轻。"② 从实际创作情形来看，杜甫的确于《文选》处多有获益。清代贺贻孙认为，"（杜甫）以清矫之才，雄迈之气鞭策之，渐老渐熟，范我驱驰，遂尔独成一体，虽未尝袭《文选》语句，然其出胎变化，无非《文选》者，生平苦心在此一书，不忍弃其所自，故言之有味耳"③。其实贺贻孙的评论并不完全准确，杜甫诗虽独出一体，然亦有化用《文选》语句甚至是直接用《文选》句者，明代杨升庵评杜诗曰："谢宣远诗'离会虽相杂'，杜子美'忽漫相逢是别筵'之句，实祖之。颜延年诗'春江壮风涛'，杜子美'春江不可渡，二月已风涛'之句，实衍之。"④ 杜诗化《文选》语句可以分为两类情形。第一类，直接化《文选》中诗句为己诗，如"主称寿尊客"源于曹植《箜篌引》"主称千金寿"，"清涟曳水衣"出自张协《杂诗》"堂下水衣生"，"致君尧舜上"源自应璩《与从弟君苗君胄书》；第二类，化《文选》中赋或文句为诗，如"挥豪落纸如云烟"出自潘岳《杨荆州诔》"翰动若飞，纸落如云"，"窃效贡公喜"来自刘峻《广绝交论》"王阳登则贡公喜"，"哀鸿独叫求其曹"源出刘安《招隐士》"禽兽骇兮亡其曹"。近人李审言编有《杜诗证选》，其中记杜甫诗有三百余条，全部来源于《文选》⑤，而丁红旗则在此基础上认为，杜诗与《文选》有关系者尚可以补充近三百条⑥。所以宋代胡仔《苕溪渔隐丛话》载郭思评杜甫诗曰：

---

① ［清］仇兆鳌：《杜诗详注》，中华书局1979年版，第1477—1478页。
② ［清］仇兆鳌：《杜诗详注》，中华书局1979年版，第1477—1478页。
③ ［清］贺贻孙：《诗筏》，见郭绍虞编选：《清诗话续编》，富寿荪校点，上海古籍出版社1983年版，第174页。
④ ［明］杨慎：《升庵诗话笺证》，王仲镛笺证，上海古籍出版社1987年版，第244页。
⑤ ［清］李详：《李审言文集·杜诗证选》，江苏古籍出版社1989年版，第69—140页。
⑥ 丁经旗：《李详〈杜诗证选〉〈韩诗证选〉的再审视》，载《西南石油大学学报》，2010年第2期。

"（杜诗）大率宗法《文选》，摭其华髓，旁罗曲探，咀嚼为我语。至老杜体格，无所不备，斯周诗以来，老杜所以为独步也。"① 杜甫直接用《文选》句者共有三处：《题蜀僧闾邱师兄》中"而无车马喧"出自陶渊明诗；《送高三十五书记》"各在天一涯"源自《古诗·行行重行行》；《幽人》"弃我忽若遗"源出郭泰诗。杜甫学《文选》颇多，但从不生拉硬扯，往往是取其精髓，化而用之，直接用《文选》句者亦能与全诗妥帖浑融，不着痕迹，正所谓"转益多师"，才能形成自己独特的风格。

  诗仙李白向来被认为是鄙薄六朝诗歌者，他的诗句"自从建安来，绮丽不足珍"成为这种论调最有力的证据。但是，据唐段成氏《酉阳杂俎·语资》载，"李白三拟《文选》，不如意，悉焚之。唯留《恨》《别》赋"②。可见，李白对《文选》之喜爱非一般人所比拟。最能体现李白学《文选》的诗篇是其《古风》五十九首。方回《刘元辉〈问田夫〉诗评》说："李白初学'选体'，第一卷《古风》是也。"③ 李白《古风》，有学《文选》阮籍诗者，明代陆时雍《诗镜总论》评曰："太白《古风》八十二首，发源于汉魏，而托体于阮公。然寄托犹苦不深，而作用间尚未尽委蛇盘礴之妙。要之雅道时存"④；有学《文选》左思者，瞿蜕园、朱金城评《古风》其十，"此盖受左思《咏史》诗之影响，即以下第十二三首亦不出左诗之范围"⑤，对此，何焯亦有此见，"（左思）题云咏史，其实乃咏怀也，八首一气挥洒，激昂顿挫，真是大手，晋诗中杰出者。太白多学之"⑥；有学郭璞者，明代胡震亨言："《古风》六十篇中，言仙者十有二，其九自言游仙，其三则讥人主求仙，不应通蔽互殊乃尔。白之自谓可仙，亦借以抒其旷思，岂真谓世有神仙

---

① ［宋］胡仔纂集：《苕溪渔隐丛话·前集》卷第九《杜少陵四》，廖德明校点，人民文学出版社1962年版，第56页。
② ［明］段成式：《酉阳杂俎》卷十二，中华书局1981年版，第116页。
③ ［清］方回：《桐江集》，江苏古籍出版社1988年版，第329页。
④ ［明］陆时雍：《诗镜总论》，见丁福保：《历代诗话续编》，中华书局1983年版，第1414页。
⑤ 瞿蜕园、朱金城：《李白集校注》，上海古籍出版社1980年版，第113页。
⑥ ［清］何焯：《义门读书记》，中华书局1987年版，第892页。

哉！他诗云：'此人古之仙，羽化竟何在？'意自可见。是则虽言游仙，未尝不与讥求仙者合也。"① 由此可以觇见，李白《古风》中的某些诗作颇能与郭璞"坎壈咏怀"的游仙诗相与比肩。所以有人总结说："细读《古风》……'咏史'出左太冲，'游仙'出郭景纯，余则皆效阮嗣宗《咏怀》。"② 詹锳先生更进一步认为，李白的字句，"多半在《文选》里可以找到。杜甫说自己写诗'熟精《文选》理'，李白写诗也是如此"③。但伟大的诗人肄学前贤，都能脱出其窠臼而自成别体，李白学《文选》亦是如此，翁方纲评曰："渔洋先生云'李诗有古调，有唐调，当分别观之。'所录止《古风》二十八首，盖以为此皆古调也。然此内如'秦皇扫六合''天津三月时''郑客西入关'诸篇，皆出没纵横，非斤斤于践迹者。即此可悟古词不在规摹字句，如后人之貌为'选体'，拘拘如临帖者。所谓古者，乃不古耳。"④

从上述以观，我们可以较为明确地肯定，伟大诗人李白、杜甫都从《文选》中汲取有效养分，明代杨慎《升庵诗话》卷十三"学选诗"条言："李白始终学《选》诗。杜子美好者亦多是效《选》诗，后渐放手，初年甚精细，晚年横逸不可当。"⑤ 宋代朱熹亦有相似的看法，"李太白始终学《选》诗，所以好。杜子美诗好者亦多是效《选》诗"⑥。当然，李白、杜甫之所以能好，是因为其师《选》而不泥于《选》，化《选》而不袭于《选》，能形成自己独特的风格，清代潘德舆《养一斋李杜诗话》卷一总结说："总之李、杜无所不学，而《文选》又唐人之所重，自宜尽心而学之，所谓'转益多师是汝师'也。若其志向之始，成功之终，则非《选》诗所得而囿。故谓太白学古兼学《文选》可，谓其复古为复《选》体则不可，谓其拟古屡拟

---

① ［明］胡震亨：《唐音癸签》，上海古籍出版社 1981 年版，第 229—230 页。
② 詹锳：《李白全集校注汇释集评》，百花文艺出版社 1996 年版，第 262 页。
③ 詹锳：《李白全集校注汇释集评》，百花文艺出版社 1996 年版，前言第 23—24 页。
④ ［清］翁方纲：《石洲诗话》，人民文学出版社 1981 年版，第 35 页。
⑤ ［明］杨慎：《升庵诗话》，见丁福保辑：《历代诗话续编》，中华书局 1983 年版，第 889 页。
⑥ ［宋］黎靖德编：《朱子语类》卷第一百四十《论文下》，中华书局 1986 年版，第 3326 页。

《文选》则尤不可。"① 但无论如何，《文选》成为李白、杜甫诗歌学习的重要来源，这一点，是无论如何也不可否认也否认不了的。

除李、杜开外，其他著名文士如韩愈、柳宗元亦得《文选》之沾溉。朱熹《跋病翁先生诗》云："李、杜、韩、柳亦学《选》诗，然杜、韩变多，柳、李变少。"② 朱熹在此明确指出，李、杜、韩、柳四大家皆学《文选》，只是四人的学习方式及在诗文中的具体表现各自相异。特别是韩愈，樊汝霖认为其《秋怀诗》十一首，即为《文选》体，且说："唐人最重《文选》学，公以六经之文为诸儒唱，《文选》弗论也。独于李邢墓志之曰：'能暗记《论语》《尚书》《毛诗》《左氏》《文选》'，而公诗如'自许连城价''傍砌看红药''眼穿长讶双鱼断'之句，皆取诸《文选》，故此诗往往有其体。"③ 韩愈作为诗人且古文家，其不论《文选》之根源在于反六朝骈文而倡导古文，所以显处不以《文选》为论调。即便如此，也无法掩盖韩愈诗受《文选》的影响，李详认为，"韩公之诗，引用《文选》亦夥"，"始知韩公精熟《选》理，与杜陵（杜甫）相亚"，④ 其《韩诗证选》列出韩愈化《文选》之句成诗者有一百五十九条之多，丁红旗则认为至少可再增加八十多条。⑤ 清代王士禛总结说："盛唐诸公五言之妙，多本阮籍、郭璞、陶潜、谢灵运、谢朓、江淹、何逊；……唐人之于六朝，率揽其菁华，汰其芜蔓，可为学古者之法。"⑥

此外，唐以后科举考试中诗赋取士的传统使应进士选举的文人学士几乎人手一册《文选》，《新唐书·选举志》载，宰相李德裕曾对唐武宗说："臣祖天宝末以仕进无他伎，勉强随计，一举登第。自后家不置《文选》，盖恶

---

① ［清］潘德舆：《养一斋李杜诗话》卷一，见郭绍虞编选：《清诗话续编》，富寿荪校点，上海古籍出版社1983年版，第2172页。
② ［宋］朱熹：《朱子文集》，商务印书馆1937年版，第508页。
③ 钱仲联：《韩昌黎诗系年集释》，上海古籍出版社1984年版，第561页。
④ ［清］李详：《李审言文集·韩诗证选》，江苏古籍出版社1989年版，第35页。
⑤ 丁经旗：《李详〈杜诗证选〉〈韩诗证选〉的再审视》，载《西南石油大学学报》，2010年第2期。
⑥ ［清］王士禛：《带经堂诗话》卷一，人民文学出版社1963年版，第20页。

其不根艺实。"① 李德裕言其不置《文选》，正是要展现其特别之处，由此可见当时文人士子家置《文选》为其通例。陆游《老学庵笔记》卷八曰："国初尚《文选》，当时文人专意此书，故草必称'王孙'，梅必称'驿使'，月必称'望舒'，山水必称'清晖'。至庆历后，恶其陈腐，诸作者始一洗之。方其盛时，士子至为之语曰：'《文选》烂，秀才半。'"②《文选》不但可以作为应试文人"习骈俪""看文体""检事"等的重要工具③，而且，尚有直接以《文选》句为题取进士的记载，"淮南张佖知举，进士试'天鸡弄和风'，佖但以《文选》中诗句为题，未尝详究也。有进士白试官云：'《尔雅》：鶤，天鸡。鷐，天鸡。天鸡有二，未知孰是？'佖大惊，不能对"④。"天鸡弄和风"即出自《文选》谢灵运《于南山往北山经湖中瞻眺》诗。由此可觇，《文选》在应试中发挥了重要的作用，对文人们诗赋创作产生了深远的影响。

　　文人们受《文选》的洗礼自不待言，更重要的是，《文选》的影响几乎侵入到与文相关的各个角落。据《新唐书·萧至忠传》载，"（至忠）尝出公主第，遇宋璟，璟戏曰：'非所望于萧傅。'至忠曰：'善乎！宋生之言。'"宋璟引用的"非所"句出自《文选》中潘岳的《西征赋》，而萧至忠引用的"善乎"句亦出自《文选》中潘岳《秋兴赋》，只是换"玉"为"生"。这是文人将《文选》句用于戏谑的情况。另外，《全唐诗话·韦蟾》云："蟾廉问鄂州，罢，宾僚祖钱，蟾曾书《文选》句云：'悲莫悲兮生别离'，'登山临水送将归'。以钱毫授宾从，请续其句。逡巡，有妓泫然起曰：'某不才，不敢染翰，欲口占两句。'韦大惊异，令随念，云：'武昌无限新

---

① ［宋］欧阳修、宋祁撰：《新唐书》卷四十四，中华书局1975年版，第1169页。
② ［宋］陆游撰：《老学庵笔记》卷八，李剑雄、刘德权点校，中华书局1979年版，第100页。
③ 姜维公：《唐代科举与〈选〉学的兴盛》，载《长春师范学院学报》，1999年第1期。
④ ［宋］阮阅编著：《诗话总龟》（前集）卷之三十一，周本淳校点，人民文学出版社1987年版，第318页。

栽柳，不见杨花扑面飞。'坐客无不嘉叹。"① 韦蟾两句皆出自《文选》，前句源于屈原《九歌·少司命》，后句出自宋玉《九辩》。此例则为文人将《文选》诗句用于送别。更有甚者，《旧唐书·吐蕃传》载，开元十八年（730 年），"时吐蕃使奏云：'公主请《毛诗》《礼记》《左传》《文选》各一部。'制令秘书省写与之"②。《文选》得以与《毛诗》《礼记》《左传》等儒家经典代表中原文化，一并列为和亲的嫁妆，《文选》的影响翼及吐蕃是不言自明的事实。

正因为文人学士喜爱《文选》，作诗作赋效法《文选》，《文选》由此成为历代文人必读的文学经典，常被论者将之与《诗经》《楚辞》、李杜诗等经典得以并列。宋代刘克庄曰："自《国风》《楚辞》而后，故当继以《选》诗，不易之论也"③；金代诗人赵秉文《答李天英书》言："为诗当师《三百篇》《离骚》《文选》《古诗十九首》，下及李杜。……尽得诸人所长，然后卓然自成一家"④；元代杨载说："取材于《选》，效法于唐"，马伯庸说："枕藉《骚》《选》，死生李杜"⑤；朱庭珍《筱园诗话》："然学诗者，总须熔经铸史，以《骚》《选》及八代、三唐为根柢"⑥。

---

① ［宋］尤袤撰：《全唐诗话》卷四，丛书集成初编本，第 89 页。
② ［后晋］刘昫撰：《旧唐书》卷一百九十六上《吐蕃上》，中华书局 1975 年版，第 5232 页。
③ ［宋］刘克庄：《刘克庄集笺校》卷一七三，辛更儒校注，中华书局 2011 年版，第 6691 页。
④ ［金］赵秉文：《闲闲老人滏水集》，丛书集成初编本，第 230 页。
⑤ ［清］郎廷槐编：《师友诗传录》，载《文渊阁四库全书》第 1483 册，第 885 页。
⑥ ［清］朱庭珍：《筱园诗话》卷一，见郭绍虞编选：《清诗话续编》，富寿荪校点，上海古籍出版社 1983 年版，第 2348 页。

结 语

彭城，因其特殊的地形地势及所处位置，在历史上具有重要的战略地位。经过战争的长期洗礼，彭城形成了人皆剽悍、尚武任气的民风，铸固了父子聚众为兵和坚持长期战斗的传统。刘氏是中国最古老而又有着显著影响的大姓，南朝彭城刘氏是其中的佼佼者。彭城刘氏中的刘裕一支在晋末的乱世中，凭借赫赫军功奋然崛起，彻底改变了江左百年的门阀政治局面，创立了刘宋皇朝，恢复了皇权政治。

在攫取最高权力之后，彭城刘氏期望不但在武功上傲视群雄，亦期在文化上有所建树并力争超越传统高门士族，由此导致了彭城刘氏的文雅化、士族化。但彭城刘氏本起自寒微，在文化与学术上缺乏家学的底蕴和积累，所以在文雅化和士族化的进程中，往往体现出俚俗与高雅并存的现象。尽管如此，其由俚俗化向文雅化、士族化转变的过程却是执着而坚定的，这从彭城刘氏刘孝绰一支来看表现得更为明显。

南朝彭城刘氏的文雅化、士族化，导致其对文学创作的重视。南朝彭城刘氏的文学创作主要包括诗歌的创作和文章的创作。南朝彭城刘氏所创作的乐府诗，从形式上看，包括相和歌辞、杂曲歌辞、清商曲辞、鼓吹曲辞、横吹曲辞、舞曲歌辞、琴曲歌辞和杂歌谣辞，从内容上看，包括女性题材乐府诗、边塞题材乐府诗及其他题材乐府诗。南朝彭城刘氏的咏物诗，具有南朝咏物诗的共同特点，有着比如与人相关的咏物诗比例较大、其诗往往有所寄托、诗中用典意识明显等自己的特点。南朝彭城刘氏的集宴诗，可以分为称美歌颂型、唯美描写型和借景抒情型。南朝彭城刘氏文章的创作，成就较高、影响较大的主要有诏表文、书牍文、碑祭文等。

南朝彭城刘氏的文学风格既有相同的一面又有变异的一面，无论是刘宋帝室还是刘孝绰一支，在文学上都展现出"秀"与"丽"的共同风格，而刘宋帝室"苍劲"的面貌与刘孝绰一支"典雅"的格调则表现了其文学风格变异的一面。南朝彭城刘氏的文学思想以刘绘和刘孝绰为代表，其尚"丽"崇"雅"的文学追求体现了时代潮流的影响而又对当时重形式轻内容的文坛风尚有所纠偏。

南朝彭城刘氏对文学的发展有着举足轻重的影响。刘宋皇室自身喜好并创作诗文，宋文帝与明帝使文学独立成科，在集会中倡导赋诗的风气，对南朝尚文风气的形成和发展起着巨大的促进作用。彭城刘氏刘孝绰一支的"新体诗"，无论在粘式律、粘对律、联间粘数及百分比上，都超越一流高门王、谢家族诗人群，甚至在某些方面也超越萧梁皇室诗人群，引领了诗歌格律化潮流。刘宋皇室对佛教的倡导，促进了南朝士人山水审美意识的自觉，促进了南朝山水诗歌的创作。刘义庆《世说新语》的面世，以其独特的魅力获得了文人学士们的青睐，不但研究者众星云集，而且仿作也不绝如缕，《世说新语》中的故事和人物成为后世文学典故和文学创作的重要来源之一。刘孝绰作为萧统东宫十学士之首，在编选《文选》的过程中发挥了重要作用，《文选》成为后世学子必读书目，诗歌巨擘李白和杜甫及后世众多诗人都从《文选》中汲取文学养料，《文选》的影响甚至侵入到与文相关的各个角落。

参考文献

一、古籍类

程俊英、蒋见元注析：《诗经注析》，中华书局1991年版。

杨伯峻编：《春秋左传注》（修订本），中华书局2009年版。

陈鼓应撰：《老子注译及评介》，中华书局1984年版。

[汉]司马迁撰：《史记》，中华书局1959年版。

[汉]刘向撰：《说苑校证》，向宗鲁校证，中华书局1987年版。

[汉]班固撰：《汉书》，中华书局1962年版。

[晋]陈寿撰：《三国志》，[宋]裴松之注，中华书局1959年版。

[晋]葛洪撰：《抱朴子外篇校笺》，杨明照校笺，中华书局1991年版。

[晋]陆机撰：《文赋集释》，张少康集释，上海古籍出版社1984年版。

[南朝·宋]刘义庆撰：《世说新语校笺》，徐震堮校笺，中华书局1984年版。

[南朝·宋]刘义庆撰：《世说新语笺疏》，余嘉锡笺疏，中华书局2011年版。

[北朝·齐]魏收撰：《魏书》，中华书局1974年版。

[北朝·齐]颜之推撰：《颜氏家训集解》（增补本），王利器集解，中华书局1993年版。

[南朝·梁]刘勰：《文心雕龙注》，范文澜注，人民文学出版社1958年版。

[南朝·梁]释宝唱：《比丘尼传校注》，王孺童校注，中华书局2006年版。

[南朝·梁]沈约撰：《宋书》，中华书局1974年版。

[南朝·梁]萧统编：《昭明文选》，[唐]李善注，上海古籍出版社1986年版。

[南朝·梁]萧子显撰：《南齐书》，中华书局1972年版。

［南朝·梁］释慧皎撰：《高僧传》，汤用彤校注，中华书局1992年版。

［后秦］僧肇撰：《注维摩诘经》，见《大正新修大藏经》第38卷，台北新文丰出版社1983年修订版。

［唐］杜甫撰：《杜诗详注》，［清］仇兆鳌注，中华书局1979年版。

［唐］杜佑撰：《通典》，王文锦等点校，中华书局1988年版。

［唐］段成式撰：《酉阳杂俎》，中华书局1981年版。

［唐］房玄龄等撰：《晋书》，中华书局1974年版。

［唐］魏征等撰：《隋书》，中华书局1973年版。

［唐］释道世：《法苑珠林校注》，周叔迦、苏晋仁校注，中华书局2003年版。

［唐］刘知几撰：《史通通释》，浦起龙通释，上海古籍出版社2009年版。

［唐］封演撰：《封氏闻见记校注》，赵贞信校注，中华书局2005年版。

［唐］韩愈撰：《韩昌黎诗系年集释》，钱仲联集释，上海古籍出版社1984年版。

［唐］李白：《李白集校注》，瞿蜕园、朱金城校注，上海古籍出版社1980年版。

［唐］李百药撰：《北齐书》，中华书局1972年版。

［唐］李延寿撰：《北史》，中华书局1974年版。

［唐］李延寿撰：《南史》，中华书局1975年版。

［唐］林宝撰：《元和姓纂》，中华书局1994年版。

［唐］令狐德棻等撰：《周书》，中华书局1971年版。

［唐］姚思廉撰：《陈书》，中华书局1972年版。

［唐］姚思廉撰：《梁书》，中华书局1973年版。

［唐］欧阳询撰：《艺文类聚》，汪绍楹校，上海古籍出版社1999年版。

［后晋］刘昫等撰：《旧唐书》，中华书局1975年版。

［宋］晁公武撰：《郡斋读书志校证》，孙猛校证，上海古籍出版社2011年版。

［宋］范晔撰：《后汉书》，中华书局1965年版。

［宋］陆游撰：《老学庵笔记》，李剑雄、刘德权点校，中华书局1979年版。

［宋］高似孙撰：《纬略校注》，左洪涛校注，浙江大学出版社2012年版。

［宋］郭茂倩编:《乐府诗集》,中华书局1979年版。

［宋］乐史撰,王文楚等点校:《太平寰宇记》,中华书局2007年版。

［宋］李昉等撰:《太平御览》,中华书局1960年版。

［宋］王应麟:《困学纪闻》,［清］翁元圻等注,栾保群、田松青、吕宗力校,上海古籍出版社2008年版。

［宋］王应麟撰:《玉海》,广陵书社2007年版。

［宋］刘克庄编:《刘克庄集笺校》,辛更儒笺校,中华书局2011年版。

［宋］欧阳修、宋祁撰:《新唐书》,中华书局1975年版。

［宋］朱熹撰:《四书章句集注》,中华书局1983年版。

［宋］朱熹撰:《朱子语类》,［宋］黎靖德编,中华书局1986年版。

［宋］司马光编:《资治通鉴》,中华书局2011年版。

［宋］郑樵撰:《通志二十略》,王树民点校,中华书局1995年版。

［宋］阮阅编:《诗话总龟》,周本淳校点,人民文学出版社1987年版。

［宋］严羽:《沧浪诗话校释》,郭绍虞校释,人民文学出版社1961年版。

［宋］尤袤撰:《全唐诗话》,丛书集成初编本。

［宋］苏轼撰:《苏轼文集》,［明］芊维编,孔凡礼点校,中华书局1986年版。

［宋］胡仔纂集:《苕溪渔隐丛话·前集》,廖德明校点,人民文学出版社1962年版。

［元］孙德谦撰:《六朝丽指》,四益宧刊1923年版。

［明］陈仁锡选评:《古文奇赏》,见《四库全书存目丛书》第352册,齐鲁书社1999年版。

［明］吴讷:《文章辨体序说》,于北山校点,人民文学出版社1962年版。

［明］胡震亨撰:《唐音癸签》,上海古籍出版社1981年版。

［明］杨慎:《升庵诗话笺证》,王仲镛笺证,上海古籍出版社1987年版。

［明］许学夷:《诗源辩体》,杜维沫点校,人民文学出版社1987年版。

［明］徐师曾撰:《文体明辨序说》,罗根泽校点,人民文学出版社1998年版。

［明］张溥撰:《汉魏六朝百三名家集》,中华书局2007年版。

［明］钟惺、谭元春辑:《古诗归》,《续修四库全书》第1589册。

［明］钟惺辑：《名媛诗归》，《四库全书存目丛书》第 339 册。

［明］蒋一葵撰：《木石居精校八朝偶隽》，明木石居刻本。

［清］王夫之：《读通鉴论》，中华书局 1975 年版。

［清］王夫之：《古诗评选》，李中华、李利民校点，上海古籍出版社 2011 年版。

［清］王夫之等撰：《清诗话》，上海古籍出版社 1999 年版。

［清］黄宗羲撰：《黄梨洲文集》，中华书局 2009 年版。

［清］王闿运选：《八代诗选》，台北广文书局 1959 年版。

［清］王鸣盛：《十七史商榷》，黄曙辉点校，世纪出版集团、上海书店出版社 2005 年版。

［清］范与良辑：《诗苑天声》，见《四库全书存目丛书补编》第 38 册，齐鲁书社 2001 年版。

［清］陈祚明评选：《采菽堂古诗选》，李金松点校，上海古籍出版社 2008 年版。

［清］方回：《桐江集》，江苏古籍出版社 1988 年版。

［清］顾祖禹撰：《读史方舆纪要》，贺次君、施和金点校，中华书局 2005 年版。

［清］郭庆藩撰：《庄子集释》，王孝鱼点校，中华书局 1961 年版。

［清］何文焕辑：《历代诗话》，中华书局 1981 年版。

［清］何焯撰：《义门读书记》，中华书局 1987 年版。

［清］王士禛撰：《池北偶谈》，中华书局 1982 年版。

［清］王士禛撰：《带经堂诗话》，人民文学出版社 1963 年版。

［清］胡应麟撰：《诗薮》，上海古籍出版社 1958 年版。

［清］纪昀等撰：《四库全书总目提要》，中华书局 1997 年版。

［清］李详：《李审言文集》，江苏古籍出版社 1989 年版。

［清］李兆洛选编：《骈体文钞》，上海书店 1988 年版。

［清］梁章钜撰：《退庵随笔》，光绪元年刻本。

［清］孙梅：《四六丛话》，李金松校点，人民文学出版社 2010 年版。

［清］阮元校刻：《十三经注疏》，中华书局 2009 年版。

［清］沈德潜撰：《古诗源》，中华书局 1963 年版。

［清］张玉谷：《古诗赏析》，许逸民点校，上海古籍出版社2000年版。

［清］翁方纲撰：《石洲诗话》，人民文学出版社1981年版。

［清］吴淇：《六朝选诗定论》，汪俊、黄进德点校，广陵书社2009年版。

［清］吴之振、吕留良、吴自牧选：《宋诗钞》，［清］管庭芬、蒋光煦补，中华书局1986年版。

［清］朱庭珍撰：《筱园诗话》，见《续修四库全书》第1708册。

［清］严可均辑：《全上古三代秦汉三国六朝文》，中华书局2009年版。

［清］俞琰选编：《咏物诗选》，成都古籍书店1984年版。

［清］袁枚：《随园诗话》，顾学颉校点，人民文学出版社1982年版。

［清］赵翼撰：《陔余丛考》，中华书局1963年版。

［清］赵翼：《廿二史劄记校证》（订补本），王树民校证，中华书局1984年版。

［日］弘法大师撰：《文镜秘府论校注》，王利器校注，中国社会科学出版社1983年版。

二、专著类

曹道衡、沈玉成：《南北朝文学史》，人民文学出版社1991年版。

曹道衡、傅刚：《萧统评传》，南京大学出版社2001年版。

曹道衡：《兰陵萧氏与南朝文学》，中华书局2004年版。

陈桥生：《刘宋诗歌研究》，中华书局2007年版。

陈寅恪：《陈寅恪集》，生活·读书·新知三联书店2009年版。

褚斌杰：《中国古代文体概论》，北京大学出版社1990年版。

丁福保辑：《历代诗话续编》，中华书局1983年版。

杜晓勤：《齐梁诗歌向盛唐诗歌的嬗变》，北京大学出版社2009年版。

范文澜、蔡美彪：《中国通史》第二册，人民出版社1994年版。

范子烨：《〈世说新语〉研究》，黑龙江教育出版社1998年版。

葛晓音：《汉唐文学的嬗变》，北京大学出版社1990年版。

葛兆光：《汉字的魔力——中国古典诗歌语言学札记》，复旦大学出版社2008年版。

郭绍虞主编：《中国历代文论选》，上海古籍出版社1979年版。

郭绍虞选编：《清诗话续编》，富寿荪校点，上海古籍出版社1983年版。
郭预衡：《中国散文史》，上海古籍出版社2000年版。
洪顺隆：《六朝诗论》，台北文津出版社1985年版。
黄亚卓：《汉魏六朝公宴诗研究》，华东师范大学出版社2007年版。
李泽厚、刘纲纪主编：《中国美学史》，中国社会科学出版社1984年版。
刘麟生：《中国骈文史》，东方出版社1996年版。
刘强：《世说新语会评》，凤凰出版社2007年版。
张亚军：《南朝四史与南朝文学研究》，中国社会科学出版社2007年版。
刘跃进：《门阀士族与永明文学》，生活·读书·新知三联书店1996年版。
逯钦立编：《先秦汉魏晋南北朝诗》，中华书局1983年版。
鲁迅：《鲁迅全集》，人民文学出版社1956年版。
罗宗强：《魏晋南北朝文学思想史》，中华书局1996年版。
吕思勉：《两晋南北朝史》，上海古籍出版社2005年版。
穆克宏：《六朝文学论集》，中华书局2010年版。
钱穆：《先秦诸子系年》，商务印书馆2005年版。
钱穆：《国史大纲》，商务印书馆1994年版。
钱志熙：《魏晋诗歌艺术原论》，北京大学出版社2005年版。
钱钟书：《钱钟书集》，生活·读书·新知三联书店2002年版。
苏瑞隆：《鲍照诗文研究》，中华书局2006年版。
孙若风：《高蹈人间——六朝文人心态史》，河北教育出版社2001年版。
汤用彤：《汉魏两晋南北朝佛教史》（增订本），北京大学出版社2011年版。
汤用彤：《魏晋玄学论稿》（增订版），生活·读书·新知三联书店2009年版。
田余庆：《东晋门阀政治》，北京大学出版社2012年第5版。
汪春泓主编：《中国文学编年史·两晋南北朝卷》，湖南人民出版社2006年版。
王力：《汉语诗律学》，上海教育出版社1979年版。
王耀辉：《文学文本解读》，华中师范大学出版社1999年版。
王永平：《东晋南朝家族文化史论丛》，广陵书社2010年版。

王运熙：《六朝乐府与民歌》，上海文艺联合出版社 1955 年版。

王钟陵：《中国中古诗歌史——四百年民族心灵的展示》，人民出版社 2005 年版。

王仲荦：《魏晋南北朝史》，中华书局 2007 年版。

萧虹：《〈世说新语〉整体研究》，上海古籍出版社 2011 年版。

徐青：《古典诗律史》，青海人民出版社 1980 年版。

阎采平：《齐梁诗歌研究》，北京大学出版社 1994 年版。

杨义：《中国古典小说史论》，中国社会科学出版社 1995 年版。

赵红菊：《南朝咏物诗研究》，上海古籍出版社 2009 年版。

仪平策：《中国审美文化史·秦汉魏晋南北朝卷》，山东画报出版社 2000 年版。

钟仕伦：《〈金楼子〉研究》，中华书局 2004 年版。

钟仕伦：《南北朝诗话校释》，中华书局 2007 年版。

周维德集校：《全明诗话》，齐鲁书社 2005 年版。

周一良：《魏晋南北朝史札记》，中华书局 2007 年版。

庄严、章铸：《中国诗歌美学史》，吉林大学出版社 1994 年版。

宗白华：《美学散步》，上海人民出版社 1983 年版。

[美] 斯蒂芬·欧文：《追忆》，郑学勤译，上海古籍出版社 1990 年版。

[荷兰] 许里和：《佛教征服中国》，李四龙、裴勇等译，江苏人民出版社 1998 年版。

三、论文类

崔金英：《论汉魏晋南北朝咏物诗》，湖南大学硕士论文，2010 年。

丁建川：《汉语典故词语研究》，曲阜师范大学硕士论文，2004 年。

甄静：《元明清时期〈世说新语〉传播研究》，暨南大学博士论文，2008 年。

钟志强：《六朝咏物诗研究》，漳州师范学院硕士论文，2010 年。